女乐铺

杞庐 著

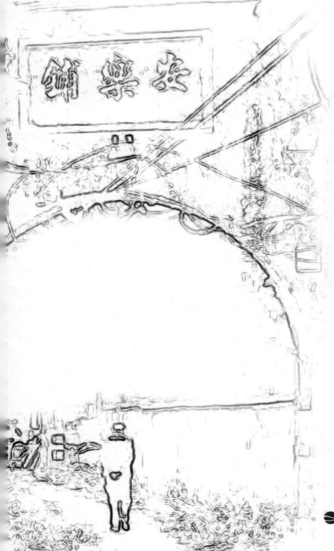

海峡出版发行集团 | 海峡文艺出版社

图书在版编目(CIP)数据

安乐铺/杞庐著. —福州:海峡文艺出版社,
2020.1(2024.3重印)
ISBN 978-7-5550-2067-7

Ⅰ.①安… Ⅱ.①杞… Ⅲ.①长篇小说—中国—当代 Ⅳ.①I247.5

中国版本图书馆 CIP 数据核字(2019)第 247183 号

安乐铺

杞 庐 著

出 版 人 林 滨
责任编辑 林可莘
出版发行 海峡文艺出版社
经　　销 福建新华发行(集团)有限责任公司
社　　址 福州市东水路 76 号 14 层
发 行 部 0591－87536797
印　　刷 三河市兴博印务有限公司
厂　　址 河北省廊坊市三河市杨庄镇大窝头村西
开　　本 787 毫米×1092 毫米　1/16
字　　数 350 千字
印　　张 20.25
版　　次 2020 年 1 月第 1 版
印　　次 2024 年 3 月第 2 次印刷
书　　号 ISBN 978-7-5550-2067-7
定　　价 99.00 元

如发现印装质量问题,请寄承印厂调换

目　录

第一章

开五口台江汛商贾云集　兴百业田垱街歌舞升平

福州城是个盆地，依山面海，闽江水穿流而过。

闽江源于闽北山区。闽北多高山峻岭，生态原始，加之亚热带气候，雨水充沛，有史以来，闽江水就没有过断流的记录。

二十世纪五十年代之前，福建省内没有铁路，陆上的交通极为不便，故有'闽道更比蜀道难'之说。但观其水路交通却是十分的便捷。福州有汽轮船可北通宁波、上海，南至广州、香港，东去琉球，下南洋可达菲律宾、马来西亚、新加坡。故而福州出外谋生的人多走海路，以去日本或赴南洋者居多。

外地人介绍福州城时多概括为三山两塔一条江。

三山指的是城里的乌山、于山、屏山。二十世纪中叶之前，福州城内的民房低矮，三山突兀。现在福州城内摩天大楼林立，三山淹没在了都市的高楼大厦之中，致使有些年轻人误将三山指认为其周边的鼓山、旗山、五虎山，谬大矣。

两塔指的是矗立在南门兜的乌塔、白塔。一条江自然是其母亲河闽江了。

闽江江面上有座桥，名曰万寿桥，俗称大桥。万寿桥是元大德七年（1303）由万寿寺的头陀王法助募集善款主持修建的，是一座二十八墩二十九孔的平梁石桥。建桥当年桥下走的是木帆船，来去自如，通畅无碍。

然而时过境迁，数百年过后，麻烦来了。万寿桥桥面低矮，汽轮船无法通过。人们不得已，以大桥为界，在称呼上习惯地将闽江分成了上游和下游两段。上游船走闽北，有两个码头，即江北面苍霞洲的平水码头和江南面仓前山的龙潭角码头。下游行走的是出海的船只。从连江、长乐、马尾来的多是出海的汽轮船，统统都得在大桥头东向的江面上抛锚停泊。

五口通商后福州城的商贸日益兴旺。台江汛码头上进出的船只多了起来。

从闽江口来的外国轮船，体形硕大，多停泊在台江汛对面的泛船浦。泛船浦因为停泊的外国轮船多了，在福州方言中"泛"又与"番"字同音，久而久之，便从福州人口中的泛船浦写成了书面上的番船浦。番者，如番帮，异族之谓也，再如番茄、番薯、番椒，皆为舶来品。

在台江汛停靠的多是本地的汽轮船，有六个码头，各码头间相距约百米，从万寿桥头开始，向下游依次排开，第六码头的位置在现今的排尾。江面上商船往来如梭，十分繁忙。

二十世纪中叶之前，福州城内水网密布，内河上小桥众多。出名的有双抛桥、安泰桥、高陞桥、白马桥、十二桥、十四桥、三捷桥、安乐桥、星安桥等数十座。与台江汛下杭街临近的三通桥建于光绪年间。

三通桥下的江水一头通三保，其上有三捷桥；一头通小桥，其上有沙合桥；另一头则是从安乐桥下进出闽江中。涨潮时，闽江水从三头涌入，在三通桥与真君庙间交汇。水主财，河水暴涨，暗合财源滚滚而来之意，因此商家多喜欢将自己的商行设在此地。福州市的工商联合会就设在了离三通桥不远的上杭街。

安乐铺在苍霞洲头，北面三捷河和上下杭，南面田垱街和基督教青年会，西面通向蓝蔚石和三保街，东头出了安乐桥是大桥头和台江汛码头，交通十分便捷。

在安乐铺、安乐桥和三通桥的三角地带有一片空地，唤作洲边，是居民的早市场。安乐桥桥头西面不远处有一座狭长的凉亭，足足有三四十米长，亭子的正中是一条与凉亭等长的木凳。早市时凉亭长凳的两边也摆满摊点，叫卖鱼肉菜蔬。

九时许，早市收场后，凉亭长凳便成了安乐铺上居民休闲聊天的场所。邻里们闲暇时，男的多叼着长长的旱烟管，女的手托水烟筒，悠闲地坐在长凳椅上碎嘴攀讲，交流着从四面八方汇集来的八卦消息。

时不时会来一伙跑江湖的北方汉子，拖家带口的，多则六七个，少则两三人，有男有女，有老有少，多是一家子，流浪到福州来卖艺讨生活。

他们在洲边的空地上放下道具后，首务是围场子。一个汉子先是用白粉圈出块地来，让小演员或是年轻的女演员走场子，敲响手中的铜锣，招引来看客。接着出来个汉子表演些小魔术或是拳脚功夫，然后得来点更能吸引人眼球的硬功夫，如单手劈砖、钢筋敲脑门、快刀砍手之类扣人心弦的惊险绝活。

待到聚的人多了，他们会将最后的绝活演到一半，如将利刃悬在了喉咙口，说是要吞下去，但只是含着，吊住了看客们的胃口，适时停住。在他一旁的同伴便开启他的三寸不烂之舌，叫卖他们带来的跌打丸、烫伤膏与狗皮膏药之类的独门神药。他们大多口才了得，说得看客不能不信，不能不买。

夏天，凉亭长凳还是人们纳凉的好去处。有穿堂风从安乐桥方向吹来，惬意得很。每逢铺上哪户人家过寿，或是添丁生子过满月之类的喜事，事主都会拿出点欢喜钱，请个戏班子，在凉亭前搭个台，连演三五天。锣鼓开场，人声鼎沸，图个喜庆。要是都没由头，隔三五个月就会有人出头，从各家各户收上点小钱，请个说书先生来讲几天的评话，大家图个乐呵。

中元是菩萨欢喜日，俗称盂兰盆节。七月十五做普度、做半段是安乐铺除过大年之外最热闹的日子，各家各户在门口摆上香案桌，桌面上摆放各色供品，上祭后抛洒糍粿给过路小鬼，驱邪保平安。届时在洲边的空地上会搭台连演七天的大戏。

早市是沿着三捷河边摆开的。早点有锅边、扁肉、鱼丸汤、炸油条、九重粿、香油酥、焯蛎饼、炸虾酥等福州小吃，十分丰富。锅边是福州人最爱的早点。

煮锅边讲究的是锅大火旺。掌勺人待锅底中的海鲜高汤烧开后，将碗中的米浆快速浇向锅沿，呼啦一圈，盖上锅盖。小一会儿，翻开锅盖，向锅底汤中投下葱花、虾皮等佐料，将翻卷的锅边铲下，装碗上桌。

吃完早点后人们多会顺道买些菜蔬带回家去。从入夜七时许到第二天上午十点是三通桥畔最忙碌的时间。

每当夜幕降临，便会有在船头高挂红灯笼的花船驶入三捷河，停靠在安乐桥到星安桥间的各个驳船码头边上。

在花船的船头和船舱里摆有小馔，歌妓们花枝招展地在泊位边上的石阶或船头迎接衣着光鲜的各路狎客。接到客人的花船会轻轻地向河心荡去，将泊位让给下家。一时间河面上浪声谑语，轻歌曼妙，琴声悠扬，脂粉飘香，犹胜似十里秦淮，直到夜深时分，花船才陆续散去，河面才又重归静谧。

过了寅时，第二拨来到三捷河两岸边上的是"咿咿呀呀"摇橹而来的

安乐铺

粪船。粪船在三通桥边上的石阶旁停靠后，粪夫上到岸边上的定点，将倒桶嫂从各家各户收集来的粪便倒入挑桶中，挑到船上，倒进船甲板底层的粪坑里，装船运走。

千万别小看了这一艘艘的粪船，运走的可是原生态的农家肥，值钱得很。小本万利的生意自然有人抢，因此时不时有河面上粪船械斗的事情发生。

粪船走后天光方才露出鱼肚白。

接着来的是清道夫。清道夫们会用三捷河里的水将船码头和沾了粪便黄汁的街面冲洗干净，此时天已麻麻亮，从下游来的海鲜船会陆续驶进三通桥。

小鱼贩子和菜农，在路边的早市场上都有自己固定的摊位，各人在摊位上摆好货品后，早市便开始了。

三捷河也是孩子们的最爱。一到放学，孩子们便会三五成群地来到河边，从身上掏出捕捉小螃蟹的利器：一捆细绳和一小段瓮菜管——福州人管夏天上市的空心菜叫瓮菜。

孩子们在绳子的一端系上一小段的瓮菜管，另一头则紧紧地攥在自己的手心，然后小心翼翼地将瓮菜管向河岸的石矶边上伸去，两眼盯紧着石矶缝，一旦小螃蟹伸出它的两只小脚来将瓮菜管夹住，便小心奕奕地提了上来，抓在自己的手中，装入小布兜子里，高兴得手舞足蹈，脸上乐得开了花。运气来时，放学后两小时下来可以逮到十来只小螃蟹。

安乐铺夹在田垱街和三捷河中间，有百多米长，路面是用约略一米长一尺见宽的长方石铺砌成的。走的人多了，长石条的面上磨得跟镜子似的光滑，如果来一场大雨，将路面洗刷干净，这条修长的小巷便显得十分的清幽宁静。

安乐铺是个小巷子，巷子宽不过四五米，进不了大车，不用担心发生车祸之类的危险，孩子们可以尽兴地在巷子的中央摔纸牌、打陀螺、玩跳绳、踢毽子、弹玻璃珠子，或是玩跑跑捉。

时不时巷子口来个捏泥人或是吹糖人的匠人，摊子前总是挤满了孩子。

清晨，最先走过安乐铺巷子的是一拨走戏台板的人。通常是两个人，一前一后。走在后边的人高高地举着一块水牌，上边写着今天日场和晚场的戏目。走在前头的人，左手提着锣，右手拿着槌，边走，边敲，边报日场和晚场的戏目。他们气出丹田，声音高亢清晰，足以穿透过各家各户薄薄的临街门板，将声音传到尚赖铺在床、睡眼蒙眬人的耳中。

卖木金肉丸的小贩也会经常穿巷而过，用他浑厚低沉的男中音"哦……啊"地吆喝着。

卖木金肉丸的小贩头顶着蒸笼，肩挎着蒸笼的支架，随着他的叫卖声，身后渐渐聚拢来了一帮小孩，他便一个劲地撩拨他身后的孩子，口中唱道："木金肉丸好好吃，倪仔没钱又爱吃。"

几个跟在他身后的小孩聚拢来，一番交头接耳过后，集资凑足了三文钱，便伸长小手，牵住了小贩的衣襟。

小贩停下脚步，收了孩子们手中的钱后，将头顶上的蒸笼平放在架子上，取出木金肉丸，按照小孩们的要求，将肉丸子切成四五份，分发到围拢上来的孩子们伸出的小手上。

舔糖片（也叫剥蛏干）的小摊也是小孩们的最爱。

挑子的一头是个火炭炉，炉子上的锅里熬着糖油。小贩用一小匙子将糖油舀出，铺展在一块钢板上，待糖油冷却刚刚凝固时，他会用边上准备好的钢模在糖片上压出一些诸如蜻蜓、蝴蝶、虾、海蛏、菊花之类动植物的图案。这些图案的共同特点是都有一条细长的须。

小贩用刀子将这些印有图案的糖片切割成雪片糕大小，一文钱一片。小孩子们买去后放入口中，用舌尖小心地舔蚀印痕。能完整地将糖片内的图案完好无缺地剥离出来的话，摊主便会给他一个玻璃弹珠、乒乓球、木手枪之类的小奖品。

小孩子求胜心切，不甘失败，通常会一试再试，摊主则集腋成裘，笑逐颜开。

入夜前还会有几拨卖鱼丸、扁肉的挑担穿巷而过。叫卖的汉子肩挑担子，单手持碗，用瓷汤匙敲着瓷碗的边沿，发出"当、当、当"清脆的响声，很能唤起人们宵夜的食欲。

进入二十一世纪后，跑江湖的、走戏台板的、捏泥人的、卖木金肉丸的、吹糖人的全都不见了，三捷河也无蟹可钓了，但在苍霞新城民俗小区的街口，入夜时人们时不时还能听到汤匙敲着瓷碗沿时发出的叫卖声。

至于安乐铺是以安乐桥得名，还是安乐桥以安乐铺得名已经无考，但安乐桥先期进入历史这一点是毋庸置疑的。二十世纪八十年代江滨路扩建时，将三捷河的河道填平，堵住了三捷河流向闽江的出水口，安乐桥从此废了。

三捷河没了出水口，加之在闽江上游的水口修了电站，下游水位降低，进入三捷河的水量锐减，河水潮汐排污的自净能力丧失殆尽。而生活污水却随着三捷河周边人口的增长与日俱增，三捷河内污泥沉积，河水发黑、发臭便成了必然。

安乐铺的西北头是星安桥。星安桥南北走向，北头连接下杭路的福星铺，南头连接田垱街的安乐铺，桥建成后，从南北两铺中各取一字，命名为星安桥，是当年从仓前山的龙潭角码头过渡后进入福州城的交通要道。

安乐铺至今尚在，还在历史的进程中步履蹒跚。

二十世纪的三十年代始，台江汛因地处水路码头，交通便捷，商贾云集，日益繁荣。

田垱街是当年福州城的十里洋场，除了棺材铺外，旅店、饭馆、舞厅、算命馆一应俱全，素有"三十六间店"之称，是明清至民国时期福州城内的第一处富贵繁华地。

台江汛上秦楼楚馆之多，足以佐证她昔日的繁华。有名的中菜馆有乐新楼、福聚楼、广裕楼、聚英楼等十数家，还有多家西菜馆。郁达夫在他的《饮食男女在福州》的文章中提及："城外在南台的西菜馆有嘉宾、西宴台、法大、西来……"有名气的影剧院有大罗天、天华戏院、广裕楼戏院、广声电影院等。上下杭有钱庄四五十家，田垱街有妓院四五十家。台江汛常开福州城风化之先，第一部无声电影就是在桥头的青年会内放映的。

每当入夜，台江汛地界上灯红酒绿。郁达夫当年应邀到福建省府任参事时就住在青年会，每日间出入田垱街，曾戏言此地是：乐户连云、烟花遍地。

闽人八大姓中，素有"陈林半天下、王郑满街摆"之说。但在安乐铺里却少有这些姓氏，凸显了台江汛在明末清初随着商埠的发展，移民文化的植入。

在福州城内，大贵人家、官宦世家如林则徐、甘国宝、严复、陈衍等多居住在南后街的三坊七巷内。大富商人如电光业刘家、金融界罗家等多居住在上下杭。安乐铺百十户人家，则多是外地移民，以店员、伙计居多，大福大贵者少。

住在安乐铺街头的贾思真律师，算是个有头有脸的人物了。他家是栋砖墙独立小院。但其创业之路实属不易。

律师这一行当，在民国前的民间称谓是讼师，说难听点叫讼棍，包打官司。民国开创后讲法治，所有商贸间的往来合同、契约、文书的草拟都离不开律师，律师这一行当逐渐成了香饽饽。律师成了白领中的佼佼者。

不可否认，凡是当律师的人，一个个都思维敏捷、口齿清晰，说起话来条理清楚、逻辑缜密、口若悬河、气势如虹。一个个都具备一等一的口才。

有道是，头等的律师能将死罪改判为活罪，能救赎出将死之人。二等的律师能将大罪判为小罪，继而将犯案人从牢中捞出，让活人少受活罪。三等的律师能将小罪改判无罪。

俗话说得好，衙门八字开，有理没钱莫进来。上了法庭，要想赢得官司，就看当事人能出得起多少钱，能请得到几等的律师了。

贾思真刚出道时只是个小律师。他是从上海一所名不见经传的法学院毕业后经人介绍来到福州的。

贾思真是个聪明人。聪明人的最大特点是能正确地审视自己，知道自己有几斤几两，知道自己在不同的环境中要说怎样的话、做怎样的事，不僭越。当然聪明的人不光要有自知之明，办事还要有魄力，有决断。

贾思真知道自己就学的法学院是间小庙，十里洋场里多的是成名的律师，自己只是个从小庙中走出来的小沙弥，是很难在上海滩立足，有所作为的。

福州的常大律师事务所向他发出了邀请。贾思真知道，福州城地处偏远的海边，法学这一领域在福州城里可以说是块刚启蒙、刚开发的处女地，是自己施展本事、体现自身价值的好去处，便愉快地接受了邀请，来到了福州。

贾思真来到福州后，一家三口人先是住在坞尾巷的一间低矮阴湿的平房里，他自己在上杭街口的常大律师楼里给常大律师抄抄写写、跑跑腿、整理整理文书案卷。他是个绝顶聪明的人，知道要出人头地就得独自出庭，打赢几场官司，才能给自己赢得声誉，扬名立万。上帝是公平的，总会将机会留给有准备的人，贾思真的机会终于来了。

在安乐铺口开京果店的罗家辉老板为人虽老实勤勉，但不善经营，欠了一屁股的债。债主上门讨债，一次比一次凶，终于出事了。

债主见软的不行，就来硬的，自己讨不来债，便花点小钱，请了一班小混混来追讨。几个小混混上门来，先是将罗老板拳打脚踢，而后痛打落水狗似地拖着罗老板，强迫罗老板去舔涂在门板上的污秽狗屎。

当时罗老板的儿子罗健勇在旁。

罗健勇十五岁，血气方刚，看到父亲被如此凌辱，气愤不过，操起门边的一条长板凳砸了过去，将一个小混混的大腿骨打折了，被抓进了警局。这对罗老板来说无疑是雪上加霜，法院开庭，一审不但判了罚款，还以故意伤人罪判了罗健勇三年的有期徒刑。

罗老板身无分文，告诉无门。有好心的邻居给他出主意，让他请贾思真出庭辩护。贾思真答应了。

贾思真知道罗家没有财力，开出的出庭辩护费的价码是罗家的房契。官司要是赢了的话，罗家将他在安乐铺的房契给他，抵作律师费。罗老板此时已乱了方寸，爽快地答应了。二庭开始时，法庭要维持原判。

贾思真当庭力争说："法官大人，一审使用的律法不当。我的当事人罗健勇虽然致人伤残，但纯属自卫。试想若有一群肇事者上法官大人的家中滋事，将法官大人像狗一样地拖来拖去，最后拖去舔狗屎，法官大人的儿子在一旁见了能无动于衷吗？如果此时法官大人儿子的手中也有一条板凳，他是应该袖手旁观如一冷血动物，还是奋起抗争，将板凳砸向肇事者？况且我的当事人罗健勇才十五岁，是个未成年人。"

法官无语。最后同意以自卫过当结案，免去罗健勇的刑事处罚，只象征性地赔了些钱。结案后罗家将安乐铺的房子给了贾思真，举家搬离福州，回原籍古田种地去了。

这场官司让贾思真名利双收。贾思真得了罗老板在安乐铺街头的房契。房子过户后贾思真将木头房拆了，建了间砖木结构、带小院的二层楼房。他自己也离开了常大律师楼，在青年会租了套十多平方米的写字间，独立挂牌开业，门口的牌子上写着：贾思真大律师事务所。

从此之后，贾思真的业务多了起来，钱如闽江潮滚滚而来。他小人得志，日间出门，西装革履，皮鞋擦得铮亮，出入坐的是私家黄包车。他还在黄包车的车把子上安了铃铛，黄包车夫跑起路来，铃铛声一路上响个不停，甚是招摇。虽然安乐铺与青年会近在咫尺，他也是脚不点地，坐上他的私有黄包车来上班。

　　贾思真的太太是个全职的家庭妇女。上午她的主要工作是整理内务，打扫卫生，买菜做饭，下午则会邀上她的牌友太太们打几圈麻将，晚上陪丈夫聊聊天，日子倒也过得自在。贾太太的主要牌友是中亭街开绸缎庄的何太太、棉布庄的汪太太和安乐铺金家的三太太金方氏。

第二章

请饭局设圈套贾爷使坏　避倭乱迁省城金家祈福

　　贾思真家的对门住着华南女子文理学院的国文教授甄子建。甄家也是间带小院的砖木结构的二层楼房，坐北朝南。

　　甄子建五十出头。甄先生年轻时先是留日，后又去了美国，学贯中西，人生阅历极其丰富。他的行为风格与贾思真迥然不同。甄先生为人开朗，不拘小节，西装、长袍、中山装，不看场合随意穿，平日间的行为也十分低调，待人接物客客气气，很有礼貌。

　　平日里同事们常夸他说："甄教授才高八斗，学贯中西，应该到北大、清华，或是复旦、圣约翰执教，大展才华才是。华南女大庙小，甄教授来这儿就职是屈才了。"甄子建听了呵呵一笑，爽朗地回说："非也，非也。诸君有所不知，华南女大有华南女大的好，我来这儿是虱子落到了锦被的丝棉絮中，暖和、自由、舒适、安全感满满，适得其所啊。"

　　甄太太和她丈夫一个德行，平日里除了上街买菜，极少出门，与邻人见了面，也只是点头打招呼，从不作更多的接触，也从不打牌。甄太太与金家的长房媳妇金洪氏沾点远亲，所以偶尔也会到金家找金洪氏聊聊天，散散心，借以消磨时光。

　　甄子建去上班时常穿件暗灰色没膝的长衫，腋下夹着个褐色的公文包。他或是徒步走过大桥，上崇圣庵，出槐荫里，右转，沿对湖路西去，穿过郑家楼，到街对面华南女校上班，大约三十分钟。或是出了家门，徒步向西走到白龙庵前的蝴蝶道坐山东船，摆渡到对岸的龙潭角，上岸后徒步，在上渡口左转上到坡顶上的华南女校，若不等船的话，用时也在半个小时左右。

　　甄子建闲暇时间喜欢独自到江边散步。广裕楼边上的吸江亭是他的最爱。此处风景极佳，在明清时极负盛名，陈振狂、叶向高、李有我诸先贤都曾在此宴饮后留下诗篇佳作。明人王若井作《吸江亭》诗云：

地握全台胜，开门入海流。

山川供醉眼，书卷对归舟。

黄克晦有《饮陈振狂吸江亭》诗云：

风霜枭烈催王岁，江海萧条老客星。

一杖旧暗花下径，千峰暝坐水边亭。

灯寒易短论心夜，头白难忘覆瓿经。

眼底相看君最少，可能长卧钓鱼汀。

吸江亭处江面开阔，西邻钓龙台，是欣赏南台十景之苍霞夕照的绝佳去处。南台十景分别是钓台夜月、白马春潮、三桥渔火、越岭樵歌、苍霞夕照、太平松簌、银浦荷香、龙潭秋涨、天宁晓钟、梅坞冬晴。

甄子建闲来无事时，黄昏时分多会自携一壶烫得温热的福建老酒，在布衣兜内藏一小袋花生米、牛肉干之类的肴馔，独自来到吸江亭，坐下后，掏出诗卷，浅酌低吟，欣赏江景，自得其乐。偶得佳句，便小声哦吟，自我陶醉一番。

贾思真有个女儿名唤贾娅玲，是位养尊处优的娇小姐，出门时常打扮得花枝招展，坐着贾思真的黄包车，四处显摆。甄子建瞧着，极不顺眼。

贾娅玲中学毕业后想进华南女子文理学院国文系深造，无奈成绩不佳，没被录取，贾思真登门，托甄教授向校方说情，却被甄子建断然拒绝，两家人从此结下了梁子。

这之后，门对门的两家人，再不相互往来。每日间进进出出，只是匆匆打个招呼，维持着表面上的客气。贾思真对这事一直耿耿于怀，从心底里恨死了酸文假醋的甄子建，老想着逮个机会，设局报复，整治他一下。

民国时在仓前山上有美英法日等外国领事馆达十七处之多。甄子建的两个儿子，一个在美国领事馆当文秘，一个在英国领事馆当文秘，都是有头有脸的人物，贾思真一时半会奈何不了甄子建，恨得牙根痒痒，伺机待发。

等了半年多，贾思真终于想出了条让甄子建入套的计策。一个是迂腐的酸文人，一个是城府深不可测的准政客。玩心计，玩权术，甄子建哪是贾思真的对手？

一日，贾思真腆颜登门，谎称他有个杜姓朋友为其父庆生，慕名向甄教授讨一幅字。甄子建没多想，为他写了幅"鹤寿延年"的横幅。贾思真取了甄教授的墨宝，数日后再次登门说是杜姓朋友为了表示谢意在杏花天摆了桌酒，请甄教授务必赏光。

甄子建当时犹豫，并不想去。

民国时喝花酒之风盛行，但政府公务员和教授这些为人师表的人物去风月场所，多少还是会受人诟病的，传出去有损清名。甄子建婉拒贾思真说："替我谢过杜先生，不就是一幅字嘛，用不着客气的。在下不善应酬，这饭局之约就免了吧。"

贾思真看穿了甄子建的心思，施激将法，劝说："甄老夫子你多虑了。杏花天旁人去得，你为何去不得？郁达夫是省政府的参事，大名鼎鼎的文豪，不也去过多回？你想想，北京城的八大胡同是个什么地方？北大、清华、燕大的教授如胡博士、陈独秀诸位先生不也经常涉足于斯地？自古名士多风流，去秦淮河的侯朝宗、冒辟疆哪个不是清流名士？"连拖带拉地将甄教授诳了去。

杏花天是风月场所，酒桌上少不了要请上几位陪酒的歌妓。甄教授被灌了酒后，难免行为放荡，贾思真让人躲在暗处，拍了几张照片，寄给小报。第二天小报上出了篇《甄教授狎妓》的花边新闻。

华南女子文理学院全是女生，见了小报后都躲着甄教授，在他的背后指指点点，说甄子建面上看去像是个正人君子，其实一肚子的男盗女娼，是一个不露声色的老色狼。甄教授遭人诟病后，惭愧得无地自容，只好辞了职。好在他学问渊博，终被协和大学请了去，才又捡回了饭碗。

其实贾思真的这一招是双面刃，正所谓：杀人一千，自损八百。他确实是捅伤了甄子建，畅快淋漓地出了心中的恶气，但同时也划伤了自己，让街坊邻居看清了他凶狠狡诈的嘴脸。从此，在台江汛的地面上，贾思真的声名一落千丈，生意大损。

安乐铺东头还住着一位医生，名叫程祖应。程大夫是从德国汉堡医学院留学回国的，医术极好，人也极富爱心。程大夫除了在博爱医院上班外，在基督教青年会大楼里还开了一间私人诊所。博爱医院下了班后，或是节假日，程大夫都会来这里坐诊，看些头痛脑热的小病。

12

程祖应是个货真价实的白领。平日里进出极注意仪表，即使是六月大夏，他也从不赤膊上街，也从不在家门口摇大蒲扇。除了行医，他与周边的人并无多少来往。

大凡是安乐铺乡里厝边上的人到青年会他的私人诊所来找他看病，他都只收些许的诊金，一些家境困难的，他不但不收费，还白贴几服药，送出门时还千叮咛万嘱咐，说了好些治疗上的注意事项，因此口碑极好。

程祖应还是个虔诚的基督徒。每周日做完礼拜后，他会在教堂边上的倚霞桥义诊十五例病人。病人持他开的药方到大桥头的华来药店可以免费取药。药费是教堂从教友们的奉献中划出来做慈善用的款项。

安乐铺西头住着《南方日报》社的副刊主编吕品茗先生。吕先生的年纪也在五十上下，戴副无边的眼镜，举止斯文。《南方日报》社设在田垱，是当年福州城内报业的巨擘。

吕先生的手下有十多名记者，但只有三名是在编的，其他十来人都只能算作是他的眼线，每日间散落在福州城的大街小巷、茶楼酒馆、乐坊戏院，为他采集当日发生在城里城外各个角落里的轶事趣闻。吕先生会按各人收集到的小道新闻的成色来估价，发给相应的酬金。有录用的新闻会多给几个子儿，没被采用的少给几个子儿，极其公平。

小记者们收集到的消息送到吕先生的手中后，他便掐头去尾，再添枝加叶，然后妙笔生花，剪裁出吸引人眼球的新闻故事，见报后每每受到读者的欢迎。

吕先生是个极识时务的人，人际关系老到。他会时不时地请当地名流如郁达夫、林琴南这些大腕给他的副刊撰稿，从而大大地提高了《南方日报》的知名度。《南方日报》的销量多年来能稳居福州报业的霸主地位，吕先生居功至伟。

吕先生人如其名，嗜茶如命。说起陆羽的《茶经》头头是道，说起国内的名茶如君山毛尖、西湖龙井、海南苦丁、云南普洱、武夷大红袍、安溪铁观音如数家珍。

若是他的副刊编辑部来了客人，吕先生让客人坐下后，总是奉茶之后再谈公事，礼数周全得很。

吕先生素与福胜春茶庄的四兄弟交好。当年洪家茶帮以"珠莲心茶"在杭州西湖博览会上夺冠时，吕先生以"刀牌烟仔洪家茶"为题在《南方日报》上大加宣传，让洪家茶家喻户晓，蜚声海内外，在比利时世博会上摘得银奖。

吕先生的夫人乔佳也是个职业女性，她美专毕业后也来到《南方日报》社做美术编辑。

乔佳擅长素描、速写，也画漫画，为《南方日报》生色不少。台江汛上的众生相，如卖软糕的、捏泥人的、打锡壶的、吹糖人的、讲评书的、补锅的、理发的，在她的笔下一个个活灵活现，栩栩如生，时不时地上了《南方日报》的副刊版面。

乔佳的画风讲究三分形似，七分神似，还有点夸张，颇有漫画的味道。台江汛上的手艺人看了，都觉得报上的画，画的是他自己，十分得意。乔佳偶尔也画讽刺漫画，既让人忍俊不禁地发笑，又让人回味无穷。

吕先生和乔佳有个女儿名叫吕淑萍，和金家的三小姐金绮霞是同学，都在文山女子学堂读书。文山女子学堂是美国人办的一所教会学校，是福州城内开办最早的女子洋学堂，校址在南台的吉祥山，离安乐铺也就是十来分钟的脚程。

吕淑萍常到金家来玩。金绮霞的闺房在金老太爷的楼上，上下几次后，不但和金老太爷脸熟，而且亲热。

金绮霞向金老太爷撒娇说："爷爷，你就点个头，让萍萍她当咱们金家的四小姐好不好？"

金老太爷笑着说："头是要点的，但不要当金家四小姐。金家的三个小姐就够我烦的了。我们金家有七个孙子，还有五个没娶媳妇呢，萍萍你就在我这五个孙子中随便挑，挑中哪一个，我都认可，收你当我的孙媳妇可好？"

金绮霞听了鼓掌说好。臊得吕淑萍红了脸，嗔说："你们爷孙俩合起伙来欺负我，我以后再也不来你们金家玩了。"嘴上说不来，每天放学后照来不误。

金老太爷见了，乐得呵呵大笑。

吕先生的左邻是金家，对门是关家。

关家是辛亥年后从长乐迁到安乐铺的，祖上是关外铁岭的镶黄旗人，随清军进关后在长乐琴江口的水师旗营当差。琴江因其状似一把古琴而得名。琴江口距闽江入海处尚有千米之遥。

辛亥年后，琴江水师营解散，旗人中但凡是有过一官半职，或是与光复军对过阵的人都纷纷隐姓埋名，四下逃生去了。留下的旗营眷属，多改行当了渔民，出海捕鱼为生。

关怀岭过了知天命之年，两鬓已见霜白，鳏居。他早年中过秀才，虽身在旗营，却是一介书生，手无缚鸡之力，干不了力气活，也出不得海。辛亥年后皇粮断了，他思来想去，为了谋生，只得带上一双儿女到省城来讨生活。

关怀岭有一男二女，男孩子名叫关铁夫，十六岁，次女名叫关珊珊，十四岁。长女关春雨已经结婚生子，留在了长乐旗下村。关春雨的丈夫也是旗人，是叶赫那拉家族的后人，辛亥年后改姓叶，名叫叶望北。叶望北原是水师营的一个小头目，身强力壮，琴亭旗营散后他分到了一艘船，和一班他手下的弟兄下海捕鱼，日子倒也过得逍遥自在。

关家人到了安乐铺后，关秀才仍以经师为业。无奈民国不再有科举，四书五经没人学了，哪来生员？关怀岭毕竟是秀才出身，写得一手好字，平日里除了长女春雨一家不时地给些接济外，就靠着替人代写文书、信件和春联挣些小钱，艰难度日。

正当关秀才为生计犯愁时，金家老太爷伸出了援手，介绍他儿子关铁夫到下杭的高家钱庄当伙计。其时恰好金家八叔公因年事高，辞了金家私塾的馆，金老太爷记起关怀岭是前清秀才，便聘请他到金家门前厅的金家私塾里来教书，自然是多给了些束脩，关怀岭一家人从此有了温饱。关秀才女儿关珊珊到青年会中学读书，也是金老太爷资助的。

关珊珊与金老太爷的小孙子七少爷金绍龙同年，两人是青年会中学的同班同学。每日里一同上学，一同回家，出双入对，好一对金童玉女。

关珊珊是关外人的种，身材高挑，皮肤白皙，长相俊美，柳叶眉，樱桃嘴，又知书达理，是一个百里挑一的美人。金绍龙斯斯文文，风流儒雅。他们两人走在安乐铺的街面上成了一道亮丽的风景。邻人见他俩亲密，打趣他们是梁山伯与祝英台。两人听了后并不避嫌，心中美滋滋的。

金家原籍福清。明末福清城常遭倭乱，不得已举家迁居省城，落户在田垱街的安乐铺。目下金庐的主人属文字辈，名文澜，号昔舟，是迁省始祖的第六代。堂上有块"同胞孝友"的牌匾，是祖上韦嵇公在世时得到朝廷的褒奖挣下的。在中华大地上，此类牌匾随处可见，如同今下的"五好家庭"匾。

为了恭迎"同胞孝友"牌匾，韦稽公在安乐铺建了新居，是间坐北朝南三进的院落。两扇大门临街，每扇门宽五尺六。正门东西两边是边门，各有两扇，每扇门宽二尺八。平日里正门和西侧门关闭，人进出走东侧门。大户人家的西侧门多是在丧事日才打开，走棺木用。

大排门至拱门是前院，有门头厅一间，是金氏家塾，由得过功名的金家长老执教。金家祖上有多位先人中过举，当过儒学正堂，算是书香门第，只是没有考中进士的，算是一大憾事。右边是马车房，左边是杂役人等的居所。

金家大院四周围着高高的马鞍墙。大拱门两重。前一重是楠木柴屏门，柴屏门后是厚两寸许的柯木门，柯木上钉着防火砖。大拱门上大书苏体"金庐"二字，拱门后是屏风，屏风左右两旁是世谱对联："尔永学韦德文达绍敏于时克家有道。世恪守承宪贻谋式穀利用观国之光。"

尔字辈始祖撰了这三十个字长联，其用心之良苦可见，哪曾想到世谱仅传到第九代敏字辈就被子孙弃之不用，传不下去了。细细想来，在中华大地上，世谱能不断代绵延不绝的，大抵只有山东曲阜的孔圣人一家。

金家柴屏门后是天井，百米见方。左右两边是石条铺就的回廊。天井两边对称放着口褚釉大水缸，缸壁上画着丹凤朝阳的图案。缸中养着十几尾红色的金鱼。福州城内多木房，大户人家的院子里都备有水缸，缸中贮满水，以备不时之需。水缸边上是榕树盆景，修剪出一只凤鸟的模样。

大厅回廊两边的立柱上挂一副对联："海阔天空气象，风光月霁襟怀。"大厅左边上的厢房是客房。右边上的厢房是餐厅，摆两张圆桌。主桌居中的位子当然是老太爷与他的姨太太郭氏。

郭氏原是老夫人带来的通房丫头，为人勤勉本分，老夫人过世后，三兄弟见父亲已年过七旬，要有个贴身伺候的人，就跪请父亲将郭氏纳为姨娘。郭姨娘自知出身低微，行事十分小心谨慎，除照顾老人的起居饮食外，就是吃斋念佛，从不过问家事，也不搬弄是非，对达有三兄弟礼让有加。

平日里吃饭时，坐在老太爷左边的是他的重孙都都。都都边上是他母亲蔡纹秀。都都好动，蔡纹秀得在边上时时看住她的宝贝儿子，才能让他在饭桌上不生事，老实吃顿饭。

老太爷用膳时会不时地与他的重孙子都都逗乐。

都都和蔡纹秀的边上才是老太爷的三个儿子和儿媳妇的位子。另一桌坐的是孙儿辈。右厢房连着厨房和下人的居所。每逢年节，来了亲朋时，餐桌便移到大厅上，摆上六张圆桌，合家团聚，其乐融融。

大厅的横梁正中吊着盏汽灯，汽灯的两边各有一盏宫灯。这两盏宫灯是金老太爷在南后街老灯铺定制的。宫灯四面油光纸上的图案相同：正中是个小篆体的"金"字，上头两角上分别是"颖"字和"川"字。这是迁闽始祖定下的规矩，借以提醒后人不忘根本：金氏先人是从河南颍川入闽的。

大厅正中是横案桌，两边各有六张拱座椅。两两拱座椅的中间夹着张茶几。横案桌上方供着清道光年间敕赐的横匾，匾上大书"同胞孝友"四字。横案桌左右两边是副对联："上下古今时势异，东西南北心理同。"横案桌背后是第二扇柴屏门，屏风面上褚底蓝字阴刻着金家祖训：

> 功德不由积累则遗泽勿长，美善不归前人则继述无本。我金氏支派，当明季时，高祖以福清布衣自玉融避寇播迁省城，卜居闽邑南台三捷桥下，枕以昔闽王垂钓之台，临上游合江之水，山川形胜，舌耕自给，号苍洲公。曰：人生在世，行以立身，贵敦大节，传立自堪不朽。善恶之乡，邪正关津，趋善则可以为善，趋恶则可以为恶。奢心淫逸，放志外弛，矜己短人，暴性殄物，是薄福趋恶之阶。遇事略则身任，不问公与私，则忠有焉。处乡党，必诚实，不问老与少，则信有焉。本退让以鸣谦，鼠皮莫咏。遇纷纭而拆解，雀角无争。居尘世若山林，一毫不苟。高堂叶茂，维严其孝。荆树花开，维谨其悌，诚如此则足以立身矣。

韦楣公之子德启也只育有文澜一子，生于同治三年。三世单传，人丁稀薄。到了文澜老太爷则有三子，依序是老大达有，娶妻洪氏；老二达澎，娶妻卢氏；老三达萼，娶妻方氏。三房各有生养，计有孙辈七人，金氏香火渐次兴旺了起来。

金老太爷满心高兴为七个孙子定下排行。

老大是长房长孙金绍梁，一表人才，娶妻蔡纹秀。金老太爷原打算让他将祖上传下来的木材生意接了手经营下去。没想到老大志向高远，说是民国初建，军阀混战，乱象丛生，非枪杆子无以安民生、定国是，英华学堂毕业后金绍梁瞒着金老太爷，报考北洋陆军军官学校，北上从军去了。

老二是二房的长子金绍檀，敦厚老实，娶妻冯玉茹。老大从军去后，老太爷只得将生意交给金绍檀打理。老二毕业于福州大庙山上的商立学堂，学以致用，满心欢喜地接了祖业。

老三是三房的长子金绍添，生性外向，和他大哥金绍梁一样，觉得死守百年老宅难有作为，福商毕业后，带着二房的老五绍城与人结伴南下香港经商去了。

老四是长房的次子金绍理。绍理在家过惯了衣食无忧、饭来张口衣来伸手的日子，自视甚高，初中毕业后到了上海，进了震旦预科，学哲学。

老六是三房的次子金绍诗，他走得更远了，到日本的早稻田大学留学去了，学的是机械学。

老七是长房的三子金绍龙，相貌清俊，在福州基督教会的青年会中学读书，成绩极好。

金老太爷觉得金氏原是书香门第，现在有这么多的儿孙向学，是件可喜之事。

老大金绍梁从军前业已成家，第二年便有了老太爷的重孙子，乳名都都，金老太爷爱如珍宝，须臾离开不得。三房头各有一个女儿，名唤绮云、绮雯、绮霞。

平日无事时金家二道柴屏门也是关闭着的，人进出走东侧的边门。

二道柴屏门后是第二进的天井，只有一进天井一半的大小，走过二进天井上三级石台阶后才进到三进后厅。

第三道柴屏门也只是在有事时才打开。进了第三道柴屏门是金家的内宅。门匾上书"伯园"二字，是老太爷与长房的居所。三间二层楼房坐北朝南，金老太爷住正中房，与之毗连的东向房间是老太爷的经堂。金老太爷每天早起后，都要抄写一个小时的佛经，郭姨太在边上磨墨伺候。

与老太爷居室毗连的西向房是长子金达有夫妇的房间。这三间房都有前后室，很是宽敞。楼上三间是三个宝贝孙女绮云、绮雯、绮霞的闺房。有三个孙女整日围在他身边，楼上楼下，加上和都都的逗乐嬉笑，叽叽喳喳的，哄得金老太爷开心不已。

伯园两侧是左右厢房，绕回廊，也成回字形布局。东厢房两间由长孙金绍梁夫妇和都都住着，西厢房两间分给老四金绍理和老七金绍龙各住一间。中间是天井，足足有半个篮球场大。

右厢房前的回廊下有一竹树墩，内种数十竿方竹。有上百只鸟雀将窝筑在了竹梢，每当黄昏鸟儿归巢和清晨天光亮时，雀儿叽叽喳喳地叫个不停，老太爷将此视作天籁之声，每天被鸟儿叫醒后，开窗听着鸟叫，心情大爽。

天井四角分种桂花、蔷薇、梧桐、槐树各一株。左厢房前的回廊下有口井。安乐铺临江，地下水位高，闽江水涨潮时，伸手就可以打到井中的水，井水甚是甘甜、清冽。井前边是三盆双目茶花，两边各有一口与前院一般的缸壁上画着丹凤朝阳图案的褚釉大水缸，缸中养着金鱼。

正房后室外是后回廊，是一排三十多米长的带美人靠的座椅，回廊下是后院，左角种一株樟树，右角种一株桑树。后院靠墙正中摆着公婆龛，是合家祭祀的地方。公婆龛内按辈分从低层到高层，依次供着金氏先人的牌位，公婆龛前有一供桌，年节时摆上供品，焚香点烛供奉。后院边上是三间排厨房。

二进天井的两边各有一小弄通向左右两边的侧院。侧院内均有一个小天井，一口水井。左右侧院均有一扇边门通往后院。

左侧院书"仲园"二字，是二房一家的居所，有六间房，二儿子金达澎夫妇住两间，老二金绍檀夫妇住两间，还有两间，一间是留给老五金绍城的，另外一间暂时空着，堆了些杂物。

右侧院书"叔园"二字，是三房一家的居所，也有六间房，三儿子金达尊夫妇住两间，老三金绍添、老六金绍诗各住两间。

仲园与叔园各有一小门通往金家墙外的小巷。伯园与左右侧院仲园、叔园成品字形。三兄弟都有各自的小院落，关起门来，自成体系。

后两进的仲园与叔园是金老太爷接掌金家后圈地扩建的，可谓是未雨绸缪，极费苦心。金府内大小共计三十六间房，取六六大顺之意。

老二金绍檀留家打理木材商行里的产业，账房就设在一进的西厢房内。

安乐铺临街，每年四五月份雨季时，洪水上岸，这时居民人等都得上到二楼的溪水房上躲水。因为是临时的居所，溪水房多盖得低矮，夏天闷热，不宜住人。后来随着时间的推移，家庭人口增长，溪水房也住人了。长年住人的溪水房多开有天窗，从天窗出去有个小露台，可以看到街景。

溪水来时，金家临街的大门，及内里的三道屏风门全部打开，让山东船撑进金庐内宅送米面油盐，直到洪水退去，清了淤后方才重新关上。此外，这前后三重门只在金家大喜或是大丧的日子里才会全开。

第三章

庆中秋乐融融四代同堂　读家书喜滋滋举家高兴

三年前的中秋夜，金家人有一次难得的团圆聚会。

这年中原无战事，老大金绍梁休假在家。金老太爷命下人将中门打开，在"同胞孝友"牌匾下的石廊上摆下两桌。一家人在老太爷的率领下在公婆龛前祭过祖后，回到正厅的石廊前，围着圆桌边吃、边聊、边赏月。

席间小妹金绮霞的话最多，她冲金绍梁嚷嚷："大哥，你常年在外，见多识广的，说说看，这些年你都经历了哪些趣事，也好让我们这些井底之蛙长长见识。"

金绍梁笑道："小妹，我们东奔西跑，忙的都是上司派下来的公干，你当大哥是游山玩水哩。这衙门口进去，那衙门口出来的，乏味得很，哪来的什么趣事？"

金绮霞不信，说道："不就是游山玩水吗？河北、山西、湖南、湖北满世界地乱跑，这回出去也带上我如何？"

金绍梁笑道："我告诉你，在这家里，除了爷爷，是没人敢带你出去的。带你出去，那是'鸡母扒粪厝——没事找事做'，自己给自己添乱。"

金绮霞嘟着嘴："不带就不带，我才不稀罕！"接着缠着金老太爷撒娇说："爷爷，他们都说我，嫌弃我，在这个家里只有爷爷你疼我了，你带我出去走世界，看看去。"

金老爷子笑哈哈地说道："古人说了'读万卷书，行万里路'，爷爷是真想带你出去看世界，可惜现在爷爷老了，走不动了。你也背不动爷爷啊。"

众人听着都笑了，金绮霞见众人取笑她，脸上挂不住了，生气地说："哼，你们一个个都是门缝里瞧人！我和淑萍约好了的，再熬两年中学毕业了，到时我们上北平读书，我自己单枪匹马闯天下去。"

金绍梁见她真生气了。连忙打圆场说："小妹别生气，大哥是逗你玩的。有机会大哥一定带上你。爷爷刚才说得太对了，读万卷书，行万里路，我这回要是不到山西办差，真是辜负了英华八年四的时间。"

八年四个月是英华的学制，毕业时大约相当于现在的大专水平。

众人问说，到山西出趟差为何会有这么大的感慨。金绍梁听后，用手沾杯中的酒，在桌面上大写个"解"字问道："这个字大家都会读吧？"

金绮霞伸长脖子看了眼后，不屑地说："不就是个解（jiě）字吗？有什么好高深的。"

金绍梁问说："当姓该如何念？能会一种读法的人，算他不是文盲，会两种读法的，说明他是个有文化的人，能读出三种读法的才是个有见识的人。当然说细了，还有第四种读音，那是四声发音，阳平、阴平声不同而已，是语言学家的事，姑且不论。"

金绮霞翘着嘴巴，得意地说："当姓时读 xiè，《水浒传》中双头蛇兄弟二人的大名就叫解珍、解宝。"

金绍梁故作神秘地问："这是个多音字，当地名时又该如何念？三国时关羽就是山西这地面上的人。全国各地都有关帝庙，但那儿的关帝庙是祖庙。我到山西时逢人便问说，要去解（xiè）州的关帝庙瞻仰关老爷，当地没人听得懂，洋相出大了去。"

金绮云也好奇地问说："读解（xiè）州难道不对吗？"

金绍梁说："当然是错了，不然就不叫出洋相了。"

金绮霞急道："大哥，你要是再卖关子的话，我们就不听了。错就错，也没什么了不起的，况且我们又不像你，要到他那儿去出洋相，去自讨没趣。中国这么大，我干吗要往他那儿挤呀？再说了，他们山西人要是到了我们福州的地界上，我们说的话，他们怕是一句话也听不懂，一个个都是聋子。"

福建最是个多方言的地方。有以福州话为主体的闽北方言，以厦门话为主体的闽南方言，以龙岩客家话为主体的闽西方言，以莆田话为主体的闽中方言。要是细分的话，还有福清话、长乐话、福安话、仙游话、永春话、潮汕话，等等。山南山北不同语，河东河西不同音。

金绍梁不卖关子了，笑道："当地人读作 hài。问路时要说是去解（hài）州关帝庙。"

金绍檀插话道："果然是大哥有见识，你要是不说，这桌面上除了爷爷，大家可能都读错了。"

金老太爷听孙子恭维自己，连忙表态，谦逊地说："爷爷没到过山西，也是读错的。"

吃到酒酣耳热时，一轮金黄色的圆月升上白色的墙头，大家的兴致高了起来，老五金绍城提议玩行酒令。

金绮霞听了高兴地站起身子，离席拍手叫好，说："五哥出的好主意。《红楼梦》里贾府的人，上起贾母，下到丫鬟，一到喝酒，没有不行酒令的。'金鸳鸯三宣牙牌令''寿怡红群芳开夜宴'的章节里，都行了酒令，连刘姥姥都会来上几句，有趣得很。刘姥姥说的'一个萝卜一头蒜''花儿落了结个大倭瓜'，很是接地气，笑死人了。"

金绮云也说："今晚是八月十五月圆夜，我们就以月为题，每人说一句子，不拘是唐诗、宋词还是元曲、百家诗，只要是吟唱天上月亮的都行。从说的人的下家开始数，数到句子里的月字落在谁的位子上，那人就接下去说出下一句来，说不出来的罚酒一杯。说重了的、说错了的，也罚酒一杯。"

金绮雯附和道："我们选爷爷当酒令官，负责监酒，用筷子敲五下碗边，到了敲响第五下还说不出来时，自己喝了杯中的酒，下家接上，谁要是要赖，大伙儿起身来灌了他。"

金绍梁打趣道："没想到雯妹也如此厉害，只怕最后被灌酒而又要赖的人非你莫属。"

金绮雯哼着鼻子说道："大哥小瞧人，待会儿大嫂被罚时，不许你代喝！你就先说吧。"

金绍梁是大哥，坐小辈桌的主位，下首位是蔡纹秀、绍檀、冯玉茹、绍添、绍理、绮云、绮雯、绍诗、绍龙、绮霞。蔡纹秀和冯玉茹都是书香门第出身，唐诗宋词打小起就烂熟于心。见他们兄妹要逗乐，也爽快地点头应战。

绍梁呷了口酒便开口来一句："海上生明月。"依顺序该绍理接上。绍理不假思索，呷上口酒后说："月上柳梢头。"下头该绮云，绮云说："举头望明月。"又落到了绍梁的座上，绍梁笑着说："亲兄妹也如此地算计，好在是刚刚开始，还难不倒我，我接上'孤灯闻楚角，残月下章台'。"金绍檀说："大哥毕竟是军旅中人，一肚子的边塞诗，有气势。"下边该金绍檀，接上："一年明月今宵多，人生由命非由他。"又该绮云，金绮云吟诵道：

"阳月南飞雁，传闻至此回。"

金绮雯人小鬼大，听了不依，说："大姐说的这句不能算，是你自己刚才说的，必须是'天上的月'。此月非彼月，不能算。请酒令官仲裁。"

阳月是阴历十月，是时间，因此绮雯不依不饶。

老太爷正乐呵着，听孙儿们斗嘴斗诗，现在见孙女发刁，就笑着依了她，说："好个厉害的小妹，是该罚绮云的酒！"

金绮云笑着说："讨厌鬼！回头掇唆二叔给你找个厉害的婆家，远远地嫁了去。"众人大笑。绮云只得喝了杯中的酒后另说一句："青冥浩荡不见底，日月光耀金银台。"众人说好，有气势。

下边该绍诗，绍诗呷口酒，接道："别时茫茫江浸月。"下边该绍添，绍添也呷口酒说："春江花朝秋月夜。"下边该绮霞，绮霞接上："绕船明月江水寒。"落到冯玉茹位上，冯玉茹接上："明月出天山。"绍理接上："唯见江心秋月白。"下边该蔡纹秀，蔡纹秀接上："月明松下房栊静，日出云中鸡犬喧。"该绍檀，绍檀脱口而出："莫使金樽空对月。"下边该绍龙，绍龙接上："更深月色半人家，北斗阑干南斗斜。"又回到了绍梁。

绍梁说："我前年去上海出了趟差，也是八月中秋前后，在西塘古镇上小住了一个晚上。镇上的人唱戏、放河灯很是有趣，得了两句，也含有月字。"

众人都说大哥做的诗一定好，算数，催他快吟。

金绍梁笑道："原想凑成首七言绝句，无奈江郎才尽，另外两句硬是出不来。今天在座的都是自家的兄弟姐妹，我就不怕出丑了，说出后边这两句来，让大家评评。"遂吟道："水榭歌台唱宝黛，河灯载月出西塘。"

众人听了都说好，很有江南水乡的味道。

……

喝到酒酣耳热时，金老太爷招呼绍梁的媳妇蔡纹秀说："老大家的，将都都抱上前来与太爷爷排排坐。"

金绍梁年前晋升中校营长，回家省亲时有了这个儿子，因为长得虎头虎脑，胖嘟嘟的，就有了这个雅号。

蔡纹秀连忙给爷爷递过都都。老人欢喜得脸上开了花，说："这孩子还没个大名吧？"

金绍梁知趣地回说："爹和我都等着爷爷给他取个响亮的名字哩。"

想必是思谋已久，老太爷点头捋须，说道："好的。这孩子是敏字辈。我们金家虽是经商，但诗礼传家。人生立命，贵敦大节，读圣贤书，通明哲理是最要紧的，这孩子就叫敏哲好了。"

众人听了都说好，恭维老人思虑敏捷、学问了得，给曾孙儿起的名字寓意深长。纹秀拱起儿子一双细嫩的手，冲着金老太爷说："都都谢谢太爷爷赐名。"

这一晚合家欢乐。

一晃三年过去了。这日，金老太爷正与三个儿子、儿媳议事，见蔡纹秀带着都都来请安，老人想起了昨日绍梁从湖北军中寄来的信，便问蔡纹秀说："昨日绍梁来的信，你都还没给我看呢，老大在信中都说了些什么？"

蔡纹秀说："也没说什么，只是报平安而已，多是些家常的话。信中说，眼下直奉战事紧，他又要上前线了，不想让爷爷和家里人担心，嘱咐我不要多说生事，所以我看了信后方才没有吱声。信上还说日前他又晋升了，现在是上校团附。既然爷爷说要看信，我这就回房给您老拿信去。"

老太爷听了嗔怪道："喜事啊，怎么不早说呢？待看了信后我们一齐到公婆龛前行礼上香，禀告先祖。我们祖上有中过举的，当过学政的，却还没出过将军。老大方才过了而立之年便如此争气，当将军挂帅印是早晚的事，不愧是我金氏子孙。"挥手让蔡纹秀赶快回房中取信去。

一会儿工夫，蔡纹秀取来金绍梁的信，金老太爷从郭姨太手中接过老花眼镜戴上细读。金绍梁在信中写道：

纹秀吾妻如晤：

来信接读，知家中诸事平安，甚慰。

直奉战事起后，军务悾偬，未能即复，望见谅。

大帅已率大军亲赴山海关前线督战，可望旗开得胜。承蒙大帅抬爱，拙夫现今已擢升上校团附，在河北石家庄驻守待命，勿念。

家中诸事无论大小均按爷爷、爹和二爸、三爸的意思去办为妥，凡事切勿自专。

爷爷和爹妈膝前多为愚夫尽孝，小心照看都都，代向爷爷、姨奶奶、父母亲大人，及二爸、二婶、三爸、三婶诸位大人请安，拜托了。

夫绍梁，民国十五年十月。

金老太爷看完信后递给儿子达有，说："你也看看。"

金老太爷嘱咐蔡纹秀说："你回信时对老大说，家中大小都好，让他放心，虽说石家庄目前无战事，但军中无小事，凡事还是要小心为上。告诉老大，家中的人都为大帅和他祈福，保佑大帅早日班师回汉口。"

然而，世事难料，这次金老太爷看走眼了，这回直奉大战，吴佩孚输了。大战正酣时，西北军冯玉祥横插一杠，发动北京政变，抓了曹锟。吴佩孚在山海关前线的部队腹背受敌，一溃千里，他自己闻讯后只得从塘沽登舰南逃回武汉老巢。

金达有听老爹说要为大帅祈福，便说："爹说到祈福一事，我倒是有个主意。"

金老太爷饶有兴趣地问说："你说说，是什么个主意？"

26

金达有说："爹是知道的，于山戚公祠里有副对子是吴大帅的手书。于山边上是九仙山，九仙山上的天君殿香火旺得很，王天君是武神，我们不妨上那儿烧香祈福，最是灵验的。"

二儿子达澎也附和道："吴大帅是前清的秀才，是名儒将。吴大帅对联的上联写的是'雪国耻四百年在前，公不愧曰武'；下联是'绍兵书十三篇于后，吾曹读其书'，对仗极其工整，书法老辣，写得龙飞凤舞，好极了。"

三儿子达尊也说："爹，我听许多人说了，天君殿上的签最是灵验的。好些长乐、连江、闽侯、永泰这些周边县上的人，大清早就从家中动身赶了来。进香的人多是从山脚开始，三跪九叩地进到殿中的，虔诚得很。"

于山天君殿原名九仙观，是祭祀何九仙和王天君的道观。观内供有王灵官的塑像，赤脸虬须，举鞭伏魔，威风凛凛。每年六月十六日天君诞时，八闽信众，纷至沓来，热闹非常。现今道观边上的炼丹井古迹犹在。

三儿子媳妇金方氏也说道："听人家说祖庙听唱曲也灵验得很。我们在天君殿里抽了签，下了天君殿后再顺道上祖庙听唱曲不是正好？"

茶亭闽越王祖庙是祭祀无诸的庙宇，《闽都记》中记载："庙后一丘，盖无诸冢云。"闽越王祖庙建于明朝，今已无存，唯留有路名可寻得一斑旧迹。

听唱曲是榕城民间的一种占卜术。以善男信女在祖庙内行香上供后出来，在庙前街边听到的第一句话为神明的隐语，请高人解签后便可断出吉凶。茶亭祖庙以听唱曲准、灵而闻名。

长房达有媳妇金洪氏说:"街头的甄教授,那么有学问的一个人,他太太也信听唱曲。那天甄太太来家闲聊时说了,她听中亭街宫老板的太太说,坞尾街的钟太太年前在家中因为钱上的事和钟老板拌了几句嘴,气得钟老板当下离家出走,一走就是几个月,音信全无,活不见人,死不见尸,钟太太急得没主意,便上祖庙听唱曲。"

金卢氏急问说:"都听到什么了?"

金洪氏说:"结果听到两个女生一路上背咏着唐诗走来。宫太太听到的那句正是李商隐《夜雨寄北》中的最后一句'却话巴山夜雨时',回家来后怎么也想不明白,就让在街头摆摊的夏瞎子参详。夏瞎子说是上上曲。"

金卢氏好奇地问:"'却话巴山夜雨时',一句平平话,怎么就成上上曲了?"

金达澎呛老婆说:"这用得着请夏瞎子参详吗?钟太太没读过什么书,大字不识几个,她想不明白也就罢了,亏你还是个识文断字的,怎么也犯了糊涂?你在家当姑娘时也是读过唐诗的,怎么就想不明白?'却话巴山夜雨时'说的不就是时间吗?"

金洪氏不理会他们,继续说道:"夏瞎子说'却话巴山夜雨时',全诗共有二十八个字:'君问归期未有期,巴山夜雨涨秋池。何当共剪西窗烛,却话巴山夜雨时。'前边第三句说得明白,秋天钟老板准能回来。钟太太听了,方才放下心来。到了中秋节的前几天,钟老板果然回家来了。原来年前蚀本时,正生着闷气,没想到回到家中又被老婆数落,便去台湾走了一趟单帮,结果发了,这才又风风光光地回家来过中秋了。"

金达有听了,嗤之以鼻说道:"牵强附会,无稽之谈。"

三位太太都不理会他。金方氏对金老太爷说:"爷爷,我也听说了,听唱曲确实准。贾律师是多开明的一个人,那天贾太太来打麻将时也说了件听唱曲的奇闻。"

金洪氏忙道:"三弟妹,是奇闻你就说来大家听听,别卖关子吊爷爷的胃口了。"

金方氏说:"贾太太说她听人说,上杭胡记钱庄的胡老板,他太太一早梳妆时将一只金耳环放在了梳妆台前的桌面上,去了趟洗手间,也就是一刻钟的时间,回来时发现耳环不见了。当时房门是锁着的,她住的是三楼,也不大可能是飞贼从窗户进来,好生奇怪。便去听唱曲。"

金洪氏问说："她都听到什么了？"

金方氏不慌不忙地说道："她隐身在拐角处，见到一个汉子在追赶走在前边的另一个汉子。那汉子一边追，一边口中喊道'你这个鸟人能不能走得慢些，让老子一路上好追得你气喘'。胡太太将这句话记在了心中，回来后让夏瞎子参详。"

金卢氏催问："夏瞎子是怎么说的？"

金方氏说："夏瞎子听了后哈哈大笑，说：'胡太太，你的金耳环找到了。'胡太太问说：'我的金耳环到底在哪儿？'只听夏瞎子捋须笑说：'被你家窗外那棵大榕树上的乌鸦叼到它的窝里去了。'胡太太雇人爬到树上将乌鸦窝拆了下来，拨开树叶子，果然在树叶底下找到了金耳环，你们说神不神？"

金达荸听了，讥讽老婆说："都是张三听李四说，李四传到王五、马六耳中去的故事。你这段子，想是贾大律师办案时，侦探故事听多了，编出来哄老婆睡觉时用的。分明是胡编出来的故事，你倒说得有名有姓，有鼻子有眼睛，像是真的一样。夏瞎子要是知道金耳环在鸟窝上，他自己早让他的家人架梯子上去取走了，还会留给胡太太去取？要知道金耳环可是比他胡说八道的算命小费贵得多。"

金方氏回说："爱信不信，懒得理你。甄太太说，她初听时也不信，回家同甄教授说了，甄教授说乌鸦喜欢叼光亮的物件是有科学根据的。你们想呀，金耳环放在窗前，映着日光，不正是件光亮的物件吗？"

金达澎媳妇金卢氏在边上搭话，为金方氏开脱说："三弟，鬼神这种事较真不得。信者有，不信者无。有人问鼓山上的老方丈说，大家拜佛，礼佛，可是没人见过佛。老方丈回答说，佛在心中。俗人与菩萨形同路人，你不认识我，我也不认识你，你若敬我，我必帮你，行善之人即是佛。说得何等透彻。"

金冯氏说："我倒是听人说了，今年于山上的兰花开得好，蝴蝶兰、石斛兰、蕙兰、兜兰、洋兰，黄的、绿的、紫的，品种花色多了去，都摆放在了戚公祠到天君殿的路边上，好看得很。我们权当是去散散心好了。"

老太爷看大家高兴，也乐得做好人，当下表态说："叫马车吴将车擦干净了，你们明天都到于山玩乐去好了。留下都都和我在家守着，咱爷孙俩是难得清闲来着。"

第四章

求赐福天君殿三房拜神　解谶语薛镜溪一语中的

金家马车夫的大名叫吴天亮，他爸的名字叫吴际发，他妈名字叫翠儿，与金家有三代的渊源。

金老太爷和金老太太大婚时，金老太太的娘家送女儿一辆马车当嫁妆。作为陪嫁，马车夫吴际发和他的媳妇翠儿随马车一同来到了金家，第二年生下了吴天亮。

吴际发过世后，吴天亮接过马鞭子继续为金家人赶马车。因为是金家的世仆，金家绍字辈的人都尊称吴天亮为吴叔。吴天亮有三个儿子：吴海波、吴海平、吴海中。

吴天亮知道，自己的儿子长大了后不可能都待在金家当下人、吃金家的饭，自己得为三个儿子谋划将来，好让他们能有个出头的日子。

吴天亮虽没读过多少书，但脑袋瓜子清楚，商业嗅觉也敏锐。他看到了台江汛的繁华，来来往往做生意的人多。老板们为了显摆身份，出门时一般都要坐车，短途的多是坐黄包车，长途的当然是坐马车舒服。

吴天亮想到自己除了会驾马车外也没有什么别的本事，筹划着要开个马车行，让三个孩子长大后能接他的班，驾车挣钱，也是个不错的营生。

吴天亮思量再三后将他的想法禀明了金老太爷，说他想自己出钱买三辆马车，开个马车行，三个儿子一人驾一辆，作为他们成家后的生计。

金老太爷听了后并没有反对，说："天亮啊，你的想法没错，想买就买吧。但一下子买三辆，心大了点，你手边积攒的那些钱可能不够，就不用买三辆，先买两辆就可以了。我们家的这辆车也不常用，只要用时，你能不误事，随叫随到，你就留着用吧，用不着四处借钱买车了。古人都说了'不信上山擒虎易，果然开口求人难'，找人借钱的口不好开啊。"

吴天亮道了谢。满心欢喜，新买了两辆。自己和海波、海平每日驾车到台江汛码头去等生意。果不其然，三辆马车的生意顶好，街坊邻居送给他一个雅号——马车吴。

现在马车吴与金家的关系仿若《红楼梦》中的赖大与贾府，只在名义上有一丝瓜葛，实际上已经独立出去了。当然赖大在贾府当的是管家，虽是下人，地位比马车吴显赫多了。

马车吴是个老实人，他记住了金家人对吴家三代人的恩典，果然守约，金家用车时他从不误事，亲自驾车，确实做到了随叫随到，金老太爷十分满意。

金老太爷用车时常对他说："老吴头啊，你也有岁数了，驾车的事就让海波、海平他们年轻人去好了，用不着回回都是你跟着车子来回跑。"

马车吴回答道："孩子们年轻气盛，驾车时马跑得快，车颠得厉害。少爷、小姐们出门，喜欢刺激，我便让海波、海平去给他们驾车。车子跑得越快他们越开心。老爷、太太们出门，车要走得稳当，不能有半点闪失，还得我亲自驾车才放心。"

吴海中是马车吴的小儿子。吴海中初中毕业时十四五岁，不喜欢读书，更不想长大了当马车夫。他崇拜侠客，喜欢拳脚，常与街边的小混混过招，打群架。马车吴夫妇怕他惹祸，整日里提心吊胆的。三年前金家老大金绍亮省亲时吴海中缠住他，要去当兵。

军中用人，任人唯亲是铁律。正所谓打虎亲兄弟，上阵父子兵。远的如曾国藩的湘军，李鸿章的淮军，清一色的湖南兵、安徽兵，再远如西楚霸王的江东子弟兵，南宋的岳家军，用的也多是乡党。近的如蒋公侍从室，非黄埔系、江浙人不用。

金绍梁见吴海中长得结实，人也机灵，就让他跟了去，当自己的勤务兵。但凡自己出外办事都带着他。

去天君殿上香，明里说是给吴大帅和绍梁祈福，其实三房头里去的人各有自家的心思。二房的目的是求子嗣。老二媳妇老不见生养，金达澎夫妇急着抱孙子，今天正好借此机会在菩萨面前上炷香，许个愿。三房金达尊夫妇是为了两个不着家的儿子求个平安。

冯玉茹是个明事理的女人，她来到金家三年多了，却还未生养。她知道在她的背后，爷爷乃至公公、婆婆对她已经有了许多的闲言碎语。

"不孝有三，无后为大。"冯玉茹清楚地知道这句话的内涵。女人七出的第一条就是无子。她从金卢氏近来对自己不冷不热的言语中体察到了婆婆对自己的冷漠和敌意。

前些天婆婆让吴妈给她和绍檀送戏票，让他们去广裕楼看戏，戏名《钗头凤》。看完《钗头凤》回家后，小夫妻二人在房中对视，相对无语。婆婆的用意太显白了。

《钗头凤》说的是陆游和唐婉的故事。唐婉是一个才色双绝的女子，民国虽然也有才女，但能写出《钗头凤》这般凄美、哀婉文字的，至今未见一人。唐婉写的《钗头凤》词曰：

　　世情薄，人情恶，雨送黄昏花易落。晓风干，泪痕残。欲笺心事，独语斜阑。难！难！难！　　人成各，今非昨，病魂常似秋千索。角声寒，夜阑珊。怕人寻问，咽泪装欢。瞒！瞒！瞒！

虽然陆游和唐婉小夫妻恩爱，无奈天不作美，婚后唐婉一直没有生养，尽管唐婉是她婆婆的娘家人，但最后还是下了狠心，让儿子将她娘家的侄女给休了。

冯玉茹明白，现在虽然是民国了，但旧观念根深蒂固。婆婆能隐忍至今没有过分地为难她，她得心存感激了。她听说明日公公婆婆要上天君殿进香，也有心前往，好在菩萨面前许个愿。

蔡纹秀信基督教，信上帝，上洋教堂，不拜菩萨，平日里是不去寺庙的。但明日不同以往，公公、婆婆是为了自己的丈夫去祈福上香的，她得有个态度，只能说去，权当是去旅游散心，便邀上冯玉茹一同前去。冯玉茹原本就有心前去，见蔡纹秀邀自己同去，便痛快地答应了。

第二天一早，金达有夫妇带上两个弟弟、弟媳妇和蔡纹秀、冯玉茹，一行八个人，坐上吴氏马车，高高兴兴地上于山去了。金家绍字辈的年轻人则嗤之以鼻，都表示对上香、听唱曲这类迷信活动不感兴趣，不屑参加。

临出发时金达有对金老太爷说："爹，今晚我们这些人就不回家来吃饭了。听说听唱曲要在晚间听到才准。我们就在城内找家馆子，吃了暝（福州方言'吃晚饭'）后再去祖庙。"

金老太爷对郭姨太说："他们乐他们的去，晚上带上都都，咱们也上广裕楼吃馆子去。"

金绍檀在旁听了后，道："难得爷爷高兴，我一会儿就上广裕楼订位子去。"

　　这日天高气爽，云淡风轻，游人如鲫，果然是大好光景。金达有夫妇一行八人先是拜谒了戚公祠、醉石、思儿亭，再游白塔定光寺，最后到了九仙山顶上的天君殿上香抽签，求神灵保佑绍梁在这次直奉会战中能再立新功，加官晋爵，光宗耀祖。

　　金洪氏在天君殿上抽到的是上上签，签面上是一首诗：

　　　　高洁素雅水仙花，
　　　　绽放春寒料峭时。
　　　　雍容华贵十月菊，
　　　　万紫千红在金秋。

32

　　金卢氏虔心礼拜后抽了签，签面上也是四句诗：

　　　　天君殿上一炷香，
　　　　求得观音瓶中露。
　　　　洒向人间百姓家，
　　　　滋润庭前桂花树。

　　金方氏记挂老三金绍添，焚香默祷后摇动签筒，跳出来的签面上也是四句诗：

　　　　火烧赤壁姓名扬，
　　　　世人争说周都督。
　　　　英姿勃发儒雅将，
　　　　娶得小乔藏金屋。

　　众人相互看了签语，都说好。出了天君殿后，方才黄昏，金达有让马车吴驾车到聚春园。

　　聚春园开业于清同治四年（1865），距今近两百年，是福建省现存历史最为悠久的酒楼。最著名的招牌菜是佛跳墙，取和尚闻香跳墙弃佛来食之意。

佛跳墙这道菜中用了山菇、海参等诸多山珍海味，佐以上好陈年老酒，焉能不好？

金家住南台，金达有一行很少有机会进城，就是进城也难得上酒楼饭馆。蔡纹秀娘家虽在城内，但她一个姑娘家的上酒楼多有不便，也没吃过佛跳墙。

金达有是长子，知道先辈创业的艰难，崇尚节俭，平日间从不下馆子。今天因为老婆刚才在天君殿里抽了个上上签，心中高兴，就点了一坛佛跳墙，权当是小还愿。

聚春园伙计端上佛跳墙，开坛时果然香味四溢。陈日耀曾作《聚春园赋》一首赞曰：

聚春名园，闽菜至尊，业经百年，沧桑历尽；再跨世纪，风韵犹存。

遥想当年：车水马龙，双门楼前；酒绿灯红，贤南河畔；聚多冠盖，春满壶觞。其间有多少名士佳话成就，风流逸事流传。

欣逢盛世，更见辉煌：画栋雕梁，如登玉皇凌霄殿；玉盘金樽，似赴王母瑶池筵。炫人眼目，剪取彩虹色七般；沁人心脾，借来韩郎香一段。细嚼慢咽，疑人间有这般美味？浅酌低酌，信天上无此佳酿。正是：香飘四邻，佛子曾弃禅跳墙；名扬五洲，宾朋常跨海越洋；偕福寿成双全，容奇珍于一坛。

斗转星移，寒来暑往。富贵荣华，清梦黄粱。有言道：古来圣贤皆寂寞，唯有食者美名扬。庖丁解牛，观者叹服；彭祖调羹，帝尧称赏。廉颇啖肉，万丈雄风不减；太白举杯，千秋诗名永传；袁枚善烹，随园尚留余芳；东坡解煮，时人争说美谈。余音绕梁，夫子品尝干肉味；留香盈齿，孙文独赞"中山汤"。

国以民为重，民以食为天。享罢盛宴一场，阅尽人间万象。执手交颈，细诉多少卿卿我我；推杯换盏，了却无数恩怨。交情深浅，席上可见，城府高低，饮中毕现。横七竖八，醉倒哪位酒海狂客？吆三喝四，消磨几多尘世忧伤。

夜色残，酒席散。执手相送，道别却难。青鸟常遣，佳音频传。

但愿不久，期盼来年，重逢聚春，再续前欢。诗曰：

聚散几度春，杯盏换乾坤。

岂肯负此生，明月照空樽。

出了聚春园时天光已完全暗了。金洪氏惦记着祖庙听唱曲一说，便对众人说："我们这就去祖庙，找个僻静的去处，隐了身子，各自听唱曲去。"

众人说好。

马车吴将车拉到祖庙，在僻静处停下。众人进祖庙烧了香后，出来在路边上拐角处停下，隐了身子，侧耳细听来人说话。

金洪氏身体肥胖，金达有和蔡纹秀陪着她，走得慢，刚走到拐弯处，见有两个五十靠边的汉子说着话，眉飞色舞地朝他们边上走来，只听左边光了头秃了顶的汉子说："昨晚曲蹄仔讲《三国演义》中关公斩庞德、擒于禁、威震华夏一节，说得绘声绘色，传神叫绝，真叫人听得过瘾。"

金达有和金洪氏屏住了呼吸，细听得边上的汉子附和着那秃头汉子的话："曲蹄仔说书果然传神了得，尤其是他那珠箸急钹的诉牌功夫更是一绝。"

水上人家也叫疍民，是秦汉时闽越人后裔，以蛇为图腾，所以疍人妇女的头簪多为蛇形。水上人家长年在江面上的山东船内生活，船舱低矮，直不起腰，多得弯着双膝劳作，故被人戏称为"曲蹄仔"。

"曲蹄仔"一词成了小市民对水上人家的贬称，一直到了二十世纪五十年代后，政府明令禁止人身歧视，"曲蹄仔"一词才逐渐没人说了。陈春生是船上人家出身，因此社会上的人都叫他"曲蹄仔"，久而久之，"曲蹄仔"三字竟成了他的艺名、雅号。

蔡纹秀听得真切，对公公金达有说："爹，来人唱得好啊，'关公斩庞德、擒于禁、威震华夏'，不正应了这次直奉大战？看来吴大帅这次出师一定能大捷奏凯。我们回去同爷爷说去，他老人家听了一定高兴。"

众人聚拢来听了蔡纹秀的话，都说是好兆头。回到家中绘声绘色地说给了金老太爷听。

金老爷子听了后，却面无喜色，他嘱咐金达有说："你让老大媳妇写封快信去，让老大凡事留点神，胜不骄，败不躁，不出风头，无功无过，平安是福！明年是他的本命年，凡事要格外地小心谨慎，低调行事才好。"

老人对水淹七军并不在意，他在意的是关云长水淹七军、威震华夏、风光之后接下来败走麦城的故事。

金老太爷对金洪氏在天君殿抽来的签也不看好，水仙和秋菊虽然好看，但花期太短。老人嘱咐完后推说身子乏，转身进屋去了，口中念叨着："先吉后凶，得小心啊！"

但凡是穷人多的地方有两样生意好做。一样是彩票生意，一样是看相算命。穷哥们只要用身上些少的闲钱，就可以从算命先生口中，或是四四方方的彩票上，换来对自身命运时来运转的希望和憧憬，何乐而不为？算命先生的金口玉言是他们平复心灵创伤的灵丹妙药。从这意义上说，一个好的算命先生不啻是一个高明的心理医生，与教堂里的牧师异曲同工。

安乐铺长不过百米，就住有夏瞎子和薛镜溪两位算命先生。金老太爷认定夏瞎子是走江湖的，满嘴跑火车，没水游九浦，专会哄骗女人，并不待见。

薛镜溪是读书人出身，在光绪年间屡试不中，连个秀才的功名都没有取得，自嘲为国学生，算是个不折不扣的前清遗老。科场失意后，为了生计，薛镜溪闭门研习易经，颇有心得，便做起了算命卜卦这桩生意。

薛镜溪独居在安乐铺东头的一幢两间排的小屋里，无儿无女。他没有夏瞎子的地利。夏瞎子的家在安乐铺临近安乐桥的地面，他只要在家门口立块牌子就可以做生意，十分便捷。薛镜溪的家在安乐铺巷子的深处，因此他只得将卦摊摆在中洲临江边走廊的角上，并不显眼，但因为他从无妄言，少有遗算，誉满台江汛，到他的卦摊前问程卜吉凶的人也不少。

每日间他着一件长衫，头戴瓜子帽，提着他的卦箱，慢悠悠地走过万寿桥，虽是瘦骨嶙峋，但精神矍铄，十来分钟便到了他的摊点。到了摊点后，他会到卦摊边上的杂货铺取来一壶开水，给自己沏上茶后，一边品茗，一边欣赏江景，静候客人。

在金老太爷的眼中，薛镜溪多少有点学问，可以引作清谈客。因为是老邻居，又同是长者，金老太爷与薛镜溪平素间多少有些走动。好天气、好精神时，金老太爷会在郭姨太的陪伴下到薛镜溪的卦摊闲聊几句，但从不算命。

两个老人偶尔也会聊到算命卜卦的事。薛镜溪坦言，算命卜卦纯属子虚乌有，自己只是借此混碗饭吃而已。有人说自己算得准，不如说自己善于观言察色。

薛镜溪说:"但凡来算命的人,多是遇到了疑难未决之事。他们来我的卦摊前说事,与其说是来寻找未知的答案,不如说是来寻求一种心理的安慰,因此只要是不把话说绝对了,来算命卜卦的人多会带着模棱两可的说辞满意地离开。"

薛镜溪见金老太爷听着,并无厌倦之意,便继续说:"当然算命先生要做到善于观言察色这一项也并非是一日之功,不但得有天文地理诸多方面的知识储备,还要洞明时事。对诸如《容斋随笔》中说的'丙午、丁未之岁,中国遇此辄有变故'之类的坊间杂谈要了然于心。"

薛镜溪对金老太爷说:"《水浒传》中宋江征幽州凯旋后上五台山参禅,智真长老看透了朝廷以毒攻毒的计谋,算定了宋江还得要奉诏南下征方腊去的。两虎相斗,自然得两败俱伤,所以给出的偈语是'当风雁影翩,东阙不团圆。只眼功劳足,双林福寿全'。打完方腊后,梁山上的一百单八将果然是十去七八,'不团圆',准得很。

"《三国演义》中刘备打东吴途中上青城山找李意问卦。东吴此时君臣一心,国富民强,人才济济。李意也是料定他此去必败后才手撕画纸,警示于他的。

"智真长老和李意与其说是活神仙不如说他们洞明时事,做出了正确的判断,巧妙地给出警示而已。"

金老太爷对薛镜溪的这番高论极为佩服,从不把他当江湖术士看。但这次不同,金老太爷自从听了金洪氏从天君殿和祖庙回来后的话语后,总是心神不宁。他想到薛镜溪说过的话,自己不妨到卦摊前寻求一种心理的安慰。

第二天吃过早(福州方言"吃早饭")后,金老太爷私下拿出金绍梁的定时纸,重抄了一份,放在了上衣的口袋中,在郭姨太的陪伴下来到中洲薛镜溪的卦摊前,坐下身后,并不多说话。

薛镜溪给金老太爷和郭姨娘让坐,斟上茶后问安道:"老先生近日无恙?"

金老太爷并不搭话,掏出金绍梁的八字,递上说:"请您给算算前程运命。"

薛镜溪接过定时红纸,扳起手指掐算了半晌,口中吐出三个字:"吉中凶。"

金老太爷听了后站起身来，说了句："谢了。卦金我会让我们家老二送到您家。"说罢扶着郭姨太往回走去。

金老太爷递出定时纸时，虽未曾明说是给什么人算的，但薛镜溪是老江湖，他瞧一眼纸上开列的生辰八字，对老太爷要算的是金府的哪位已经了然于心。此时见金老太爷心事重重地起身走人，便说："你我间给什么卦金，您能来我卦摊前坐坐，便是看得起老朽，我得说声谢才是。您就不用麻烦绍檀贤侄跑这一趟了。只是老爷子，您自己身子骨多保重。但愿老朽是瞎说，不必十分当真。老爷子回去后记得捎信给大少爷，当此军阀混战之秋，为人低调，平安是福。"

没等薛镜溪说完，金老太爷已经走出一丈多地。

第五章

承祖业金绍檀打理生意　传香火老太爷出谋划策

　　福州人过年要吃两次粥。一次是腊月初八的腊八粥，吃过腊八粥算是进入年关了。另一次是正月二十九的下九粥。吃过下九粥，才算过完了大年。

　　腊八粥主要用红豆、赤豆，目的是打鬼，为的是避邪降魔保平安。下九粥主要用红枣，讲究的是一个甜字，是女儿回娘家孝敬父母时奉上的孝顺粥。

　　这日吃过腊八粥后众人散去。金老太爷从郭姨太手中接过水烟筒，用口吹燃了手中的火媒子，点上烟，咕嘟咕嘟地抽了一阵子，过足了烟瘾后，将火媒卷和水烟筒递回到郭姨太的手中，自言自语道："多事之秋啊，家事国事，事事都不让人省心。"

　　二房媳妇唐玉茹一直没有生养，为了二房一脉的香火，金老太爷没少动过心思。想到此，金老太爷让吴妈追上前去，将刚离去的达澎夫妇叫了回来。

　　金达澎与媳妇金卢氏回来后站在一旁，恭敬地问金老爷子："爹，你还有什么吩咐？"

　　金老太爷示意达澎夫妇上前来，在离自己近处的椅子上坐下说话。金老太爷缓缓地问金卢氏说："你们家老二结婚也有些年头了吧？"

　　金老太爷在背地里对他的三个儿媳妇各有评语，说长房的金洪氏整日里浑浑噩噩，不管事，除了会打麻将，啥事都不管不问，是个糊涂虫。糊涂的人多福，有三个儿子，还有了孙子。二房的金卢氏算计太多，人滑头得像泥鳅，从不做亏本的事。人太精了不好，算来算去，最后算到了自己的头上。儿子都结婚这么多年了，还没添养，她怎么就算计不出个好方法来？三房的金方氏火暴子脾气，有点蛮，是根辣椒，仗着娘家有点势力，平日里专横了点，让自己的男人在家中说不得话，失了阳刚，显得窝囊。

金洪氏拜菩萨，是虔诚的佛教徒。金卢氏和金方氏信道教，每个星期她们都要结伴上道观做法事。大少奶奶蔡纹秀信基督教。金老太爷虽然自己信菩萨，但从不干涉她们的信仰自由。

郭姨太随老太爷信佛教，也是一个执着的佛教徒，私下对金老太爷说："一家子人还是信一种教的好，老爷子您瞧瞧咱们家，一门三教，您老得适时提醒提醒大少奶奶，不要信洋菩萨，还是信我们自个儿菩萨的好。"

金老太爷听了，笑着对郭姨太说："儒释道三教不分家嘛，现在只是多了个基督教，不妨事。大少奶奶她娘家人是喝洋墨水的，自然信洋教。但凡是人，不管她是信菩萨还是信上帝，有个信仰总是好的。天下的教派多的是，这教派，那教派的，但不管是哪门子教，教人行善这一条是一致的。有信仰的人，心中有敬畏，心中有了敬畏，就轻易不会去做坏事，由她们去吧。"

郭姨太听了默然，不再嚼舌根。

这会儿金卢氏见老太爷问起自己儿子的结婚年头，心中明白，笑着回话说："小四年了吧？"

金老太爷说："亏你还是个当娘的，倒还记得清楚。都四个年头了，还没个动静，你这个娘是怎么当的？"又问说："老二媳妇今年该是大二十几了吧？要是再没动静，怕是晚了！"

金卢氏回道："可不是，我和达澎也着急呀。可这是他们小两口的事，我们急也是白急，干瞪眼而已。我暗示过老二媳妇，可就是没动静。那天去天君殿上香时，我们也为这事许过愿的。在祖庙时我偷听到两个汉子对烟管子时说了句话：'借个火'。我和达澎都不清楚'借个火'是个什么意思，怕是火上浇油，不吉利，回来时便没敢跟爹您说起。"

金卢氏窸窸窣窣地从身上掏出从天君殿抽来的签递给金老太爷看。金老太爷看了四句签语后说："这就对了，两边都对上了。"

金卢氏急问说："爹。两边果真都对上了吗？是好签吧？您老倒是给我们详解详解。抽到签看了后，是好是坏，我和达澎都把握不定，心中还打着鼓哩。"

金老太爷指着签上的第二、四句话，说："这签上第二句是'求得观音瓶中露'，第四句是'滋润庭前桂花树'。观世音大士是送子菩萨，'瓶中露'这三个字分明是在暗示观音送子嘛。还有听唱曲的'借个火'，这不就对上了？是上上签，好得很。所以人家说听唱曲卜先知准得很，今天读了老二的签语，我是信服了。是得给老二'借个火'。"

金达澎听了，还是没全明白，摸不着脑袋，小心地问说："爹，'借个火'和观音送子有关系吗？"

金老太爷笑道："你真是个呆瓜，榆木脑袋！火，就是香火，老二家的要是自己生不出来，咱们可以借腹生子啊，这话不是明白得很吗？听菩萨的话自然没错。"

金卢氏说："爹，这主意我也想过，只是担心檀儿心地实诚，怕他不乐意，这事就不好办了。"

金老太爷胸有成竹地说："这事好办。"随后对站在边上的吴妈说道："这事得辛苦吴妈走一趟了。"

吴妈听到老太爷点了她的将，受宠若惊，连忙回话说："有什么事让我去办，老太爷尽管吩咐。"

金老太爷慢悠悠地说："这事得麻烦吴妈跑个腿，回你的古田老家去走一趟。帮助物色一个好人家的女儿，年龄最好要小些的，但身体一定要壮实，模样一定要周正，人要勤勉，最主要的是不能有脾气。多许人家些银子买了来，先放在老二的房中使唤，考察她些日子，到时候水到渠成，让老二收了，做个偏房，好生养。"

金达澎夫妇说这办法好。金老太爷听了高兴，就让吴妈将手头的事交割给杏儿去办，即刻动身办正事去。

众人退去后，金老太爷便和郭姨太踱出门外。

金老太爷有早晚散步的习惯。只要不是刮风下雨，或是身体不爽，金老太爷都会出去走走，活动活动手脚。

金老太爷的散步路线极有规律。

上午因为安乐桥桥头有早市，人声鼎沸，嘈杂得很，金老太爷便走南线，出安乐铺后穿过田垱街和苍霞洲街，去到广裕楼前的闽江边上呼吸新鲜空气。金老太爷在吸江亭小坐一会儿后，便徐徐走回，早散步时间约略为三刻时辰，计四十五分钟。

金老太爷黄昏时散步走北线，出安乐桥后左拐，沿中亭街走百十米后拐入三通桥，沿三捷河走到福星铺，进到真君殿内上炷香，与庙祝喝杯茶，聊聊天，再从星安桥转回到家中，时间约略也是三刻，四十五分钟。

这日清晨，金老太爷走南线，在吸江亭遇见甄老夫子正坐在亭中观赏风景、哦吟小诗，没敢惊动，轻轻地凑上前去。

甄子建正沉浸于自我陶醉中，面对江水，口中念念有词：

> 久坐书斋人困倦，信步洲边观江潮。
> 赏心亭中酌小酒，闲看野鸥逐波涛。
> 江风轻柔传鼓乐，剧场正演捉放曹。
> 自问平生何所好？唯爱朝霞与晚照。
> 忘却世俗烦心事，快意暮暮与朝朝。
> 日出流光满江红，蛋民唱和渔家傲。
> 清风阵阵耳边过，白云悠悠天上飘。
> 撒网捕得水中鱼，水上人家乐陶陶。
> 日暮西天堆彩云，苍霞洲边鸦雀噪。
> 早晚水天共一色，芦苇丛中藏水鸟。
> 俄顷天光暗无色，灯光闪烁万寿桥。
> 桥面往来人如鲫，明月悄上榕树梢。
> 钓者收竿归家去，岸边子子遗孤老。
> 江心渔船亮灯火，桨声呀呀忙归棹。
> 杖藜归去入柴门，室幽兰馥远喧闹。
> 躲进小楼演周易，修身养性自逍遥。

吟罢回头见金老太爷站在一旁，连忙施礼，将金老太爷让进亭子，在石鼓椅上坐下闲话。

甄子建不好意思地说："刚才忘情，失礼了，失态了，让您见笑了。"寒暄道："有些日子没见到老太爷的面了，一向安好？身子骨还硬朗？"

金老太爷客气地回道："甄先生是真雅士，旷世大才也。托您的福，老朽我没病没灾，能吃，能睡，能走，还能拉。您也都好吧？"

甄子建笑着道："老太爷说话越发地风趣幽默了，是个有大智慧的长者。"

金老太爷说："甄教授，老朽怎敢在老夫子您面前倚老卖老？先生最近都在忙写些什么大作？刊印出来后，老朽一定潜心拜读。"

甄子建回说："实不相瞒，近日来正在构思，也收集了些资料，想写一篇关于《十番音乐与秦腔之比较》的论文。我想过，在安乐铺地面上也只有老太爷您对十番音乐能说出些道道来，我若有不明白的地方，登门请教时，请老太爷不吝赐教。"

十番音乐是发源于福州茶亭街的民乐，又称十欢，其演奏乐器有笛、管、笙、椰胡、大小锣、大小钹、云锣、狼串、木鱼、檀板、清鼓等。声音洪亮，多在迎神赛会、婚丧嫁娶、家宴、舞龙灯等民俗活动中演奏，穿透力极强。

清人郑洛英有《榕城之夕竹枝词》一首传唱十番音乐的诗云：

闽山庙里夜入繁，
闽山庙外月当门，
槟榔牙齿生烟袋，
子弟场中较十番。

金老太爷听了后称赞甄子建说："甄教授果然不同凡响，老朽岂敢班门弄斧。十番出自东南福建，秦腔源于西北陕甘。十番清亮，秦腔粗犷，两者都有鲜明浓郁的地域特色。俗话说'一方水土养一方人'，甄教授将'十番'和'秦腔'二者放在一起比对，便能将音乐的起源和地域文化的特点凸显了出来，果然是奇思妙想。甄教授文章出来后一定要让老朽先睹为快。"

甄子建谦逊地回道："过奖，过奖了。在下今天是遇到知音了。只是文章尚在腹中酝酿、查阅资料的起步阶段，写成初稿，待到文章出手付印，为时尚早。在下动手写时，自然会有许多的不明白，难以下笔之处，当求老太爷点拨一二。"

金老太爷额首微笑，说："甄教授客气了。老朽年轻时也曾走南闯北，去过不少地方，也爱听曲。今日听先生说写《十番音乐与秦腔之比较》，老朽忽然想起当年在云南听到的纳西音乐，还有咱们漳泉潮汕的南音，要是能将各地的特色音乐之比较汇集成一本专著，在学界应算是件功德无量的美事。"

甄子建回说："谢谢老太爷点拨，不才会努力的。"

金老太爷笑说：“您先别急着谢我，只怕日后老朽还有事相托哩。”

甄子建回说：“老太爷但凡有事，知晓一声，只要力所能及，在下定不懈怠。”

金老太爷笑道：“说来尚早，只是未雨绸缪而已。我们家老七，也酷爱读书，他中学毕业后我就想让他拜在先生的门下专攻国学，先生肯收他作名入室弟子吗？”

甄子建谦虚道：“要说国学，在安乐铺街面上没人敌得过你们金家对门的关老先生了，他是前清秀才，国学的功底自是没得说。况且令孙少爷与关家二小姐是同窗，每日间同进同出的，俊男靓女，都成安乐铺街面上一道抢眼的风景线了，令孙少爷还用担心没有人来教授他国学吗？”

金老太爷笑说：“现在的年轻人行事大方，不避人眼色，让街坊邻居们见笑了。”

两人又闲话了一会儿，郭姨太见起风了，便催金老太爷回家，两人方才拱手告别，各自回家。

一星期下来，老人一直惦记着吴妈的消息。郭姨太打趣说：“又不是老太爷你娶小，这一日三催的，吴妈办事，哪件事不是办得妥妥帖帖的，你老安心等消息就是了。”

这天吃过早，金老太爷在郭姨太的搀扶下与二儿子金达澎来到前厅老二金绍檀的账房。

绍檀见了，连忙迎进，给爷爷、父亲让坐，金绍檀说道：“爷爷，有什么事你招呼一声，我进去见你，听你吩咐就是了，何必一定要出来呢。这门槛又高，上上下下，高高低低的，你要有个闪失，如何是好。”

金老太爷含笑说：“没事，不是有郭姨太扶着吗？我出来走走，正好活动活动手脚。”

绍檀以为爷爷是来看账本的，便挑出明细的呈上。老人一边翻看账本，一边不停地点头，夸道：“毕竟是商科出来的，一笔笔账都记得清清楚楚、明明白白。好！”

金绍檀禀道：“今年冬天寒冷，我爹让西芹场上的老张头多准备点木炭运来，一定能销得好。”

市面上热销的木炭有两种：膨炭与硬炭。

膨炭炭化度高，膨松，着火快，多用于炉子生火。硬炭炭化度低，生着火后燃烧的时间长，多用于煲煮汤汁。

福州虽说是南方，但冬天没有暖气，也不烧炕，就靠在房中烧木炭火盆，或在铜手炉里放些硬炭火取暖。因此冬季里硬炭热销，是二十世纪人家过冬必备的物件。

金老太爷满意地对达澎说："还是檀儿心细，想得周到，做生意就得有长远的眼光，未雨绸缪。"

老人吩咐说："年节快到了，场里场外人等的红包都要准备妥了，到时候早些天发给人家，好让他们回家办年货去。"

金家的下人除吴天亮外，另有四人。

头一个是吴妈，是吴天亮给介绍来的，主要是帮着大少奶奶蔡纹秀照看都都。上午上街买菜的活也归了吴妈，闲暇时也浇浇花草，擦擦桌子，做做卫生。

再一个是做饭的厨子，名叫依福，还有一名长工叫阿贵，平日里挑水劈柴的粗活都归他们。此外还使唤一个名叫杏儿的粗使丫鬟，专干擦地板、洗衣服之类的活。

在洲边的贮木场里还有四个人，三个是干锯木头粗活的工人，一个是管木材进出流水业务的先生。

账房里原有个管账的杜先生，无奈老杜年纪大了，老眼昏花，他管的账老是出差错，他自己也觉得精力不济了，主动请辞。刚好金绍檀商校毕业，老爷子就让他先跟老杜些日子，熟悉熟悉业务，过了几个月后才放老杜走，让绍檀接手了金家生意往来上的进出账目。

金达澎回父亲的话，说："是的，不劳爹费心，儿子上个月底就让檀儿给算出账来，准备妥当了，安排在年前发到他们的手中。另外多发给他们一个月的工钱，算是过节费吧。"

金老太爷含笑点头表示满意。

自从老二绍檀接手木材行的业务以来，事事都处理得体，办得井井有条，老人怜爱地看了眼孙儿向门外走去，边走边说："要注意休息，别将身子骨累坏了。"

工夫不负有心人，吴妈终是不负所托，物色到了一个身体健康可意的姑娘。

丫头名唤汤翠瑛，刚十四出头，小时还上过几年私塾，粗通文字。只是因为年景不好，家人连遭变故，穷到断炊，她的父母不得已想到寻个好人家，将她早早地送了出去当童养媳，一则让她有个安生的好去处，二则也好减轻家里的负担。

吴妈得到消息，禀明老太爷后急匆匆地去了，取出写好了的文书，让汤家人在字据上画了押后，给了汤家一百块大洋，便将汤翠瑛带回金家来。刚进得门来正好撞到老太爷和二老爷达澎都在绍檀的账房里。吴妈让汤翠瑛上前给老太爷请安。

汤翠瑛虽是个乡下来的姑娘，但很是乖巧，立马跪下身去给金老太爷和郭姨奶奶叩了头。刚起来，吴妈又让她给二老爷请安，汤翠瑛迅即又跪了下去，给达澎叩了头。起得身来后，吴妈让她给二少爷请安，汤翠瑛又要跪下叩头，被绍檀一手拦住了，说："好了，好了，免了吧。"

金老太爷见汤翠瑛聪明伶俐，人也壮实，脸上有血色，很是高兴，笑吟吟地着对达澎说："我看这丫头是个明事理的姑娘，既然是吴妈介绍来的，肯定错不了，就先留在老二的身边使唤吧。"金老太爷心里盘算着，将这丫头留在老二的房中使唤，若对上老二脾气，使唤顺当的话，过一两年后，待到这丫头长成了，再给他们圆房，正好生养。

金绍檀是个极其聪明的人，他太明白老爷子的用心了。他与冯玉茹结婚四年了，少年夫妻情深意笃，冯氏虽未生养，但绍檀并无纳妾的念想，原想当时就将汤翠瑛退了去，但见吴妈送来的翠瑛还只是个十四五岁孩子模样的姑娘，模样周正，人也聪明灵巧，心生怜悯，况且也不好断然回绝，以免拂了老太爷的一番美意，冷了大家的心，当场让众人尴尬，反显得自己没有肚量。再说了，汤家卖女，自有不得已的困难，自己现在一句话，一拂手，将人退了，让汤家人如何渡过难关？便让吴妈带汤翠瑛到仲园，先在绍城边上的房子里住下。

绍檀对吴妈说："吴妈，你找绮雯，向她要一套新鲜点的衣服给汤姑娘换上。"吴妈应声，带汤翠瑛往后院走去。

那天去祖庙听唱曲时，冯玉茹在天君殿也是许了愿的，听唱曲时，她故意与众人分开，躲在岔路的另一边，她听到的第一句话，是两个妇人在打招呼。冯玉茹真真切切地听到走在前边的妇人对走在后边的妇人喊话："妯娣快来"。当晚回家后，冯玉茹对丈夫绍檀说了，说："常听人说，抱养个孩子，第二年自己便会有了，不然咱们试试？"

金绍檀安慰她说："这事不急，再等几年看看。"没想到隔墙有耳似的，竟然和老太爷、金卢氏想到一块儿了。

当晚绍檀与冯玉茹商量，两人决定将汤翠瑛收为义女，小名妱娣，让家里人叫她的小名妱娣。金绍檀决意送她进文山女子学堂，插到绮霞的班里读书，学名金敏蓉。

第二天一早，绍檀便将他与冯玉茹商量过的决定禀告给金老太爷。老太爷听后没有异议，欣然同意了。

老太爷心想绍檀是个洋学堂里出来的人，就是娶妾，也随便不得，得要有个基本的文化修养方才匹配，瞧自己的两个孙媳妇：长孙媳妇蔡氏祖上师从前清进士赵在田，历充凤池、正谊书院教授；二房冯氏祖上是同光派陈衍的座上宾，陈衍者，编修《福建通志》之大儒也。两个孙媳妇哪个不是从书香门第里出来的？别说是粗通文墨了，就是吟诗作赋都能随口来几句。金家虽是经商，但祖上也中过举，当算是儒商。现在绍檀提请让汤翠瑛上洋学堂读几年书，足见他用心之良苦，岂有不允之理？

待绍檀说到要将汤翠瑛收为义女改名敏蓉，让下人称她为小小姐时，老爷子沉吟了，一脸的不快，说："家里添丁加口是件大事，待跟你爹、你大伯、三爸他们商量过后再议吧。"说罢，挥手让绍檀退了出去。

金绍檀退出后，金老太爷让吴妈传话下去，让家里人称汤翠瑛为妱娣姑娘。虽说收义女这事再议，但汤翠瑛以金敏蓉的名字入学这件事是经老太爷首肯了的。金敏蓉知道自己出身卑微，上了学后，更是努力向上，书读得极好。平日里她小嘴巴又甜，招人喜欢。更奇巧的是金敏蓉果然招弟，第二年冯氏怀孕生子，老太爷听到消息后整日喜上眉梢，给第二个曾孙儿取名敏杰。更奇的是，过一年冯氏又有了，还是个男孩，老太爷乐得合不拢嘴，给第三个曾孙儿取名敏惠。当绍檀再次禀请让他收敏蓉为义女时，金老爷子满口答应了，传话下去，让下人改口叫敏蓉为小小姐。

第六章

病恹恹小幺哥寻医问诊　情切切关珊珊不弃不离

冬日里闲来无事，金老太爷多会躺在大厅的藤椅上晒太阳，身边的茶几上放壶碧螺春和一柄擦得晶亮的水烟筒。过足烟瘾后，老人瞧了眼祖上挣下的"同胞孝友"牌匾，心满意足地眯上了眼睛，喃喃自语道："积善人家余庆多啊。"

现在最让老人操心的是在外头折腾的几个孙儿们了。几个孙儿除老二、老七在家外，半大不小的那几个，一个个都不安分，满世界地乱跑，真不让人省心。

如今国事日非，总不见太平。头几年光绪驾崩，宣统继位，还没几年，宣统逊了位。孙中山当了总统，也才没几天的工夫，又换上了袁大头，接着是曹锟、段祺瑞，走马灯似的换人。今天是东北的胡子打湖北的吴大帅，明天是西北的冯玉祥和山西的阎老西干上了。没有几天是消停的。

想到此，老人不由地叹了口气，独自沉吟道："都是没皇上惹出的祸呀。一日无君，人心惶惶。偌大的中国，没了个皇上如何成事？没了皇上，龙椅空着，还不是人人都想上去坐坐，谁都想坐会儿金銮殿，当回皇上，过把瘾。这才打得个你死我活，头破血流，昏天黑地的？三国时还有个汉献帝在，只是羸弱了些，董卓、曹操不都来了？打得个赤地千里，民不聊生的。"

现如今广东的革命党又和吴大帅打起来了。眼下北伐军兵锋所指势不可当，北边的冯玉祥和山西的阎老西这回倒是联手了，搞联省自治响应南军，吴大帅后院起火，眼看着就要撑不住，只怕是时日无多了。

老三、老四、老五在外头跑世界，天南地北的，难得过年时回家团聚几天。兄弟见了面，说的都是些不着边际的主义，争得面红耳赤，让老人听了心烦。

现今老大绍梁在吴大帅手下当差，虽说不上显赫，大小也是个上校团附了，但来日呢？老人自然想到了达有媳妇金洪氏说的天君殿上的签，祖庙听唱曲里的话语和薛镜溪对签语的解说，口中自语道："吉中凶啊。"

金老太爷没敢再往下想。

老七绍龙倒是个努力好学的孩子，但身子骨太弱。去春开始，时有咳嗽，后来越发咳得厉害，还发低烧。达有夫妇到他房中看过，以为是春日里得了风寒，没甚要紧，请了个郎中来，把了脉，也说是得了风寒，并无大碍，吃几副金线吊葫芦，发发汗，卧床休息几日，便能好将起来。

这日在东厢房吃昼（福州方言"吃午饭"）时金老太爷见身边座位落空，少了人，便开口问说："老七呢？叫了没有？"

大儿子媳妇金洪氏回道："在他房中躺着哩，饭菜叫吴妈给他端了去了。"

老人听了后直摇头，问说："怎么，身子又不爽了？这孩子三天两头闹病，真不叫人省心。"继而对金洪氏说："你去跟老七说，这周学堂就不要去了，在家多歇些日子吧，待病好利索了再去。耽误不了多少功课的。"

这回金老太爷和一家子人都看走眼了，立夏都过了，老七绍龙的病不但不见好转，竟咳嗽得越发厉害了，还带出血丝来，家人这才慌了起来。

金绍檀提醒爷爷说："既然吃过几副中药还没见好转，就去大医院，让西医瞧瞧吧，七弟的病耽搁不得。福州城内的西医最好的是协和，城外的便是博爱医院了。这两家医院一家是美国人开的，一家是日本人开的，由洋大夫主治，都有刚进口的 X 光机。病人往机器前一站，五脏六腑都看得清清楚楚、明明白白，一瞧一个准。明天我就带七弟去博爱医院找祖应大夫瞧去。"

金老太爷当即同意了，并让老二金绍檀陪同弟弟坐上马车吴的车，上博爱医院就诊。

中医诊病靠的是经验的积累，讲的是传承，所以老中医吃香，姜是老的辣嘛。西医诊断靠的是器械，年轻人观察力敏锐，因此多能脱颖而出。

程祖应接诊，他戴上大口罩，用听诊器在金绍龙的前胸和后背来回按了几遍，又让他照了 X 光，最后神情凝重地宣布了诊断结果：肺痨。十九世纪初肺痨是不治之症，比起癌症来要可怕得多，一般说来癌病不会传染人，而肺病会传染人，肺病与鼠疫、霍乱并称为三大传染病。

世间万物从来都是一物降一物，正所谓道高一尺，魔高一丈。1943年，美国罗格斯大学的瓦克斯曼教授从链霉菌中离析出链霉素，终于找到了肺结核病的克星。瓦克斯曼因此获得了 1952 年的诺贝尔生物医学奖，此乃后话。

金绍檀向程祖应问清绍龙的病情后，对程祖应医生说："程大夫辛苦你了，只是我们家老七的病请你暂时不要告诉他，省得他知道了加重心理负担，不利他养病。最好也不要告诉其他人，省得大家紧张，拜托了。"

程祖应回道："这个自然，分内之事，二少爷您放心好了。只是七少爷这病的治疗，目前还没有什么特效药，主要靠静养。不能太劳心。"

金绍龙照完 X 光后对自己的病已经猜出八九分，回家后隐身在伯园内自己的房中，再不露面。

金绍檀回家后将绍龙的病给爷爷、大伯、大伯母他们说了，全家人听说了后，面面相觑，顿时慌了手脚。

金达有告诉老爷子："爹，肺痨病是会过（福州方言'传染'）人的。您老看老七这病该如何处治才好？"

金洪氏记挂她的孙儿："爹，大人们倒好，不甚打紧的，只是都都还小，平日里又总喜欢往老七的身边凑，要是过上了，不给大家添乱？"

金洪氏的话说到了老太爷的心窝里。金老太爷听了后终于做出了决定，对众人吩咐道："从今往后各房分开了吃饭。我同郭姨太合在大房，在伯园吃好了。你们各自在仲园、叔园吃去。也省得人多了，一时半会来不齐，到了饭点，还等来等去的，凉了饭菜。"

金老太爷继而对绍檀说："老二，打从今起，东厢房不做餐厅了，你让吴妈将那儿打扫干净，摆上些家具，家具要新的。整理出来后给老七住。告诉老七，搬去东厢房养病不为别的，是让他离他二哥的账房近些，方便他二哥照顾。他在伯园的房间依然给他留着，待他病好后，再搬回来住。从今往后，单独给老七开伙，饭菜到点时送到他房中去好了。"

金绍檀点头应承了下来。

金老太爷神色凝重，说："吃过昼后我到他房中看他去。"转头对坐在边上的郭姨太说："你回房中将前些天高家送来的高丽参拿了来，一会儿给厨房送去，告诉依福他们，这参是专门给老七熬汤用的，其他人动不得。"

金洪氏听了连忙摆手，说："爹，您老的身子骨要紧，这盒高丽参还是您老自己留着吃吧，我屋里也还有些，虽说是陈年的，但也还是上好的，正好给龙儿用上。"金老爷子不理会她的说道，挥手催郭姨太快拿出送厨房去。

郭姨太走后金老太爷想起了绍龙上学的事，对达有说："让老七将学校的课给停了吧。"

金绍檀回道："从博爱医院回家的路上，我对老七说了鱼和熊掌不可兼得的道理，让他先将学校的事放一边，待到病好后再说。可是老七舍不得，说是只有半年的时间就要毕业了，现在休学停了，心有不甘。"

在一旁的蔡纹秀听了后说："如果必须在养病和休学之间二选一的话，对七叔来说，确实是个两难的选择。查理师姑是青年会中学的校董，我同查理师姑在同一个教堂里做礼拜，熟悉得很。她是很有爱心的一个人。这样吧，我去同她说说，看看有没有什么变通的法子。"

金老太爷听了后仍不放心，催促道："老大媳妇你就多费点心，这事抓紧了，帮老七说去好了。"

没几天蔡纹秀回来复命说："我和查理师姑说妥了。查理师姑说七叔是毕业班学生，只剩下不到半年的时间了，现在办休学，耽误了时间，确实不恰当。好在临近毕业这半年的时间里没有多少功课，主要是撰写毕业论文。查理师姑说，老七可以不必天天去学校，一周里只要捡要紧的课去几次，应个景，补齐了学分。她会交代课任的老师，不会为难他的，作业能做就交，只要不太劳累就好。毕业论文完全可以在家里写，到时提交上去，让他如期毕业。查理师姑交代说，让七叔放心，将病养好才是最最要紧的。"

金老太爷说："这样最好。老大媳妇，你替我谢谢查理师姑。"又对绍檀吩咐道："你赶紧的，将这好消息告诉老七，去了他的心病，这病就好得快了。"

金绍龙搬到前厅东厢房住后，金家上下人等都尽量避而不见，平日间只有他母亲金洪氏和他二哥金绍檀常到东厢房来探视，也只是嘘寒问暖，治不得心病。

二房的金卢氏平日里关上了仲园的小门，看紧了敏杰和敏惠，尽量不让他们到前厅去玩。三房金达夐这一支还没孙子辈的小孩，长房的事自然用不着他们多操心，尽可以在叔园内自娱自乐。金老太爷更加看紧了都都，须臾不让他迈出伯园，时刻提防着他往他七爸的身边凑。

金绍龙的饭菜、汤药到点时都由吴妈送了去。

金绍龙是个读洋书的人，知道自己的病会传染人，回家后大多会自觉地将房门掩上，自己孤坐在房中长嘘短叹。日复一日，接触的人少了，金绍龙陷入了莫名的孤独中。每当他心烦时，多会独自从二楼溪水房的天窗上到屋顶的露台上去，眺望远处的高盖山。

常来探视的倒是金家近邻关秀才家的二小姐关珊珊。

金绍龙生病后，关珊珊从不避嫌，来得最勤，几乎是不间天地到金家探视金绍龙。每逢周末还硬是拉着金绍龙到江边散步，到吸江亭欣赏钓龙台的落日晚霞和江对面的龙潭夕照，听金东寺传出的阵阵晚钟。

金绍龙对她说："珊珊，你以后不用天天来看我，我一时半会还死不了。"

关珊珊啐他说："呸、呸、呸！说什么话呢，死不死的，难听死了。"

金绍龙苦笑说："我好歹也是个读书人，我的病我心里清楚。我这病是会过人的。你不用安慰我，这病是好不了的，拖日子罢了，我不想连累你。"

关珊珊说："别说这样生分的话，我现在不是活得好好的，哪儿让你给连累了？"

金绍龙正色道："过到你身上了时，你再后悔可就晚了。"

金绍龙见关珊珊不为所动，只得说："你如果一定要来，进了这个门就得戴上口罩，你下次再来要是不戴口罩，我就不让你进屋来。"

关珊珊抿嘴笑道："戴上口罩，脸面全都看不见了，对面站着的是人是鬼都不知道，多没意思呀。我不戴！"

金绍龙坚持道："你要是不戴，我真的不让你进我的屋来，我言出必行。再说了，你就是真的将全身遮得严实，你的模样在我心中还不是一清二楚？"

听了这番话，关珊珊心中一阵热，竟有了"万两黄金容易得，知音一个最难求"的感觉。

关珊珊说："没听说上病家家中探视要戴白口罩的。我给你说个近日来在北京城里闹得沸沸扬扬的新闻。我们的两个女乡党在北京城里正闹得不可开交呢。"

金绍龙饶有兴趣地问说："你知道我近日来不太出门，孤陋寡闻的，有什么新闻你就直说了吧。"

关珊珊正了正色说："我们的这两个女乡党都是京城里出了名的才女，她俩平日里却总不对付。一个才女好客，家中时时宾朋满座，高谈阔论。来的人当然都是些名流学者，有哲学家、小说家、诗人、画家，还有科学家和社会名媛。想必是这件事刺激了我们的另一位女乡党，或是说触动了她的创作灵感，她在《大公报》的副刊上发表了一篇小说，起名为《我们太太的客厅》。小说写得极好，夹叙夹议，极尽讽刺、挖苦、抨击之能事。小说用的是白描手法，所描写之事，小说中人物的出入之场景竟能入画，让人浮想联翩之余，对号入座。小说里说，客厅太太是个心气高傲、工于心计的女人，围绕在她身边的人一个个都是虚伪、虚荣、浅薄、夸夸其谈、哗众取宠之辈。这下子恼怒了女主人，她从山西出差回来后派人给这位写小说的乡党送去了一坛山西的老陈醋，两人的关系弄得很僵。"

金绍龙说："你说的是这事啊！在我们《南方日报》的副刊上也登过的，算不得新鲜。"

关珊珊说："我才不关心她们间的恩恩怨怨，她们是吃饱了撑的，正如鲁迅说的，煤炭大王不知捡煤渣老婆子的苦，没事磨牙，将斗嘴当作消遣娱乐呢。"

金绍龙说："看你这义愤填膺、打抱不平的样子，像是要替谁出气似的。"

关珊珊说："我才懒得理会她们间的是是非非。我要说的不是她们间的纠缠瓜葛。我要说的是我们这位好客的女乡党得的也是你这个病，在北京城里，人家现在是个鼎鼎有名的人物，不但是个首屈一指的女建筑家，还是一个女诗人，她写的《人间四月天》你读过了吧？才华横溢。你见她得病后气馁了吗？人家照样朝气蓬勃，笑对人生。你闭目想想，聚会时的太太客厅会是一番何等的景象？我想聚会的时候，一个个趾高气扬、高谈阔论的，一定是唾沫横飞，一定是没有人忌惮客厅太太的病，没人会怕因此被传染上。你可以想想太太客厅里热闹的场景，只有门口外向门口内挤的，断没有屋内向屋外走的，想必更不会有戴口罩的人了。"

金绍龙默然。

关珊珊说："所以说你这病有多可怕、多可怕，都是唬人的，我不怕！明年春天我们就要毕业了，毕业后我会天天来陪你。告诉你一个好消息，协和女校招生了，你病好了后，我们一同报考协和大学去，你喜欢文学，就报考西语系。"

金绍龙苦笑，问说："那你呢？"

关珊珊说："我当然也报考西语系，好陪着你呀。不过我还是喜欢生化，研究出好药物，好给你治病。"

金绍龙长叹说："设想是不错，志向也远大，只可惜我已经是个废人了，不能陪你上魁岐了。"

福州协和大学是美国纽约州大学的海外分校，校址在鼓山东的魁岐，是个风景绝佳的去处。

关珊珊嗔怪道："说什么话呢。得这病的人多了去。你没听说过吗？上海有个叫朱生豪的人，他在商务印书馆做事，年纪也同我们相仿，得的也是你这病，人家可没有自暴自弃，在报纸的副刊上发表了好几部他翻译的莎士比亚剧本，听说他的目标是要翻译完莎氏全集。还有那个大名鼎鼎的鲁迅，也得的是你这病，说是最近要出版一部他译的果戈理的名著《死魂灵》。"

金绍龙说："珊珊，我是病家，我看的有关这病的资料比你多，对这病我比你清楚。国外的肖邦、契诃夫、雪莱、哈佛都是得了这病死的。《红楼梦》中的林黛玉，她得的也是这病，最后落得焚稿断痴情的下场。巴金小说《家》中的梅表姐，还有你刚才说到鲁迅，鲁迅先生在《药》中写的那个吃'人血馒头'的华小栓也得的是这个病。"

关珊珊反驳他说："你说的不对，林黛玉是何许人？曹雪芹笔下一个乌托邦式的虚构人物而已，作不了数的，再说了，她准确地说是得相思病死的。你刚才提到的国外的肖邦、契诃夫、雪莱、哈佛，都是过去的人了。我说的都是实实在在、有血有肉的身边人物。现如今还出了个东北的奇女子，名字叫萧红，得的也是你这个病，人家可是雄心不已，接连发表了《弃儿》《生死场》多部小说，一举成名。还有一个山西的才女，名叫石评梅的……"说到这儿关珊珊忽然收口停住，说："不说她也罢。"

金绍龙苦笑道："你这'不说也罢'四个字出口，就已经说了，她想必是去了。"

关珊珊说："是的，她确实是不在了，但她得的不是你这病。山西的石评梅是个公认的京城四大才女中的一个。她虽然年长我们几岁，但绝对算得上是我们同时代的人。前年她走时也才二十六岁，但人家走后留下了百多万字的作品，散文、诗歌、剧本，还是个名声不小的社会活动家，算是没白来世上走一遭。所以我说，人的身躯可以病残，但心志是不可以颓废的。你为什么就要自暴自弃呢？"

关珊珊一席话说得金绍龙哑口无言，内心则是翻江倒海，显然是被打动了，久久地沉默着。

关珊珊继续劝慰说："我知道，你也有才华，也有抱负，也有创作的冲动，但我不赞成你翻译果戈理、莎士比亚这些大人物的大部头著作，要是那样做的话，太劳心劳力了，倒像是在拼命，不利于养病。但你现在闲着无聊，一门心思往病上想，越想越心灰意冷，也不利于你养病。我想你可以翻译些短小的国外神话故事。希腊神话有人译过了，你可以试着翻译些埃及的、古印度的、土耳其的、伊朗的，还有拉美的，世界大得很，选题多的是。吕主编不就住在咱们的边上吗？到时让二哥给他送去。他要是看上眼了，是可以在他的副刊上发表的。"

关珊珊的话让金绍龙动了心思，经过一番仔细的思量后，第二天两人见面时，金绍龙让关珊珊到学校的图书馆帮他找几本印度的民间传说或是神话故事集来，金绍龙对关珊珊说："你找来后，我先看看，心里有个数，方才好下笔。"

印度的官方文字是英文，因此是原著，而埃及或是中东的文学作品多是法文或是意大利文，金绍龙不懂法文和意大利文，要翻译这些国家的著作就要通过第三国的译本，诸多不便。鲁迅翻译《死魂灵》用的就不是俄文的原著。当然也有对外文一字不识的译者如林纾，他译著等身，却是个地地道道的洋文盲，他能耳听笔译十多部外国文字凭的是他个人的国文功底，但这样的人，毕竟是凤毛麟角，只能有一，不会有二的。

第七章

解心结关珊珊好言相劝　译外著金绍龙聊以自慰

　　青年会中学的图书馆不大，楼上楼下两层，各一百平方米左右。进了门，右手边上是一排索书柜，按书名部首的英文字母排列，检索起来十分方便。

　　二楼楼梯口的右手边上也有一个索书柜。上下楼的扶梯也设计得十分精巧，螺旋状，占地小，在梯子中间可以俯视一楼的读者，一目了然。

　　索书柜边上是一张三人长的木沙发，沙发前是一张褐色的小圆桌和四张木靠背椅。图书馆大厅里排放着长排的书架，收藏有两万多本的图书，大部分是从美国购来的英文版的原著。

　　关珊珊在图书馆里轻而易举地找到了一本《古印度神话》和一本《印度民间故事集》，课后喜滋滋地来到金家，交到了金绍龙的手中。

　　金绍龙的英文功底好，只花了一周的时间便将《古印度神话》和《印度民间故事集》粗粗地浏览了一遍，最后选定了《国王和司库》和《世上真理》两篇开笔翻译。这两篇故事都不长，均为千把字。

　　《国王和司库》说的是国王、司库和小偷间的故事。说有一天国王突发奇想，装扮成小偷，去偷库房里的珍宝盒。他在库房口遇见了一个小偷，小偷让国王在门口望风。少顷，小偷偷出了珍宝盒，盒子里边有三条项链。见者有份，诚实的小偷依照行规，只取走其中的两条，将一条留给了国王。

　　小偷走后，国王将小偷分给他的那条项链放回了珍宝盒，再放回到库房中。

　　第二天国王上朝时询问库房失窃的事，司库查了珍宝盒，见少了两条，但还有一条项链在。

　　司库心想天下哪有不偷腥的猫，既然是打开了珍宝盒，哪有只拿走两条、留下一条，将到嘴的肥肉丢了去的道理。司库自以为是，认定小偷是个新手，行窃时心慌，大意了，才没全部取走。想到此，司库心中起了贪念，将盒中剩下的那条项链私藏了。

司库回见国王时，谎称不见了珍宝盒中的三条项链。国王心中明白，当下便将这个不诚实的司库解职了。

《世上的真理》说的是一个农夫与老虎的故事。说有一农夫看见一只老虎进了猎人布好的笼子里，苦苦哀号，农夫心生怜悯，上前打开笼子，将笼子里的老虎放了出来。哪想到，老虎出了笼子后却张牙舞爪要吃农夫，农夫一边躲闪一边说，你如果真吃了我，天地间就没了真理。

老虎自信地让农夫去询问他们在路上将会遇到的三个人，让三人说说这世上有没有真理。如果在他们遇到的人中，哪怕是只有一个人说这世上有真理，老虎就会放过农夫。

他们在路上先后遇见了狼、棕榈树和鹦鹉。

狼忌恨猎人们对他的日夜追杀，一口咬定说世上没有真理。棕榈树忌恨工人隔三岔五地来剥他的皮，也说这世上没有真理。只有鹦鹉听了农夫的叙述后，对整个事情经过表示了怀疑并且成功地将老虎骗回到了先前的笼子中。

两个故事虽然简单，但翻译起来却不容易。天下事，开头难，金绍龙在这两千来字的译文中体会到了严复在翻译界所倡导的信达雅的翻译理念。

中国的翻译工作者要比日本的译者辛苦许多。日本是个岛国，但是这个民族学习能力极强。日本人用的是表音译法。谁先进学谁的。古时学中国，近代学德国，二战后学习美国。日本的翻译工作者只要将西文中的单词按既定的规则写成片假名就可以了。这样做法的好处是，读者可以通过对译文的阅读记住更新的外文单词。外来语的词汇量增加很快，日本人便将这些外来语编辑成了《外来语词典》，以方便查阅。

国人采用的是"信、达、雅"的翻译法则，其目的是将外国文字溶入中文的海洋中，久而久之，这个外来词便成了中国的文字。比如将 milk river 译成银河，自然、贴切、优美。再比如 mini skirt，你可以翻译成短裙，现今译成'迷你裙'，既表音又达意，将年轻女性穿上后的优美、性感表达得淋漓尽致，你不能不佩服译者的学问了的。

再如"葡萄"一词，源自于古大宛语 budawa，始于先秦，见著于《后汉书》中，是张骞通西域时从大宛国引进的。唐诗中就有"葡萄美酒夜光杯，欲饮琵琶马上催"的佳句，千百年后又有几多人会去想"葡萄"一词竟是来自西亚的外来语？再如量词"打"，名词"台风"，这些外来语，国人用时信手拈来，久而久之，均成了国语中的原生词。

金绍龙将译稿署上"绍珊"的笔名后交给关珊珊看，征求她的意见。关珊珊看了后说："阿龙你客气了，多心了，认真了，其实用不着署上我名字的。"

金绍龙狡黠地说道："署上你的名字了吗？你姓绍？你看清楚了，我署的是笔名'绍珊'。怎么说译书这主意都是你出的，署上了，我心安理得。再说了，'绍珊'只是个笔名而已，在外人看来可以是一个人，只是你自己心里明白就好。"

关珊珊不再坚持，笑道："既然署上了名字，我总该做点什么，多少有点贡献才好心安理得。这样吧，我将你的原稿拿回去，细细地校对、缮写一遍，然后请甄教授掌个眼，提点意见。他老人家要是看上了，说个好，我就撺掇着让他给吕主编送去。有甄教授出面，吕主编断不会拒收稿子的。咱们这第一炮是一定要打响的，方才不会挫了自己的锐气。"

金绍龙听了赞同道："也是，那后续的一切操作就拜托你了。我相信你的公关能力。"

关珊珊瞧准了甄子建没课在家的日子，一大早没等他外出散步，就去敲门，将甄子建堵在了家中。

甄子建开门见是关珊珊，惊讶地玩笑说："珊珊来访，稀客呀，怪不得一大早乌鸦就停在我家的屋顶上叫个不停。"

关珊珊说："不是乌鸦，是喜鹊。"

甄子建笑说："谬矣，谬矣。分明是乌鸦。"一边让进门内，一边继续打趣说："世人谬矣。乌鸦反哺是孝鸟，喜鹊不赡养父母是凶鸟。世人以声音和相貌来定善恶，谬大矣。"

进了厅堂后，甄子建言归正传："我知道你是个无事不登三宝殿的主，就不给你倒茶了，说吧，有何见教？是你爸的事，还是你自个儿的事，说明白了，我好掂量着办去。"

关珊珊说："不是见教，是请教。不关我爸，是我和绍龙的事。"说着从身上的书包里取出文稿，双手递了过去，说："这是绍龙翻译、我校对的两篇印度民间故事，请您老给看看，掌个眼，给个评语。要是译得还可以，得麻烦您老和我一起上《南方日报》社找吕先生，您老的面子比天大，他不好驳您，好歹在他的副刊上给登了出来。"说着从包中取出原著来。

甄子建说："原著就免了吧，你这不是难为我吗？我现在老眼昏花得不行，看这么小号字的洋文费劲了。"

关珊珊缠住他说："老爷子，您就行行好吧，当是心疼自家闺女，勉为其难了。"

甄子建见文稿只是薄薄的两三页纸，不忍心看她着急，便坐下身来，戴上老花镜翻看了起来，十分钟后抬起头来说："走，我们找吕夫子喝茶去。"

关珊珊见甄子建首肯了，高兴地跳了起来，巴结地挽着他的手臂向外走去。两人刚走到门口，甄太太买菜回来，正巧给碰上了。甄太太说："是珊珊呀，难得来家一趟不多坐坐？你们爷俩火急火燎的，这是要去哪儿？"

甄子建笑着对夫人说："这是我新认的干闺女，过会儿我再领她回家来拜见干妈。你不是老觉得家中少了个闺女美中不足吗？今天好歹圆了你的这个梦。你在家中将见面礼准备好了，煮一碗寿面等着就成。这会儿我要带着我的干闺女找老吕喝茶，商量着在《南方日报》上登则认亲启事。"

甄夫人听得睁大了眼睛说："真的假的？关老爷子真舍得？我真的煮寿面去了。"

甄子建哈哈大笑："那你就留着自己吃吧。"说着话，领着关珊珊头也不回地走了。

《南方日报》社离安乐铺不过是一箭之地。甄子建带着关珊珊径直走到吕先生的副刊主编室。吕品茗见来了甄子建，还带着关珊珊，知道有事，不敢怠慢，连忙站起身来迎接。

吕品茗将甄子建、关珊珊两人让进主编室后，熟练地操起桌边的茶壶，说道："刚烧开的水，还冒着气呢。"一边用冒着气的开水浇他的白瓷茶杯，一边说："刚上市的安溪铁观音，香着呢。你们再瞧这杯子，釉色白得很，是正宗的醴陵白瓷土烧的，上边还写着唐诗呢。"

湖南醴陵窑瓷以白见长。醴陵瓷的特色十分明显，烧出的瓷杯、瓷碗边上多配有唐诗，十分有品位。最重要的是上好的醴陵白瓷土已经没了，就像死去了的名家画作一样，不可再生，所以吕先生说其珍贵。

待二人坐下身后，吕品茗用眼睛瞟了眼跟着来的关珊珊，笑着对甄子建说："怎么着，甄老夫子收干女儿了？"

甄子建知道是玩笑话，说："心里想着呢，担心关老爷子舍不得忍痛割爱，所以来请老兄您出面说说。"

吕品茗见甄子建说得认真，反倒狐疑，说："真有此事？我一定出马，鼎力相助。"

关珊珊笑说："我爹早想着把我往外推呢，哪用得着吕叔叔出面说词。"

吕品茗给他们两位斟上茶，果然香味四溢，甄子建连声称赞说："好茶，好茶。"

吕品茗说："茶也喝了，该说正事了吧？"

关珊珊打开书包，取出文稿和原著。甄子建将稿子和原著推到吕品茗的面前说："这是珊珊和金家七少爷翻译的两则印度民间故事，想在你的副刊上发表。我看过了，文笔还行，就倚老卖老，腆颜推荐了来。"

吕品茗翻了翻稿纸，说："既然老夫子您看过了，想必是可以用的。我想知道的是，是仅此一回，还是源源不断地供了稿来。我可是丑话说在前头，到时别说我抠门。现今《南方日报》的收益并不太好，登文章可以，支付稿费怕是有困难。"

关珊珊连忙说："稿费的事，你要是不提，我和阿龙还真没敢往这上头想。既然吕叔叔说了，便想要了。我们只要吕叔叔时不时赏我和阿龙些美且有的糕点就行。"美且有糕饼店是福州城里当红的百年老字号，店面就开在安乐桥头。

吕品茗说："这样就好，只是不要反悔哦。"

吕品茗不愧是饱学之士，翻阅之后，略加思索，对甄子建和关珊珊说："这样吧，我在副刊上每周日开辟个专栏给你们，专栏名字叫《天竺物语》，你们看如何？每周六前你们给一篇稿，周日刊出。我刚才翻了翻这本原著，也就是百十则故事，两年内可以刊完，到时你们就可以汇集出书了。"

甄子建听了后说："不愧是吕大编辑，《天竺物语》，这名字起得好，就这么说定了。"回头对关珊珊说："出书时别忘了请我们的吕大编辑写个序，让他多美言美言。"

吕品茗谦虚地说："序还是甄老夫子您写为好。只是我听说金家七少爷得了病，这病是最怕劳思劳神的，你们回去可得提醒他量力而行。下周日我这儿就出第一篇《世上的真理》。这篇寓言我怎么看都和我们的《东郭先生和狼的故事》有点雷同。"

甄子建笑说："世界虽大，但人性共通，不足为奇。你不觉得《罗密欧与朱丽叶》和咱们的《梁山伯与祝英台》也雷同吗？《搜神后记》中《田螺姑娘》的故事情节与《画中人》不也十分地相似？不同的是一个美女藏身在画中，一个美女藏身在螺壳中，男主人公都是老实巴交、勤奋努力的好青年。一个恶人是皇帝老儿，一个恶人是蚂蟥精，异曲同工而已。螺洲有座螺女庙。据说四川洪县螺湖也有个田螺姑娘，也有一座螺女庙，还塑了田螺姑娘的像。不同的是这男主人公的名字变了，不再是咱们侯官螺洲的谢小哥，而是川中的石娃子了……"

甄子建还要往下说，被吕品茗打住了，说："甄教授，我知道您学问渊洽，旁征博引，信手拈来皆文章，您老不用再说了，我照办就是。"

甄子建笑着应对说："在下在吕大编辑面前班门弄斧了，见笑了，见笑了。"

甄子建说罢与关珊珊一同起身离去。吕品茗送到了楼梯口，拱手告别。

关珊珊回去后将消息告诉了金绍龙，金绍龙自然高兴，心情好了许多，每日关起门来译书。

周日上午关珊珊到教堂做完礼拜后，在田垱街口买了份《南方日报》，副刊上果然新辟出了《天竺物语》栏目，刊登出了绍珊译的印度民间故事连载。

关珊珊又多买了几份带回，径直来到金绍龙的房间。

金绍龙看到自己译的东西终于刊印出来，激动得眼眶湿润了。关珊珊看他高兴，说："我就说了，以你的才学，要写出点东西来不是难事。你看，我说对了吧。"

金绍龙说："这里边有一半文字是你的。"

关珊珊笑说："我可不想贪天之功为己有。说说看，这些天译书都有些什么感悟。"

金绍龙说："感悟多了，都有些忘我了。首先最大的感悟是印度真不愧为文明古国。印度的佛教历史悠久，领世界文明之先，很了不起。"

关珊珊怜爱地说："阿龙，《天竺物语》让你浮想联翩了。想是可以，但不要太劳神了。"

两人说了会儿话，看看日渐正午，关珊珊取出一份报纸说："我得回家给我爹做饭去了，这份报纸我带回去给他老人家开开眼。桌上还有两份，一会儿吴妈来送汤药时你让她带去给爷爷、二哥他们看看，好歹也让他们对你刮目相看，知道咱们老七终非笼中之物。"说罢嫣然一笑，转身离去。

不用金绍龙送，金绍檀一早出门就有人给他送来了《南方日报》，说是吕编辑让送来的。并说："吕先生说，让二少爷看《天竺物语》这篇文章，说'绍珊'是七少爷和关珊珊小姐的笔名。"

金绍檀翻看了《天竺物语》后，高兴地拿着报纸送给爷爷看，说："刚才在门口时吕先生派人送来的，说上头登着咱们家老七和关家小姐的文章。"

金老太爷让郭姨太快快拿来老花镜，戴上后将文章细细地看了，口中感慨地说道："老七有出息啊，可惜了。老七要是早生二三十年，咱们金家就又多了一个举人老爷。"

金老太爷对站在一旁的金绍檀说："你嘱咐老七，译书可以，只是别劳累了。"

金老太爷发完感叹，转而吩咐吴妈说："你叮嘱一下厨房的依福，给老七炖的猪肺莲子汤别误了送。"

福州人得了病，讲究吃什么补什么。得了肾病吃猪腰，得了肝病吃猪肝，得了肺病得进补猪肺。

吴妈答说："老太爷放心。我交代给肉桌的郑屠了，隔日给留一副新鲜的猪肺。都是我拿到江边，在石廊上敲打了好一会儿，将猪肺里的脏东西都捣了出来，洗干净后才送到厨房，交给依福，让他炖去的，一副吃两天，误不了的。"

遗憾的是金绍龙吃了好几付猪肺了，但病情仍不见好转，依然咳嗽不止，就这么拖着。

查理师太果然没有难为金绍龙，到了第二年春天，让他和关珊珊一同毕业了。

关珊珊毕业后见到金绍龙时的第一句话就是："绍龙哥，我们毕业了。我可以嫁人了，你让爷爷到我们家提亲吧。"

金绍龙听了，淡淡地苦笑道："疯丫头说昏话呢，你即便能嫁，我这身子也不能娶呀。"

关珊珊说："没事。旁人不都说咱们是梁山伯与祝英台吗？那我们就当真了。"

金绍龙说："旁人的话你也当真？幼稚！"

关珊珊不理会金绍龙，自说自话道："你要是不说，我回家去让我爸来说。"

关珊珊回到家中后果然找她爸说事。关秀才听了后一脸惊愕，说："丫头，你可得想清楚了，这是你的终身大事，当不得儿戏。"

关珊珊说："爹，我说正经事呢，你好歹点个头，算是答应了。"

关老爷子说："这个头我如何点得？傻丫头，这事你来不得半点冲动。你千万别犯傻，千万别感情用事。"

关珊珊说："爹，你好歹也是个从前清过来的秀才，是个读书人，懂得滴水之恩当涌泉相报的道理。这些年要是没有金老太爷关照，我们家的日子能过得下去吗？再说了，我与绍龙哥相处也不是一天两天了，他的人品爹是清楚的。"

关秀才还是不同意，说："'滴水之恩'应当铭记，但'涌泉相报'也得讲究个'报'法啊。非得你以身相许才叫涌泉相报？你爹还在，要'报'，也是爹去报呀，哪轮得到你呢。绍龙这孩子人是不错，但他得的是坏病，我将你嫁过去，且不说旁人会说我们关家人攀他金家的富贵，我自己也对不起你死去的娘呀。"

关珊珊说："爹，你多心了。要是在平常日，绍龙没病没灾的，你去提亲，旁人或许会说你是攀缘富贵、图人家钱财。现在绍龙都病成这样了，有什么富贵可攀？你放心，旁人只会说你是个重情重义的厚道人。既然旁人都说你重情重义了，你有什么好对不起我娘的？"

关秀才说："这事我一时半会做不了主，得同你姐商量后再定。你没听人说长姐如母吗？你姐的意见代表你妈的意见，你自个儿找你姐说去。"

第八章

情中情关珊珊嫁入金家　亲上亲高时良议娶绮云

这日一大早，关秀才在长乐的亲侄关南飞和女婿叶望北、大女儿关春雨送来了一挑的海鲜，说是发海了，已经整了满满一船的海鲜送到排尾的邹记鱼行去了，分出一筐来给老爷子送了来，让老爷子也尝尝鲜，汽轮船就停在第二码头。

女儿、女婿和自家亲侄孝敬来的食材，关秀才便毫不客气地收下了，对三人说："福州城虽说近，但你们来一趟也不容易，就留下来吃个昼，过了晌午再回长乐好了。"

关南飞说："叔，我得回船上照应着，春雨和望北就留在家里吃昼，多陪您老聊聊。让他们过了晌午后，在三点前回到船上，我们好起锚，赶在天黑前回到长乐。"

叶望北说："爹，我也得回船上照应我的那一班兄弟，省得他们下了船，在街上没头苍蝇似的乱窜，给我惹事。"

关南飞和叶望北走后，关秀才将关珊珊吵着要嫁金绍龙的事对大女儿说了。当姐的听了后当即表态不同意，说："这丫头真是读书读昏了头了，一脑袋的糨糊，也不想想，嫁个肺痨病鬼，图个什么呀?!"

关秀才说："我也是这么说她，可是她拧得很，死活不听我的，你这个当姐的，好好跟她说去。"

关珊珊正好回家进门听到了，说："在说我呢。姐，他是一个得了肺痨病的没错，但他不是鬼。我图什么？我图的是这份情感，姐，这情感二字你懂吗？"

关春雨断然回说："我不懂！但我明白两个人在一起过日子，就得有好身体，其他的什么都不重要，身体最重要！妹子，你是鬼迷心窍了。我劝你趁早收起这份心。"

关珊珊回说："姐，你就别操这份闲心了。这事我不会听你的，也不会听爹的，你们都得听我的！"

关春雨赌气说："你长大了，翅膀硬了，自然听不进旁人的话，我们说了也是白说，你就等着当寡妇吧。"

关珊珊回道："当寡妇是我的事，与姐无关，只是请姐留点口德，不要平白咒人死！"

关秀才见她们姐俩吵了起来，摇了摇头，无奈地说："既然你是铁了心地要嫁，我就找金老太爷聊聊，腆着老脸说开了去。我丑话说在前头，老太爷要是摇头，我算是尽力了，你也怪不得我，自己的事，你自己说去。"

女儿、女婿走后，关秀才提一筐海鲜到金家的内宅来见金老太爷，笑着对金老太爷说："长乐乡下来了人，大闺女、女婿给了我一挑的海鲜，说是刚出海打回来的新鲜货，我一家三口人，一时半会也吃不了这许多，就挑了些肥大的给您老送了来。"

金老太爷高兴地收下了，让吴妈送到厨房，交给后厨做去。说："劳您费心记得我这个糟老头子，谢了，咱们坐下好好说说话，唠唠嗑。"回头对吴妈郑重地交代说："这筐海鲜你给估个价，一会儿送到关老爷子家去，别让人家亏了才是。"

关秀才连忙拦住吴妈，对金老太爷说："使不得，使不得，万万使不得！您老要是差吴妈送了钱来，岂不羞煞我们关家了。这些年我们多承府上的许多关照，这些海鲜不过是一点点心意而已，算钱就见外了，断断不可以的。"

金老太爷说："那老朽我就占点便宜，却之不恭了。"继而吩咐郭姨太说："去将达澎前些日子从南平带回来的武夷大红袍匀出一包，过会儿给关老爷子带回。你现在去泡上一壶，我正闲得慌，今天好好地和关秀才摆摆龙门阵，说说话。"

关秀才从郭姨太手中接过盖碗茶，坐下身子，问候道："老太爷，您老身子骨还硬朗啊？"

金老太爷笑道："托您的福了，好着呢。您留在长乐的亲戚还常来走动？"

关秀才说："我们祖上是镶黄旗瓜尔佳氏，我们这支跟阿勒赛将军入闽，到三江口水师营还是雍正爷年间的事，至今繁衍了十代近两百年了，哪能没些走动的亲戚？"

金老太爷点了点头，说："也是。记得您初到安乐铺住下时，还是一口的官话，如今福州话说得顺溜得很。"

关怀岭说："这些年一直得到老太爷您的关照，心中感激得很。大清时旗盘营城内管得紧，规矩多的是。旗盘营内的旗人是不准外出的。私自外出的人，要是被查到了要罚打四十军棍。挨过刑的人不死即残，谁还敢造次出营？在旗盘营内，大家都是关外来的，只说官话，不说长乐的土话，所以当地人都称旗盘营为官话村。后来放宽了些，旗人可以进县城了。但出行的远近不得超过营地几十里地，得当天回营，还是到不了福州城的。"

关怀岭见金老太爷听得有滋有味，便继续说道："好歹是可以进长乐城了。上到街面上，自然得采购，多少买点东西，这才学会了些许的长乐话。辛亥年后大清没了，旗盘营没了，大家四散开了各自讨生活去，入关前的名字太扎眼，便纷纷给自己和家人起了个汉人的名姓。满人是马上得天下，多是武夫，崇尚关老爷，因此多以关为姓。"

金老太爷说："古人说听君一席话胜读十年书。今天您的一番时评，将长乐旗盘营的来龙去脉说得清清楚楚、明明白白，让老汉我受益匪浅。据说爱新觉罗的后人多改姓金，与老汉我竟成了宗亲。"说罢哈哈大笑，颇为得意。

笑罢，金老太爷叹道："说到关照，那是相互的嘛。我听家人说了，打从咱们家老七生了病后，你们家小姐不避嫌疑、不辞辛劳，每日里总来问寒问暖的，着实让人感动。"

关怀岭见话逐渐说到了正题，便接下话茬子："珊珊这孩子心地实诚，她和七少爷是同学，咱们又是近邻，他们间的感情自然比别人深一层，都是应该的。"

金老太爷叹道："老七能得到你家小姐这般青睐，自然是他的福气，但他身子骨太虚，不让人省心啊。"又问说："你们家小姐的芳名是叫珊珊吧？"

关怀岭回答说："是。"

金老太爷关心地问说："听说珊珊和老七同班，也是春季毕业的，她毕业后，要不要我帮着给她介绍份事做。现在的女孩子都时兴经济独立，闹着要当什么白领。"

关怀岭说："多谢老爷子关心。珊珊今天让我给您带句话，说要是老太爷不嫌弃的话，她就不急着找事做了，想到七少爷的房中专心伺候七少爷。"

金老太爷大惊："这哪成呢。老七这病是要过人的。珊珊鲜花一样的娇嫩，要是过上了，岂不坏了我们金家的名声？"

关怀岭说道："老太爷说重了，金家的名声别说是在安乐铺、台江汛，就是在福州城里也是有口皆碑的。我们虽然有心，但也有自知之明，又是个外族人，高攀不上呀。"

金老太爷说："没的事。不是说满汉一家亲吗？满汉两族人都相处三百多年了，即便当初是外族，现在都处成同族了不是？再说了，您的先祖虽不是前清的皇亲国戚，但也是正牌的八旗贵裔，显赫着呢，况且您中过秀才，是个得过功名的人，一门书香。要是两家人说亲的话，也是我们高攀了。"

关怀岭接下话茬，说："既然老太爷这么看得起关家，不才我就高攀了，斗胆替珊珊许下这门亲事，老太爷您看如何？"

金老太爷正说得高兴，便欣然回道："好啊，一会儿我让达有他夫妻二人来，将这事说与他听。老七身边要是有个他称心的人伺候着，他精神畅快了，这病或许会好将起来，只是要委屈珊珊姑娘受累。"

关怀岭说："老太爷，您老甭说受累这些生分的话了。我们也不用请人说媒了，省得外人知道了，街面上传得沸沸扬扬的。只现今老太爷您和我就权当是月下老好了。您老只要让吴妈去下个帖子就好。我这回去，就去知会珊珊，让她高兴。"

关怀岭起身告退，金老爷子让吴妈送出后，便将达有夫妇叫了来，将自己刚才与关怀岭定下的亲事告诉他们。

达有夫妇听了后，二话没说就点了头。他们每日里都为小儿子这一身病犯愁，自家宅子里的人平日间见了，都躲得远远的，生怕传染上，现在竟然有个外人紧巴巴地要将自己送上门来，怎不让他们喜出望外？

金达有夫妇恭维金老太爷说："都是爹平日里行善积德，才会有如此的果报。这个喜冲得正是时候。"

金老太爷见事成了，自然也十分高兴，让达有夫妇速速传老二绍檀来，好让他去安排人手准备彩礼去。

金绍檀知道虽然老七前头的四个哥哥绍添、绍理、绍城、绍诗和两个姐姐绮云、绮雯尚未婚嫁，爷爷安排老七结婚，后来居上的真正目的是冲喜，因此在时间上是绝对迟缓不得的。他查了皇历后报告金老太爷和大伯、大伯母说："五月初六是个好日子，离现在还有两个多月的时间，正好准备。"

金老太爷不假思索便同意了，让老二办去。

金绍檀说："爷爷，一动不如一静，我想老七就不要再挪位子了，只要将两间东客房的隔扇打开，稍加布置，将婚房安排在楼阁上就好。又大方又敞亮。"

金绍龙是伯园的人，按理说婚房应该安排在伯园，但是金老太爷一直担心老七将病传染给了他的宝贝重孙都都，心中正结着疙瘩，没想到老二如此善解人意，能将老太爷的心事揣度得如此透彻，四两拨千斤，将这事给得体地摆平了。

金老太爷高兴地说道："老二，这样安排最好。你尽快找人来装修去好了。"

金绍檀得到认可后继续说："正日那天一定嘈杂，老七的身子骨只怕是经受不起折腾。不如这样，现在民国了，不是兴时尚吗？老七的婚礼来个中西合璧。婚宴不在家里办。正日那天我们将嘉宾楼包圆了，将亲朋好友都请到嘉宾楼去，将甄教授、贾律师、吕编辑他们也都请到嘉宾楼，再在安乐铺街心一字排开，摆上二十桌酒，将邻里都请上，这样家中就清静多了。只会在新娘子进门那会儿热闹一小阵子。"

金绍檀见他的安排得到了默认，自是高兴，继续说道："嘉宾楼由爷爷、大伯、三爸，还有我爹镇着。乡里厝边上的人就由我出面招呼。我会在嘉宾楼里给老七和珊珊找间房，让他们先歇着，待新郎、新娘见厅时，再将他们叫出房来，让七弟他们两人在台上一站，由大伯随便说几句话，大家举杯意思意思就应对过去了。在回家的路上，我领着他们走过安乐铺，顺道挨桌向乡里厝边的人躬身作揖，致意一下，也就是十来分钟的时间，不会太劳乏的。"

金老太爷听了后十分满意，称赞道："老二办事就是利索，彩礼的事你都办妥了？"

金绍檀回说："爷爷放心，都办妥了。喜庆十色、十全十美、三金和三万三的礼金都送到关家了。"

"三"字在福州话中谐音"生"字，寓以婚后生儿育女之意。三金即金项链、金手镯、金戒指；喜庆十色为活鸡、喜糖、猪腿、鱼、比目鱼干、线面、红蛋、红酒、橘子。还有一项叫作十全十美。何为十全十美？盖二十只脚全都完好的煮熟后变红的大螃蟹。大红大贵，图的是个吉利。

金老太爷听了后十分满意，说："待老七的事办妥后，争取在年内将绮云出阁的事也办了，来个双喜临门。"

金达有回说："高家也正是这个意思。"

高家住在下杭路，做银庄的生意，金家的银两都存在高家的票号里，高家还是老太爷的姻亲，最近频频让他的儿子高时良前来走动，想让高时良娶金家大小姐绮云过门当媳妇，意在亲上加亲。两家人门当户对，高时良与金绮云是表亲，也是打小认识，知根知底的，合家上下乐见其成。

金绍檀与老太爷他们商妥后便到前厅的东厢房将情况通报给绍龙。金绍龙说："二哥，你们的好意我都明白，只是觉得自己长此下去会拖累珊珊，想想还是不妥。"

金绍檀劝说道："七弟，你别犯傻了。你想想，珊珊对你是一往情深，没日没夜地往咱们金家、往你屋里跑，邻里街坊的人都瞧在了眼里，我们金家要是不给她一个名分，看着人家一个大姑娘被人家在背后指指点点，受尽委屈，你不觉得对不住她吗？再说了，这事是珊珊她爹关老爷子说起的，爷爷和大伯能不给关老爷子这个面子吗？"

兄弟俩正说着话，只见珊珊手提着食盒子进门来，金绍檀招呼道："珊珊姑娘快进来，正有话要对你说呢。"

珊珊将食盒子放在桌面上，打开后端出碗鱼汤，送到金绍龙的手中说："赶快趁热喝了，凉了腥味重。"然后笑着面对绍檀问说："二哥有什么话要说？"

金绍檀说："难得珊珊姑娘如此细心地照顾七弟，我们金家人说上多少遍谢都不为过。"

关珊珊嗔道："金厝边银乡里的，何况绍龙还是我的学长，二哥说这话就生分了，我不爱听。"

金绍檀赶紧说道："那就说点你爱听的，咱们说说正事好了。"遂将上午在金老太爷那儿商量好的事说给他们两人听了，征求他们的意见。

关珊珊听了后说："老太爷安排得极好。就是如果可以的话，麻烦二哥跟老太爷说声，能否给绍龙调间房子。"

金绍檀听了心里嘀咕，心想金家虽然大，但老太爷早就有了安排。仲园归二房，叔园归三房，伯园归长房，这些都是动不得的。老七要是想回伯园住，得先过都都这一关。伯园里有都都住着，老太爷是断不会同意让老七再搬回去住的。在他看来让老七住东客房是上上之选，除此之外他想不起金家有哪处房间更适合老七住的了，因此沉默着，且听珊珊往下说。

关珊珊说："刚才二哥不是说这间厢房要装修些天吗？我想不如这样，二哥先装修西客房。最好能将阁楼增高一尺左右，外头加个走马廊，装修好后绍龙搬到西客房住。二哥再装修东客房。东客房装修好后就留着给来往的亲戚客人住好了。"

金绍檀听了后诧异道："东边西边不都一样吗？七弟挪到西头住，有什么说道？"

房子的朝向关乎风水，还真有说道。"门朝东，路路通；门朝南，有的唉"之类的说辞自然是近乎迷信，但若就东向的房子阳光充足，有利健康而言，无疑还是有科学道理的。

关珊珊说："二哥，不是我挑剔，要是住客人的话，反正是一两天的工夫，时间短，东边西边倒是都一样，只是要是长期住人的话，还是住西头这间好。二哥你想啊，紫气东来啊，西头这间朝东，上午进得东头来的阳光温暖和煦，绍龙出到走马廊上坐坐、喝喝茶、晒晒太阳，有益健康不是？而东头那间的太阳是西照，夏天炎热，住人难受。"

金绍檀听了恍然大悟："难得你想得如此周到，我禀告爷爷后，让老七调到西头来住就是。"

一切都照着金绍檀的安排有条不紊地进行。金绍龙婚后，金家将照顾他的所有事务都让关珊珊接手去办，吴妈也彻底地解脱出来，专职伺候金老太爷。

关珊珊果然做到了尽心尽力。在她的悉心照顾下，金绍龙的脸色也渐渐红润了起来，早晚咳嗽的频次也少了许多。一家人暗暗高兴。

金老太爷对自己的英明决断颇为自得，便催问金达有大小姐绮云出阁的事，好将自己的一桩桩心事都了结了。

正说着吴妈来报说高家的时良少爷在大厅候着想见老太爷和大老爷。

金老太爷听了高兴地对达有说："想什么来什么，说曹操曹操到，让他进来吧。"

吴妈去了一会儿便将高时良带到伯园金老太爷的跟前。高时良恭敬地说："时良给表叔公、大表叔请安。"

金老太爷说了几句应景的客套话后，问说："你爸叫你来是有什么话要说吗？"

高时良回道："我爸让我送晚上广裕楼的戏票来，演的是《十五贯》，由林务夏演娄阿鼠，看过的人都说林务夏将贼偷演活了，好看得很。我爹让我多买了八张戏票，都是头等的座位，让我给表叔公、表姨太太、表叔、表嫂们送了来。我爹、我娘也会去的。我爹说戏完后，他会在广裕楼菜馆里订个包间，大家一起吃个宵夜，到时他老人家还有些话要对表叔公和大表叔说。"

金老太爷收下戏票后对高时良说："替我谢谢你爹，劳他记挂了。晚上我们一家子人都会去的。"

高时良走后，金老太爷笑着对达有道："醉翁之意不在酒，在乎金家大小姐也。"

金达有说："爹，男大当婚，女大当嫁，也是时候该将云儿和时良的婚事办了。"

金老太爷点了点头说："那就且待戏后吃宵夜时，看看你大表兄是作何安排的好了。"

《十五贯》戏后，高家在广裕楼菜馆的龙凤包厢内设了宵夜，果然是谈两个孩子的婚事。两家人商定将两个孩子的婚期定在中秋过后的八月十八。

从戏园子回到家后，金老爷子将绍檀召了来，询问说："高家什么时候送聘礼来？"

金绍檀回道："高老太爷捎话来了，聘礼只在这一两天内就会送来。"金绍檀笑着打趣道："爷爷，他们高家比我们急，高老太爷还等着大妹过去后，好四代同堂呢。"

金老太爷又问说："给你们几个在外头兄弟的信都发出去了没有？要不要再打电报催一下，让他们早点回来。老七结婚时没让他们回来热闹，是事出有因，这回他们要是再不回来的话，就是偷懒了。"

金绍檀回说："已写信给在日本的老六和在上海的老四了，让他们争取时间，回家来参加他们姐姐的婚礼。大哥是军人，在湖北，此时战事紧张，怕是走不开。老三、老六在香港，就不强求他们回来了，我在信中让他们早早地准备下贺礼，务必在中秋节前邮寄了来。"

第九章

金绍添从军一展鲲鹏翅　吴海中扶柩千里回故乡

老四金绍理暑期刚到就早早地回家来了。老四回家后向老太爷讨要了门头厅的房子，说是要办个平民识字班，并邀了绮雯、绮霞和敏蓉当识字班的老师。金老爷子听了后慨然应允，赞许道："学有所成，报效乡梓，理该如此。"

门头厅金家的私塾只在早晨上课，下午和晚上都空闲着。

台江汛商铺林立，站台的店员都粗通文字，且精于心算。来金绍理平民识字班的学员多是些码头上的年轻苦力。识字班在晚间七时开课，两个小时。头一小时一般是由绮雯或绮霞或敏蓉教习千字文上的字，后一小时则由金绍理主讲时事、历史，课后还会留下讨论题，如"我泱泱大国为何会百年积弱、外患频频？""从清军入关时汉人拼死不剃头，导致扬州三屠，到了民国初建时，汉人又拼死不剪辫子，口口声声称祖宗的家传不可废，汉人的文化底蕴何在？""是老板养活了工人还是工人养肥了老板？"如此等等，常让工友在课后热议不已。

金老太爷不曾料到的是老三金绍添也回家来了，他居然弃商从军。此时他的身份是军需处中校处长，跟北伐军一同进了福州城。

闽粤边界小战一场后，北伐东路军几乎兵不血刃地开进了福州城。老三绍添见过爷爷和父母后一脸的洋洋得意，仿佛福州城是他单人独骑打下来的一样。

先时金老太爷让老三金绍添和老五金绍城随人到香港去的初衷是探路，想开间金氏木材行的香港分店，但并不抱多大的希望。金老爷子知道做生意不能坐井观天，要有开拓进取的精神，在时代的洪流中发展才是生存之道。

金绍添两兄弟到香港后不久就写信向爷爷禀报了香港木材市场的行情。

他们在信中说，香港的木材市场不大。香港的建筑多为洋楼，钢筋混凝土结构，旧式木房不多，修缮用木有限，且香港港督的环保意识强，不让在香港开办如造纸厂之类的有大量污水排放的工厂，工业用木材的量也不大。香港发达的是金融业。澳门发达的是博彩业。广州人热心的是北伐大业。

金老爷子收到信后，深以为然，也就断了在香港办木材分行的心，去信让金绍添兄弟俩收拾行装，早早地回来。金绍添回信说他想到广州再看看，或许能有些商机。老爷子想广州与香港近在咫尺，也就答应了。老五金绍城却跟人南下，去了马来西亚砂拉越的新福州诗巫。老五在来信中说，诗巫多是福州人，没有语言障碍，好做生意。

金绍添到广州后住进了三山会馆。昔日的会馆是联络乡党的好去处。二十世纪初的广州，可谓是三教九流风云际会的地方。金绍添入住三山会馆后，机缘巧合认识了鼎鼎大名的方声涛。金绍添的母亲金方氏是方家的族人，因此攀上亲戚。方家众兄弟都是孙中山的铁杆同盟会员，可谓是举家赴义，名噪一时。其中尤以名列黄花岗七十二烈士的方声洞最为著名。

此时北伐在即，方声涛任福建民军司令准备入闽，为了物色人才，办了个军政训练班。前来招募的人见金绍添一表人才，又进过福州城的洋学堂，便鼓动他去应招。

金绍添血气方刚，欣然前去。他入伍前有学历，三个月速成后分派在民军司令部当参谋，授上尉军衔。金绍添在军中因为有了方声涛这层关系，自身又是商科出身，办事干练，人情通达，深得长官们的欢心，北伐不久就升到了军需处中校处长的位置。

金绍添踌躇满志地对众人说："国家大势分久必合，如今北伐军势如破竹，兵锋所向，传檄以定。张作霖退回了关外。现在北有西北军和晋军，南有黄埔军和桂军，华中、华东的吴佩孚和孙传芳处在南北夹击之中，如何能抵挡得住？"

金绍添说着话，眼瞧着金老太爷和他的大伯说："爷爷、大伯，你们还是尽快写信给大哥，让他认清形势，早早脱身，离了吴佩孚的北洋军，自保才是。"

金达有知道老三这几年在外闯荡，见多识广，说的话有几分道理，听了后，连连点头，心中发毛。

金老太爷虽然年近古稀，但身体依然健硕，耳聪目明的，因为长孙在湖北前线，老人家心怀担忧，每日拿到晨报，首先关注的是战事，对当今南北战争的态势，洞若观火，如今听了老三的一番话，深以为然，沉吟了半响，说道："话虽如此，但吴大帅对绍梁有知遇之恩，现在离去，是小人之举，只怕落得同僚们的耻笑，似有不妥，还是再耐心等待些时日，看看形势的发展再做选择。"

金绍添听了哈哈大笑："爷爷，大哥年过三十，军旅多年，也只是混了个小小的团附，如何算得上知遇？"说着指着自己的领章说："爷爷你看看我肩上的豆豆，我一没上过军校，二没上过战场，从军也还不到四年就授了个中校军衔，北伐军用人不拘一格，这才算得上知遇。"

金达有担心儿子，连连说是，接过金绍添的话对金老太爷说："老三说的是，爹，是得编个事由让老大尽快地离了部队，回家来才是。"

金绍添说："大伯，这事由不是明摆着的吗？绮云妹子出嫁，当亲哥的回家来操办亲妹子的婚事这不就是天经地义的事吗？还用编？只是信中措辞要急切些，大哥读了信后自然明白。"

金达有听了后说这说辞好，师出有名，催蔡纹秀按金绍添说的，尽快给金绍梁写信去。大伙又说了会家常话，正准备散去，金老爷子对金绍添说："老三，你得空上厢房看看老七去，好歹让他放宽了心，他的病才会好得快。"

金绍添说是，正起身，吴妈进到厅上禀报："马车吴家的海中回来了，正在家中与他的爹、娘说着话，说是一会儿就来向老爷、太太们禀事。"

一家子人正担心着绍梁，说了半天，竟有个知情人回家来了，金达有急不可耐，一连声对吴妈说："快去让海中来见呀，还等什么？"

吴海中回家来一反常例，没先来金府请安，金老太爷满心狐疑，忐忑不安，颓坐在了椅子上，口中喃喃自语："果然是一语成谶。"

一会儿的工夫，吴妈领着吴海中来了。

吴海中此时已是金绍梁的警卫排少尉排长。虽是回到了家中，他身上依然穿着北军的军装，大盖帽檐镶着一圈黑纱，众人见状，不待他开口，一种不祥的气氛袭上了心头。

只见吴海中进得大厅后，二话没说便一下子扑倒在了金老太爷的座前，口中哭喊道："老太爷、姨老太太、大老爷、大太太、大少奶奶，大少爷没了！"

此话一出，蔡纹秀立时"哇"的一声，哭瘫在了座椅上。

吴海中断断续续地说道："大少爷是七月初十日阵亡的。开春时大少爷在朱仙镇打了个漂亮战，大帅十分地赏识他，这次当阳桥战事吃紧，大帅接到战报后，又点了大少爷的将，让大少爷驰援当阳桥守军。那天炮弹在天上飞来飞去，战况十分惨烈，双方都寸步不让，一个连的弟兄死伤过半，直战到黄昏时分，眼见得太阳就要落山了，太阳一落山，双方都会罢兵休战，明日再战。没想到就在这时飞来了一颗流弹，击中了大少爷的胸口，血涌了出来，止也止不住，抬到战地医院时就咽气了。我真该死，我没看顾好大少爷，我对不起金家呀。"

金老太爷神情凝重地听着，却并不十分慌乱，让吴海中站起身子说话。

吴海中继续说道："听到大少爷阵亡的消息，大帅他老人家也是万分地悲痛，传令加优抚恤一千块大洋，着军需处备了上等的棺木装殓后，让我带两个士兵扶柩送回，因为沿途战事，交通不畅，在路上走了十来天，陆路走到南平后，我雇了条船，昨天船到洪山桥。我知道浦里有我们金家的祖茔，就让船停靠在了文山里，让船家候着，先回家来给老太爷、大老爷、大太太、大少奶奶们通个消息，请老太爷、老爷、太太们示下后，再做安排。"说完奉上一千块大洋。

金老太爷强忍心中的悲戚，问吴海中："这扶柩南归，一路走来可是顺畅？"

吴海中回禀说："棺木在九江码头上岸时曾被南军扣住，南军士兵前来问明死者身份回禀了他们的长官，来了个南军的大官，说是大少爷在北洋军校时的同窗，不但放行了，第二天棺木上路时，还设了个路祭，那个大官亲自来主持祭奠仪式，发给了路条，准许我们持枪过境，他还亲自送我们上了九江到上饶的火车，给了很高的礼遇。上饶下了车后，我们租了辆货车，经过浦城、建阳到了南平，雇了条船，顺流而下到了福州，托大少爷的荫庇，这一路上还算顺利。"

金老太爷点头，让绍檀发给两个士兵一人十块大洋，给吴海中五十块大洋的辛苦费。三人称谢收下。

此时洪氏与蔡纹秀婆媳俩已哭作一团。洪氏肥胖，素有心绞痛病，今天得此噩耗，肝肠寸断，渐渐不支，老太爷见状，急忙让吴妈将她婆媳二人扶去卧室内休息去。

金达有嘱咐吴妈说："让厨房给她们烧碗参汤端了去。你就在大太太房中侍候着，千万不要再出事了。"一面让阿贵去把绍理找回来，说："家中出了这么大的事了，他却没事人一般，每日间都在外头瞎折腾些什么烂事。"

金老爷子先时一直是面色冷峻地听吴海中说事，现在渐渐回过神来，对吴海中说："海中，你也一路辛苦了，先回去歇着吧，一会儿，待我们商量出个结果，再找你来。"并嘱咐："你回家中候着，告诉你爹妈和你的两个哥哥，在这十天半个月内，此事万不可对旁人说起，切记了！"吴海中应声退下。

吴海中走后，堂上哭声一片，蔡纹秀回到伯园自己的房间里布置了间金绍梁的灵房，在屋里正中的墙上挂了张放大了的金绍梁的画像，披了黑纱。灵前桌上放几碟果盘，点上一对白蜡烛，叫来都都，换上了麻衣麻裤，给他爹上香上供，烧纸钱。洪氏也从她的房中出来，来到蔡纹秀的房中，婆媳俩拥着都都，孤坐着，相对无语落泪。

大厅上，金老爷子定下神后开口对众人说："眼下最棘手的事是离绮云出阁的日子近了，满打满算也就是十来天的时间，这日子是我们与高家商议后订下的，也发出帖子通知了城里城外的亲友。请柬都发出去了，因此婚期是断不可改的。如今这红白事都挤到了一块儿，你们都说说看要如何处置？"

此言一出，众人都没了主意，金绍添走南闯北，算是个见过大世面的人，他说："爷爷，海中将大哥的灵柩暂厝在浦里这事办得妥当。现今只得将大哥的丧事往后押一押了，好歹要等到绮云妹子过了回门后再料理。"

金老爷子素来倚重老二，便眼瞧着绍檀说："老二，你也说说，到底要如何处理才好？"

绍檀说："三弟所言极是。爷爷、大伯，就按三弟说的办，先红后白。好在我们家的茔地就在洪山的浦里，吃过昼后，我与海中去走一趟，找到墓佃荣贵，让他在乡里找几间房子，搭间灵堂，先将棺材安置了起来。大嫂可以先过去，绮云的婚礼上，大嫂就不用露面了。还有绍添、绍理和绮雯、绮霞他们可以轮流过去与大嫂做个伴，咱们这么个大家子，明后天贺喜的人一定多，人来人往的，少了他们几个，外人也看不出来，只是辛苦了吴叔，一天里要来回多跑几趟路，好在他们家现在有三辆马车，吴叔和海波、海平三个人可以轮流着接送我们，也累不到哪儿去。等忙完绮云大妹的婚事过后我们再给大哥发丧，择个吉日吉时下葬就好。"

金绍梁虽已娶妻生子，但在金家他是小辈，让白发人送黑发人为不孝，因此金绍檀没让他的棺木回家的处理是得体的。老太爷和金达有听了都没有异议。

众人也想不出更好的方法，都点头说是，只听金绍檀继续说："爷爷和三爸还得给老六去封信，将大哥的事告诉他，催他早些回来。老六在上封信说他现在只是早稻田大学的预科，进了早稻田后还得有三五年才毕业，毕业后计划着找家公司做实习，早着呢。大伯在信中可以告诉他说在福州有的是见习的工厂，现在他大哥出事了，老七又病着，家里正缺人手，让他早点回来，好多一个帮衬的人。什么毕不毕业，毕业证书、文凭这些身外之物，大可不必十分地在意。"

众人听了都说老二想得周到。

正说着，绮云哭闹着跌跌撞撞地进了门来，想必是洪氏与蔡纹秀婆媳回房时将绍梁的凶讯同她说了。绮云哭闹着拽着爷爷的手，大声哭喊道："爷爷、爹，我不嫁了！"

金达有拉开女儿的手说："你消停些，别再给爷爷添堵添乱了，大家不是正在商量办法吗？"

在金家，绮云和大哥处得最好。绮云在金家私塾读到九岁，小病了一场，病好后，金老太爷想让她收收心，在闺房中描龙绣凤，学些女红针黹，准备日后嫁人。老人家忽略了当时女性解放的潮流。民国后社会开放，时兴妇女解放。年轻的女孩不但不裹脚，还吵着上女学堂。

当时福州城里的仓山和台江就有女校如寻珍、陶淑、华南、文山。绮云吵着坚持要上华南女校。大哥绍梁就读的英华学校和华南女校都在仓山，两校相距不远。

从安乐铺去英华和华南两校，过了大桥后走便道，上崇圣庵要登数十级台阶。山道两旁虽有人家，但孤身女子行走到底不便。上学时，金绍梁会将绮云送到槐荫里路口才分手返身去英华。放学时，金绍梁会在对湖路口接妹妹，天气好时，两人会走到龙潭角摆渡过江回家。因此两人感情甚好。

让绮云刻骨铭心的是有一次放学得早，她缠着大哥要去跑马场学骑马，结果摔坏了腿，是大哥绍梁将她背到了塔亭医院正了骨、做了包扎之后又三步一停五步一歇，硬是将她背回了家中，这件事让绮云感念至今，多少年过去了，当时的情景至今仍历历在目。

最先带她到表兄高时良家的也是大哥绍梁。

金绍梁与高时良既是表亲又是英华的同学。高家所在的上杭街，紧挨着龙岭顶，是当时富商大贾的首选之地。在福州城里素有"买田要买鼓山边，买厝要买龙岭顶"之说。

盖因台江汛临江，春汛必遭水淹，而龙岭顶地势较高，没有水患，遂成富人建厝立业的风水宝地。

高家开钱庄。福州城开埠后有以刘、罗、尤、黄为代表的大小钱庄数十家。高家经营发行替代银币的台伏票。伏与佛同音，也称佛头角。但好景不长，二十世纪四十年代福州沦陷后便销声匿迹了。高家也因此破落了。

高家不似金家。金家传统，旧式的深宅大院。高家是洋买办出身，讲究洋气派。房间不多，但院子很大，有点北京城四合院的味道。金绍梁从军走后，金绮云常来高家与表兄促膝聊天。两人应算是青梅竹马的恋人。

现在大哥突然走了，而自己却要在大哥的丧期中大办喜事，这怎么可以？绮云哭闹着说什么都要推迟婚期。

金达有训诫女儿道："两家的上百张请柬都发出去了，要是挨个道歉收回的话，你让我们高、金两家的脸面往哪儿搁？你想让我们两家成为旁人茶余饭后的笑柄？丧期百日内办喜事并不违制，这规矩是先人定下的。"

大抵世间任何事情都有个应急变通的办法。也就是常说的"如果……那么……"的意思。福州民俗早为这类变故订下了规矩，丧期百日内儿女是可以完成婚约的。

高家和金家早已商定在福聚楼包下两天的宴席，各五十桌，男方在结婚庆典当晚宴请，女方在第二天回门的晚上宴请，两天的订金都交妥了，变更不得。

绮云是个明事理的女孩，自知不可太任性，便退而求其次，说："如果这样的话，我要举行西式婚礼，先穿白色的婚纱在教堂办，进高家时再换大红的嫁装。"

金家到了达字辈后都进过学堂，对中国传统戏剧都十分钟爱，个个都是广裕楼戏园子里的常客，当然知道绮云此举是出自《梁山伯与祝英台》中的化蝶一折。

金达有正待说不，金绍檀听了绮云的话后却马上接上话茬说："还是大妹明事理，我跟高家说去，就这样办。"

金绍檀转过脸去对金老太爷说："爷爷，现在举行西洋婚礼是新潮。高家时良少爷上过洋学堂，也是个洋派的人物，想必不会反对。绮云大婚那天接了亲后，婚车先开去青年会基督教堂举行西式婚礼。我和大嫂都和教堂的约翰牧师有过交往，约翰牧师人极和蔼，是极容易沟通的一个人，我明天就同他说去。约翰牧师证婚后，大妹再换上大红嫁衣去高家。"

金绍檀继续说道："西洋婚礼简单，也不必太多人跟去教堂，我们女方只要有大伯、大妈、四弟和我加上绮雯、绮霞她们在就行了，婚礼后让四弟陪大伯、大妈回家，二妹、三妹送大妹去高家，既不失礼数，又能圆了大妹的心意，皆大欢喜。"

金老太爷也听说过西洋婚礼，总觉得有悖国人的传统，新娘在大婚之日穿白色的婚纱，不吉利，因此当初绮云提出出嫁时穿白婚纱、上洋教堂时，立即被他堵了回去，一口回绝了。

现在绮云重提要举行西洋婚礼，金老太爷听了绍檀的一番说辞，想想也只能如此方能解开绮云心结，是个两全仪式，便点头同意了，嘱咐绍檀说："那你明天就去高家说去，他们要是点头的话，就这样办好了。"

绮云也不再说什么，只说婚前要去浦里灵厝前祭奠大哥，算是她出阁前的一桩心愿，众人知道拗不过她，也准了。赶早不赶晚，当天下午绍檀、蔡纹秀、绍添、吴海中叫上绮云，绮云叫上高时良，大家坐上马车吴的车去了。

原是叫了老四绍理同去的，他推说有事，不去。

在马车上，高时良取出一张五百大洋的汇票交到金绮云的手中，说："这是我爸交代的，让我转给你，作为大表哥的奠仪。昨天二表哥来家见到家父，说了大表哥的事和对你我婚事的安排，我爸都同意，事情发生了，只能是节哀顺变了。这支票你就收好了，是我们高家的一点心意。"

金绮云并不推让，收下后转到金绍檀的手中，说："二哥，你就收好了，大哥的后事用钱的地方多了。"

金绍檀收下支票后对高时良道了谢，说："时良表弟回去后代我向表姑、表姑父说声谢。"

马车出了洪山桥后算是出了城了，乡下路的车道明显窄小，此时三伏天刚过，草长莺飞，村道边上绿树成荫，映着周边明晃晃的水塘，一片田园风光，煞是好看。

　　马车又走了十来分钟才见到远处大榕树后边的村庄。金绍檀让马车吴径直将马车赶到了墓佃荣贵家的门前。荣贵听到声响早就从屋内出来迎候在路口边上。

第十章

婚嫁日大小姐哭号连天　红白事二少爷应对自如

大年三十祭祖和清明节扫墓是金老太爷一年中最为看重的日子。这两天的活动，他老人家是一定要到场主持，亲力亲为，几十年下来雷打不动。

临近清明时，老太爷每日起床后的第一件事是抬头看天，关注天气变化。待他选定了扫墓的日子后，就催促老二金绍檀到浦里去打前站，将金家扫墓的日期和大约的人数告诉荣贵，好让他有所准备，到时不至于唐突应对。因此金绍檀和荣贵相熟得很。

扫墓正日那天金老太爷和达字辈的老人因为受不了马车的颠簸，会从苍霞洲的平水码头下船，走水路到洪山的浦里上岸，年轻人多是坐马车从陆路上走。陆路上马跑得快，到了洪山后便在码头等船到后接老太爷他们一同到荣贵家去。

金老太爷、郭姨太和金洪氏一干人或是年老，或是体衰，是不上山的，就在荣贵家里喝茶聊天，坐镇指挥，听候汇报。年轻人则扛了锄头和扫帚随着荣贵上山扫墓。

金家的墓地在来凤山半腰的山窝上，状如拱座椅，背有靠，左右有抱，前面是流不尽的闽江水，风水极佳。

年轻人到了墓地后先是用竹扫把将墓顶、墓桌、墓埕扫除干净，用锄头将杂草除净，然后在墓的四周压上黄色的纸钱，在墓桌上摆上供品，烧了冥纸，再依次上香行礼后，方才离去，大约要花一个半的时辰。

回到荣贵家后，金老太爷通常会询问祖宗墓的碑色如何。如果金绍檀汇报爷爷说："今年碑色泛红，墓色极好。"老太爷听了频频点头，满脸红光。

如果金绍檀汇报说碑色泛绿，金老太爷听了后心情凝重，便会追问："用菜头擦了吧？"

金绍檀告诉他："用两大根菜头擦干净了。"

在福州话中菜头就是白萝卜。用白萝卜擦发绿的墓碑，让其返红是有科学根据的，只是一般人知其然而不知其所以然而已。

通常，墓碑采自于山上的岩石。这些石头中多含有铁元素。铁是变价变色的元素，有零价、二价、三价。在自然界中多以砖红色的三价铁形式存在。二价铁为灰绿色。

清明时节雨纷纷。附近的农田在雨天前若是烧过草木灰，空气中的二氧化碳含量便会增多，雨水呈酸性，也就是通常说的下酸雨。此时尚未完全燃烧的飘浮在空中极细的碳颗粒便会随着酸雨落在了石碑上。

墓碑经过酸雨淋洗后，碳颗粒将石碑表层中的三价铁还原成二价铁，让石碑泛绿。当然，若是天上打雷，闪电，也会产生还原性的气体一氧化碳或是氧原子，将三价铁还原成二价铁，让墓碑出现绿苔。菜头是强碱性蔬菜，用其擦洗墓碑，便可使表面上的铁重新回到三价铁的环境中，显现出三价氢氧化铁的棕红色。

扫墓结束下山后，大家回到荣贵家中，稍事休息。待大家洗漱完毕，时间也渐近中午。荣贵让家人端出煮好的切面，每人一大碗。荣贵这时会说些客套话："乡下不比你们城里，没什么好吃的，请老太爷和各位老爷、太太、少爷、小姐、少奶奶们先垫垫肚子。"

大家瞧碗里面条上头的盖面佐料十分地丰富，菜蔬也十分的新鲜，肉肥而不腻，此时肚子也确实是饿了，并不客气，便狼吞虎咽地吃了个干净。

吃过了昼，漱过口，稍事休息后，金老太爷他们要去赶两点从南平下来的船回平水码头，便起身告辞。动身时，金老太爷会让绍檀将准备好的红纸包递给荣贵。金老太爷对他说："荣贵，有上福州城时别忘了来家里坐坐。"

荣贵稍作客气后收下红包，也叫花纸钱，口中回道："谢谢老太爷的关照。平日间有空，小姐、少爷们也可以常来乡下走走。乡下别的没有，空气新鲜着呢。"

荣贵将老太爷一行送到道头。送老太爷一行老人下了船，进了船舱后，才返身送金家绍字辈以下的年轻人上了马车，目送他们走远后方才转身回家。

荣贵接到金绍梁的灵柩后不敢怠慢，今日见金绍檀亲自前来主事，便快步迎上前去，问说："二少爷，是先上大少爷的灵厝，还是先进屋喝杯茶，说了话再去？"

金绍檀回说："现在哪有心情坐下身来喝茶，都火烧眉毛了，咱们还是先去看大哥吧。"

荣贵便领着一行人到江边临时搭盖的灵厝祭奠。蔡纹秀见了丈夫的棺木自然是捶胸顿足，号啕大哭。绮云见到棺木，想到大哥往日里对自己的种种爱护，禁不住也抚棺痛哭，众人抹着眼泪，好一会儿才劝住了她们姑嫂二人。

哭祭后，金绍檀进屋对荣贵说了购买灵厝的事。

荣贵说道："巧得很，村口上黄家的儿子在上海做生意发了财，要举家迁往上海，他托我将他的房子和十亩田产便宜卖了，我正寻着买家哩，这不正好对上号了？我这就带你们看房子去，是间独立的小院，有三间正屋，朝南，东边两间是厨房，西边有两间杂物间，出门外跨过一道坎就是他家的田地，后院上连着一条小溪，只要卖五十块大洋，甚是公道，当然价钱还是可以商量的。"

82

金绍檀一行人跟着荣贵去看了后，都十分满意，金家不缺钱，就不还价了，当下敲定五十块大洋成交。金绍檀让荣贵叫了人来，先将正屋的三间收拾了出来。

金绍檀临走时对荣贵吩咐道："明天来时便给你钱，你找个保人来，签个买卖契约。大哥的灵柩明天就要移到中间的正屋，你叫人布置一下灵堂，花纸钱是少不了你的，你放心办去好了。家中还有点琐事要处理，明天我来不了了，老四绍理、二小姐、三小姐会轮着来陪大少奶奶。他们要在这儿住上些日子，因此房子前后都要打扫干净了。"随即给荣贵些钱，让他采办去。

金绍檀回家后对爷爷、大伯说了就地买厝的事，老太爷沉吟半晌道："知道了，地契名字用都都的大号金敏哲好了。"金老太爷哪曾想到二十年后这份地契让他的宝贝曾孙子戴上了一顶地主的帽子，此是后话。

没两天，荣贵就差人上金府找金绍檀说灵堂已经布置妥当，可以移灵了。金绍檀不敢怠慢，汇报给老太爷和大伯后带着金绍添和蔡纹秀一同去察看，安排移灵事宜。

灵堂正中挂着金绍梁戎装正照，英气勃勃，哪看得出有半点的短命相？金绍梁的军旅生涯真可谓是虎头蛇尾。

金绍梁在北洋军校毕业后便到吴佩孚的军中效力。初到吴军时驻守洛阳，只当了个小小的中尉见习连长。

不久，机会来了，他的连队和西北军的一小队溃兵打了小小的一仗，胜了，算是有了点军功，给了个上尉军衔，将连长前边的"见习"两字拿掉了。

其时恰逢京汉铁路闹工潮，虽经军方弹压，还死了人，工潮却依然不止，让当局犯难。社会舆论对当局很不利。自古以来对付反叛之举，不外乎剿与抚两种手段，既然挥舞大棒压而不服，那就给根胡萝卜吃吃，招安吧。《水浒传》中宋徽宗对付梁山上的宋江就用这两招。

当时京汉铁路郑州段上以闽人劳工居多，以至于有民国初年福州人在京汉线郑州段上坐车不用花钱买票之说。这次工潮中死去的工人领袖林祥谦就是闽邑尚干人。

当局挖空心思，终于想到了"以夷制夷"的方略，想到了新来的闽籍上尉连长金绍梁。吴大帅亲自召见了他，破格任用，让金绍梁挂少校衔前去处理工潮。

金绍梁去的正是时候，当时工潮已近末期，金绍梁动之以情，晓之以理，稍加安抚后工潮就平息了，从此吴大帅对金绍梁另眼相看，在他的肩上再加了一颗豆。

工潮平息后来了个老外考察团，上司急着要找一个英语的传译。金绍梁毛遂自荐。金绍梁是英华出身，一口流利的美式英语让老外折服，顺顺利利地将老外打发走了，也让同僚们对他刮目相看。吴大帅这时才知道他面前的年轻军官在武科班之前还有一个文科班的背景。

吴大帅自己是前清的秀才出身，得过乡试第三名，自诩为儒将，现在见金绍梁竟然也能文能武，难免惺惺相惜，更是另眼相看，又给金绍梁的肩上加上一颗豆，擢升上校团附。

金绍梁春风得意之时哪曾想到自己会过不了三十六岁这道坎，命丧当阳桥，正合了薛镜溪的"吉中凶"三个字。现今黝黑的棺木摆在了堂前，两名士兵持枪守灵，他们一路跟随着吴海中扶枢来到福州。

灵堂布置妥帖后，荣贵又托人给金老太爷捎去信，说房间打扫干净可以住人了。金老太爷得信后要亲自去，一家人拗不过他，只得答应了。

马车吴和海波各驾一辆马车。老太爷、金达有夫妇、绮云、金绍理、蔡纹秀抱上都都坐在第一辆，由马车吴小心驾车。金达澎夫妇、金达夓夫妇、绍檀坐第二辆由海波驾车。

老七金绍龙原也吵着要去，大家好说歹说总算将他劝住了，金老太爷答应他，他大哥绍梁入土那一天一定让他去送行，这才让他不吵不闹，安静下来。

第二天一早，马车吴早早备好车，大家小心地扶老太爷登车去了洪山浦里。

到了浦里后，大家拥着金老太爷进了金绍梁的灵堂。

进到灵堂，蔡纹秀趋上前去，再次抚棺恸哭。金绍檀和绮云扶爷爷和六位达字辈老人在灵堂的椅子上坐下后，绍字辈的依次上香行礼。

众人劝住蔡纹秀后，商量守灵的事宜。

蔡纹秀原意是要留下都都一同守灵，无奈金老太爷执意要将都都带回家中。自从出了家门，金老太爷就没说过一句话，让蔡纹秀抱上都都坐到他身边来，一路上他都将披麻戴孝的都都的小手紧紧地攥在自己的手中，生恐惊吓了他。

金老太爷认定都都太小，强调说都都若是留在乡下住，一定会水土不服，况且乡下的蚊虫多，蚊虫喜欢叮咬生人，叮上都都，若是打摆子，生了病如何是好？总之一句话，都都必须跟他一同回城去。最后议定，让吴妈留下陪蔡纹秀。

金绍檀想到乡下人生地不熟，虽有荣贵照应，但他毕竟是个外人，金家得有一个男人留下陪伴蔡纹秀，便开口对老太爷和大伯说："爷爷、大伯，让四弟留下照应几天才好。"

不料金绍理在一旁听了后，立马推辞说："爷爷、爹，我刚进《南方日报》社做事。我是记者，得四处采访，要是一日采访不到新闻，出不了刊，总编就会不高兴，怕是脱不开身。"

金绍理去年从震旦大学毕业后回到福州，在《南方日报》社当记者。在田垱街，除了《南方日报》社外还有一家报社是胡文虎资助办的，名叫《星闽日报》，报业的竞争也相当激烈。金绍理这一说辞倒是将众人难住了。

金绍添这几日一直在浦里督促整修灵堂，听了后说："爷爷、大伯，就别为难四弟了。四弟是报社新人，正是努力工作展露才华的时候，自然是脱不开身的。我留下来陪大嫂，给大哥守灵好了。反正我现在是休假，有的是时间。"

金老太爷听了后说："也好，就老三留下来多辛苦几天好了。海中、阿贵来回照应着，有事及时通知家里。"并交代绍檀说："乡下没有电灯，明天叫人打了盏汽灯来，待停灵满七七四十九天后再给老大下葬。现在这儿有房间可以住人了，老二你回去后，还要到西禅寺去一趟，请几个和尚来念一周的往生经。"绍檀应声是，一一照办。

安排好金绍梁的丧事，金家上下开始全心筹办绮云的婚事。金家是大户人家一应嫁妆排场是不能少的，少了惹人闲话。

金绍檀不敢怠慢，吃过昼小憩片刻后便动身去了高家，与高家父子商定婚礼的最后细节，并将金绮云执意要在教堂举行西式婚礼的意思说了。

高老爷子听了后没有异议，感叹唏嘘了一番后说："还是贤侄想得周全，办法也得体，就照此准备去吧。只是来来回回的，辛苦你了。"转而嘱咐儿子说："一会儿你就同绍檀到教堂找到约翰牧师，将时间说定了。"高时良点头称是。

倚霞桥边上的苍霞基督堂始于同治九年，重建完成于民国十六年，信众千多人，盛极一时。

福州虽然也是五口通商的开放口岸，但毕竟比不得天津、广州、上海这些大城市。二十世纪初，西洋婚礼在福州还是个新鲜玩意儿，约翰牧师乐得多多举办，借以传播西方文明，便满口答应了。两人出了基督教堂后，又去了田垱的宜华照相馆，交了订金，请照相馆师傅届时去教堂为高时良和金绮云的婚礼拍纪念照。

金绍檀与高家商谈了婚礼的所有细节，如婚车行驶路线、要在哪几处安排人放炮仗等等。两家商定：童男、童女由男女方各出一个。

男方家出的童女是高家的外甥女艳艳，正好六岁，长得活泼可爱。女方家出的是男童，最佳人选原定是都都。但现今都都热孝在身，金老太爷便指定了老二家的敏杰，整六岁，也合适。

金绮云出阁日子的那天一大早，金家开启了临街的六扇门、柴屏门和中门，挂上大红灯笼。用红绸披挂彩门，准备迎亲队伍的到来。到点时，高家来了三辆小包车，车头挂彩，车后跟着乐队。安乐铺巷子小，进不得汽车，三辆小车和乐队就停在了巷子口，新娘由小舅子背出门送上车，这是规矩。

在二十世纪初，跑在福州街面上的小轿车数量屈指可数，算是极稀罕的物件，拥有轿车的主人，非富即贵。按照两家商定的路线，迎亲队伍要在台江汛招摇过市，绕了大半个圈子后才来到倚霞桥边上的苍霞基督教堂。

高家迎亲排场之大，足以轰动台江汛。

新郎高时良在伴郎和众亲友的拥簇下准点来到金家门前时，等候在一旁的阿贵和依福迅即燃起了炮仗，金绍檀将高时良引到边上的花厅，坐定后，吴妈便端上早已准备好了的太平面，示意高时良吃上两口，表示个意思。

一会儿工夫，金绮云由金绮雯、金绮霞两姐妹拥簇着出到一进大厅。金老太爷、郭姨太和金达有夫妇早已端坐在大厅正中拱座椅上。金达澎夫妇和金达尊夫妇坐在了大厅两旁的拱座椅上。

为了不让外人知道金绍梁的事，金家不请喜娘。众人将高时良和金绮云引到大厅正中的蒲团前，由金绍檀媳妇冯玉茹当司仪，示意两个新人跪下向八位长辈行礼。

二人行过跪拜礼后，阿贵和依福再次在门厅前燃起炮仗，大家簇拥着这对新人出柴屏门。

晚清以来，除了闽清、长乐、连江等周边的县乡外，女儿哭嫁的风俗在福州城内已不多见。但这回金绮云出嫁确是动了真情，哭得跟泪人一般，从她得知大哥的死讯后，就一直以泪洗面。

金家人原是安排老四绍理背送大姐出阁的，这是祖上留下的规矩。可事到临头了，从一进到三进，金府前后上下就是找不到绍理，问了阿贵后才知道四少爷一大早就出门去了，去了哪儿？没说。金达有知道此时若是派人去找他，不啻是满山逐鹿，如何找得回来？

金老太爷在堂上听说了后，知道今天老四是指望不上了，老七绍龙又是个病秧子，干不动这力气活，便当机立断，叫老三绍添顶上。

在出柴屏门的瞬间，众人没想到，金绮云在金绍添背上忽然放声大哭了起来。

大姑娘哭嫁大都是念念有词。哭词多是固定的老套路，多是示孝于周边的邻里，表达亲情难舍之意。金绮云却无哭词，只是一个劲地放声大哭，泪下如雨。金绮雯连忙给她递过手绢，低声劝说："姐，门外边人多嘴杂，克制点。"

好在关珊珊和金绮雯、金绮霞两姐妹年轻力大，都在两旁帮衬着。大家一齐向前，好不容易，才拥着将金绮云送进了停在巷口的小车。

因为金绮云出嫁，蔡纹秀作为大嫂理应代表绍梁礼送大妹，便从浦里带着吴妈回来。昨晚她去到了绮云的闺房，道了喜，姑嫂俩泪眼相对，孤坐了半个多时辰。这会儿，金府里所有的人都聚在了前厅，只有蔡纹秀和都都母子俩因热孝在身，不便出面，留在伯园的房中，守在金绍梁的灵桌前抹眼泪。

迎亲车队走后，金达有急急忙忙换上从洋衣堂买回来的西服和金绮雯、金绮霞姐妹坐马车去到基督教堂等候迎亲车。好在安乐铺与基督教堂近在咫尺，迎亲队要在台江汛街面上转一圈子，因此金达有有充足的时间换装前去。

按照西洋礼仪，在婚礼上，必须是新娘的父亲搀着女儿的手，将她交到新郎的手中。

基督教堂唱诗班的人迎候在教堂门口，车队一到，音乐声起，唱诗班的人齐声唱起赞美诗。金达有上前扶女儿下车，敏杰和艳艳在查理师姑的指引下，快步走到彩车跟前。敏杰身着燕尾服，艳艳穿了身白纱连衣裙，两个小孩提着绮云婚纱的下摆，紧跟在金达有和新娘的身后向教堂内缓缓走去，两边欢呼的人群拥向前去，向新娘的头上、身上抛洒彩花。

金达有领女儿进到教堂门内，高时良快步向前，单膝跪下，从丈人手中接过新娘，穿过两旁的人墙过道，缓步向等在讲堂边上的约翰牧师走去。

此后由约翰牧师主持婚礼，在赞美诗的乐曲声中，新郎、新娘宣读婚姻誓约，交换婚戒。教堂仪式完成后，金绮云换上了中国传统的红嫁裳，高时良脱去西服，换上了长衫马褂，一行车队，吹吹打打地去到高家，行中式婚礼，一切如仪。

当晚的福聚楼晚宴，英才云集。大桥头周边上的头面人物如电霸刘家、茶王洪家、百龄老板、三多老板、美且有老板、德馀京果店老板、咸康药业老板悉数亮相。大家交口称赞高金联姻是大桥头周边难得的盛事，称赞高时良和金绮云是郎才女貌、金童玉女、天作之合。

宴会前，金绍檀高声朗读了老五金绍城、老六金绍诗分别从日本和南洋打来的电报，祝贺绮云姐大婚，对他们未能及时赶回参加大姐的婚礼表达了歉意。

第十一章

明是非老太爷教训儿孙　对诘问吕品茗机智应对

金绮云回门过后，婚事落幕。

吃过早后，金老太爷便将大儿子达有夫妇叫到了自己的房中，声色俱厉地责问："老四呢？人去哪儿了？丢人现眼！金家迁省数百年，到了今天竟出了这么个不明事理、狂傲自大的不孝儿孙！丢人现眼啊。他大哥停灵、大姐大婚，家里出了这么大的两件事，他竟然事不关己，没事人似的，袖手旁观也罢，不帮衬着做点事也就罢了，居然连个人影也见不着，躲到一边去了，太不明事理了。你们平时是怎么管教儿子的?！"

金达有夫妇低头听训，不敢回父亲半个字。

郭姨太在边上好言相劝，说："老爷子您消消气。这事也怪不得大老爷，如今的年轻人哪能个个都像您老当年那般循规蹈矩？现今的年轻人读了洋书，都自视高得很，我行我素的，大老爷如何管得住他们？要怪就怪当今的世风日下，要怪就怪当今的洋学堂、洋先生！打从没了皇上以后，祖宗留下的规矩全都废了，君不君，臣不臣，父不父，子不子的，规矩全放开了。老太爷您就省省心吧，自己的身子骨要紧。"

金老太爷想想，郭姨太说的话都对，自己生这么大的气倒显得不明事理了，要怪还得怪自己当初同意让他们进洋学堂，要怪还得怪自己当初同意让老四到上海去读书。当初他同意让老四到上海去读书的时候，就该想到上海是个十里洋场，是一个三教九流、各色人物汇集的地方，是一个大染缸，哪个去了都得变色！现在出了事了，不怨自己怨谁呢？

老太爷毕竟上了年纪，骂了一阵子，人也骂乏了，便挥挥手让达有他们退出房去。

金达有左脚刚迈出房门，听得老爷子仍气喘吁吁地在他的身背后说道："明天你上《南方日报》社去，找到那个管事的，叫作什么总编的人。你去对他说，就说是我的意思，老四从明天起不再去他那儿上班了，让他们将老四记者的活给辞了，另外找人去吧。省得将来出了事，我找人来砸了他们的报社！你去找到老四，让他赶快收了心，乖乖地回家来，老老实实地待在家里，跟他的二哥学做生意，这才是正道！"

金达有赶忙将迈出去的左脚收了回来，恭恭敬敬地回答道："是，能这样便是最好的了。"

金老太爷依然余怒未消："去吧，快派人将老四找了回来，看好了！"

金达有应下之后，退了出来。

挨了训后金达有一肚子的怨气，让吴妈找绍理去，自己回到房中，独自坐在窗前抽水烟筒，生闷气。可怜吴妈找遍了台江汛的街头巷尾，连金绍理的影子也没见到。

从金老太爷房中出来后，金绍檀到金绍龙的房中探视，问说："珊珊不在？"

金绍龙说："上对门他爸那儿了，说是今天她姐和姐夫会送海鲜上来，取去了。二哥找她有事？"

金绍檀说："没事。就是来看看，问一下你们缺什么没有？我好准备去，早些给你们送了来。"

金绍龙感激地说道："劳烦二哥记挂，不缺什么。一直得到二哥的关照，我和珊珊心里都记着呢。"

金绍檀安慰他说："自家兄弟，说客气话就见外了。有些什么需要的尽管向二哥说，二哥帮你弄去。"随便聊了几句就退出来到对面他的账房。

金绍檀有看早报的习惯。吴妈上早市买了菜后，都会在安乐桥头给他买份《南方日报》来放在他的桌面上。

金绍檀进屋给自己沏上茶，坐在案桌前，摊开《南方日报》，副刊栏目赫然登了一则以"方塘"为笔名的新闻。

标题是：

> 招摇过市，富商娶媳妇，中西合璧
> 粉饰太平，豪门嫁千金，苦中作乐

这篇文章对高金两家的婚事极尽挖苦讽刺。金绍檀看过报后，十分生气，让杏儿到伯园内将金绍理叫了出来问话。

杏儿刚应声要离开找去，金绍檀见金绍理兴冲冲地从门外进来，逮个正着。

金绍檀招呼他进屋，指着报纸责问金绍理说："老四，你说说看，你们报社里谁是'方塘'？你身在《南方日报》社，怎么能让这么个无耻之徒登出这样荒唐的文章？！说什么'富商娶媳妇'，高家在福州城里算得上富商吗？福州城里像他们家这等规模的票号有大几十家，高家充其量也就是日子过得殷实而已。且不说我们高金两家从爷爷起就是姻亲，高家要是算得上富商，那刘罗尤黄银行业四巨头、电光刘、茶王洪的位置要往哪儿摆？显得我们金家好像是在攀附他们高家富贵似的。"

金绍檀越说越气，说："还胡说什么'豪门嫁千金'，我们金家算得上是豪门吗？说得好像我们金家欺男霸女，为富不仁似的，一派胡言！老四，你快去查个明白，揪出'方塘'这个无耻之徒，看看他长的是副什么样的嘴脸，是个什么样等的人物，如此信口雌黄，真真好是荒唐！你找出人后告诉我，我好请人写状纸告他去！"

金绍理听了后并不着恼，轻描淡写地回道："二哥，你的旧脑筋也该换换了。现在是民国，讲的是新闻自由，言论自由，你说他荒唐，你也可以写文章反驳他呀，但是二哥你得明白，你越是当回事，越是折腾，他的知名度就会越高，这不正中了他的下怀吗？二哥，你不觉得这个方塘写出来的文章，标题醒目，很吸人眼球吗？二哥，我劝你省省心吧。我告诉你，眼前的事实是，昨天出的报纸多卖出了上千份，报社收益大好，这篇文章功不可没啊。"

金绍檀被金绍理说得哑口无言，但仍心有不甘，决心打探个明明白白，他自然想到了邻里厝边住着的《南方日报》的资深报人吕品茗。

金绍檀知道上午九时许早报发出去后，当编辑的在这个时候大多会松口气，是最闲暇的时间。文人大都有喝早茶、喝咖啡清谈聊天的习惯。金绍檀早早地来到《南方日报》社对门的西宴台，在咖啡厅的僻静角落里找了个位子坐下后，招呼服务生上前来，给了他几文钱，并对服务生说："你去到对街的《南方日报》社，到副刊编辑部找到吕主编。你对他说，金府的二少爷金绍檀要在《南方日报》上登一则商业广告，请他一定赏脸来西宴台坐坐，喝杯咖啡，一起商量个文辞。"

吕品茗在副刊主编室内签发完当日稿件后闲着无聊，正在摆弄他的茶具，欣赏茶杯子边上的唐诗，吟诵着，见是金家二少爷差人来请，自然不敢怠慢，连忙放下手中的杯子，跟着服务生来到西宴台。

金绍檀见吕品茗进门，便立起身子，招呼他上来入座。吕品茗虽过了五十，但人精神得很，穿一身长袍，戴眼镜，是个标准的老学究。近到前来，拱手作揖，说："有些日子没见面了，二少爷竟然客气了起来，登个广告，只要差个人将稿子送来就好了，何必破费请喝咖啡。"

金绍檀回道："应该的，应该的。老先生请坐。"

吕品茗坐下后直截了当索要广告文稿。金绍檀笑说："不急。先喝了咖啡再说。"

金绍檀见吕品茗啜了口咖啡，方才说道："吕老先生，我们金、吕两家也是多年的老邻居了，知根知底的，我们金家在台江汛的口碑如何，吕先生自然清楚，若有什么得罪乡里和不到之处，请老先生直言不讳。"

吕品茗是个久经社会面的人，听出了弦外之音，说："二少爷言重了。不谈世交我们也是邻里，你们金家行善积德，在台江汛地面上是出了名的，二少爷今日何出此言？"

金绍檀说："前些天贵社副刊有一篇以'方塘'为笔名的文章。文笔不错，文辞也犀利，但似乎对我们金家的成见颇深。在下今天请先生来，没有别的意思，就是想请教一下这位'方塘'兄的真名实姓，居所何处，看看他是何许人，好前去向他当面讨教。既然他用方塘作笔名，想必是取自朱子的《观书有感》，我也想借此机会请教一下这位方塘先生，让他说说他对朱老夫子这首诗中的'半亩方塘一鉴开'要如何作解？以方塘为镜，该不会只照别人，不照照自己吧？"

吕品茗听了后如梦初醒，方才明白金绍檀请他喝咖啡的真实目的是诘难，登商业广告只是个托词，面有难色地回应说："二少爷，当初我就觉得这篇文章有点过，主张撤稿，可是作者坚持要登，想想也就是条花边新闻，没再多想就同意了。二少爷今日问罪，老朽我在此当面赔礼道歉好了，恳望见谅。"

金绍檀软中带硬地说："吕先生差矣。我不是来讨说法的，要是讨说法，我自然是要请贾大律师出场，和方塘先生公堂上见的。事情过去了，登也登了，也没有引起什么大的社会反应，我们是多一事不如少一事。你们要的是炒作，要的是报纸的销量，要的是报纸的知名度，我可以理解。我们的原则是不折腾。我今天请您来只想请教一下'方塘'先生的大名，日后好打照面，仅此而已，别无他意。"

吕品茗沉吟了半晌，想必是在心中权衡利弊，但见金绍檀目光咄咄逼人，气馁了，说："按规矩我是不能说的。这人的身份特殊，我就给二少爷提个醒，二少爷回去问问你们家的四少爷不就清楚了？我想二少爷是个聪明人，我这么一说，二少爷一定是心知肚明，也就不会再为难在下的了。"

吕品茗说罢起身，金绍檀拱手相送，说："老夫子，今日得罪了，请您见谅。"

得知"方塘"竟是他四弟绍理的笔名，金绍檀虽然无名火上冒，却发作不得。回家后，金绍檀气得几天都睡不好觉。冯氏见他长吁短叹的，关心地问道："这几日总见你一个人坐在屋里生闷气，想是遇到什么烦心的事了？"

金绍檀吐了口怨气，说道："见过不懂事的，但没见过像老四这般地不懂事的人！白在上海的大学堂里读了这么些年的书！大哥可是他的亲大哥啊，大哥走了，他不闻不问也就罢了，还冷言冷语说大哥是军阀的走狗、帮凶，死不足惜，一点不念大哥往日对他的好，死者为大嘛，这点做人起码的道理都不明白！再说了，绮云是他的大姐，亲大姐！你看看他在《南方日报》上都说了些什么？！什么'豪门富商联姻，一掷千金''地角拾荒老汉，孤苦伶仃'，好像金家与他八竿子打不着似的，你说气不气人？！我不知道他平日里高谈阔论的什么主义，只知道人伦至亲。古人讲究的是修身、齐家、治国、平天下。家都不要了，还奢谈什么主义，平什么天下？"

冯玉茹听了后劝说："你消消气。四弟年轻，又是一名记者，不搞点噱头，他怎么展示自己的才华？他怎么在《南方日报》上立足？你当二哥的，得体谅他的难处。"

金绍檀说道："拿自己亲姐姐的婚事当噱头，他还是金家的子孙吗？他还有底线没有？要做个好记者得先有个好人品，四弟做得太过分了！我不管他是什么党，什么派，在家里只能谈亲情，不谈主义。幸好爷爷和大伯他们不怎么看报，要是知道他在外头这般地胡言乱语，还不知道要气成什么样子！"

说着说着，金绍檀动了感情，潸然落泪，自语道："养鼠咬布袋，愧对先人挣来的孝友牌匾啊。爷爷真该罚他跪在厅堂前重新温习一下金家的家训，明白做人的道理。认真反思一下家训中'放志外弛，矜己短人，暴性殄物，此便是薄福趋恶之阶’的真谛。眼前世风日下，人心不古，金家看似要散架了。"

金绍檀越说越气，金冯氏劝道："四弟是长房的人，有爷爷和大伯在，还轮不到你对他说三道四，你就省省心吧，到江边走走，吹吹风，消消气好了。"

金绍檀心想也是，自己在房中闲生哪门子的闷气？况且爷爷只让他管账，没让他管人，家家都有难念的经，自己何苦来着？这些日子市面上有一本十分畅销的小说，是一个笔名叫巴金的人写的，书名叫《家》，深受女校中的小姐和大户人家少奶奶的追捧。前些日子，绮霞不知从哪儿弄来了一本，看完后丢给他说："二哥，这本书你真该好好地看看，你再不看书，反思自己的做派，保不准不经意间就成了书中的高觉新！"

金绍檀认真地将《家》看完了。掩卷之后，他半躺在藤椅上闭目反思，将书中的高家与自己的金家作了比对，恍然大悟。自己和四弟之间横亘着的竟是代沟，自己俨然成了封建家族的卫道士，而四弟分明是《家》中的觉慧，是个直面人生、反封建礼教的血性青年。

但转念一想，高觉新的理念有什么错？没有家有国吗？说是国有千万家，没国哪有家？这话不是和"大河没水小河干"如出一辙吗？本末倒置了。要知道大河是由涓涓细流汇集成的，应该是"小河没水大河干"才对。独木难成林这话没错，但林子毕竟是由千万棵树木集成的。先得有树，后才有树林。圣人说修身、齐家、治国、平天下就是这个理，是得先有人，后有家，最后才是国啊。综观历朝历代，从陈胜、吴广到李自成，一个个揭竿的草莽英雄哪个不是因为家园被毁、无家可归后才揭竿起事造反的？

金绍檀坚持认为在一个家中，只能出卫道士，在家中出个叛逆者，家将不家，何以立国，还奢谈什么治国平天下。想到此，金绍檀觉得自己胸口堵得慌，是该到江边吹吹风，透透气，便离开仲园，走出门来。

金绍檀刚走到二进中门边，听见柴屏门前三叔达尊和阿贵正拦住一伙夺门抢着往里闯的不速之客，大声说着话，像是有意说给屏风后的人听的。

只听来人说："我们是奉命来传讯金绍理的，你们让开，别妨碍我们执行公务！"

金绍檀伸头瞧去，见是四个身穿黑皮警服的人，背挎着长枪，心中大惊。

金达尊和阿贵、依福仍旧拦住来人，大声说："这是民宅，你们硬闯进门，是犯法的，你们得出示证件。"

金绍檀听得真切，知道是来找他四弟绍理麻烦的。这些日子闹清党，抓人、杀人的事他是清楚的，连忙缩回身子。偏偏在这时，他见金绍理从伯园出来。金绍檀眼明手疾，一把将他推进仲园，说："抓你的人来了，三叔正挡着，纠缠住他们，你快从后门走吧，不要再回来了。"

金家的后门紧挨着三捷河的道头口，是应急用的，平时不开，不走人，因此鲜为外人知晓。

金绍理听了，脸色慌张，掉头穿过仲园向后门奔去。金绍檀快步赶上，从身上掏出一摞钱袋子交到金绍理的手中，说："路上用，快走！"

金绍理接过钱袋子后，匆匆对金绍檀说："我桌面有封信，你让来的人看了，只说我已经走了，便没事了。"

金绍檀放走他四弟后转身进到绍理的房间，桌面上果然有封信，是写给爷爷和他父亲的，只见信中写道：

> 不孝男绍理敬禀爷爷、父母大人：
>
> 如今国贼当政，滥杀无辜，涂炭生灵，唯奋起反抗，方能救国人于水火。孩儿不才，谨遵先人遗训，以天下为己任，赴汤蹈火，在所不辞。今日拜别，请诸大人勿念。
>
> 苟利国家生死以，
>
> 岂因祸福避趋之。
>
> 勿以儿为念，望自珍重。
>
> 不孝绍理敬上。

金绍理这一去竟是二十年。果然是家无流浪子，官从何处来？当他再回到金家时，已经是二十世纪五十年代了，不但娶妻生子，还当了大官，只可惜金老爷子已入土多年，没能等到他孙儿衣锦返乡的这一天。

老四金绍理出逃后，金达有知道这件事是瞒不住的，只得硬着头皮拿着金绍理放在桌面上的信，进去禀告了老太爷。这次老爷子没有再骂儿子，也不再言语些什么，颓坐在拱座椅上，挥挥手，让他出去。

第十二章

理后事老太爷分派家务　杏花天金达莩惊艳胭脂

金绮云回门后第二天，金家就在六扇门边上贴出讣告。写明"民国故陆军上校金府绍梁之丧事"。

灵堂有两处，分别接受亲友们的吊唁。

一处设在金家大宅一进的大厅。都都披麻戴孝，跪在堂前哭丧致礼，由绍檀前后照应着。一处设在洪山浦里，由身穿孝服的蔡纹秀跪坐堂前哭丧致礼，金绍添在旁照应着。来金家大宅祭奠的多是金家生意场面上的朋友。洪山浦里毕竟是乡下，路远不便，到洪山浦里灵厝前祭奠的多是金家的亲朋至交。

转眼间金绍梁停灵满七七四十九天。金老太爷请薛镜溪卜了个吉日，将出殡的日子定在了十月初十，离金绍梁殉职的日子已经过去了三个多月。

金秋时节，红日高照。送葬这天，金家绍字辈的人由绍檀领头，带着都都去了。

棺木每七天上一道漆，到了七七这天漆成了大红色。金绍檀雇了八个人抬棺。灵柩前吴海中带着两个荷枪实弹的士兵开路，灵柩后蔡纹秀带着都都手持孩儿棒相随哭灵，金绍檀领着众兄弟及送棺亲友紧跟其后。吹鼓手押后，一行百余人，一路上撒纸钱，放炮仗，直送到了山上。棺木入土时，吴海中让士兵朝天鸣枪二十一响，金绍檀让人放了两百响的地龙炮仗。

金绍龙获得爷爷和父亲的准许，也跟去山上给大哥送葬去了。关珊珊紧随他左右，小心看护。

下山后，众人到闽江边上给金绍梁烧了纸人马。视死如生，自汉以来一直是国人的传统。

扎的纸人马是一间三层楼的将军府，门口有两个持枪的士兵守卫，院子内有数名丫鬟、侍女、仆役等各色人物。一将军，也就是丧主金绍梁戎装端坐在横案桌前品茗，左手还拈着本书，身边站着名副官，很有关云长夜读《春秋》的气派。

纸人马是金家人送给金绍梁，让他在天上享用的。还烧了两百箱的寄箱，寄箱是给在天上的金氏先祖们准备的，里边装满纸糊的信封和金银珠宝，托绍梁捎去。一则是金家后辈向诸位先人请安，二则是请他们在天上关照他们的后人绍梁。

当晚金绍檀代表金家人在福聚楼上设了十桌羊肉桌宴，向前来送葬的众亲友道谢。金家绍字辈除金绍龙因身体乏在家静养外都来了。吴海中被安排在与金绍檀、金绍添兄弟同桌。

酒酣耳热时，金绍添问起吴海中今后的打算。吴海中答说："自然是回去追随吴大帅。"

金绍添笑说道："海中兄弟此言差矣。如今时势如白云苍狗，变化快得去了。在这两个月里，你们吴大帅的军队都被打散了，吴氏也已经宣布下野，到北平当寓公去了，你是个下级军官，大帅手下战将如云，哪个认得你！你就是追随了去，吴大帅也未必留你。你不如带上你的这两个兄弟，上我那儿，保你官升一级，补个司务股股长的实缺，挂个中尉军衔。海中兄弟，你别小看了司务股股长，这官虽小，但是个肥差，而且还不用上战场，少受枪林弹雨的惊吓，你看如何？"

有如此好的去处，吴海中没多想就同意了，大家皆大欢喜。几天后，金绍添带着吴海中随着北伐军往浙东去了。

自金绍梁出殡回家后，金绍龙的病情日趋恶化，咳嗽不止，开始大量呕血。

金绍檀和关珊珊带他到博爱医院找程祖应大夫，重新做了 X 光检查。检查结果出来后，程祖应将关珊珊和金绍龙支开，到一边去对金绍檀说："二少爷，你回去同老太爷和大老爷他们说，七少爷两边的肺都烂得跟马蜂窝似的，看是拖不了多久时日了，府上要早做准备。"

金绍檀回家后将程祖应的话如实对金老太爷和大伯、大伯母说了。金老太爷和金达有听了直摇头。金洪氏一旁垂泪，大家束手无策，一点办法也没有。

看看又撑了半年，到了第二年的夏天金绍龙就不行了。

金绍龙的棺木在房中停了七天后从西侧门抬出，低调出殡。送葬的人不足三十人。依旧是金绍檀领着绍字辈的众弟妹坐着马车吴的车送棺木上山，金老太爷指名敏惠披麻戴孝当孝男。棺木葬在了金绍梁的边上。金绍龙走后，关珊珊将他翻译的书稿以《天竺物语》为名出版，供在了他的灵桌前。

两年内金达有接连没了长子和小儿子，老四离家出走，自然是悲痛欲绝，伯园像是被掏空了似的，一下子冷清了下来。虽然时不时传出几声都都的打闹声，却怎么也扫不去金达有夫妇脸上的愁云。金老太爷让敏惠住进伯园与都都做伴。平日里两个小男童的打闹声多少给伯园带来些生气。

这日午觉后，三个儿子达有、达澎、达尊带着各自的媳妇还有绍檀到老爷子的房中请安，闲聊家常。金老太爷让吴妈给他们沏了茶。

金老太爷问达有："老七的后事都料理好了？"

金达有说一切都办妥了。

"得给老七立个嗣。"金老太爷将脸朝绍檀说："将你的老二敏惠过继在老七的名下好了。"

金绍檀哪敢悖逆老人的意思，只得说："爷爷说的是，就将惠儿挂在老七的名下好了。"

金老太爷当即拍板说："那好，打今日起就让惠惠改口叫你作二爸，认他的大伯当爷爷吧。"

金绍檀心中虽不愿意，但只得点头称是。

金老太爷对达有和关珊珊说："你们都得备份红包给惠惠，让惠惠改口叫爷爷，叫妈。珊珊搬回到伯园原来的房间住好了，伯园现在有点冷清。"

关珊珊说："爷爷，让惠惠进到伯园里边住好了，孩子多了，自然热闹些。我就不进去住了，这样我爹来看我时，就不用进到里边，进出方便些。"

金老太爷也不勉强她，只说也好，便换了个话题，对绍檀说："都都也到了上学的年纪了，你同关亲家说了没有？让他在门头厅里给都都安排个位置，打明儿起让都都上学去。绍梁不在了，你们都得在都都身上多用点心思才是。"

当时福州城里还没有几所正儿八经的小学。仓山上藤路的益闻二等小学堂算是有点名气，但太远了，接送孩子来去不方便。金老太爷还是坚持足不出户，在自家的私塾启蒙。

金家门头厅设的这间家塾无非是教族里孩子些《三字经》《千字文》这些传统的蒙童开智的书，还有就是些简单的加减乘除和珠算。金老太爷知道强国先强种，教育要从娃娃抓起的道理，因此在师资的选拔上从没含糊过，无论是八叔公还是关怀岭都中过前清的秀才。

绍檀连忙回爷爷说："都都的书和小书包我都给准备妥当了，明早就送他上学去。"

现在门头厅里只有五个族人的子弟在读书。往日里金老太爷闲来无事时也常带着都都来到门头厅坐在后排旁听孩童们朗诵，他含笑捋须，十分自得。课间时间，金老太爷和关秀才闲聊，孩子们嬉耍，因此都都和这些孩子也都混得脸熟，并不生分。

金绍檀回到房中，金冯氏埋怨他平白无故地将孩子送了人。金绍檀知道这个话题多说无益，便豁达地笑道："你想多了。惠惠是咱们的孩子，现在只是名分上给了老七而已，用不着担心，甭管现在孩子叫你'二婶娘'也罢，'二妈'也罢，待到孩子长大了，自然还是跟你亲，只认你这个娘。"

金绍檀又说："过继立嗣，这是老祖宗传下来的惯例，就是皇帝老爷家也是如此。当年光绪帝不是改口叫慈禧老佛爷皇阿玛了吗？那又怎么了？他骨子里不还是跟他的亲爸醇亲王亲？他爸当了摄政王，跟当皇帝有什么两样？今天爷爷开了口，这是他老人家想定了要做的事，我们能说什么？说了，反显得我们不明事理。老七走了后我就知道得循着这例走的。长房没有多的孩子，当然得从咱们二房里头出了，并不奇怪。"

金绍檀继续说道："老七出殡那天，爷爷让惠惠去当孝子，给老七披麻戴孝，我就知道老爷子的心思了。过了房又能怎样？惠惠不还是在你的身边，多些人疼他有什么不好？"

金冯氏听了后默然。

金老爷子名下的金记木材商行在南平的西芹有三个炭窑和一处贮木场。在福州的洲边有一处贮木场和一间锯木厂。金老太爷自知已到暮年，再也没有精力打理木材行的生意，得放手颐养天年去了。他思谋定后，叫来三个儿子，将金家木材行的生意做出分割，让他们三兄弟各司其职。

生意的好坏决定于供销渠道的通畅与否。金老太爷将供货的打理交给二儿子达澎，将销售的业务交给三儿子达萼，老大达有居中协调同时负责锯木厂的经营。上游来的木排进了三捷河后经星安桥、三通桥到达金家设在洲边的贮木场内。

福州多木房，金老太爷在洲边的贮木场内设了间锯木厂，按客户的要求将木材锯成或板或条，或做家具或做屏风隔扇。圆木多用做横梁和立柱。锯木屑也有两个下家，一家是闽清的陶瓷厂，一家是城里的曹记玻璃厂。

陶瓷和玻璃都是易碎品，他们从金记木材行低价购进木屑，用作远途包装箱的防震填充料。

金老太爷让老二绍檀负责来去账目的明细报表事宜，自己只是在月尾到账房查看一下财务的开支情况，不再过问具体业务上的事，乐得清闲。

是商人就免不了要应酬。圆滑是商人最起码的素质，和气生财是商人致富的秘籍。是个商人都明白，上至达官贵人，下到贩夫走卒，对他们而言，个个都是祖宗、大爷，是能不得罪的，都得提着十二分的小心应付着，万一得罪了，最好的赔罪方式就是上酒楼。生意上谈不拢的事，往往在酒桌上推杯换盏、脸红耳根热之后就办成了，古往今来，屡试不爽。

安乐铺与田垱街近在咫尺，这一带的酒楼多了去。木材商人多喜欢在西宴台洽谈生意，而后借着三分的酒意到杏花天狎妓欢娱，食、色、生意三不误。

金家三兄弟，老大金达有是个闷葫芦，不善交际，应酬的事多让老二达澎、老三达尊去。

老二金达澎分管的是供货业务。福建闽北山区多的是木材，只要给钱，就会有人卖力气去砍伐，用不着低三下四地求人，并不需要太多的应酬，再说了，南平距福州城毕竟有百里之遥，他也懒得上去，乐得清闲，在家中养鸟，玩古董惬意得很。

应酬事最多的是老三。老爷子也知道老三上杏花天是少不了的。金老太爷心中有数，便定下了一条规矩，行乐可以，但要适可而止，脂粉不准带回家中，鸦片是绝对沾不得的，沾上了，打断腿，赶出金家大门。

金家三兄弟也知道嫖赌毒这三样沾不得。偏偏嫖赌毒这三样都能让人上瘾。上了瘾后，十赌九输，酒色伤身，染上毒瘾后更是想戒都难，最后的结果都是一样：倾家荡产。

当年的田垱街堪比南京的秦淮河畔和京城的八大胡同。这条百来米长的小街及其周边上居然有几十家注了册的妓院，只要按时按额交了花税、卫生税、警务税，家家都是合法营业。注了册的妓女会在胸前佩戴一枚五边形的徽章，五边形中央的内切圆上写一篆体的"妓"字。

潭尾街就是因妓女而得名的。

潭尾街在星安桥头。说是有一个包姓少爷与一名唤作杏花的妓女情深，想为她赎身。世人常说戏子无情，婊子无义。为了试探杏花对自己是否真情实意，一日包姓少爷到妓院找杏花故作落魄模样，衣衫褴褛，萎靡不振。

杏花见状，竟然不念旧情，拒绝相见。包少爷一气之下，将随船带来的上好檀香床烧了。檀香四溢，街头巷尾香气浓浓。在福州话里檀与潭的音相通，潭尾街因此得名。

妓院也分三六九等。福州人称勾栏里的妓女为白面哥，而将面目黝黑的船妓称作船下妹。头等的白面哥也称书寓，如杏花天、浣花庄、新紫銮里边的白面哥都是经过鸨儿悉心调教过的，个个色艺俱佳，吹拉弹唱，琴棋书画样样都能拿得起。

民国时，福州城里的第一位青楼才女当推慕碧云。

清人张际亮曾为榕城名妓立过传，取名《南浦秋波》。《南浦秋波》里就收有慕碧云遗稿。词曰：

> 懒向红窗理玉笙。禁烟才过便清明。碧桃开尽，还有几多春？
> 风过难寻飞絮影，雨余怕听卖花声。阴阴天气，容易是黄昏。

其才情当不在柳如是、董小宛之下。其生平故事之凄美堪比《桃花扇》中之李香君、玉堂春与杜十娘。

慕碧云时年十八，得遇金陵公子余生，两情相悦。老鸨索要数千金，准其从良。余生回金陵筹款，相约半年之期。余生筹得钱款再度来榕迎娶慕碧云时，船行至钱塘江口突遇台风，半月不得前行。鸨母见约定的日期已过，威逼慕碧云上一盐商船接客，陪酒唱曲。曲罢，慕碧云径直走向船头，仰首望月，朗声道："今夜月色大佳。"说罢，纵身跳入水中。翌日，余生赶到，悲痛欲绝，携慕碧云遗体归葬莫愁湖。

二等的如花亭后、鸿禧堂、新玉记的妓女，才艺稍逊。虽说琴棋书画差了点，但吹拉弹唱还是不错的。还有专司淫乐的三等妓院和末等的船妓。

每当入夜，白面厝内灯火通明，瓜果小吃琳琅满目，伬唱、闽剧、评话样样俱全，好一个繁华景象。

金达尊常去杏花天应酬，一来二往的，结识了一个名唤胭脂的妓女。

金达尊是金老太爷的小儿子，自然是受到了万般宠爱，从小就养尊处

100

优，是个享乐惯了的公子哥儿。因为平日间保养得好，看上去一点儿也不显老相，依旧风流倜傥，正是一个成功、成熟的男人精力旺盛、魅力十足的年纪。

金家当时的木材生意兴隆，日进斗金。在生意的大事上自有金老太爷做主，宅子里的大事、小事、琐事、烦心事，自有绍檀兜着，用不着他操半点的心。他平日间只管优游在风月场所，过他的舒心日子。

老爷子给他分派的是销售业务，木材生意供不应求，上门来谈生意的人如过江之鲫，饭局自然多，没间天地轮转着在广裕楼、福聚楼、新嘉宾、浣花庄、杏花天里喝酒应酬，倒也快活得跟神仙似的。

那一天来了两个仙游的木材商人，一个姓柯，一个姓沙，说是乡里要修祖厝，想从金记木材行里批发上百根大小不等的圆木，是一笔大生意，金老太爷嘱咐金达莩一定要招待好这几个客商让这单生意做成了。

当晚金达莩便在杏花庄设宴款待他们。席间少不了要请出杏花天的姑娘来唱几曲助兴。

杏花天的老鸨儿，人唤崔妈妈。崔妈妈布置好饭局后当即推荐说："三老爷，你今天可是有艳福的了，杏花天刚刚来了个色艺上乘的姑娘，名唤胭脂，年方二八，弹得一手好琵琶，难得的是她不但琵琶弹得好，歌喉也清丽婉转，三老爷您就点了她，让她来给你们助助兴如何？"

金达莩倒也爽快，说："既然是个新到的姑娘，自然是好的，就让她来吧。"

没想到胭脂的前脚刚迈进房门，屋内就满室生春。但见她明眸皓齿，秋波含情。头上簪花，淡雅脱俗。高肩领托着瓜子脸，犹抱琵琶半遮面，风动裙摆飘飘举，恍若天仙下人间。只见她怯生生地进入屋来。金达莩只看一眼便被勾走了魂。

胭脂坐下后轻拨琴弦，开启歌喉，第一曲弹唱的是《昭君出塞》，第二曲弹奏的是《十面埋伏》。

只见她"转轴拨弦三两声，未成曲调先有情。弦弦掩抑声声思，似诉平生不得志。低眉信手续续弹，说尽心中无限事。轻拢慢捻抹复挑，初为霓裳后六幺。大弦嘈嘈如急雨，小弦切切如私语。嘈嘈切切错杂弹，大珠小珠落玉盘。间关莺语花底滑，幽咽泉流冰下滩。冰泉冷涩弦凝绝，凝绝不通声暂歇。别有幽愁暗恨生，此时无声胜有声。银瓶乍破水浆迸，铁骑突出刀枪鸣。曲终收拨当心画，四弦一声如裂帛"。

果然是此曲只应天上有，人间哪得几回闻？

琵琶声刚落，众人鼓掌捧场。

弹过琵琶后，金达莘让人取过一柄二胡，亲自操琴，让胭脂清唱《马路天使》中的《天涯歌女》和《四季歌》。胭脂嗓音清亮，表情清纯，唱毕余音绕梁，竟不在周璇之下，众人听了后又是一番鼓掌喝彩。

崔妈妈在边上赔着笑说："老身所言不虚吧？咱们胭脂姑娘的才艺有三绝。"

金达莘好奇地问说："是哪三绝？"

崔妈妈不急不慢地说："这第一绝是琴艺绝，这刚才诸位已享受过了，老妪言之不虚吧？"

众人捧场，说："果然不同凡响。"

崔妈妈得意地说："这第二绝，是歌喉清亮，刚才诸位也听到了，感觉如何？"

众人说："当得清亮二字。"

崔妈妈听到众人喝彩，更加得意，说："这第三绝是诗情绝，都说秦淮河的柳如是、董小宛、李香君如何如何，可是诸位，你们谁瞧见了？都只是传闻而已，传言是最不可信的。只眼前我们的胭脂姑娘，口吐莲花，字字皆珠，诸位如若不信，可以比试比试，便知道老妪我说的话字字是真。"

金达莘心中不服，觉得崔妈妈满嘴跑江湖，想她胭脂一个烟花女子，除了弹唱之外能有多大的学问？便开口说道："听崔妈妈这么一说，我们几位就无地自容了。这样吧，我们不拘押什么韵脚，就以此地此景为题，各做一首大家评评如何？"

崔妈妈说："这样最好，白纸黑字，立见高下，方显得老妪我言之不谬。"

崔妈妈唤小丫头取来笔墨纸砚，在桌面上展开来。金达莘自信自己国文功底不差，稍一思索，在纸上写下一首：

> 休说女儿无血性，挑灯看剑气如虹。
> 今人犹传十三妹，纵身跃入紫禁宫。

胭脂瞧二位仙游来的客商，谦逊地说："二位公子请。"

这两位仙游商人，想是没读过什么书，面面相觑后，口中讷讷地说："还是姑娘先请。"

胭脂也不客气，走上桌前，提笔写了一首：

> 一池莲荷一池风，一冬一夏一枯荣。
> 纵然亭亭出水面，无奈深陷污泥中。

再看两位仙游客人依然在搜肠刮肚，却道不出子丑寅卯，显得十分尴尬，胭脂笑道："二位不必为难，如果二位不介意的话，就由小女子我代劳了吧。"

两位仙游客人高兴地脱了困，说："这样最好。正要看姑娘的本事呢。"

只见胭脂不假思索，提笔又写下一首：

> 红袖添香酒甘醇，田垟巷深灯笼红。
> 清曲飞出高墙去，任其左右与西东。

接着又一首：

> 妾本驿道桥边柳，任人折取任遣送。
> 待到低枝折取尽，枯木瑟瑟向晚冢。

见到胭脂才思如此敏捷，羞得两位仙游商人无地自容。金达莩叹服道："果如崔妈妈所言，在下是心服口服了。"

第二天送走两位客商后，金达莩在家中丢了魂似的，只是坐不住，直挨到天黑，又急匆匆地去了杏花天，跟崔妈妈说了，指名要听胭脂的琵琶。

这一来二去的，金达莩竟成了杏花天的座上宾，胭脂的头牌知音。

第十三章

遭家变沈瑞芬脱困乏术　　思无计詹瑶娜身陷青楼

胭脂本姓詹，名瑶娜。胭脂是她到杏花天后老鸨儿给她起的妓名。詹家住在与南门老城墙相距数里地的水部乡。水部是福州城温泉的汤头，著名的有德天泉、福龙泉等。离德天泉不远处有座清康熙年间建的三孔石礅平梁桥，名曰：高陞桥，是一位刘姓财主为儿子高中黄榜还愿而捐建的，因此也叫刘公桥。

今人多知道福州城里的三坊七巷。那是块闽籍达官贵人退隐后群居、安享晚年的地方。其实在三坊七巷的土著居民中，科场得意入仕的人并不多。

福州的读书人多出在偏远的乡下。乡下穷，穷则思变，励志苦读的子弟自然较城里人多。福州人口中的"七科八进士"出在濂江边的林浦村，濂江书院是当年朱熹来福州时讲学的地方；"一门五进士"出在上街厚美村的大本厝；"叔侄六科甲"出在城门螺江边上的螺洲镇，螺洲陈家在晚清史上是出了名的。

"寒门出贵人"这句古语道出了人间的苦辣酸甜。林则徐和严复的生平似可作为此话语的脚注与写照。林则徐的青少年时光是在左营司巷度过的，严复的少年时光是在城外的苍霞洲度过的。

林则徐的父亲是个私塾先生，家境贫寒，林则徐在父亲的督导下刻苦攻读，二十六岁那年金榜题名。林则徐忆及他早年的家境时写道："每际天寒夜永，破屋三椽，朔风怒号。一灯在壁，长幼以次列坐，诵读于斯，女红于斯，肤栗手龟，恒至漏尽。此情此景，宛若昨天。"少年时林家之贫寒跃然纸上。

晚清鼎鼎有名的严复是阳岐乡下人，父亲是个江湖郎中。严复十二岁丧父，孤儿寡母，度日之艰难可想而知。他励志苦读，十三岁那年以第一名的成绩考取了马尾船政学堂。

民国时福州城只要出了南校场，放眼望去水光映天，尽是鱼塘和水稻田。

状元境离南校场不远，是当年的城乡接合部。北宋年间，水部乡出了福州城的第一位状元公许将。许将头戴簪花，身跨骏马，"一日看遍长安花"那年也是二十六岁。因为出了许状元，福州人多称此地为状元境。

胭脂的父亲名叫詹仕林，是一名中学的音乐教员，上有八十岁老母，胭脂下边还有三个弟弟，一家七口人。詹仕林的工薪微薄，日子过得并不宽裕，只得将家安在了地价便宜，又离他供职学校不远的状元境。

读书人家素来重视教育。瑶娜从小就天生丽质，活泼可爱，四岁起詹仕林就教她读唐诗宋词，练习书法，还教会了瑶娜弹琵琶、吹洞箫、拉胡琴、吹笛子等民间乐器。小瑶娜聪明乖巧，一学就会，深得詹仕林的喜欢。

哪知道天有不测风云，当时清党闹得正凶，詹仕林莫名其妙地被人诬了乱党的罪名，下了狱。

詹仕林入狱后，瑶娜的母亲沈瑞芬开始奔走，四处托人呼救，耗尽了家中的储蓄。

沈瑞芬只是个家庭妇女，没什么专业技能与社会背景，为了一家人的生计，只得出门去给人家当女佣，来养活她婆婆、瑶娜和瑶娜的三个弟弟詹凡夫、詹凡星、詹凡宇。原指望苦撑一两年，詹仕林洗清冤情后能够出来重振家业，哪知道他一介书生，经不住牢狱之苦，没熬多久，竟死在了狱中。

屋漏偏遭连夜雨。雪上加霜的是胭脂的奶奶，气急之下一病卧床不起了。沈瑞芬被逼到了山穷水尽、黔驴技穷的地步。

婆婆重病在床，须臾离不开照顾。

詹瑶娜小学毕业后原计划是要上文山女中的，现在只好辍学在家。沈瑞芬托人从火柴厂领来一份糊火柴盒的计件活，在家中做，可以兼顾着病床上的老人。几天后将糊好的火柴盒汇拢了，交到工厂验收后给钱。虽说糊十个火柴盒才一文钱，但积少成多，多少补贴些家用，总比坐吃山空的强。三个上高小的弟弟放学后也能帮助糊上些，一家人艰难度日。

詹家边上住着一个孀居的老妪，人唤王婆。王婆无儿无女，平日里只有些近族的后辈来探视她，日子过得寂寞。幸好她的死鬼丈夫给她留下了十来亩地和一口水塘，她将田地和水塘都租了出去，靠着收来的租金，倒也生活无忧，快乐自在。

王婆极富爱心，过午没事时，会到詹家来找瑶娜，一边聊天，一边帮糊些火柴盒。王婆年轻时在杏花天当过女佣，虽是做些清洁卫生的活，但对青楼的起居作息十分熟悉。

一日过午，瑶娜要去火柴厂交火柴盒，领钱，便上门央王婆上家里帮助照看奶奶。

王婆满口答应，让她放心地去。沈瑞芬知道女儿去火柴厂交火柴盒，家中没人，放心不下，正好东家下午也没什么活，就告了两小时的假，回家来看婆婆。见有王婆在，放下心来，道谢说："又让您老费心了。"

王婆说："金厝边，银乡里。你又没劳动我做些什么，只是来陪老婶子坐坐，聊聊天，说客气话就显得生分了。"

沈瑞芬感激道："话虽如此，但一直以来得到您的关照，说声谢字是要的。"

王婆指着瑶娜屋内墙上挂着的琵琶和月琴说："瑶娜姑娘还会这个？"

沈瑞芬伤心地回道："都是她爸在时教会她的，已经有好长一段日子没见她理会这些了。"

王婆认真地说："这门手艺可丢不得，要说来钱，拨弄它两下子，可比糊火柴盒强多了。"

沈瑞芬只当是闲聊，并不在意说："弹琵琶换不来米饭，这手艺废就废了，有什么好可惜的。"

王婆正儿八经地说："话可不能这么讲，技多不压身。你要是不嫌我多嘴，我倒是有个主意。"

沈瑞芬说："婶婆，您是帮我们出主意的，我怎么会怪罪您呢？说声谢字还来不及呢。"

王婆说："你们家现在正合了'老弱病残'这四个字。困守着不是办法，树挪死，人挪活，不是我多嘴，我寻思着你们家得有个把人走出去，这日子才能宽转过来。"

沈瑞芬说："是啊，我也曾经这么想过，想将老三送了出去。但是现在不行了，老三都上小学二年级了，就是我想送，老三哪肯走？半大不小的孩子，也没人会要。"

王婆说："小的不行，那就送大的出门。"

沈瑞芬无奈地说："瑶娜还小，才十四五岁，现在逼她出嫁，给人家当童养媳，我这个当妈的还真狠不下这个心。"

王婆说："瑶娜既然会弹琵琶，我寻思着介绍她去杏花天书寓当女校书，你看如何？"

沈瑞芬知道杏花天是什么个去处，立即摇头说："不行，不行！我怎么能干卖女儿当妓女这种事？"

王婆却不慌不忙地解释说："妓女也是人当的。况且在书寓，女校书并非是哪个女孩子想当就能当上的。是要经过面试合格了，人家才肯要。姑娘不但人要长得花一样的漂亮，画上美人一样的标致，还要会琴棋书画，吹拉弹唱，缺一不可。缺了哪一样，人家都不一定要。瑶娜她妈，你可能不清楚，在妓院里，女校书只卖艺不卖身，是很有地位的。现在是民国了，不兴背地里卖儿卖女了，凡事要立契约，契约上的时间到了，立马还你个自由身，你便可以离了那儿，爱去哪儿去哪儿。"

沈瑞芬还是不同意说："王妈此言差矣。女校书再有地位也是青楼里的白面哥，是要被人家在背后指指点点、说三道四的，如何能够自证清白？瑶娜要是真的到了那儿，我怎么对得起詹家的祖宗和她死去的爹。"

然而人的主观意志绝对敌不住残酷的现实。才没两天瑶娜妈就不得不走进王婆给她开启的这扇门。

这天老三詹凡宇放学回家便倒床了，瑶娜见平素日回家来活蹦乱跳的弟弟今天突然倒在床上没了声息，知道有事。上前摸了摸弟弟的脑袋，烫手得很，连忙取出体温计插入弟弟的腋下量了一下体温，拔出来一看39.7℃，吓了一跳，拔腿跑到鳌峰坊母亲打工的人家，将母亲叫了回来。

母女俩回到家后，沈瑞芬二话没说，背起小儿子就往协和医院跑，直接送进了急诊室，诊断为急性肺炎，得住院治疗。

沈瑞芬将带来的钱都交了头款，将儿子送进病房后让女儿好生看着弟弟，自己又急急忙忙回到东家家里，流着眼泪求东家预支了半年的佣金。且喜东家是个极富爱心的基督教徒，当下将半年的薪水给了她，还催她放下手中的活，快去医院看护孩子。

詹凡宇在医院住了一个星期，虽说是病愈出院回家了，但詹家的经济却陷入了绝境。预支半年的佣金意味着瑶娜妈半年内没了收入。且不说三个小男孩的新学期学杂费和病床上老人的药费，光靠糊火柴盒的收入，一家六口人只怕连稀饭都喝不上。

　　王婆来探视时，见詹家陷入困境，不免旧话重提，沈瑞芬终于认清现实，不再坚持了，只得说："那就麻烦王婆婆走一趟，看看对方有没有意思，待事情有眉目了再对孩子说开了不迟。"

　　第二天王婆就来回话，说是妥了，让沈瑞芬转告瑶娜。沈瑞芬思想了一个晚上，第二天起早安排三个小的吃了早饭，早早地上学去，又给病榻上的婆婆喂了汤药，自己临出门时才对女儿说："瑶娜，一会儿隔壁的王婆婆会带个人来，来人名叫宗玉贵，是个艺校的先生。王婆婆说，艺校招工，管吃管住，她便介绍了来。一会儿王婆婆会带他来面试。今天早上你就不用糊纸盒子了，梳洗打扮一下，换套光鲜点的衣裳穿上，给人家一个好印象。我东家那边早晨活多，妈就不陪你了。"沈瑞芬强忍着泪水，将她要对女儿嘱咐的话都说了，狠下心，掉头走出家门。

　　詹瑶娜听妈妈的话，将自己和房间都收拾了一下，九点钟刚过，见王婆婆果然带了个四十来岁的男子串门来了。詹瑶娜看那男人斯斯文文的，像个知书达礼的先生，便没了戒心，很礼貌地请客人进屋，倒了杯水，歉意地说："不好意思，我们家的人平日里不喝茶，因此没有准备，怠慢了。"

　　宗玉贵并不介意，坐下身子，端详了瑶娜一阵子后说："听王婆婆说姑娘弹得一手好琵琶，能不能弹一曲让在下我欣赏欣赏。"

　　因为妈妈说是艺校招人面试，詹瑶娜不敢怠慢，连连点头，爽快地从墙上取下琵琶弹了一曲《雨打芭蕉》，弹后颔首，向宗玉贵微微欠身致意，谦逊地说："许久没练，手生了，弹得不好，让您见笑了。"

　　宗玉贵点了点头说："姑娘客气了，弹得很好，果然是家学功深。我还听说姑娘读过许多古诗词，我现在出一个上联看看姑娘可否对上。"

　　宗玉贵沉吟片刻，说："'濂江水畔泰山宫新皇继大统'，姑娘可知其典故？"

　　詹瑶娜回说："听家父说过的，林浦村濂江边的泰山宫是南宋最后一个皇帝登基和出海的地方。"

　　宗玉贵听了满意地点头称赞："姑娘果然学识渊博，那就请姑娘对个下联。"

　　詹瑶娜略加思索后，道："'高陛桥边状元境文光射斗牛'，又让先生见笑了。"

　　宗玉贵满意地起身告辞，回去后对杏花天的老鸨崔妈妈赞不绝口地说：

"这詹家的姑娘有西施的容貌、蔡文姬的才情，花多少钱买了来都是值得的。"

宗玉贵是杏花天的总管，也就是今天人常称呼的总经理，他的评价自然有分量。崔妈妈听了，说："有老宗你掌了眼，就差不到哪儿去，这事就这样定了，你尽快办去吧。"

隔日王婆去杏花天听了回话，回来后对沈瑞芬说宗玉贵对詹瑶娜非常满意，让沈瑞芬到台江青年会的贾思真律师工作室商议契约文书的文本条目。至此沈瑞芬心中虽是十二万分的不情愿，无奈人强命不强，只得点头答应了。律师的一切费用自然是由杏花天支付。

王婆和沈瑞芬去到贾思真律师工作室时，杏花天的老鸨崔妈妈、总管宗玉贵早已经等候在了那儿。待沈瑞芬坐下身后，贾思真拿出他事先草拟好的契约文稿，慢悠悠地逐字逐条念了一遍，请双方认可。文稿中杏花天为甲方，沈瑞芬为乙方。主要条款有如下几条：

　　1. 乙方志愿与甲方签约，将女儿詹瑶娜送入杏花天书寓为女校书，为期十年。十年内詹瑶娜必须服从杏花天的一切约束，接客陪酒，但卖艺不卖身。詹瑶娜在杏花天的起居作息乙方不得干涉。
　　2. 甲方一次性付给乙方三百大洋，签约日即当面付清。
　　3. 十年内甲方负责詹瑶娜的衣食住行及脂粉费用，每月津贴大洋一块，接客所得小费归詹瑶娜。未经甲方批准，詹瑶娜不得擅自离开杏花天，私自外出，乙方不得干涉甲方对詹瑶娜违规做出的任何处罚。
　　4. 十年内乙方不得到杏花天约见、探视詹瑶娜。
　　……

贾思真读完契约后请双方发表意见，如果没有意见就签字画押，契约生效。一式三份，甲、乙方和律师楼各持一份。

杏花天的崔妈妈和宗玉贵看了后，当即表示没有异议。

崔妈妈和宗玉贵表态后，大家不约而同地将目光落在了沈瑞芬的身上，催她表态。沈瑞芬只得开口说话："给我两天的时间好了，我得将这份契约书带回去让我的女儿看明白了，她心甘情愿了，我才好给你们回话。"

宗玉贵担心日久生变，催促道："沈妈妈，想来我们杏花天的姑娘有的是，当断则断，你这么优柔寡断的，只怕是过了这村就没这店，让别人捷足先登了。"

王婆婆也在边上鼓动说："詹家大嫂，我也是在杏花天里待过些日子的，杏花天的崔妈妈和宗大爷都是一等一的好人，你把瑶娜交给她们，吃香喝辣的，比在家里强过百倍，你就放一百个心好了，他们亏待不了孩子的。"

沈瑞芬虽则犹豫，但还是坚持要回家同女儿说个明白后再来签这份文书。

贾思真只得让秘书缮写出了一份来让沈瑞芬带回家去。

当晚夜深人静，三个小男孩都睡熟后，沈瑞芬来到女儿的房间，见詹瑶娜还在糊火柴盒，心酸得落下泪来。

110

她静静地来到女儿身边，坐下后，从身上掏出贾思真草拟的契约，说："瑶娜，糊火柴盒的事不急，一会儿妈来糊。你先来看看这份文书条款，可能接受不？"

詹瑶娜放下了手中的活，用身前挂着的围裙摆擦干净了手，从妈妈的手中接过那一页纸，认真地看了起来。

詹瑶娜看完后恍然大悟，扑通一声，双膝跪在了妈妈的膝前，泪如雨下，说："妈妈，你真的要卖女儿吗？"

沈瑞芬抱住女儿的头说："妈怎舍得送你去那种地方，可是妈妈实在想不出法子呀。"

瑶娜哭着说："妈，我不走，我可以不睡，多糊些纸盒。"说罢号啕大哭，泪如雨下。

沈瑞芬将女儿的头埋在她的双膝间，抚着女儿乌黑发亮的头发，让她尽情地哭，口中喃喃地说："你奶奶的病也不知要拖到哪年哪月，眼见得你弟弟明年就要进初中了，我又半年领不到一文钱，妈要是不出此下策，一家子人如何活得下去？妈对不起你，但妈不逼你，你要是想好了，明天一早给妈一句话，去与不去，妈都听你的。"

说完话后，沈瑞芬慢慢地挪开身子，怜爱地说："今天就不要再糊盒子了，早点睡去吧。妈对不起你。"说罢拖着疲惫的身子走出女儿的房门。

第二天一早，詹瑶娜一开门就对沈瑞芬说："妈，我想好了，你回他们话吧，我去。"

沈瑞芬向女儿的屋内瞧了一眼，见两大筐的火柴盒都糊好了，知道女儿昨晚一夜没睡。想到女儿边哭边糊火柴盒子的情景，沈瑞芬脸上禁不住老泪纵横。

　　詹瑶娜到杏花天小培训数日后便上岗了，杏花天的水牌上亮出女校书胭脂的名号。

第十四章

时运悖飞来祸接二连三　望门哭大小姐痛断肝肠

俗话说祸不单行，此句用在金家是再恰当不过的了。转眼间又过了一年。这年夏天，金达澎设在南平西芹的贮木场出事了。

老天爷不给脸，从农历四月开始就阴雨绵绵，进了五月，雨势仍不见减，反而更加的大了，溪水、河水暴涨。江面上浑黄的溪水滚滚东下。金老太爷每日站在窗前忧心忡忡，喃喃自语："五月五关老爷磨刀，中原怕是又要有战事了。真真是天有不测风云啊!"

才没几天，金达澎从南平捎了信来说西芹的贮木场出事了，大水冲垮了贮木场的围栏，眼睁睁地看着一根根木头顺着闽江漂流入海，却无计可施。只半天的时间，贮木场内几百立方的木材流失殆尽。

金老太爷见了信后，脸色顿时阴沉了下来，决意要到江边走走，观察水情。

金绍檀在边上提醒说："爷爷，江边是去不了了，打昨天傍晚起江水就漫上岸了，您要是想看的话，只要上前厅的溪水房，在露台顶上就能看到江水了。"

金老太爷点头。金达有、金达蕚和金绍檀只好让郭姨太小心地搀扶着老太爷，上到溪水房顶的露台。

金老太爷面对滔滔的江水神情凝重。金绍檀指着江面上漂浮的木头说："爷爷，今年洪水大，不只是我们一家，听说上渡贮木场，闽清、古田的十多家贮木场也都溃栏了。爷爷您瞧大桥下的木头，都挤在了桥墩下，要不疏通的话，只怕桥是要被冲垮的。大水漫过桥面也就是这一两天的时间了。"

金老太爷顺着绍檀指点的方向瞧去，果然有许多圆木被卡在了桥墩处，再瞧吸江亭，江水已漫过了亭子的基石。

金达蕚叹道："老天还是不开脸，阴沉沉的，雨下个不停，这几天江水还要往上涨。"

金达有也担忧地说："三捷河的水也上岸了，水闸也闸不住，井里的水咕嘟咕嘟地往上冒，只怕今晚溪水就要进屋了。我让吴妈、杏儿她们将各处的溪水房都收拾了出来，将柜子的脚都垫高了，今晚大家都得到溪水房上过夜。"

金达尊说："我让依福、阿贵他们将一进、二进的屏风门都打开了，方便送食的小船进出。"

金老太爷观察水情，站了半个多时辰，郭姨太说："老太爷，看也看了，干着急也没用，顺其自然好了。这儿风大，还是下楼，回房歇息去吧。"

金老太爷叹息道："也只能听天由命了。"在众人的拥簇下下楼回屋去了。果然当晚溪水就上街进屋了，台江汛临街的居民都上了自家的溪水房避水。

每年溪水大发的时节都是船民生意最红火的时候。虽说各家各户在发大水前多少都存了些生活用品，但若溪水久久不退，米面油盐菜蔬总是会用完的，唯一的补充渠道就是同划着小船送货上门来的曲蹄仔做买卖。

好容易熬过了一周，溪水方才退去。街面铺上了一层厚厚的黄泥，到处都是蒿草垃圾，满目疮痍。

各家各户的人少不了自己动手清理了门前的垃圾，大开房门，让阳光照进房中，在屋角墙根这些阴湿的地方洒了白灰。卫生局防疫队的人也来了，给各处的阴沟、水井喷洒了消毒液，作了消毒防疫处理。

忙乎了三五天，一切恢复正常后，人们到江边看时，才发现吸江亭已经不在了，只留下几块基石，四根立柱和圆桌的桌面被溪水冲得无影无踪，只留下四张石鼓椅淹埋在了黄泥土中。

倒是船上人家把握住了这次大好机会。他们将江面上散落的木头收集了起来，在复仁道到青年会间百米长的江边搭盖了大几十间的高脚楼，将自家的船泊在了高脚楼的边上，开启了他们水陆两栖的生活。

洪水退去后甄子建来到江边凭吊吸江亭，看着黄泥土中露出的基座石墩，一脸的沮丧与无奈，怅然叹曰：

　　兴废寻常事，倾覆一瞬间。
　　不见吸江亭，但见水如天。

风雨三百年，无奈说再见。

忍对一江东逝水，黄卷堆中追先贤。

寻寻觅觅旧时梦，镇日无心镇日闲。

纵然觅得新去处，哪能快意似眼前？

金记木材行的批发销路有东与南两条线路。向南是福清、莆田，向东是长乐、连江、罗源。金达荨刚与仙游的何老板签了合同，人家给出的订金也收了，现在贮木场内的木材打水漂了，供货合同到期时给不出木材，得赔付人家一笔数目不小的违约金。

金老太爷虽然心疼，但因是天灾，他并不多责怪达澎。金老太爷懂得做生意就得担风险的道理。

眼下金家就指望达有的锯木厂能有个好的效益，但求年内能有个收支平衡就阿弥陀佛了。哪曾想大房连连出事，去年没了老大，今年走了老七，现在老四也离家出走，去向不明。金达有天天心事重重，精神恍惚，哪有心思落在锯木厂的业务上。

时间过得快，年关又近了，这日是冬至。

大凡年节国人都要吃时令食品，如元宵节要吃元宵丸，下九节要吃下九粥，清明节要吃清明粿，五月五吃粽子，七月七吃蚕豆，八月十五吃月饼，白露吃龙眼。

冬至是中秋后的大节，是团圆节。冬至日北方人吃饺子，南方人吃汤丸，福州人吃𥻗。

𥻗的制作颇有意思。先是将糯米在水中浸泡一晚后磨成浆。将浆装入一麻布袋中，扎紧布袋口，在布袋上方加一重物，将麻布袋中的水压沥出来，而后将沥干水的糯米团取出，置于一大盆中。冬至的晚上，一家人围坐在一起，各人伸手，从盆中掰下一小块糯米团放在自己的手掌心中，搓圆后放入锅中煮熟，取出，放在用炒黄豆加糖磨成的粉中，滚裹上一层金黄色的外表皮，即可食用。这时老祖母多会逗小孙孙唱儿歌：

搓𥻗齐搓搓，依奶疼依哥。

依哥有老婆，依弟单身哥。

一家人围坐在一起吃糍，期盼着糍来运转，兴隆发达，其乐融融。

自从老七金绍龙生病后金家集中吃饭的规矩就废了，各房头在自己的院子里开伙吃饭。老爷子、郭姨太、达有夫妇、蔡氏、关氏、都都、敏惠由吴妈伺候着，在伯园吃。二房达澎夫妇、绍檀夫妇、敏杰、敏蓉在仲园吃。三房达萼夫妇、绮霞在叔园吃。二、三房的饭菜做好后由杏儿送去，吃后的碗筷也由杏儿收拾后送入厨房。

老人家多喜欢儿孙绕膝，一家子人团团圆圆、热热闹闹，好容易等到了冬至日，金老太爷让绍檀在厅廊上摆上两大桌酒菜过节，全家上下都乐一乐，好去去晦气。

待到吃饭时，金老太爷发现少了金洪氏，便问达有说："你媳妇怎么还没来上桌呀?"

金达有回答道："她今天起早就喊叫头痛，血压又升高了。刚才请了个大夫来给她量了血压，低压 120，高压 210，医生说她要好生静养。"

金洪氏肥胖，得高血压都有大十几年了，金老太爷听了后不以为意，淡淡地说："待会儿让吴妈给她端碗汤丸子去好了，让她凡事别多操心，好生养着。"

金达有答说已经让吴妈上耳聋伯汤丸店买汤丸去了，到时给金洪氏送去。

耳聋伯汤丸饶有特色，在福州城内名声颇响，有咸、甜两种。皮薄耐咬，不黏牙。咸的肉馅大，还带着酱香的汤汁。甜的用八宝枣泥作馅料，入口即化。

吃过暝，散了后，金达有到厨房将剩下的汤丸装入一提壶内，另外用一暖壶装上十数粒裹好糖豆粉的糍，进屋对金洪氏说："你好生养着，我去锯木厂给老张头和老赵头送碗汤丸和糍，去去就回来。"说着提了盏灯笼就去了。

老婆金洪氏不太放心，说："外头风大，要不叫阿贵陪着你去好了。"阿贵为人极为勤勉可靠，深得金家人的倚重。

金达有对自己的身体状况颇有信心，回了句"不用"，径直去了。

老张头和老赵头都是锯木厂的老工人，都五十不到，正当壮年。他们家人都在福清乡下，只在过大年时他们才会回家与自己的家人团聚，金达有年年冬至日都会给他们送糍和汤丸。

金达有手持灯笼进到锯木场内，见二人正在临河的小屋内饮酒。桌上有一盘卤肉、一盘烀花生、一盘凤爪、一盘咸鱼干，有说有笑，正吃得津津有味。

在锯木工中有两个人最为重要，一个是抬圆木上锯台的，要将圆木对准锯片，用力推进锯中，另一个是站在锯台另一头的，两手各持一柄长钩，从两边钩扣住圆木，将木头拉进锯片中。这两人干的是体力活，酒是不可或缺的。

金达有放下汤丸壶，招呼两人说："吃碗汤丸。"又问说："今天陶瓷厂和曹记怎么没来人拉走木屑粉？外头的过道两旁堆得跟小山似的。"

按双方的协议两家每周都得来拉趟木屑粉。老张头回说："今天不是过节吗？怕是他们厂里人过节，都回家去了，腾不出人手来。大抵明天一早就会来人拉走的。"

两人请东家坐下小饮几杯。金达有近来心情郁闷，有人陪着说说话，正可以宽宽心，便将灯笼挂在壁上，坐下身来。老张头递过酒杯给满上了，老赵头说："今年冬天会很冷，大老爷，你看还才入冬，北风就呼呼地刮个不停。"

金达有叹道："流年不利呀。"

老张头安慰他说："大宅里的事我们也听说了些。我们是当伙计的，也帮不上什么忙，只能说几句宽心的话给大老爷听听。过去了的，大老爷就别想太多了，一切向前看才是。"

老张头也安慰说："正所谓家家都有本难念的经。人生就是过坎，过了一道坎又一道坎。这一道道坎都迈过了，这一辈子也就过完了，凡事想开了就好。眼下最重要的是保养好自己的身子骨。大老爷也是过了耳顺之年的人了，得放手时且放手，得宽心处且宽心。再说了，大少爷虽说是英年早逝，但毕竟也风光过了，也算是光宗耀祖。既然你们父子缘分尽了，大老爷且放宽了心，让大少爷他安心地去好了。"

金达有低头喝闷酒，想想都是些家事，没法跟伙计说，正所谓：不如意事常八九，可对言者无二三。喝过几杯后站起身来告辞，说："那我先走了，二位慢用。"

可能是刚才的几杯酒吃得急了，金达有走出小木屋后感到胸口堵得慌，背上冒冷汗，想透口气，便随手打开临江的门。

这扇门朝北，正对着上游水漂来的木排的上岸道头。锯好的板材和锯木屑粉也是从这道门出去，下船运走，因此这道门的尺寸要比平常的门宽大许多。

不开不知道，一开才知道外头的北风大得很。门刚打开个缝，一阵狂风吹了进来，竟将全扇门都给推开了。堆在门边上的木屑粉顿时飞起，飞得满屋子到处都是，迷住了金达有的眼睛。金达有一紧张慌乱，竟将手中的灯笼给丢开了。

合该有事，灯笼摔到了木屑粉堆上，突然轰的一声，炸开了。霎时间天花板塌了下来，烈焰冲天。老张头和老赵头慌忙跳窗，从三捷河里逃出，躲过了这一劫。待到水龙车赶来，灭了火，锯木场已是一片狼藉。众人找到金达有时，见他已被烧得面目全非。火警来勘查现场时说了，这叫粉尘爆炸，威力大得很，没得救。

粉尘爆炸多发生在煤矿、面粉厂、木屑加工厂这些在空气中弥漫着大量可燃性粉尘的场所。这些空气中的悬浮颗粒体积小，表面积大，爆炸后的威力巨大。1942年本溪煤矿的粉尘爆炸，死了一千五百多人。

消息传回金家，金洪氏听了后当即口吐鲜血，一命鸣呼。

金老太爷听后手脚冰冷，颤抖个不停。金绍檀忙叫吴妈和杏儿给他灌进几口参汤，郭姨太在金老太爷的胸口按了老半天，老爷子才慢慢缓了过来。

金老太爷清醒后连声说要去火场。金绍檀劝道："现在火场已经封了，要去也得明天去，您好生休息，善后的事就交给三爸、我爹和我去办，您放心吧。"

第二天来了警察，说是火场已经勘查完毕，立了案，除了锯木场外，厂外还烧了毗连的五间民房，所幸的是除了事主金达有外再无人伤亡。虽说肇事的人已当场身亡，但责任人理应到案。

金家的第一责任人当然是金老太爷了。

金绍檀挺身而出，要替爷爷上警局。警察不准，说他不够格，最后金达澎跟警察去了，他是金家二老爷，够分量，况且金老太爷年事已高，就是去了，警察也担心另生枝节，怎么说金家在安乐铺、在台江汛也算是有头有脸的大户人家。

金达澎进了局子后，金绍檀少不了在外头花了些银子，上下打点。警察局收了银子，并没有过分为难金达澎，几天后让他画了押，取保候审，听候法庭的传唤。最终以金家交治安罚金五百大洋，给苦主每户五十大洋结了案。

结了案后金绍檀方才扶爷爷到了火场。金老太爷在火场中央站定，四顾断垣残壁，满地的瓦砾和焦黑的木头，喃喃自语道："大房没了，金家完了。"

金绍檀听了后安慰爷爷说："大房不还有都都和惠惠吗？再说了，老四总有回来的一天。爷爷，没听人说吗？百足之虫死而不僵，我们金家在安乐铺三百多年，哪能说完就完，不是还有我们在吗？只要有爷爷在，我们金家就不会完，总还会有东山再起、兴旺发达的一天！"

但金老太爷仿佛没听着一般，反复念叨着这一句话："大房没了，金家完了。"

火场的官司了结后，金家大开六扇门和头一、二进的屏风，挂起了白幡为金达有和金洪氏举办丧事，接受亲友们的吊唁。

金达有夫妇的灵柩放在二进的厅堂上，靠着柴屏门，正中是个大大的奠字。棺木前放三根孩儿棒和一个大火盆，火盆里点着红蜡烛。

金达有三个儿子死了两个，走了一个，全都不在了，临到举丧了，金老太爷才意识到七个孙儿中只有绍檀一人在自己的身边，达有的灵堂不能没有孝子，金老太爷临时指定绍檀身穿麻衣，头戴麻帽，左臂披上龙头白、头白、腰白，权当孝子，领着身穿黄衣，头戴黄帽子，头白、腰白的都都和惠惠跪在灵前充当孝孙。

最先到灵前的是绮云，刚到巷子口便扯开嗓子望门大哭。进了柴屏门后，吴妈给她递上一身麻衣孝服，只听绮云哭道：

　　　　爹啊，娘啊，
　　　　你们走得急啊，
　　　　你们是去见我大哥和七弟，
　　　　就忍心抛下我和四弟，
　　　　我好命苦啊，我的爹和娘！

　　　　爹啊，娘啊，

你们慢些走啊，

你们回头看看爷爷和都都，

你们为了去会大哥和七弟，

怎么忍心让白发人送黑发人，

你们怎么能忍心让都都、惠惠哭号，

没了您二老的照应，

我狠心的爹和娘！

爹啊，娘啊，

你们慢些走啊，

四弟回家找你不着，

你们叫我如何面对？

我狠心的爹和娘！

女儿不孝，

平日里犯你嘴，

你骂，你打，你们不要走啊，

我的爹和娘！

　　哭声惨切，厅堂上下的人无不动容。绮云哭过半晌，达澎让绮雯、绮霞前去将她扶起，坐到边上。

　　在丧事的七七四十九天里，金老太爷深居在第三进的伯园院内，并不露面，只接待平辈的唁客。老人们相对，相互致意后，多是默坐片刻、唏嘘感叹一番后便起身离开。

　　为了去晦气，出殡那天，金老爷子让绍檀组织了个上百人的大阵仗。吹鼓手开道，几十面白幡之后是两组八人抬的大棺木，平行前行。金达澎、金达尊领着身穿重孝的金绍檀手执孩儿杖，金绮云、蔡纹秀、关珊珊、都都、惠惠都身穿孝服，紧随其后。

　　都都、惠惠的手上捧着爷爷、奶奶的遗像。金达有夫妇的遗像是金绍檀临时让吴妈到小桥头的画店里放大的。

　　出殡的队伍经田垱、蓝蔚石、白龙庵后到达平水轮渡码头。金绍檀向轮船公司包租了三条汽轮船，已等在了码头边上，汽轮船头都结了白花。

金氏亲属和两具棺木都上到第一艘汽轮船上，送葬的亲友分乘在后两艘上，汽轮船鸣三声长笛后起锚向上游开去，在文山里停靠。

金绍檀让后边的一艘汽轮船先行回去，只留两艘汽轮船停在文山里码头，候着送葬人返回时乘坐。

单数送去，双数回龙，是福州人的丧葬习俗。一路上吹鼓手的哀乐和鞭炮声不停，一直将棺木送到了山上，入了土。

当晚，金达澎、金达蕚在浣花庄开羊肉桌答谢送葬的众亲友。

送走了金达有夫妇后，金家少不了请和尚来念了七天的往生经，在江边烧了纸人马，丧事方才完成。

第十五章

露狰狞贾思真上门逼债　对困局老太爷指挥若定

金达有夫妇走后，伯园内就只剩下老太爷、郭姨太、蔡纹秀、关珊珊、都都、敏惠六个人吃饭。关珊珊时不时外出，或是上关秀才家，或是到魁岐的协和大学去打探入学事宜，饭桌前只剩下五人，异常冷清。三房达葶一家，老三绍添在军中，老五绍城去了南洋，连绮霞在内也只有三个人在家。达澎担心父亲寂寞中生出悲情，让达葶一家三口去伯园凑桌子，算是圆了个四代同桌。

金老太爷的脸上再也找不到昔日的笑容，连长年来坚持的早晚散步的习惯也废了。平日里足不出户，在房中长吁短叹，话越来越少，行动越加迟缓，一时间人苍老了许多。

老人时常自言自语，对郭姨太说，怕是自己的命太长了，才折了儿孙们的寿。

金老爷子开始自赎，虔心礼佛，每天清晨起床漱洗后，第一件要务便是上经堂礼佛。点燃三炷香后，在郭姨太的搀扶下，金老太爷行跪拜大礼，起身后端坐在横案前，用银针刺破指头，抄写十个豆腐干块大小、正楷的血经。每天换根指头，金刚经、往生经、般若波罗蜜多心经……挨遍抄写，郭姨太一直陪在他的身边，小心伺候着，忘记了她自己也是个年逾古稀的老人了。

老爷子写完血经后，郭姨太会递上沾了消毒酒精的棉签，让老爷子擦干净了手指头，喝上几口香片，润喉定神，然后扶他到正屋的餐桌前朝南坐下。这时吴妈和蔡纹秀会带着穿戴漱洗好的都都和惠惠走出房来，让都都和惠惠坐在了与老爷子面对面的位子上，蔡纹秀自己则在都都的身旁坐下。

差不多同时，金达葶夫妇也掐着饭点来了，坐在了老爷子的左边。金方氏坐在郭姨太的身旁。老爷子的右手边上是达葶和绮霞的位子。通常要等到大家都入座了，吴妈才会朝楼上绮霞的闺房喊话，招呼她下楼吃早饭。

现在在金家，数她的脾气最大，动不动就耍小姐脾气，说要离家出走的话。因为有老四出走的前车之鉴，大家生怕再出事端，都惯着她，没人敢去招惹她。金达尊和金方氏在私下里嘀咕着，想早日将她嫁了出去。

吃完早后，郭姨太、金达尊会扶老爷子到大厅正中的拱座椅上坐下。届时金达澎和绍檀会早早地等在那儿，给老太爷请安。

大家坐定后开始闲话家常。金绮霞也跟了出来，嘟着嘴说："爷爷，我要出国。"

金老太爷现在懒得搭理她，没听着似的，依然抽着水烟。金达尊呵斥女儿说："出国？你要出哪个国呀？"

金绮霞嚷道："日本，去我六哥那儿！"

金达尊讥笑她："日本？中国和日本打起来了，你不知道吗？现在外头的学生从早到晚都在举着旗游行，喊口号抵制日货，你还吵着闹着要去日本，你是想当汉奸啊？"

金绮霞反驳道："笑话，我去了日本就是汉奸？那我六哥长年住在日本，岂不成了铁杆汉奸？"说罢甩手走出门去。

金达尊喊住女儿："你又要到哪儿疯野去？还不消停消停，老实回屋子里待着。"

金绮霞并不理会父亲的话，说："当金丝雀？没门！我要出去抵制日货！"

金老太爷对三儿子摆了摆手："随她去吧，都是平日里太由着她的性子，惯了她，才会有今天！现在才想起来要管教，迟了！"继而说："达尊，也是时候该让老六回来了。"

正说着话，门头厅外传来几声清亮的黄包车铃铛声。阿贵进来报告说："贾律师来了。"

话音刚落，只见西装笔挺的贾思真风一般地快步走了进来，腋下夹着个褐色的公文包。

贾律师上到厅上，并不和众人打招呼，径直走到金老太爷的座前，在金老太爷左前方的空位子上大大咧咧地坐下，说："诸位都在呢。正是来得早，不如来得巧。"

贾思真说着话从公文包中掏出份文件来，一副公事公办的模样，说："本律师今天是受债权人何老板的委托来的。我的当事人仙游鑫记商行在上个月与贵号的金达夐签了份购买五百立方木材的合同，理应在一周前到货的，货款的八成已经在一个月前付给贵号了，但至今没有收到货。后经打听，知道木材打了水漂，贵号又出了火情，虽然深表同情，但爱莫能助，现鑫记商行委托本律师前来理赔，请贵号退回货款，并按当初的合同，加赔三成的违约金。"

金达夐对贾思真说："贾律师，这单生意是我接下的，我们不会赖账，只是得麻烦您知会鑫记商行的何老板一声，请他务必再宽限时日，我们好去筹钱。"

贾思真摇了摇头拒绝道："三老爷，商场即战场，这道理我们就不用多说了。我来前何老板说了，因为工期不能耽搁，他们又签了另外一家的供货合同，急等着付款，已经一周了，再也拖不得了，再拖的话，他们的下家该找他们的麻烦了。"

金绍檀说道："我们清楚他们的难处。但大家是同行，谁能保证一辈子都能顺顺当当，没个三灾六难？贾律师，请您帮我们说个情，现在我们有难，请何老板再宽限十天半个月的时间，我们准定能凑足钱款还清他们的。"

没想到贾思真听了后，嗤之以鼻，说："我们都调查过了。你们在上游南平贮木场里的木头在夏天打了水漂，现在福州的锯木场又遭了火灾，依现在你们金家的状况，别说是十天半个月，就是过半年的时间，怕是也难恢复起来。要怪，只能怪你们自己管理不善，本律师倒是有个提议，可以为你们申请破产，将这房子卖了抵债，只此一招，怕是唯一可行的了。"

金绍檀听了一时气上心头，反唇相讥说："贾律师刚算计完罗老板，得陇望蜀，又惦记上了我们金家的门面了？"

金老太爷几时受过这等羞辱，气得手脚颤抖，喘着气说："贾律师，话不可说过了，要多留口德！"

贾思真是个聪明人，懂得适可而止。他见金老太爷气得脸色发白，说话都捋不直舌头，心中犯了嘀咕，怕他脑溢血中风，那就出大事了，便不再多费口舌，站起身来说："其他话我就不多说了。三天的时间，三天后下午三点整，你们带上钱款到我青年会的律师事务所，何老板到时会在我的事务所等你们前来交割。到时你们要是付不了货款的话，咱们法庭上见。告退！"说完夹起皮包，趾高气扬地走了。

安乐铺

金老太爷望着贾律师离去的背影，气得直跺手杖，口中骂道："狗仗人势的混账东西，忘恩负义的白眼狼！"

当初贾思真帮罗家打赢官司得了罗家的房产时手头上并没有多少钱，他要翻修罗家的旧宅，盖自己的新房子，急着要从坞尾街搬了来。金老太爷见他是可造之才，借了些钱给他，还半卖半送地给了他些木材，让他顺顺当当地将房子修整好了。

当时贾思真对金老太爷是感激涕零，逢人就说金老太爷是大善人。看到贾思真今天这副盛气凌人的模样，能不让金老太爷愤怒不平，怨自己当初看走了眼？

郭姨太见状连忙给他递上参汤，让他啜上两口。金绍檀劝道："车到山前必有路。他贾思真不就是个上海的小瘪三，爷爷犯不着跟这种小人置气，坏了自己的身体。"

金达荨也说："爹，贾思真就是个地地道道的伪君子，小人一个。他黑甄教授的事你还记得吧？甄教授，好端端的一个正人君子，到底还是着了他的道，丢了清誉不说，还险些儿丢了饭碗。"

贾思真为人之阴险狡诈，在台江汛是出了名的。因此本地的商家多不再聘请他当法律顾问，但遇到追讨欠款这类做恶人的事，似乎他是个不二的人选。

金达澎在一旁也劝慰说："贾思真是狗眼看人低，他也不想想，瘦死的骆驼比马大。我们金家在台江汛立足三百多年，岂是一两场天灾就轻易摧垮的？"

金老太爷喝过参汤后，提了点精神气，询问绍檀说："火烧场的善后都处理妥了吗？空场子要先围起来，别让旁人给占了，到时要清场就麻烦了。"

绍檀回说："火烧场倒是围了起来，暂时还让老张头和老赵头给看着。"

金老爷子问说："全结清欠款还要多少钱？"

金绍檀回说："大约缺口五千块大洋。"

老爷子沉吟片刻，抬起头看了眼牌匾，无奈地说："看来金记木材行这份祖业是保不住了。"

金老太爷想了想，对达澎吩咐道："你得尽快到南平去走一趟，寻个买家，将西芹贮木场和三个炭窑卖了，变了现带回来。老二现在就到高家去走一趟，转告亲家翁，请他伸出援手，借贷三千大洋，可以多许他们些利息，在半年内还清。告诉亲家翁说，今日救急之大恩，我们金家是会铭记在心的。"

金老太爷叮嘱绍檀说："到了高家，先见到绮云，将家里的事对她说了，让她也从旁说项。另外将洲边火烧场里剩下的木头也尽快地处理了，将这些钱先垫给那些嚷得最凶的，早早地封了他们的嘴，要保住咱们金家的声誉才好。"

稍停，老爷子又转脸对二儿子达澎说："听说马来西亚也不太平，闹排华，见了华人的店铺就砸，见了华人就打，你写封信给老五，混得好、混得坏都不打紧，尽快地回来，人平安就好。在外边的都回家来，我们金家现在正缺人手呢，就老二一个人也忙不过来。"说罢，老太爷用手指着头上的孝友牌匾，说："要懂得同舟共济，共度时艰！"

大家知道老爷子累了，不再多说什么，让郭姨太扶他回房休息去。大家也离开，各办各的事去。金达澎连夜坐船到南平，将在西芹的三口炭窑和木坞卖了，只留下间住人的宅院，备作今后东山再起时往来的落脚地。

金绍檀也没费什么周折，从高家借到了钱。回家后向老太爷作了汇报，老太爷听后，心中的石头落地，到后院的公婆龛前焚香跪拜，感谢祖宗的庇佑，金家终于渡过了难关。

三天后的下午三点整，金达尊和金绍檀叔侄俩带上五千元的银票去了青年会贾思真的律师事务所，仙游的何老板早早就等在了那儿。

贾思真见他叔侄俩如约而至，还算不失主人风度，站起身来，招呼他们进屋内坐下说话。金达尊摆手说道："我们很忙，没时间在你这儿陪你们闲聊，说正事吧。"

金达尊示意绍檀取出银票和票据，对等在一旁的何老板说："这是一张高记钱庄的五千元银票，您收好了，签个字据，按个手印吧，咱们两清了。"

何老板收了银票，签字画押后，叔侄俩看也不看贾思真一眼，抬腿即走。

金达尊回家后向老爷子作了汇报。金老太爷听了后点头表示满意，转而问达澎："老五近来可有消息？"

达澎回说："正要告诉爹说绍城来过信了，说是在诗巫的一家干电池厂打工，老板对他不错，还说老板有意将女儿许配给他，让他入赘，算是站住了脚。"

金老太爷听了后生气地说："干电池是个什么新鲜的物件？老五没出息，怎么跟人家打起了工？我们金家的子弟就是落魄，穷到卖豆浆油条也要自己当老板，老五居然给人家当伙计，不像话！入赘就更不像话了，老五怎么这般糊涂，一点长进也没有，我们金家的子孙怎么可以随随便便给人家当儿子去？"

说罢金老太爷仍不放心，加重语气，斩钉截铁地对二儿子达澎吩咐道："你赶快写信告诉老五，要是在砂拉越日子过得不顺当，让他趁早回来好了。"

金达澎回说："爹说的是，我也是这么写信回他的。给人家当伙计，替人家卖命，不如回自己家来，自己投资办个厂，我们金家还是有这个实力的。"

见老爷子点头认可，金达澎继续说："爹，干电池是电光筒里用的物件，电光筒是用来走夜路照明用的，比起灯笼好多了，又亮又安全。刮风下雨天，风一吹，灯笼火会灭，电光筒就不会。我大哥当时要是手中握的是电光筒，不是灯笼，想来就不会出事了。我们国内现今也就只有上海的大光明厂在生产这物件，我找人打听过了，湖南就有上好的干电池粉土。"

金老太爷听了高兴，对金达澎说："你叫老五他回来好了，就说爷爷看好这物件了，咱们自己办厂生产。"

关心过长房和二房，金老太爷转过头来问三儿子达夒："老三有信吗？不进上海了？"

金达夒回说："是的，说是没战事了，孙大帅也宣布下野到天津当寓公去了。总算是天下太平了。老三在信上说，他们的这支部队不进上海，就在宁波住下了。"

金老太爷听了释怀，说："太平了就好。正应了《三国》书上说的，合久必分，分久必合。合了就好。"

金达夒回说："爹说得极是。只是最近都在疯传，说国共分手了，一波方平一浪又起。"

金老太爷叹道："哎，一山不容二虎，又是到了争谁坐龙廷金銮殿的时候了，古来如此。"

金老太爷郑重地对三儿子说："老三也不让人省心啊，你得看紧点，时时提点他，以他大哥的事为鉴，凡事不出风头，让人三分，要谨言慎行才是。"

　　金达夐听了连声说是，回说："爹，你老放心好了，绍添只是个军需官，不上战场的。"

　　金老太爷对绍檀说："现在你大哥不在了，你就是家里的老大，里里外外、弟妹子侄的事你都得管起来，别让他们惹祸才是。"绍檀听了连连称是。

　　金老太爷继而又询问了绍诗在日本的学业。金达夐回说："老六来信了，说他房东的名字叫长谷川纯一郎，是个汉学家，对他很好，还为他介绍了份讲析《论语》的差事，有一份不错的收入，请爷爷和家人不必为他担心。"

　　金老太爷听了十分欣慰，高兴地对达夐说："老六有出息。你写信告诉老六，梁园虽好，毕竟不是自己的家，不论混得好与不好，一旦毕业，趁早回家。"达夐称是。

　　金绍檀听了老爷子的话，暗暗佩服老爷子，虽然深居简出，却能洞若观火。

　　金绍檀心想老四在《南方日报》上登的那则绮云出嫁的花边新闻，爷爷也应该是看到了的，只是嘴里不说而已。今天眼见得爷爷提到了所有孙子，唯独漏了老四，绝口不问老四的去处与生死，足见爷爷心中对老四的成见深着呢。

第十六章

志高远金绍诗负笈东瀛　讲论语六少爷初获青睐

大凡留学生到异国他乡第一件要干的事就是找房子住下，然后才是找学校或是找事做。要找到一间大小合适、交通方便、价格便宜、房东好客的房子不是一件容易的事，还要看运气。

金绍诗刚来东京时住在福山寮。福山寮地处要冲，交通方便，但收费不菲。

福山寮是日式的学生寮，每间房四帖半大，也就是四张半单人草席的大小。房中只有一张单人书桌和一张椅子，还是前辈留下来的。日本人的出租房是不带家具的，被褥都放进壁橱中，晚上睡觉时取出，白天起床后再收放入橱中。

最让金绍诗受不了的是福山寮管理上的杂和乱。

福山寮是留学生群居的地方，没有门卫，一天二十四小时大门口都有人进进出出，不得安宁。福山寮唯一的好处是离早稻田大学近，但金绍诗决意搬迁。

金绍诗的运气不错，三个月后在留日同学会的帮助下很快找到一处不坏的住所。屋主是早稻田大学的文学院教授长谷川纯一郎。长谷川纯一郎是个汉学家，能说一口流利的中文，在中国明清史的研究上著述颇丰。

长谷川纯一郎有两个儿子和一个女儿。长子叫长谷川正雄，次子叫长谷川正义，两个儿子都已经成家立业了，搬出去另住，只在节假日才会带着自己的妻儿回家来探视老人。女儿名叫长谷川信子。日本人尚武，两个儿子都在陆军部供职，女儿跟在他自己和太太的身边，在早稻田大学文学院读书。

长谷川纯一郎的家很大，有东西两个院子。东院子是他、夫人和女儿三人的住所，西院子连着长谷川私家花园，与花园毗连的是一排两层的木屋，曾经住过一对中国留学生。小留学生夫妻毕业回国后，房子便一直空置着。偌大的院子才住三个人，显然人气不足，长谷川便想再物色一个中国留学生来入住，一则是给院子增加些人气，二则让信子多一些与中国人交流的机会，这对她学习中文大有好处。

机缘巧合，这日长谷川纯一郎去上班时遇见学校外事办的前川主任。前川告诉他说：中国留日同学会的人委托他，替一个名叫金绍诗的福建来的留学生打听租房的事。

长谷川纯一郎是研究中国文化的，知道日本文化先是受隋唐长安关东文化的影响，继而是受以扬州为代表的江浙文化的影响。在近代史上中国南方广东、福建文化对日本的影响日见突出。隐元和尚东渡后，福建尤其是福清的移民急增，如今在横滨、神户、长畸的唐人街上，福建人代替广东人，成了日本外来人口的第一大户。

长谷川纯一郎听来访学的中国文史专家说过"一座福州城，半部近代史"的话，知道不是戏言，但他自己却总想不明白，在中国的近代史中，为何会有人给予这座东南小城如此高的评价，正想着找个正宗的福州人来印证一下，筹划着做些更深层次的福建文化研究，写篇有影响、有深度的论文，现在托人找房子的竟是福建省府福州来的学生，正合其意。

长谷川纯一郎听了后便不假思索地同意了，说："你让他到我家来住吧。"

长谷川纯一郎让金绍诗住在西院子，每月只收一千日元的房租。几周后，经长谷川纯一郎的推荐，金绍诗顺利地进入了早稻田大学的预科班。

长谷川纯一郎家东西两个院落间相距四五十米，中间是一花圃。长谷川纯一郎每个月都会请个花匠来修剪花圃。在园子的边角上有一中式的八角亭。亭中放一石圆桌，周边是四张石鼓椅，很有些苏州园林的韵味。

日本大学的授课时间多安排在早上，下午和晚上为自修时间。学生可以上图书馆复习功课，查找资料，当然生活拮据的学生也可以利用这段时间出去打短工挣钱。学生会会在广告栏上贴出许多短工的用人信息，包括时间、地点和工钱。看有合适的工做时，你将这纸条子撕下，按上边的地址找去，便可赚些零花钱。金绍诗是富家子弟，自然不必出去打工赚钱来养活自己。休息日无事可做，便显得无聊。

这日风和日丽，春光明媚。下午没课，金绍诗在长谷川寮里美美地睡了个午觉，起身后仍觉得精神疲乏，便信步走到长谷川家的花园里散步。看到眼前的姹紫嫣红和在花间穿梭的蝴蝶，眼前浮现出《红楼梦》中薛宝钗扑蝶的画面和汤显祖在《牡丹亭》中写的词句，不由得放声背诵了起来：

良辰美景奈何天，赏心乐事谁家院。朝飞暮卷，云霞翠轩，雨丝风片，烟波画船，锦屏人忒看的这韶光贱……

他且走且吟，手舞足蹈，很是自我陶醉，猛抬头见长谷川信子走出亭子，朝他鼓掌。金绍诗想到自己刚才的失态不好意思起来，略含歉意地说："不知道信子小姐在亭子里用功，这园子的景色太美了，乍见了，胡乱吟唱几句，让信子小姐逮个正着，见笑了。"说罢想掉头避开走向别处，却被叫住了。

长谷川信子向他招手，让他进亭子说话，说："绍诗君，边赏花边吟诵《牡丹亭》，好雅兴啊。"

金绍诗只得硬着头皮回转过身来，微笑着应道："你们家的花园姹紫嫣红，加之今日之明媚阳光，微风和熏，不到园子里走走，岂不是辜负了这大好春光？没想到，原来信子小姐也喜欢中国戏曲，也读过《牡丹亭》。"

长谷川信子说："绍诗君出口成章，果真是个青年才俊。我连日本的歌舞伎都没弄懂，哪懂得欣赏中国的《牡丹亭》。只是上一学期我们系正好有门《中国戏曲欣赏》的选修课，我是为了赚些学分才修的。老师说《牡丹亭》《西厢记》《窦娥冤》《梁山伯与祝英台》是最重要的四大古典戏剧名著，所以我上课时用了点功夫。《牡丹亭》的词确是写得十分艳丽，故事也十分浪漫，中国文化博大精深得很。我是没有时间赏花的，我现在是真用功着呢。下周《论语》课又要考试了，是半学期大考，赶鸭子上架，不得不努力啊。"

金绍诗走上前去，翻了翻书本，是本《论语》，随手翻了几页，说："你说中国文化博大精深，我们后辈人学习起来难也对。汉赋、唐诗、宋词、元曲、明清小说，两千年传承下来的文化，浩如烟海，你想一口吃下这许多如何能做得到？就是中国的名家学者也是很难做到的，所以学者们对各个时期的文化做了分隔。比如将诸子百家的学说归入先秦史中，你面前的这本《论语》就是诸子百家中孔子的儒家之说。春秋战国时期，思想自由开放，除孔子外，还有老子、曾子、孟子、荀子、墨子等许多先贤，各自有自己的学术见解，一套一套的。"

金绍诗见信子听得认真，得意极了，越发卖弄了起来，说："当然，这些著作的年代有点远了，读起来费劲，但你是汉学家呀，再难再硬的骨头也要啃，要不然的话，汉学家人人都可以叫的，名声岂不受了玷污？"

金绍诗见信子听得眼睛一眨一眨的，关切地问："你真的都读明白了？"

长谷川信子自信地说："当然。不信？那你考考。"

金绍诗信口拈来一句说："你说说'子曰：君子周而不比，小人比而不周'这句要作何解释？"

长谷川信子说："这不明摆着的吗？说的是做人的道理。做人首先要知足，就是常人说的知足常乐的意思。也就是说一个道德高尚的人，不会总拿自己与周围的人比高下，只有小人才喜欢将自己与自己身边的人攀比。比下时，便觉得自己高高在上，飘飘然，自以为是，多了一份自信，沾沾自喜。比上时，便会觉得自己窝囊，从而产生失落感，便离群索居。总之，比上比下，比左比右，最后将自己比成了孤家寡人，这就是'比而不周'的意思。"

金绍诗听了后哈哈大笑。信子茫然，问说："绍诗君你笑什么？难道我说错了吗？"

金绍诗说："岂止是错，而且是大错特错，是哪个老师教你的？以己之昏昏，岂能使人昭昭？"

其实给信子解释"君子周而不比，小人比而不周"这句话含意的是信子的父亲长谷川纯一郎。信子听金绍诗这么一说，满心狐疑，口中讷讷问道："那么依绍诗君之见，这句话该怎么解释才对呢？"

金绍诗说："这'比'字是结党营私的意思，比如成语'朋比为奸'。'君子周而不比，小人比而不周'就是说君子要以忠信待天下人，以公正之心待天下人，不徇私护短，没有私心和成见。而小人则结党营私，不讲忠信。'周'与'比'的区别就在于个人的品德修养。君子讲的是'道'，是'无我'，小人则是'我'字当头。君子无我则无私，就像太阳普照众生，冷热如一，这就是'周'。小人则是以我为中心，就像地面上的水，去高就下，亲于同类，这就是'比'。"

金绍诗瞧着信子依旧狐疑的眼神，继续说："读中国的古文最忌讳的是望文生义，比如青冢。"金绍诗又看了眼信子："中国古代的四大美人你该知道吧？"

长谷川信子回答道："知道的，不就是沉鱼落雁、羞花闭月的西施、王昭君、貂蝉、杨玉环吗?"

金绍诗知道调笑得有分寸，不能光是嘲笑，嘲笑过了头，小姐生气了，脸色会很难看的，还得适时给点鼓励，宽松一下气氛，便笑着夸信子："你知道得还真不少。青冢是汉朝王昭君的墓，在塞外的内蒙古。据说塞外冬天的草都是白色，唯独昭君墓上的草是绿色的，故而得名曰'青冢'。青冢成了昭君墓的专有名词，青冢即昭君墓，昭君墓即是青冢。杜诗《咏怀古迹》中写到王昭君墓，中间一句是'一去紫台连朔漠，独留青冢向黄昏'。如果你不知道这些历史掌故，望文生义，将这一句中的'青冢'解释成'黄昏时分，在茫茫的黄沙中有一座绿色的墓或是青砖砌成的墓'都是错的。'青冢'专指王昭君墓。诗人说的是王昭君死后，孤坟凄凉地浸没在黄昏中，隐含王昭君不能归汉之痛。要是解释成'青砖砌成的墓'，诗的意境和内涵就差多了。"

长谷川信子若有所得，说："'比'字多义，经过金君这么一解释，我是懂了，开了点窍。但中文中一词多义的词汇太多了。比如一个'败'字。说甲败，甲输了；说甲败乙，甲赢了；但说甲败北，甲又输了。再如火烧房了，消防队明明是去灭火，却说成是救火，好生奇怪，不可理喻。"

信子见金绍诗听得认真，便继续说："还有这'方便'二字，用起来却是大大地不方便。你说'我去方便一下'，是说去上厕所。小便是撒尿，大便是拉屎。但若说'您请自便'和'方便的时候请您帮个忙'就又是另外一层意思了。看来要想将中文学到家，要完全理解中国的语言，是得到中国生活十年八年，怪不得隋唐时派去了那么多的遣唐使，连手工艺匠人也派去了。否则的话一不留神就会出错。"

金绍诗笑说："这就是中国文化的博大精深了。不花上十年八载是难解其中味的。"

长谷川信子拍着手，笑道："是的，是的。近来我经常听你们国家的中文广播。广播员说：'中日两国间的战争归根到底损害了日本人民的利益，奉劝日本军国主义分子不要搬起石头砸自己的脚，赶快悬崖勒马。'这段话的用词着实让人费解。这话说得太博大精深了，而且拗口得很。"

金绍诗思想了片刻，反问说："这段话语有语病吗? 我怎么听不出来，你分析来我听听。"

　　长谷川信子得意地侃侃而言道："问题就出在这段话里用的'损害''悬崖勒马''搬起石头砸自己的脚'这些词，听了解气，但是不妥，或说是用词不当。金君你想，如今日中两国是敌对的双方，日方如果因为战争受到了损害，受到的损害越深、越大，中方应该越是高兴才是。敌人既然搬起了石头要砸自己的脚，就让他们砸好了，你们作为交战方用不着为敌人心痛的，你说是吗？还有，敌人自己跑马跑到了悬崖边上，你作为交战方，此时要做的是在他的马屁股后再踢上一脚，让马落下悬崖去，而不是提醒或是帮助对方在悬崖边上勒住马。"

　　金绍诗听了后说："这就是中日文化的差异了，中国人崇尚孔孟之道，讲仁恕。"

　　长谷川信子正色道："不对，这不是仁恕，是鲁迅先生说的阿 Q 精神。在中国出现过的诸多儒学大家、理学大家中，我们明治维新的精英们最信服和效仿的是心学大家王阳明，推崇他'知行合一'的思想。孔子、孟子、朱子他们都是只说不做，是'空手道'，只有王阳明说了并且做了。他中过进士，当过总督，理过政，平过叛，出过书，他以自身的实践来传扬和验证他的'知行合一'思想。我们日本人崇尚强者，隋唐时中国强盛，我们就学中国的，近代史上，德国是强者，我们就学习德国。空谈只会误国，绍诗君你说对吗？"

　　金绍诗表示折服，开玩笑说："你们日本现在强盛，我不是负笈东洋，学习来了吗？"

　　金绍诗又笑道："是的。学习语言的最好方法是住到语言环境中去。中国有句俗语，叫作'要想学得会就得跟着师傅睡'。"刚说出嘴便觉得失言了，连忙道歉："粗俗了，粗俗了。"

　　长谷川信子大度，笑着说："看你紧张的，话粗理不粗。我们是闲聊，绍诗君不必在意。"

　　金绍诗出了口长气，缓过神来继续说："学习语言的另一个捷径就是读原版的通俗小说。小说中人物众多，各色人物有各色的话语，语言丰富，大都是很接地气的。比如《红楼梦》中王熙凤说的话和刘姥姥说的话就传神得很，一句话就能将人物说活了。"

　　长谷川信子也很赞同他的说法："是的，是的，读《红楼梦》比读《论语》轻松多了。"

金绍诗忽然话锋一转，一本正经地说："信子小姐，读小说可得当心了！"

长谷川信子诧异，问说："读小说有什么可担心的？"

金绍诗说："中国有句俗话：'男不看《三国》，女不看小说'，你听说过吗？"

长谷川信子摇头。

金绍诗笑道："中国有四大名著你知道吗？"

长谷川信子说："当然知道，我再不济，好歹也是中国文学系的学生。不就是《三国演义》《水浒传》《红楼梦》《西游记》吗？"

金绍诗点头称是，说："咱们现在是闲聊，我说的可能是异端邪说，你听了不必介意。"

134

金绍诗看了眼信子，见其并无不悦之色，便继续说道："在我看来，这四部小说都是坏书。"

长谷川信子听后果然惊愕，说："此话怎讲？"

金绍诗说："《三国演义》讲的是什么？为了争天下钩心斗角，尔虞我诈，不讲信义，谎话连篇，机关算尽，男人看了岂不学坏了？"

长谷川信子问道："诸葛亮神机妙算，也学不得吗？"

金绍诗笑着说："鲁迅先生说了，诸葛亮多智近妖。实际上诸葛亮没有那么神。诸葛亮要是计无遗算的话为什么会失街亭？'蜀中无大将，廖化当先锋'的局面不就是他诸葛亮造成的吗？守街亭的主将为什么会是马谡？马谡是他的同乡、学生，任人唯亲嘛。用人用乡党，可靠放心，哪在乎是个蠢材。诸葛亮这人小聪明是有的，比如七擒孟获，但大局糊涂，比如六出祁山，就没有胜过司马懿一回，最后损兵折将，无功而返。

"再说《水浒传》中的一百单八将，更是一个好人也没有。智取生辰纲无疑是劫匪的行径。黑旋风李逵更是个该杀千刀的痞子。就说豹子头林冲林教头吧，为了上梁山落草为寇不是也动了杀心，要杀人交投名状去吗？

"《西游记》中妖魅横行，专喝人血、吃人肉，血腥味太重。孙悟空一言不合就打上天宫，目无法纪，胆大妄为。

"《红楼梦》是本宫斗戏，大人物如王夫人、王熙凤，姑侄连手与贾母斗法，要推出自己的代理人薛宝钗；小人物如赵姨娘与马道婆联手要整死贾宝玉，凡此等等，勿用赘说。"

长谷川信子听了后睁大眼睛说："粗粗听了，好像你说得有点道理，姑且当是你的一家之言，等我细细琢磨过后，再与你计较。那么为什么就不许女人读小说呀？"

金绍诗露出诡秘的笑容说："小说写的都是些什么呀？不外乎是男男女女，谈情说爱，女孩子看多了，要是学了杜丽娘、崔莺莺、林黛玉，这世界不就乱套了吗？"

信子这回是听明白，真生气了，说："原来绍诗君也是满嘴的道德学问，花花肠子，满心思的坏主意。"

其实金绍诗的一番高谈阔论，在信子的心中泛起了阵阵涟漪。见金绍诗听了她略带谴责的话后，一脸惶恐的样子，便换出一副平和的面孔，打趣说："绍诗君太幽默了，说四大名著，只是闲书。老师们只将孔老夫子的话都当成了金科玉律，让我们熟读，最好还要背诵。"

金绍诗笑道："背诵《论语》不难呀。"

长谷川信子不信："不难，你背背！"

金绍诗是读过金家私塾的，八叔公执教的秘诀就是个背字，背到无师自通，《论语》《大学》《中庸》《三字经》这些经典名篇都要求背得滚瓜烂熟。他布置的背诵作业，第二天上课时要是检查不合格，非得打肿了手心方才作罢。

金绍诗毫不迟疑，踱着方步，张口就背，竟一字不差，惊得信子目瞪口呆。

当晚信子向父亲说了金绍诗的《论语》不但说得好，解释得清楚明白，而且还能背诵全文。她羞她爸说："爸，你将'君子周而不比，小人比而不周'这句话解释错了。"并将金绍诗的解释说给他听。长谷川纯一郎听了后一脸的诧异，说："惭愧啊，险些埋没了人才。"

长谷川纯一郎口是心非，当时并没有十分认可信子说的话，他不相信一个学理工的年轻人能对国学有如此深刻的见解。晚上吃过饭后，他独自散步到金绍诗的住处，敲门进屋，见金绍诗在看书，说："用功着呢？刚才听信子说你对《论语》很有研究，我有些不明白的地方，正想找人讨教，没想到踏破铁鞋无觅处，得来全不费功夫，先生就住在自己的家中。"

金绍诗连忙起身，恭敬地说："长谷川先生高看我了，我哪敢在先生面前班门弄斧。《论语》是我小时候上私塾时学的，怕都忘了。下午是见到信子小姐在用功，一时起了兴致，胡乱说了几句，哪想到她告诉了您，请您千万别介意。"

长谷川纯一郎让金绍诗坐下说话，自己也在桌子的边上坐下，说："金君不必过谦。《论语》'子贡问政'中有一段话，子曰：'足食，足兵，民信之矣。'子贡曰：'必不得已而去之，于斯三者何先？'曰：'去兵。'子贡曰：'必不得已而去，于斯二者何先？'曰：'去食。自古皆有死，民无信不立。'这里'民无信不立'的解释是：如果国民对国家失去了信仰、失去了信心，则国家就会崩溃、就会灭亡的意思吗？"

金绍诗不假思索地回答道："长谷川先生，'子贡问政'问的是国君治国的方略，整句话的主体是国家。因此'民无信不立'这五个字的意思应该是国家必须取信于民，否则国将不国的意思。在孔子看来，养兵士、给饭吃和取信于民这三者间，取信于民最为重要。孔子一贯重视当政者取信于民的思想，比如在《子路》一节中说'上好礼，则民莫敢不敬；上好义，则民莫敢不服；上好信，则民莫敢不用情。夫如是，则四方之民襁负其子而至矣'。"

长谷川纯一郎听了后大加赞赏："金君的解释果然透彻明白。听了后我茅塞顿开，汗颜得很。我信口开河，望文生义，险些误人子弟，下次上课时，我一定会向学生们认错，将讲错了的纠正过来，以求自赎。我走了，你也早些休息，注意身体，别太累了。明天见。"

第二天晚上，长谷川纯一郎让信子来请金绍诗到家里吃饭。金绍诗推辞道："我在学校食堂里吃过饭的。"

长谷川信子解释说："知道你是吃过饭回来的。我爸说了，主要是请你过去坐坐，他有很要紧的话要对你说。你就坐在桌面前，随便吃点什么或是喝点饮料，权当是个陪客好了。"

金绍诗只得跟着她过去。

长谷川纯一郎见金绍诗来了，热情地招呼他在信子的边上坐下，让太太给金绍诗端上一盘水果、一杯咖啡和一碟子酥鱼片，满脸堆笑地说："知道你是吃过饭的，但是在饭桌前你也不能干坐着，不动筷子也就罢了，得动动手，这些水果、咖啡和酥鱼片你就权当是点心，多少吃点。以后你要是不嫌弃，早晚都可以上我这儿来吃饭。"

金绍诗客气道："多承你们关照，我怎么可以得寸进尺，贪得无厌呢？"

长谷川纯一郎说："金君，你客气了。"说罢转过脸去，认真地对太太说："这样吧，从下个月开始，金君住在我们家就不用再交房租了。金君是我请来的中文老师，是我们家尊贵的客人。"

金绍诗听了一脸的惊愕，诚惶诚恐地说："那怎么可以呢？先生过誉了。能住在这么幽静的环境里读书，我已经是十分的感激你们了，怎么可以不交房租呢？"

长谷川纯一郎一本正经地说："我上午去学校时，将你的学识和知识背景同文学院的几个教授都说了，几位教授都同意，从下周学生半期考后开始，聘请你为文学院的讲师，让你给学生开讲中国古典名篇《论语》《大学》《中庸》《三字经》的课，你有信心吗？"

金绍诗受宠若惊："这些课我倒是能讲，但我没什么教学经验，怕讲不好，误人子弟。"

明治维新后日本人办大学走的是欧美的路子，学校的编制中只设教授、副教授、助教授三档，没有讲师的位置。

讲师不在编制之内，不能升教授，是因为没有论文。

何谓论文？论文简言之就是一个人的学术见解与学术贡献。学术贡献大的，评为教授，学术贡献小的评为副教授。教授的称谓指的是一个人的学术水平。

今人多有为获得诺贝尔奖而没有院士光环的人叫屈，鸣不平，殊不知这是两码事。诺贝尔奖重在贡献，只有对人类进步做出重大贡献的人才可以获得诺贝尔奖，但获奖人的学术水平不见得就是该领域的佼佼者，或者一生没有发表过什么像样的论文，比如日本东京工业大学的白川英树，他这一辈子发表过的论文不多。他是在一次实验中偶然实现了导电聚乙炔的合成，开启了导电高分子这一崭新的学科之门，得了诺奖。你说他是瞎猫碰到死老鼠也罢，说他是祖坟冒青烟也罢，人家是碰上了，理应得到诺贝尔化学奖，你就羡慕忌妒恨去吧。

获诺贝尔奖的学者未必能评上科学院院士的道理和一个优秀的运动员，他可以登上奥运的冠军奖台，下台后他未必能成为一名大学教授的道理是一样的。

至于讲师，顾名思义，就是讲课的人。讲课嘛，自然讲的是前人的知识，之所谓"传道，授业，解惑"是也。因此讲师只能算作个知识的传承人，是知识的桥梁。讲课讲得再好，只能说明你思路清晰，是个合格的讲师，并不说明你有多少的学术成就。因此讲师不在编制之列，是可以根据需要临时聘请的，是一种社会人士的兼职工作。

长谷川纯一郎说："没有关系，上几次讲台不就有经验了？我对你是有信心的，不然不会推荐你。你将你的时间表给我，我好安排你上课的时间，不要耽误了你在早稻田的学习才好。"

金绍诗在日本算是站稳了脚跟，当晚就写信回福州家中报了平安。

第十七章

追时尚二小姐游湖相亲　携妻儿五少爷衣锦还乡

现在金家的账面上只出不进，金老太爷虽是殚精竭虑，想法子力挽狂澜，但是收效甚微，忧心忡忡。

这日在厅堂上，金老爷子深深地抽了口水烟，喷出烟团后，对众人说道："这两年我们金家流年不利，连走了四个人，得想法子冲冲喜才好。"

金绍檀听了对爷爷说："爷爷要是不说，我差点儿就将这事给忘了。七弟出殡时蔡家大舅爷来吊唁，他见到了二妹，事后对我说了桩事，正应了爷爷刚才说的冲喜的话，要不现在我说给爷爷您听听？"

蔡纹秀的哥哥蔡琪秀在乌山脚下的省立高等师范学校当教授。两家人虽是姻亲，但分住城里城外，平常日里却少有走动，但遇到婚丧喜庆这类大事，场面上的应酬还是少不了的。

金老太爷听了，饶有兴致地问道："老二，你快说说蔡家大舅子所言何事？怎么就和冲喜的事对上号了？"

金绍檀说："蔡家大舅爷说，他的朋友范国荣托他留意，说是要为他的弟弟范国基寻觅一门亲事，他这次来我们金家，见到了二妹，觉得二妹顶合适的，想替二妹保媒，成就了这桩姻缘。我听了后当时并没放在心上，况且那些天的事繁杂得很，便忘了提起。今天爷爷提到冲喜的事，这才又想了起来，莫非这冲喜的事就落在了二妹的身上。"

金老太爷听了后兴致更高了，追问说："蔡家大舅子说的城里的范家，莫不是南后街开水墨轩的范家？"

蔡纹秀在边上听了，回说："是的。"

金老太爷感叹道："我在水墨轩裱过画的，范老板的裱褙技术在福州城里是出了名的好，许多破损的古字画经他的手裱褙过后像是新的一样，破损的地方竟能修补得天衣无缝。据说他的书画鉴赏水平也很高，是个高人雅士。经他鉴定过的字画，说是假的，绝对真不了，说是真的，那就价值连城了。老二，这事你就用心办去。你这一两天就进一趟城，找到蔡家大舅爷，让他作个引见，把事情说明白了，最好能见到范国荣的弟弟范国基本人，可不能是个缺胳膊少腿的。"

金绍檀笑道："爷爷说笑了，蔡家大舅爷能开这种玩笑吗？我明天就进城找他，问个明白。"

金绍檀果然不辱使命，通过蔡琪秀结识了水墨轩的范家，高高兴兴地回家向老太爷和他爹复命。

金绍檀回家后告诉爷爷和父亲说："都问个清楚明白了。范家老二刚刚从美国古拉格大学学成归来，专攻远东史，现在在省政府的外事科供职，暂时挂个副科长的头衔，是个青年才俊。爷爷、爹，巧极了，范国基是他们家的老二，现在给咱们家二小姐提亲，老二配老二，天数啊。"

金老太爷听了后笑着问儿子说："你看呢？"

金达澎回说："雯儿的亲事当然是由爹做主，爹说好，自然是差不了。"

金绍檀也在一旁帮腔说："论家境，论学问，论长相，这位范家二少爷都差不到哪儿去，又是留学回来的洋派人物，比得过她大姐的高时良，想来二妹是挑剔不出什么毛病来的。"

金老太爷点头表示满意，说："那就好，要是这样的话，我们就回人家的话去。"

金绍檀却说："爷爷，这事急不得，我们满意了，二妹未必满意，现在是民国了，年轻人男女婚嫁讲究自由恋爱，对包办婚姻十分反感，尤其是像二妹这样进过洋学堂的女学生，更是以追求女性解放为时尚。"

金达澎听了不解道："檀儿，你说得云里雾里，玄门似的，这门亲事到底是成还是不成？"

金绍檀说："爹，从表面上看，这当然是桩门当户对的婚姻，但是急不得。待我下午去高家见过大妹，将这消息通给她，让大妹在她们姐妹间聊天时，有意无意间将这消息传到二妹的耳朵里。她们姐妹俩说得上话。要是二妹不表示反对的话，我们再往下进行。巧了，听人说最近西湖菊花开得正艳，我们就撺掇二妹到西湖赏菊，到时让蔡家大舅爷知会范家兄弟也去，就当是邂逅，让他们对个面，说不准两人一见钟情，我们岂不省心？"

金老太爷听了后，露出笑容，说："你爷爷是个开明的人，虽然老，但还不糊涂。你们这一代人的婚姻虽说浪漫，但是烦人。还是父母之命、媒妁之言来得简单明了。"说罢催促绍檀说："你尽快地筹划去吧。"金绍檀说是。

大家又闲话了一会儿，说着说着，老太爷打起了呵欠，众人知道老人家乏了，就退了出来，各自回房。

下午金绍檀去高家找金绮云，说："爷爷很在意蔡家大舅给二妹说的那门南后街范家的亲事，想让你得空时找二妹说说。只是真人我们谁都没有见过，心中总不太踏实，正好西湖开着菊展，我让蔡家大舅将范家少爷约出来，咱们也去，一则给二妹把把关，二则大家难得在一起高乐一天。"

金绮云听了二哥传来的话后深以为然，便让人去金家传话，约见金绮雯。

见了绮雯后，绮云只说想去西湖赏菊，邀她同去。年轻人哪有不喜欢之理？金绮雯果然入套，爽快地答应了。得了准信后，绍檀让蔡琪秀通知范家兄弟，约定西湖见面。

金绮霞听说众人要去游西湖也嚷着要跟去。金绍檀只得在私下里将内中的玄机对她说了，揶揄绮霞道："这次是带着你绮雯姐去相亲的，你就别跟了去当电灯泡了。你去了，万一范家二少爷看上了你，是你出嫁还是你二姐出嫁？"

金绮霞听了，伸了伸舌头，啐说："去相亲用得着这么装神弄鬼的吗？大大方方地对二姐说了，同不同意，就是点个头的事，用得着这么兴师动众的。"

金绍檀说："没轮到你，轮到你了也一样！现在你是站着说话不腰疼。"金绮霞这才没得说，安静了下来。

金敏蓉听说众人要去游西湖也嚷着说要去，硬是被金绍檀给生生地斥退了。

金绍檀倒是通知了关珊珊，想带她出去散散心，无奈金绍龙走后她心情一直不好，对年轻人逛西湖这类事不感兴趣，推说没空，不去了。

是日秋高气爽，云淡风轻，西湖内柳丝拂面，游人熙熙攘攘，亭台楼阁熠熠生辉。

最先到的是路程最远的三个金家兄妹。他们是坐着吴海波驾的马车来的。

金绮云和金绮雯都打扮得十分的娇艳入时。金绮雯头上斜戴一顶朱红色的贝雷帽，身着白色的连衣裙，腰系一条酱红色的腰带，脚上穿的是一双枣红色的高跟鞋，十分摩登抢眼。金绮云身穿藏青色的对襟衫，手持一柄湘妃团扇，显得端庄沉稳。

金绮雯下了马车就嚷着要进园子，被绍檀拦住了，说："二妹少安毋躁，我还约了蔡家大舅子他们呢，你瞧通湖路口行色匆匆的三个人，他们来了。"

蔡琪秀和范国荣、范国基兄弟都住在南后街，和西湖离得近，是徒步来的。金绮雯望去，果然见到了蔡琪秀，只是在蔡琪秀的身后还跟着两个人。金绮云心知肚明，却装作一无所知，揶揄金绮雯说："二妹，你看蔡家大舅身旁还跟着个帅哥，你要是对上眼了，对姐说，姐让蔡家大舅子替你说合去。"

金绮雯回说："大姐，你也还才出嫁没两年，脸皮子却与日见长，厚实了起来，竟操起媒婆的活计来了。"

今天范国基是主角，自然也打扮入时。上下是米黄色西装，皮鞋擦得乌黑锃亮，领口边露着坚挺的白衬衫内衣，系一条咖啡色的领带，风度翩翩，脖子上还挂着台德国产的手提相机，十二分地抢眼。

手提照相机在二十世纪初绝对是个稀罕的物件，是范国基带回国的，正宗的德国货。蔡琪秀和范国荣也身着西服。

六人中只有金绍檀身着汉装，打扮得像个跟班。六人在西湖门口聚齐了，蔡琪秀稍作介绍后，六人便向着园内走去。

福州西湖是西晋太康三年郡守严高开凿的。五代时闽王王审知次子王延钧划作他的御花园，后经南宋、元明清三代扩建，在园内增设了众多的亭台楼阁，景色秀丽，风格别样，兼具了杭州西湖的妩媚和苏州园林的小巧。民国三年（1914）福建巡按使许世英将其辟为公园，亲题"击楫"二字，至今古迹犹存。

历代文人墨客对福州西湖的湖光景色都赞叹不已，多有佳篇遗世。辛弃疾的《贺新郎·三山雨中游西湖》词中赞曰："烟雨偏宜晴更好，约略西施未嫁。"明谢肇淛在《西湖晚泛》中赞曰："十里柳如丝，湖光晚更奇。"

六人沿宛在堂、水榭亭廊、开化寺、紫薇厅、古堞斜阳、桂斋、芳沁园、金鳞小苑转了一圈，细细观赏玩味各色品种的菊花，有红、黄、白、墨、紫、绿、橙、粉、棕、雪青、淡绿等诸多品种，色彩缤纷，煞是好看。

六人边观赏边拍照，玩得高兴。出了古堞斜阳林则徐读书处，见天色尚早，蔡琪秀见众人余兴未了，便提议租艘小船游湖，金绮雯率先鼓掌响应。一条小船正好可坐下六人。

金绮雯原本开朗，得知范国基是个留美的海归，便开始卖弄她的英语。她素来对自己的英文水平颇为自负。两人便开始用英语交谈，一路上叽里呱啦的，众人也听不懂他们说些什么，但见金绮雯入套，心里暗暗高兴。

众人由柳堤桥边上船，划着小船经飞虹桥、步云桥到了湖心的鉴湖亭，观赏仙桥柳色回到湖天竞渡后上岸。看看天色将晚，范国荣提议顺路到安泰楼吃了晚饭再回去。金绍檀表示同意。众人在西湖门口上了吴海波的马车去了。

在安泰楼范国荣点了几样小菜，要了一壶福建老酒。大家酒足饭饱后方才高高兴兴地散去。分手时蔡琪秀约大家下次游于山，登白塔，金绮雯鼓掌响应。

临到了游于山的日子，金绮云推说身体不适，范国荣推说有事，两人不去了，让金绮雯和范国基自去。

传说中于山是以古时于越人居住于此地而得名。唐天佑元年（904），闽王王审知为超度亡母在此建了座七层报恩定光多宝塔，外刷白灰，俗称白塔。白塔前边是定光塔寺，寺中法雨堂最为有名，据说是因有个名叫义收的游方僧人在此祈雨而得名。

出了定光塔寺东去便是戚公祠，祠建在石岗上，有多处摩崖题刻，最有名的是清总督李率泰手书的"醉石"二字。

在平远台上可以鸟瞰台江，远眺仓山。金绮雯心旷神怡，伸展双臂说："这儿好，要是中秋夜来这儿赏月该多美啊。"

范国基笑道："晚上？那得当心了。《闽都别记》上说了，琵琶精常在这地方出没。"

金绮雯投去个白眼说："吓三岁小孩去吧，本姑娘不怕鬼。其实南台家边上的龙岭顶也是个赏月的好去处，龙岭顶在大庙山，是当年闽王祭天和垂钓行乐的地方。据说在一次垂钓中，闽王爷钓上了一条白龙，为后人留下了钓龙台古迹。这还不算稀奇，稀奇的是一块从天上来的圆溜溜的陨石。重阳节前后，各家各户的大人会带着小孩到龙岭顶上登高。大人一定会让孩子在陨石上站一站，说是站了陨石的孩子长高快。"

龙岭顶上除了有越王台、钓龙台，还有一块米芾写的"全闽第一江山"

的石碑。

金绮雯兴奋地说:"你站在大庙山上放眼望去,底下的义洲、帮洲、汀洲、苍霞洲水光映天,可以让你领略到福州城水乡泽国的别样情趣。福州城楼房的最高处火警瞭望塔也在大庙山上,你去了就知道什么叫作'不枉此行'。"

范国基遗憾地说:"听说过,但没去过,有机会一定去见识一下这块陨石。"

金绮雯兴致高昂地说:"那有什么难的,下周你挑个时间出城来,我带你上龙岭顶登高去。你要记得带上相机,多带些胶卷,好尽收住满眼风光。"

范国基爽快地答应了,说:"那就下周吧。到时约上二哥和纹秀大姐他们。"

过了戚公祠向东就是九仙山天君殿,金绮雯说:"上去过了,今天就不去了。"不无感慨地将当年金家人到天君殿求签,为绍梁大哥祈福的事说了,范国基听了后也感叹了一番说:"天意不可违,人生各有定数,岂是那么容易被参透的。"

下了于山后天色尚早,范国基见金绮雯兴致尚高,建议说:"不如上我们家喝杯茶,顺便参观一下我们家的裱褙店。"

金绮雯说:"裱褙店有什么好看的?"

范国基说:"裱褙的学问大着呢。我们家的裱褙店是从我爷爷手里传下来的。我回国时原是应聘到上海光复大学教书的,我父亲死活不让,说是这门活不光是手艺,学问大得很。会裱褙的人很多,但能将活做到我们家这般精细,在全国没有几家,不然的话那些达官贵人,大如国务总理、北洋大臣;文人墨客,知名的如林纾、陈宝琛、郁达夫;南洋巨商如陈嘉庚、黄乃裳都那么大老远的,将字画送到我们家来裱褙?你去看看就会明白,就不会说这等的外行话了。"

金绮雯在家时也听爷爷说过城里的范记裱褙店如何如何,说范家的裱褙技术了得,连裱褙用的糨糊都有讲究,煮好后要用清水泡上十天半个月消火。糨糊消火后要加进祖传的防虫药,这样裱出来的字画一不变形,二不怕蛀,可以长期存放。现在既然范国基诚心邀请,就去参观一下,金绮雯爽朗地答应了。

范记裱褙店的门面装潢就十分讲究了得。临街的是一排透明的玻璃橱窗，过客可以透过橱窗看到店内墙上挂着的横竖各式字画和架上摆放的各式各样的古董，从青铜器到明清瓷器，琳琅满目。

此刻店面上没有人，金绮雯觉得奇怪，问说："怎么连个看店的伙计也没有？不怕东西被人偷了？"

范国基低声在她耳边说："橱窗上着锁呢。你瞧那门后，我爸在里边裱画呢，他老人家耳朵好使。再说了，这外头摆的多是赝品，值不了多少钱，不用太担心。"

金绮雯听了伸了伸舌头："你家卖赝品？"

范国基纠正道："不是我们家卖赝品，是橱窗里摆的是赝品。古董买卖是门学问，水深得很。我们家的业务是裱褙，不做古董买卖生意。字画作品裱褙得多了，自然会留心其真伪，便有了心得，因此偶尔也会有人上门来请我父亲掌眼，况且在我看来赝品也是艺术品。这些橱窗里摆的你就当作是装饰品好了，是用来装门面、招徕顾客用的。"

范国基指着墙上的一幅山水画，说："这幅山水画就是赝品，你看它画得不差吧？"

金绮雯点点头："我看画得顶好的。"

范国基说："我也觉得画得顶好，所以说是件艺术品，就挂在了这儿，只是作画的人少了点知名度，少了点自信，才会出此下策，用了别人的字号来欺世盗名。"

金绮雯好奇地问说："何以见得是赝品？"

范国基说："纸质出了破绽。宋纸岂能和现今的用纸一样？今人做赝品时，虽然也做了旧，但还是露出了马脚。"

金绮雯来了兴趣，问："那今人名家的作品，用的纸都一样，如何去伪存真？"

范国基解释道："张大千就是个做假的高手，骗过许多人。现今名人如林则徐、严复传世的字也有很多赝品。纸质是一样的，那就得从其他方面，从不同的角度去判断。比如题跋的习惯，印鉴的使用等等。这中间的学问大了去。《水浒传》中不是有一节写吴用为了救宋江让金大坚私刻了一枚"翰林蔡京"的图章盖在了家书上，哪有父亲给儿子写信盖官讳图章的？所以被江州的黄文炳给识破了。"

金绮雯接道："陈宝琛也有很多字号，他是宣统帝的老师，在上杭路口有他八十五岁高龄时题的'恒盛'商行字号。写得圆润遒劲，很有古风，就在龙岭顶山脚下，下次你出城时我带你鉴赏去。"

两人虽是低声耳语，老人还是听到了，从门后伸出脑袋，见儿子带个姑娘回来，心里明白。大儿子国荣跟他说过给二弟介绍金家二小姐的事。

范国基向他父亲介绍说："金绮雯，英华书院的高才生，纹秀姐是她家的大嫂。"

金绮雯见老人五十开外，穿着件蓝色吊带裤的工装，手中还拿着柄糨糊刷子，想是正忙着裱褙，便甜甜地喊了声"伯伯好"。

范国基问道："我爸在里边裱字画呢，要不你进去看看，也好长长见识？"

见金绮雯点头，范老爷子连忙从门边闪开身子，让他们两人进去。金绮雯瞧里边就是个作坊，摆着张有乒乓球桌大的桌子，桌面上正铺展着一幅画。

范老爷子说："这幅画是昨天省府的杨参议送来的，是子奋先生的新作，后生可畏啊，年纪轻轻的，这工笔画的功夫如此了得，前途不可限量。"

范老爷子果然是慧眼识珠，言中了。陈子奋工白描，以子奋白描独具风格，徐悲鸿引为畏友，后来成了闽都首屈一指的名画家，蜚声海内外。

范老爷子对儿子说："这儿脏，瞧一眼就够了，你还是请金小姐在外头的会客间坐吧。"一边对站在身旁的伙计吩咐道："米仔，你给二少爷他们沏壶茶去，就用昨天杨参议送来的铁观音茶泡。"

会客室是范老爷子谈生意的地方，自然布置得十分雅致。四张太师椅和一张八仙桌，清一色明式家具。

两人刚坐下，米仔就端上茶来沏上，金绮雯正感口渴，端起茶杯牛饮了起来，全无大户人家小姐的做派，米仔在边上见了偷笑，见杯子空了，连忙又给她续上。

过了秋分，天色暗得快了，金绮雯见时间已近黄昏，不能再逗留了，否则天黑前到不了家。范国基也不再挽留，让米仔到安泰桥路口叫了辆黄包车来，送走金绮雯。

黄昏前后是客人前来聚餐吃饭的时间，拉生意的黄包车夫多会将车停在酒楼边的路上。这个点上，到安泰楼酒店的边上叫车，十叫十到。

一切都按着金绍檀设定的调子发展下去。金绍檀到宜华照相馆冲洗出西湖的照片后先给爷爷看了，向爷爷和父亲汇报了金绮雯和范国基交游的进展，全家人听了都非常高兴。

到了周日，范国基果然如约出城，在小桥头会齐了金绍檀、蔡纹秀与金绮雯后一同上了大庙山。下山后金绍檀刻意请范国基到安乐铺的家里喝茶。范国基没有推辞。

金绍檀将范国基引到客厅叙茶，让金绮雯和蔡纹秀陪着说话，自己进到里边请父母亲和金老太爷出来见个面。

范国基见三位老人现身，多少有些局促，立即站起身来躬身请安。金老太爷倒是十分的开朗，笑说："你们年轻人谈笑，我们这些过气的老人就不打扰了。"说完，就要离去。

倒是金绮雯落落大方地说："爷爷，您老着什么急呀。今天本姑娘好不容易请了个摄像师傅来，你们几位老人也开开洋荤，照几张相后再走。"

金卢氏听了，冲着女儿说："这脸没洗，头没梳，衣裳没换的，照什么相。"

金绮雯撺掇道："妈，你就不懂了，这'脸没洗，头没梳，衣裳没换的'照出来的相叫自然美，比你去宜华照相馆装模作样照出来的更耐看。"

范国基也在一旁帮腔说："雯雯说的对，家庭生活照，不用太在意服饰，越自然越好。"

金绍檀也在边上推搡着让老人们照相，说："范家二少爷难得出城到我们家来一趟，就让他照吧。"

在几个年轻人鼓噪下，金老太爷、郭姨太和金达澎夫妇、金达蕈夫妇都照了好些相，皆大欢喜。

范国基走后，金老太爷立即召见了金绍檀和达澎夫妇说："真人也看了，大家都满意，老二你就传话给蔡家大舅子，让他给范家回话，这桩婚事就不要再拖了。我们这边是你去跟绮雯说，还是让绮云去跟绮雯说，你掂量着办去。"

金绍檀回爷爷的话说："那还是让绮云说去吧。"

金绮云找到绮雯说了爷爷的意思后，不料绮雯却说："不急。姐，我得先找份工作，婚事待我找到工作后再议。"

金绮云笑着劝妹妹："你别心气太高，过了这个村，就没了这个店，有你后悔的。"

金绮雯半开玩笑似的，却固执地说："姐，我可不想像你这样当衣来伸手饭来张口的老板娘。下一个村要是没了这个店，我就到再下一个村找去，保不准下一个村的店更时尚。"

金绮霞说不过妹妹，就将绮雯的话转给金绍檀。金绍檀又将话转给爷爷、父亲。金老太爷听了后直摇头，直叹说："世风日下。"

金老太爷无奈，只好让金绍檀将话转给范家。

范家传回话说："二少爷说了，二小姐想找工作不难。二少爷说他与协和幼稚师范的校长惠理师姑相识，只要二小姐不嫌弃这份工作，去幼稚师范当教师，应聘去，准成。"

148

果不其然，金绮雯去协和幼稚师范学校递了履历表，惠理师姑做了十分钟的面试后就顺利录用了。范金联姻的一切障碍均被扫除得干干净净。两家人很快定下了吉日，就等着数日子了。

到了范家迎亲这一天，金家安排绍檀送亲，绮霞当伴娘也跟去范家。

金绮雯出嫁后，金老太爷再一次催金达澎写信让金绍城早日回来。

金绍城与绍添在香港分手后跟几个乡党一起到了吉隆坡。

吉隆坡虽然有许多华人，但是好像并不欢迎来分他们手中一杯羹的后来人。金绍城人生地不熟，找不到丝毫的商机。后来听人说，砂拉越有许多福州老乡，便动了心，去了。

马来西亚号称橡胶王国。金绍城到了砂拉越后发现自己袋子里的钱已经所剩无几，不能再四处游荡了，便进了一家名唤南星的公司。南星公司经营有一大片的橡胶园和甘蔗园，做橡胶和糖业生意。公司董事长姓赖，名叫赖昌树，算是福州老乡。

赖董事长有三个儿子和一个女儿。赖董事长对他们作了分工，将橡胶园交给了大儿子赖新德管理，将甘蔗园交给了二儿子赖新明管理。三儿子赖新超和女儿赖新珠都刚从台湾大学毕业归来，赖昌树正筹谋着给小儿子和女儿一个总公司管理层面上的活，让他们历练历练。

赖新超倒是听话，接受了父亲的安排，而赖新珠却不为所动，她自有主张，对她爸说她要搞实业，学以致用，要在南星旗下成立一个专做化学电源的子公司，生产干电池和蓄电池。

赖新珠在台大学的是化学电源专业。子公司的名字她也想好了，叫星光化学电源股份有限公司。

赖昌树在对星光化学电源股份有限公司的业务，如技术、设备、市场作了一番评估后，对女儿的创业之举表示支持，让她着手筹办去。也是机缘巧合，让金绍城撞上了。赖新珠看重了他的福州商立学堂的毕业学历，招他进她的公司，负责设备的采购与安装调试。

金绍城到台湾找到日本三菱旗下的一家生产干电池和蓄电池的厂家。他要了生产全流程的设备与技术，谈妥了价钱，一次搞定，让赖新珠父女对他刮目相看。

星光化学电源股份有限公司从筹办到出产品仅用了半年的时间，金绍城充分展示了他的才干，赢得了赖昌树的赏识和赖新珠的芳心。赖昌树晋升他为公司的技术总监，想招他为上门女婿。

金绍城将父亲写来的祖父不同意他入赘赖家的家书给赖昌树看后，赖昌树不再坚持，还是将女儿嫁给了他。

金绍城和赖新珠有了儿女后，公司的业务基本上就交给金绍城一人去打理。星光电池迅速占领了南洋大大小小的市场。赖昌树慧眼识珠，对金绍城的表现相当满意。

古人说得好，衣锦不还乡，好比是身着锦衣走夜路。不觉间离开福州的家好些个年头了，金绍城对家乡的思念也与日俱增，便动了回去探亲的念头。金绍城知道自己得有充足的理由才能说动赖新珠。

这日金绍城又接到父亲写来催他回去的信。金达澎写道：

绍城吾儿：

吾儿离家日久，汝祖父与汝母亲无日不念叨及你，盼你早日回家团聚。

近年来我金家迭遭变故，前年汝大哥与七弟相继离世，去年洲边一场大火，汝大伯父、大伯母撒手归西。汝祖父日夜哀叹，思汝愈切。

金门如日落西山，衰败之势已见。汝四哥不辞而别，生死不明，现唯仗你二哥里外维持，已是身心俱疲。汝为金氏子孙，当有作为。望见字速归，以释汝母及家人的悬门之望。

切切，父字。

第十八章

怀旧事老太爷感慨人生　接风宴金家人欢庆团圆

金绍城读过信后，认真思虑了一番，当晚对赖新珠说了自己想回家探亲的想法。

金绍城将信递给赖新珠看过后说："没想到这些年里家中发生了这么多的变故，是得回去看看了。"

他见赖新珠听得认真，说道："此外我们也可以考察一下国内的市场行情。我们的生意虽然在南洋发展得不错，但是电池行业的特点是薄利多销，区区南洋能有多少人？就是人均年消费电池一只，年产量也不过是几千万只。国内五湖四海，是个大市场，有几亿的人口，只有广州和上海寥寥几家的干电池工厂，市场前景看好。"

金绍城接着说："再说了，近来传出湖南发现上好的锰矿，极合适在电池中使用。现在国内基本上算是安定了，除了东北外，全国各地都没有战乱，应该有很大的发展空间，我们要是能在国内设分厂的话，可以大大地降低成本，提高竞争力。"

金绍城笑着对赖新珠说道："最主要的是你这个丑媳妇和两个孩子是不是也到了见公婆认祖归宗的时候了？"

此前金绍城已将自己在南洋赖家的事禀告了爷爷和父母亲，告诉他们，他媳妇的名字叫赖新珠，并且有一双儿女，儿名叫敏中，女儿名叫敏华。

赖新珠见金绍城一口气说出了许多的理由，也笑着道："你这是蓄谋已久的啊。"

其实赖新珠也想去中国看看，那儿毕竟是她父母亲的故乡，她虽然在马来西亚长大，但丝毫没有减少她对自己故乡的神往。她在台大读书时就曾动过回对岸福州一探究竟的念头。

小时，父亲赖昌树告诉过她，她的老家在仓山的槐荫里，是爷爷在世时盖的，宅院名叫明园，爷爷去世时父亲在马来西亚，将这宅院给了叔叔赖昌祖，后来父亲发达了，寄钱回去，在明园边上盖了一座三层楼的洋房，取名镜园。父亲说仓山有许多的小洋房，宁静、清幽，多以园字命名，如梦园、可园、意园。这几年父亲还时不时地寄钱回去，让她在老家的叔叔帮忙修缮房子。

第二天她就将自己的想法对父亲说了，原以为父亲会有异议，自己还着实准备了一套说辞。没料到赖昌树听了不但没遭到反对，而且还提了许多的建议。

赖昌树笑道："你们是该回去看看了，瞧你这新媳妇都旧了，是到了去见公婆的时候了。"

赖昌树对女儿说："我也离家二十多年了，现在年纪大了，思乡得很，也想回去看看。现在你们都长大接班了，我也该歇歇脚了，回去看看你的叔叔和姑姑，给你爷爷、奶奶扫墓去。前些天你二叔来信说，他将镜园都收拾干净整齐可以住人了，我们准备准备，你可以先将公司的业务交给你弟弟代管些时日，也该让他独当一面、历练历练了。我们择日动身去会会我的亲家翁。"

赖新珠听了着实兴奋，回房后便将父亲的话传给了金绍城，让他给家中去封吹风信，临出发前再去封电报，将他们回家乡省亲的准确日期报告给福州的家人知道。

接到金绍城打来电报的当晚，金老太爷激动得一整晚睡不着。辗转反侧之际不由得想起了自己的爷爷韦楣公为了家人的生计东渡日本、客死异邦的往事。

那时候还是道光爷坐龙庭。韦楣公已年过不惑，科场上屡遭挫败之后，不免心灰意冷，整日间除了在家中长吁短叹、借酒浇愁外，无所事事。

一日，从福清老家来了几个乡党，好言相劝韦楣公说："人生各有定数，岂可在一棵树上吊死，一条道上走到黑？你是读书人，当记得李太白写的'天生我材必有用'的诗句，老天爷给他的子民预备了许多扇生路之门，既然仕途这条道走不通，咱们就不妨换个门道走，不可以撞了南墙仍不回头。"

乡党们开导他说："再说了，如今皇上开了五口，商贸繁荣，走仕途这条道未必就是最好的选择。人生一世，草木一秋，图的是什么？不就是'自在'两个字吗？你瞧瞧，人家山西人、安徽人多精明，晋商、徽商把生意做到了各省各县，大把大把地挣钱，活得多逍遥自在。在山西，一等的人才不是入仕，而是经商。入了仕途，当了官有什么好？你见人家当了官，出则舆马，入则高坐，堂上一呼，阶下百诺，羡慕是吗？那是在用自己的身家性命做筹码。官身不由己啊。异地为官，背井离乡的不说，办事、说话还得处处仰视上司的鼻息，看上司的脸色，何乐之有？况且官场凶险得很，一不小心丢了官帽是小事，丢了性命那就不值当了，还可能株连九族。"

一番开导，韦楣公茅塞顿开，决定跟乡党一同走海去。

闽人出海不外乎是下南洋与走东洋两条海路。季风来时，借助洋流走东洋这条路似乎更加省时便捷。日本人到福清，世人目之为倭寇，福清人到九州，日本人称之为福清帮。

福清帮在日本九州颇有势力，其触角伸到了九州的各行各业。现今尚存的兴福寺是座黄檗禅宗的唐风寺庙。内有大雄宝殿、琉璃灯、马祖堂、钟鼓楼、三江会所诸多古迹。

韦楣公将家托付给弟弟韦嵇公，自己与十来个乡党，备齐了货，无非是福州城的土特产茶叶、桐口粉干、兴化粉、角梳、寿山石雕、西园软木雕、杨常利雨伞、闽清瓷器之类，船到宁波港补充淡水给养时又进了些江浙的丝绸。人货到了日本九州的长崎码头后，自有当地的乡党接应。国货出手后再装船运回些日本九州与关西的土特产。两头来钱，来回半年，虽说辛苦，但收获颇丰，赚了个盆满钵满。

有一就有二，接二连三之后，韦楣公已年近五十，眼睛也花了，到了知天命之年，原想歇手，经不住乡党再三力邀，只得去了。说是最后一次，回来后就金盆洗手不出海了，在家中含饴弄孙，颐养天年。

哪曾想，长年操劳，韦楣公终因积劳成疾，最终还是病倒在了长崎的闽都会馆内。虽请医治疗，但人命在天，药石无功，撒手西归。

韦楣公生时瞻望云山，宵衣旰食，栉风沐雨，筚路蓝缕。死后乡党扶榇，遗骨归葬，满目凄凉。

韦楣公离世前，病中遗家书一封给儿子德启，嘱托后事，情真意切，书云：

> 父字付男麟儿德启收看。汝父少无大志，唯以成家立业为己任，故在外觅食，致亲不能养，子不能教，风霜雨露，客路艰辛，盖二十

余载矣。

人生行己立身，贵敦大节，当自立不败，而死生无非听命于天者也。吾幼承家学，攻苦读书，然时运不济，两试未售。然吾儒读圣贤之书，但求无愧乎为人而已，奚必作功名计哉？人生切己之事有三，于父母则思孝，于兄弟则思友，于妻子亦宜好合。知此三者。足以立身矣。

汝方年少，血气未定，界在善恶之乡。趋善则可为善，趋恶则可为恶，百尺竿头，从此进步。邪正关津，切须自省。祖母年迈八旬，当时时曲意承欢。孙儿在膝，当子还家。汝母常患目疾，汝亦当小心奉事。至于叔婶弟兄，尤宜敬爱，此即趋善孝友之阶。通晓家务，治繁理剧，此便是趋善立世之阶。奢心淫逸，放志外弛，矜己短人，暴殄天物，便是薄福趋恶之阶。汝若能体认吾言，则吾为有子矣。念吾平生，无甚好处，惟兢兢自励不惭，衾影素志，上奉吾母，下与兄弟白头团聚，笑语于孝友堂，吾愿足矣。何此志未遂，吾竟休矣！

家人接过遗书后泪流不止，跪读再三，泣不成声。太祖母当即训示，将此遗书中之所嘱立为家训。

金老太爷当时尚小，韦楣公的棺木到台江汛码头时。祖母金汤氏领着家人到码头接棺，呼天抢地、哀痛欲绝的情景，金老太爷至今仍依稀记得。

韦楣公死后，韦楘公上有寡母、寡嫂，下有十来口人，全赖他一人外营生计，内持家务，苦苦支撑。曾祖爷在世时，原指望儿孙向学，然现今生计尚且困难，非变通无以求温饱。韦楘公铭记祖训，只身从商，起早贪黑，勤执木材生计，不敢有丝毫懈怠，幸得祖宗福荫，一家人努力同心，生计颇安。

众乡邻看在眼里，着实感动，有儒生林春光数人具文呈送内阁中书为其懿行申请旌表，获准。道光二十二年（1842）朝廷颁"同胞孝友"匾予以褒奖。

德启公与堂弟德瑞为了继祖宗的一脉书香，寒窗苦读，果然不负所望，双双高中西乙科举人，礼部会试后，德启公敕授文林郎，拣选了安平县正堂。德瑞授江西洪州学政，离家赴任去了。彼时，太祖母已下世多年。常言道：天有不测风云，人有旦夕祸福，哪曾想没过几年，德启公也殁于任上。

光阴似箭，岁月如梭，韦嵇公见文澜已长大成人，禀明寡嫂金汤氏，给侄孙文澜娶了媳妇成了家。

韦嵇公将安乐铺的金庐让给了他们，又分出一半金记木材行的产业，划归在了金文澜的名下，作为长房一支的生计，而他自己一家子人，则搬去到距此一箭之地的苍霞洲宅院居住。

金老太爷抚今追昔，心中的感慨岂是后辈人所能知晓的。现在自己家老五，在南洋闯荡多年后终归故里，他老人家岂能不激动？但只要船没靠岸，他老人家又岂能安心？

金老太爷掐准了金绍城海船到达马尾港的时间，一大清早起床后便安排马车吴和他的儿子海波赶两辆马车去马尾接人，在家中安排吴妈在二进的厅堂中央摆下两桌的接风洗尘酒。

坐马车从安乐铺到马尾船码头少说得走一个半小时。金老太爷从马车吴走后就守候在了大厅上。早早地安排阿贵、依福、阿香、吴妈等人到门口候着，接人搬行李。好容易挨到了黄昏，金老太爷是一刻钟一问，问得在旁伺候的人的心都烦了。

郭姨太说："老爷子你消停会儿好了，到厢房内闭个眼，养养神，赖亲家和老五一家子人到门口时，我们会在第一时间向你报告的。到时你养得精神饱满了，见到他们，岂不皆大欢喜？"

金达澎也劝说："爹，进屋躺会儿吧，绍城是带他媳妇、儿女回家向你请安的，怎么倒成贵客了？就说亲家翁，对你而言，他也是个晚辈，有我们在门口迎候着，礼数就算到了，你可别累坏了身子。"

金老爷子开心地笑着说："老五他先斩后奏，我是拿板子等着他回来，好敲他的脑壳，打他的屁股呢。"少顷说："自古有将在外君命有所不受，回来就好，浪子回头金不换嘛。"

在众人七嘴八舌的劝说下，金老太爷只得移步到厢房小坐。郭姨太递过参汤。

金老太爷啜了口参汤后仍不放心地问绍檀："赖亲家和老五的房间你都安排好了没有？燻过香了吧？"

金绍檀赶紧说道："爷爷你都问过好几遍了。赖亲家老爷子房间安排在东客房了，老五还住仲园朝东，他以前住的那两间房。敏中、敏华的房间和他们爹娘的房间紧挨着，爷爷你放一百个心，绝不会让两个小家伙觉得生分、睡不着觉的。"

金老太爷环顾了四周后仍不放心，说："你让阿贵在后厅的廊梁上挂盏汽灯，就怕吃到一半停电了，摸着黑，出尽洋相，让亲家笑话我们，最近电光刘是怎么的了，他的电厂老停电。"

说话间，天昏暗了下来，老爷子正要开口问些什么，门外马车吴的马铃声响了，金绍檀耳尖，听到了动静，对老太爷说："爷爷，怕是人到了，我去看看。"

金老爷子听说人到了，便拄着拐杖从拱座椅上站起身子，走出厢房，郭姨太和金达澎连忙从左右两边扶持着，金达尊在旁说："爹，您是长辈，您踏踏实实地坐着就好，难不成您还亲自到前门厅接他们去？"

金达澎也说："爹，三弟说得极是，您老坐稳当了就好，等着老五一家人来给您叩头。"

无奈老爷子还是坚持让郭姨太和二儿子金达澎扶着自己走到大厅的石廊边上，说："亲家翁是远道来的，不能怠慢了人家。"

只一会儿工夫门口的嘈杂声渐近，金绍檀领着赖昌树一行人转过屏风。

赖昌树一身南洋客的装扮，上下是米黄色的西洋装，头戴顶盔式太阳帽，手执一根咖啡色的文明杖。见到金老太爷颤巍巍地拄着拐杖站在石廊边上迎候，赶忙取下头上的太阳帽，将文明杖交到身旁的女儿赖新珠的手中，自己急步向前躬身抱拳请安，说："老太爷，晚辈赖昌树给您老请安了。"

金老太爷连忙拦住，说："使不得，使不得，亲家翁多礼了，老朽愧领了。亲家翁请上坐。"

赖昌树快步上前扶着老爷子的手，将他引到拱座椅上坐下，一面招呼女儿、女婿和孙儿、孙女跪下给金老太爷叩头。金老太爷拦住，说："民国了，跪拜礼就免了吧。"

金绍城让赖新珠带着敏中、敏华给金老太爷请安，吩咐两个小家伙说："快跪下给太爷爷、太姨奶奶、爷爷、奶奶、三叔公、三婶婆请安。"还是被金老太爷一把拉住了。

金老太爷对郭姨太说："红包，红包，快给孩子们发红包。"又转脸对金卢氏笑说："你是个当婆婆的，别小家气，快给新见面的儿媳妇和孙儿们见面礼啊。"

金卢氏笑着道:"爹,早就准备停当了。"说着话从身上掏出一枚玉镯套在了赖新珠的手上。

郭姨太在一旁也早就将红包捏在了手中,笑着将两个红包递到了老太爷的手中,说:"还是你自己发去吧,瞧你高兴的,跟这两个小孩似的。"

金老爷子从郭姨太手中接过红包后分别递到了敏中和敏华的手中。自从金达有夫妇走后,直到今天才看到金老太爷脸上有了笑容。

金卢氏也拿出红包塞到两个孩子和赖新珠的手中。

金绍檀引着赖昌树在拱座椅上坐下后,吩咐吴妈上茶,让阿贵他们将行李送到仲园。

金老爷子对赖昌树说:"亲家翁,绍城这孩子这些年来多承您的照顾,让您受累了。"

金达澎也说:"绍城每次来信都提到亲家翁如何如何地照顾他,着实让他爷爷和我们放下了心。"

赖昌树回道:"绍城这孩子优秀得很,做人也实在,倒是他在照顾小女,在生意上也帮了我们不少的忙。"

金老爷子让吴妈领着赖新珠、敏中和敏华先去仲园休息,对在一旁凑热闹的三个孩子都都、敏杰、敏惠说:"带你们的弟弟、妹妹到你们的房中玩去吧。"

一会儿天色暗了下来,一进、二进的厅堂里都亮起了电灯和汽灯,金绍檀来请大家到二进的厅堂里就餐。两桌,每桌十人。

主桌上金老太爷居中,他的右手边上是赖昌树、金达澎、金达萼,左手边上是绍檀、绍城、都都、敏杰、敏惠、敏中;另一桌是女眷,郭姨太居中,她的右手边上是金卢氏、金方氏、蔡纹秀、关珊珊、赖新珠、敏华,左手边上是金方氏、冯玉茹、绮霞、敏蓉。

金老太爷坐定后说:"赖亲家这一路上辛苦了,今晚得多喝两杯,好好睡个觉。"

赖昌树说:"让老太爷担心了,现在路上太平,倒也不怎么辛苦,没担什么风险。"

金绍城也说道:"我们是坐船回来的,从吉隆坡到高雄,再换船就到马尾了,坐的都是头等舱,现在不是台风季节,海面上风平浪静,没什么颠簸。在高雄转船也方便，不用出码头，没走多少路，不辛苦。头尾也就是四天的时间。"

赖昌树说："出了外海时有点小摇晃，但这两个小家伙睡得可香了，他们还以为是在摇篮里呢。"众人听了大笑。

老太爷一时兴起，笑说："这么说来，比过去举人上京赶考好多了。我唱段福州举人老爷上京的路引你们听听，你们就知道当年上京赶考有多难了。"

老人击节而歌道：

> 行过青浦共蓝浦，乌龙过江三角埕。城门黄山乡下路，
> 后珢直拔白湖亭。下渡红墙十锦祠，梅坞过岭仓前桥，
> 中洲大桥设税馆，中亭街鱼货两边排。小桥左边摆生果，
> 安民崎顶换套衣，横街巷口酒米店，惠洋境内拣棕毛。
> 文山横山吉祥山，吉祥山下铸铜锣，茶亭食店多热闹，
> 福济桥边祖庙前。六柱洗马九仙铺，斗门上街做头梳，
> 月爿池中铜钴店，闯进南门一座城。安泰桥边坊一座，
> 南街七巷双门前，双门三狮朝五虎，环过抢珠左边路。
> 到任桥边总督口，鼓楼顶挂时辰牌，府前街过渡圭口，
> 皇帝殿出西门街。西峰里出西门外，眼看就是板桥头，
> 西门半街卖水果，柴巷行过接官亭。打铁桥过将军庙，
> 祭酒岭过凤凰池，举目看见张都墓，再行三里洪山桥。
> 马祖庙前忙下水，王店淮安在面前，桐口甘蔗竹歧关，
> 叶洋白沙大目溪。梅埔十里闽清口，走过瓜园日斜西，
> 大箬小箬相连接，起站五里安仁溪。转弯牛头水口站，
> 再进莪洋古田溪，又过谷口将军庙，跳过双溪到尤溪。
> 建瓯五日到浦城，浦城出去入江西，换乘舟车再前行，
> 九里行过白沙铺，再行三里岳溪桥，经过葫芦山石座，
> 塔头对面莲花石，梅岭对头老鼠滩。太平桥过洪口镇，
> 举目看见七里亭。七里过去延平铺，延平过去鸭蛋滩……

众人鼓掌，都说老太爷唱得好。

金老太爷说："这还才走到南平，出了省后的路还长着呢，当年的举子进京赴考有多不容易。"

酒足饭饱后，金老太爷请赖昌树回到一进的厅堂喝茶。赖新珠让吴妈呈上给各人的礼物。送给金老太爷、金达澎、金达尊的礼物是马来西亚人参东革阿里和马来西亚燕窝；送给郭姨太、金卢氏、金方氏、蔡纹秀、关珊珊的是色彩缤纷的布料马来西亚峇迪和千里追风油；送给绮霞的是马来西亚头饰沙龙和宋谷，送给三小孩子的礼品是马来西亚的锡品玩具。

马车吴、阿贵、依福、阿香、吴妈等人也收到了礼物。他们的礼品是一瓶千里追风油、一只星光牌电光筒和加配的一打星光牌电池。马车吴和吴妈是金家的资深老佣人，另加一盒马来西亚燕窝。大家收到礼品，千恩万谢，皆大欢喜。

158 分发完礼品，赖新珠环视大厅发现少了蔡纹秀的身影，便来到都都的身旁，问都都说："你妈呢？"

都都正和两个新弟弟敏中、敏华玩得高兴，头也不回地答说："她回房间去了。"

赖新珠问说："身子不舒服？"

都都答说："她这人就这样，人多热闹时便说头痛、胸闷，回屋间抹眼泪去了。"

赖新珠不再问了，让杏儿带她到伯园蔡纹秀的房中。

蔡纹秀果然在房中独自伤心。赖新珠进门后宽慰说："大嫂，凡事都有定数，想开了就好了。大哥走了，你不是还有都都吗？一切都会过去，一切都会好起来的。"

蔡纹秀给赖新珠让了座，道："弟妹说得都对。我现在就是贾府里的李纨，守着贾珠过日子，等着兰桂齐发的那一天。但是我实在是没有李纨那般的修养，在人前装笑。"

赖新珠劝慰道："大嫂，想开了才好过日子。你瞧七弟妹，她不就若无其事般的。难道她心里不苦？"

蔡纹秀叹口气说道："她跟我不一样，她是进门时就知道有那么一天的，早有打算。而我是祸从天降，猝不及防。二则她还年轻，她现在在协和大学上学，将来的路虽长，但宽着呢。而我已经是个半老徐娘了，只能在这深宅大院中终老了，想想多少有点心灰意冷，所以见不得旁人高兴，妹妹莫见怪。"

　　赖新珠听了，心中也涌起了一阵悲凉，劝慰说："哪会呢。大嫂您别多心，我会常来陪大嫂说话解闷的。"

　　正说着话，杏儿进来报说，门外来了辆马车，说是来接赖亲家翁老爷的。赖新珠听了后对蔡纹秀说："我叔叔家来人，我得出去应酬了，我们改日再聊。"说罢跟着杏儿出去。

第十九章

广裕楼老太爷正说苍霞　水墨轩赖新珠姑嫂会亲

　　赖昌树见自家兄弟派人来接他了，便站起身子向金老太爷告辞说："舍弟派人接我来了，改日再来叨扰。"

　　金老太爷拦住说："这哪成，客房早就让下人收拾好了，你就宽心在这儿住上几日再走，好让老汉我略尽点地主之谊。我也想听听马来风土人情方面的故事，好多长长见识。"一面吩咐阿贵说："快将亲家叔老爷请进来呀。"

　　阿贵回禀说："亲家叔老爷没有跟马车来，来的是赖家的一个老家人。"

　　赖昌树解释道："亲家太老爷，舍弟原是要到马尾接人的，回家后就给我接风。我知道亲家太老爷也会去接人，让舍弟把接风酒推到了明天，先来这儿给您老请安。在电报中我同舍弟说好了的，给亲家太老爷请安后就回家住，请亲家太老爷、亲家、亲家叔见谅。明天一早，我会派人来接绍城、新珠和两个孩子过去，吃过暝后再送他们回来。好在槐荫里离这儿不算太远，来去方便得很。"

　　金老太爷只得说："我们有马车，亲家翁不用派车来接他们。明天我让天亮驾车送他们过去好了。"

　　槐荫里和安乐铺的直线距离确不算远。槐荫里背靠烟台山，有一条走马车的大路，可以绕过烟台山，下到梅坞，出观音井便到了仓前桥头。过了仓前桥是中洲岛。中洲岛连着万寿桥，过了桥就是安乐铺。马车跑起来顶多十来分钟。

　　金老太爷知道强留也不合情理，便让达澎、达萼、绍檀、绍城一行人送赖昌树到大门口。

　　金绍檀问赖昌树说："亲家老爷的行李是现在带上，还是明天让五弟带了去？"

　　赖昌树回道："也没什么要紧的东西，让新珠她们明天回家时带了去好了。"

众人挥手，看着他上了车离去。

第二天吃过早后，金老太爷就让马车吴送金绍城一家四口去镜园。中午赖昌祖设家宴给兄长一家接风。

第三天赖昌祖陪同兄长赖昌树一家人上高盖山天池顶给赖家祖先扫墓。福州人素有一旗、二鼓、三高、四虎的说法，说的是福州城周边以旗山最高，鼓山次之，高盖山的高度居五虎山之前，为福州城周边的第三座高山。今人对此民谚多有质疑，在市民眼中，怎么看五虎山都应该高过高盖山。

第四天赖昌树领着一家子人上西禅寺礼佛进香。

……

如此这般地忙碌了一周后，赖昌树在快活林摆下十桌会亲酒，宴请金老太爷和亲家达澎一家人。

作为回请，金老太爷也在广裕楼摆下了十桌会亲酒，将金洪氏、金卢氏、金方氏、蔡纹秀、冯玉茹、关珊珊等各房头的亲家、金氏长房达字辈的族人和台江汛上政商两界的头面人物都请上了桌。安乐铺乡里厝边上的人请了吕编辑、甄教授、程大夫，独独没请贾思真。

广裕楼面江，很是气派，临街面是餐馆，临江面是戏园子。大堂内悬挂着两幅由林纾撰写的对联。

其一

座中人选舞征歌顾曲谁为周都督
名下士坐花醉月称觞孰是李翰林

其二

步障隔江光正打桨人来踏歌声起
锦屏锁春色看舞衫翠袖腻烛红深

席间众人称赞说广裕楼是块风水宝地，金老太爷拈须笑问："苍霞洲名字的由来，众位可知一二？"

众人知道这是金老爷子倚老卖老，要卖关子了，自然不去驳他的彩头，都点头说愿闻其详。

金老爷子也不谦让，说："众人多说'苍霞'二字，是因为观看对岸仓山的晚霞而来，以老朽我的拙见，非也。你们向西看，古时大庙山南是一片泽国，除苍霞洲外，还有义洲、帮洲、汀洲。举目四望，水光映天。仓山在南，大庙山在西，从来只有西天的晚霞之说，何人见过南天的晚霞？大庙山是闽王祭天的地方，是龙脉所系之地，当属首望之山。更何况此'苍'非彼'仓'，可见是牵强附会之说。"

说到这儿老爷子得意极了，见众人点头，继续说："所谓白云苍狗，苍字乃形容词也。'苍霞'二字自古以来多有文人使用，如'松林青石白发，斜风暮雨苍霞''落日苍霞……'之句均与仓山无关。还有一说，说苍霞洲本名仓下洲，是因其对面是仓前山的盐仓而得名，更是荒诞无稽，老朽断不敢苟同。诸位知道明清两朝海上来的官船和私船多在泛船浦停泊，盐仓多建在与泛船浦相毗邻的藤山一带，与苍霞洲相距甚远。再说了泛船浦的对面应是老鸦洲、瀛洲，与苍霞洲何干？"

众人听了都恭维说老爷子说得有理有据，好生了得。金老爷子听了很是受用。

晚宴后回到仲园，二房一家人聚在了金达澎和金卢氏的房中闲话家常，金绍城问金绍檀："二哥，今天见到二姐夫了，但二姐怎么没跟着一起回家来啊？"

金达澎回道："原说是要来的，却没来，开始时我也纳闷，问了你二姐夫，说是你二姐她正怀着身孕，妊娠反应得厉害，时不时恶心、呕吐，就不来了，说是一两天好些了时，就出城来家看你和弟妹、孩子们。"

金绍檀说："范家对你二姐可是当宝贝看着呢。你范家二姐夫说，他去了你二姐的学校，将她的课也停了，只在办公室里搞搞收发、写写校刊报道，全力保胎呢。"

金绍城听后，说："原来是这样，头胎是得注意保养，还是明日我们进城去给二姐道喜为好。"

赖新珠也说："是的，明天我们就带敏中、敏华进城去给二姐道喜去。这几天都在仓山、台江来回地走动，前几日爹带我们去西禅寺烧香礼佛，怕回来晚了，也没进城。我也正想着找个时间进城里去逛逛，在马来西亚时常听我爹说了许多福州城三山两塔一条江的故事。什么三山现，三山藏，三山看不见，神乎其神的，这次回来了得一一见识一下，方才不枉此行。这几天没间天地过江，将闽江看了个够。龙潭角、泛船浦、台江六码头也都去看了，明天进城，去了二姐家出来后，要是有时间我们正好在城里到处走走看看。"

冯玉茹听了笑道："五弟妹，福州城说大不大，说小也不小，哪是一两天能逛透的。再说了，'三山现'说的是于山、屏山、乌山，我们倒是都去过了，至于'三山藏''三山看不见'，说的是哪几座山，我至今也没闹明白。弟妹，你说说，既然是三山藏，三山看不见，那还是山吗？教人哪儿寻去？分明是一班文人墨客吃饱了饭没事干，胡诌出来欺世盗名的，弟妹你初来乍到的，可别上了他们的当。"

金绍檀笑着对赖新珠说："三山藏，三山看不见是有所指的，只是你二嫂孤陋寡闻不知道罢了。三山藏指的是冶山、罗山、丁戊山，三山看不见指的是芝山、钟山、玉尺山。这六处只有冶山一处可以去看看，欧冶池和《三皇庙五龙堂欧冶池官地》碑的古迹还在欧冶池的边上立着。其他几处，我想就是地道的福州人，十有八九也不知其所以然。你二姐的家离乌山不远，明天可以让你二姐夫带你们去乌山上走上一圈。你二姐夫知识面广，是个不错的导游。三山中也就乌山文化底蕴最深，最有看头。"

金敏蓉在边上听说了，小心地对金绍檀说："爹，明天我也想同五叔、五婶进城。我和绮霞姑姑夏天就从文山女中毕业了，我们商量着去报考福建高等师范学校，想进城去请蔡亲家舅老爷指点些备考的方略，顺便取回些考试指南。"

金绍檀听说后对金达澎道："爹，那就让敏蓉陪她叔叔、婶婶去见她二姑姑，走动走动好了，女孩子当教师很是合适。"

金达澎听了很是高兴，应允道："好的。明天一早我就同你爷爷说去，让马车吴进城走一趟。"

一家人又闲话了一会儿，才各自回房休息去。

第二天吃过早后，金达澎将敏蓉要陪同绍城一家进城探望绮雯的事说了。金绮霞在边上听了，也说要去，金老太爷和达尊夫妇也准了，让吴妈去通知吴天亮备车去。

金绍城、赖新珠、金绮霞、金敏蓉带上敏中、敏华一行六人坐上马车晃荡晃荡地出发了，也就是半个时辰左右的功夫，车就到了南后街的范家水墨轩。

金绮雯因为妊娠反应正在家养着。突然间见到弟弟一家人来探门，分外感动，竟泪流满面。

金绮雯抹干眼泪后将敏中、敏华两个孩子揽在自己的怀中，问敏中说："几岁了？"

金敏中羞涩地望着母亲，赖新珠在旁代他答话说："在南洋和当地的孩子玩，多说马来西亚当地的土话，对福州话陌生着呢，在家中我们大人都说福州话，所以他们听都能听得明白。他们一个五岁，一个四岁。正准备着明年让敏中上小学呢。"

金绮雯建议道："让他在国内上小学好了，国内的教育水准总的说来要比马来西亚好些。"

赖新珠说："正和绍城商量着呢，只担心将他一个人留在国内，他爷爷管不住他。"

金绮雯笑道："你该不会是担心我们金家的人虐待了他们吧？他是爹的孙子，没宠坏他，就是阿弥陀佛了。"

金绮雯让边上的伙计将墙上的"天道酬勤"的横幅取了下来送到敏中手中，说："这是姑妈给你的见面礼，你知道这上边的四个字是什么意思吗？"

金敏中摇头。

赖新珠解释道："这四个字是'天道酬勤'，姑姑是希望你上了学后，不要贪玩，要好好学习，努力上进。你还记得妈咪给你讲过的铁杵磨成针的故事吗？就是这个意思。"

金绮雯又让人从玻璃柜子里取出一柄绘有美人春睡图的团扇，送给敏华。金绮雯对赖新珠说："敏华是个小美人坯子，弟妹真有福气啊，儿女双全，可以专心搞事业了。"

金绮雯送给赖新珠的是一串翡翠念珠。

金绍城和赖新珠也将从马来西亚带回来的人参东革阿里、马来燕窝、马来峇迪布料、马来头饰沙龙、宋谷和千里追风油等分送给范家的人。

金绮霞和金敏蓉见她们姑嫂寒暄过了，便将请她帮忙向蔡琪秀索取福建高等师范学校招生简章的事说了，金绮雯说："三妹和敏蓉这么冰雪聪明的人，只要认真准备，考取是没有问题的，这样吧，我让人给蔡家舅爷知会一声，请他过来，中午在安泰楼吃昼时大家见个面。他的学校正挨着乌山，吃过昼后正好让他陪你们到乌山上走走，那儿的古迹最多。"

金绍城和赖新珠说："这样最好，只是初次见面，就麻烦姐夫和蔡家舅爷，真不好意思。"

范国基上班的省府路和蔡琪秀上班的高等师范学校距南后街都不算太远。一会儿工夫，去通知的人就回来回话，说让大家先到安泰楼酒家去喝茶等着，他们一会儿便到。

果然，日当昼时，范国基和蔡琪秀都如约而至。金绮雯将绮霞和敏蓉夏天要报考福建高等师范学校和索取招生简章的事对蔡琪秀说了，蔡琪秀一口答应帮忙，说拿到资料后会让人尽快送到金家。

吃过昼后范国基要去上班。福建高等师范学校就在乌山脚下，蔡琪秀说他下午没课，可以当向导，金绮雯身子重，就不去了。金绮霞让马车吴将车赶到乌塔边上候着。

蔡琪秀带着金绍城一行人从山的东南麓拾级登山，行数十步，就到天香台。

蔡琪秀说："乌山不高，但怪石嶙峋，林壑幽胜，素有蓬莱仙境的美称。"他领着众人向西折，介绍道："这就到了冲天台，你们看这背面有'古放鹤亭'四个字，台旁'冲天台'这三个篆书石刻字是宋朝程师孟写的。所以有人说'一座乌石山，半部书法史'。"

蔡琪秀又指着众人的头上方说："你们看冲天台上边有两块夹峙的大岩石，上头横着一块天然的石条，叫作天台桥。"

众人随着蔡琪秀顺台阶前行数十步，到了道山亭。道山亭因唐宋八大家之一的曾巩作的《道山亭记》而驰名远近。

过了天章台，众人奋力攀上一小山峰，峰顶是霹雷岩。蔡琪秀停住脚步，介绍说："据说唐嗣圣年间，有一高僧手持《华严经》在此诵读，突然雷雨大震，中分两半，霹石为室。"众人听得津津有味。

从霹雷岩沿石板路步行到向阳峰。从向阳峰转北数米，便到了双峰梦。双峰梦山巅有两块巨石伏地，远望如两人沉睡于幻梦之中。两块巨石的后边是凌霄台。

蔡琪秀介绍道："凌霄台是乌山的最高点。你们看这台面宽广得很，容得下数百人在这上头站着。重阳节时，城外南台人在大庙山上登高，城里人多会到凌霄台这儿来登高、放风筝。蔡襄在福州当太守时写的《凌霄台诗》中有'缔结青云上，登临沧海滨'的名句，至今传为绝唱。从这儿向南眺望，台江、仓山的景色尽收眼底。"

　　金绍城一行人下了乌山后又去看了乌塔，然后向蔡琪秀道谢，回家。蔡琪秀指着东面的白塔说："你们下次进城时，我带你们逛于山。还有屏山上的镇海楼也值得一去。这座镇海楼建于洪武年间，现在是破败了，但曾经也辉煌过，与黄鹤楼、岳阳楼、滕王阁齐名，是座江南名楼。"

　　众人再次说谢后上了马车，马车吴扬鞭驾车离去。

166

第二十章

识时务老太爷退出商场　开新路二房头大展拳脚

金老太爷清楚要留下金绍城，必须让他有所作为，小歇两天后便让金绍檀带老五夫妇去火烧场走上一圈，让他实地体察一下金家的现状与困境。

金绍城夫妇在火烧场走了一圈回到家时，金老太爷和金达澎已等在了大厅上。

金老太爷叹道："老五，你们都看到了，这一把火烧走了我们金家的元气，一时半会怕是恢复不起来了。"

金绍城说："爷爷，你也不要太伤心了，古人都说了天无绝人之路，我们金家一定会有柳暗花明的日子。"

金绍檀接下金绍城的话说："五弟，爷爷对你和弟妹是寄予厚望的，你们走得远，见多识广，在南洋又是搞实业的，应该有的是办法。实话说吧，咱们家今年的账面上已经是捉襟见肘了，只出不进，再想不出办法的话，只怕是要靠借贷度日了。昨天爷爷在广裕楼摆宴给你们接风，使的都是他老人家的私房钱。请了台江汛台面上的人物，又刻意介绍了亲家翁，不过是打肿脸充胖子，他老人家的用心良苦啊。"

金绍城回话说："二哥，你不要再说了，家中的状况我们也清楚了，我和你弟妹都会尽力想办法的。爷爷、爹和三爸先回房歇着去吧。新珠她爸过一两天就要回南洋了，我和你弟妹下午回镜园时，会咨询他老人家的意见。他老人家在生意场上这样的风浪没少遇见过，想得出对策来的。南洋的生意有新珠的弟弟在打理，我们会在福州多住些时日，晚些日子走。"

赖新珠也说："爷爷、爹和三爸，你们放心好了，咱们金家一定不会这么一蹶不振下去，俗话说得好，百足之虫尚且死而不僵，何况咱们金家在安乐铺长短也有三百多年的根基，岂是一场大火动摇得了的？早晚会好起来的。"

晚上回到仲园后，金绍城和赖新珠将金绍檀约到自己的房中谈话。金绍檀问说要不要也将爹叫了来，金绍城说："不用了，让他老人家少操些心吧，待我们议定后再同他们三个老人说去。到如今，金家的事，说到底是咱们绍字辈的事。他们都六七八九十岁的老人了，让他们少操些心才好。"

金绍檀进屋坐定后，赖新珠沏了杯上好的茉莉花茶端到他的面前，说："二哥，你别多心，绍城刚才的意思是爷爷他们创下的这份家业，说到底还得让咱们这辈人传下去，因此我们先得有个主意。现在大哥不在了，七弟也走了，三哥、四哥又都身在江湖，自然得由我们二房的人出来担起金家的这份责任来。爹也是个年近七十的老人了。三爸年轻些，也过了六十，都到了该颐养天年的岁数了，就让他们少操些心吧。"

金绍城说："二哥，上午爷爷、爹和三爸在场，有些话我不好明说，现在只对你说了，你掂量掂量，要是可行的话，再由你给三位老人回话去。你是二哥，又长年在家中主事，在三位老人面前说话比我们有分量，比我们讲的中听。你要是觉得行不通，就当作没说，你也不用去回话，省得他们三位老人听了觉得我们不靠谱，再过些天我们也回南洋去。"

金绍檀瞧他们夫妇俩的神情，感觉到这次兄弟间的谈话似乎很重要，便小心地回道："老五，咱们是一家人，有什么话不能说？你放心说好了，只要你说的在理，即便是一时办不到，我也会替你们遮掩着，日子长了，终究要想出法子来替你们办去。办得到的，我立马办去。"

金绍城说："二哥，从表面上看，咱们家上游的贮木打了水漂，洲边锯木厂又遭了火，金家遭此大劫，木坞没了，锯木场也没了，元气大伤，看来金记木材行确是办不下去了。但是，虽然房子烧了，地还在呀，我们还是可以办其他的企业。我们在马来办了个星光能源公司，生产干电池、蓄电池。别看这两件是小物件，但用的人多，销路广，到目前为止，可以说发展得很好。"

金绍檀赞同道："老五你说的在理，生意无大小，只要认真去做，都能成就一番事业。当初你来信说到干电池时，爷爷听了后就很有兴趣，问长问短。大伯出事后，爷爷和爹都说，当时家里要是有老五生产的电光筒，大伯手上拿的是电光筒而不是纸糊的灯笼的话，就不会出事了。"

金绍城说出了自己的打算："既然爷爷认可生产电池，我们这些年又有了生产的经验，轻车熟路的，办起来应该很快就会有收益的。况且近来在湖南挖出了上好的电光锰粉。上海人精明，近水楼台先得月，前些年就从湖南进锰土生产干电池了。我们现在起家也不算晚，比起我们在南洋生产的星光牌来，会降低一成多成本，要知道我们在马来时用的电锰粉可是从非洲用船运了来的。"

金绍城稍停，见金绍檀认真在听，继续说："但是有一条，我们不能再办家族企业了。要集资搞股份制。"

金绍檀是商科毕业的，当然知道股份制意味着什么。

只听金绍城继续道："二哥你应该清楚，股份制公司是当今商界的新潮流。股份制公司与私家企业相比的诸多优势我就不多说了。股份制公司讲究的是集体领导，采用的是票决制。"

金绍城渐渐说到了他要说的："股份制企业的核心是董事会，核心的核心是董事长。董事会有表决权，董事长对董事会的决议有一票否决权。因此董事长的位子至关重要。"

金绍檀终于听明白了老五的意思，说："五弟，我是听明白了，你的意思就是让爷爷退出。五弟你设身处地为爷爷想想，爷爷为金家呕心沥血，辛苦了一辈子，现在一场大火后让他退出，不是雪上加霜吗？再说了，爷爷要是退出了，谁来主事？"

金绍城说："股份制公司是有章程的，谁来当董事长要看谁占的股多。股份多的人自然对公司的盈亏更上心，理所当然地要当董事长。依咱们家现在的情形，就只剩下火烧场的一块地了，当然这块地可以用来参股，但能占几成，二哥你应该心中有数。"

金绍檀沉默了。

赖新珠在旁插话道："爷爷的年纪大了，绍城的意思是让他老人家多休息，少操些心，在家颐养天年，含饴弄孙，享享福。我们可以给爷爷一个名誉董事长的名分，但凡公司有什么大事小事，或是难做出决断时，我们当小辈的多咨询他老人家的意见，事事尊重他，讨好他，让他当个老佛爷，不也是十分的体面自在？当然，爹和三爸是可以参加董事会的。"

金绍檀啜了口茶水，说："你们的意思该不会是让赖亲家翁当董事长吧？"

赖新珠连忙分辩道："我爹他才不想当呢，再说我们也没这意思，我爸在南洋的企业的三个大摊子：橡胶、蔗糖、电源就够他老人家费心的了，断不可能再兼任这边的董事长了。"

金绍檀听得云里雾里，问绍城说："难不成你来当？"

金绍城说："二哥，刚才我不是说得清楚了吗？董事长一职由占股份最多的人当。要是我的岳丈肯操这份心，由他当董事长也未尝不可。可是刚才你弟妹也说了，他老人家并不想掺和这事。"

金绍城也啜了口茶水，见他二哥听得认真，继续说道："我的意思是，我的岳丈要是不当的话，这位置让你的弟妹来坐。我的理由有三。第一，你弟妹毕业于台大，台大是个出人才的学校；第二，你弟妹有管理现代企业的经验，在砂拉越时她当过她爸南星公司的董事长助理，积累了不少商业管理的经验；第三，我们有南星公司的财力做后盾，在融资上就不会有太大的缺口，可以省去到钱庄借贷的许多麻烦。"

金绍城说出的一条条理由似乎是无可辩驳，金绍檀沉默了半晌，说："五弟，你就一口气将你要说的话都说了，明天一早我就找爷爷、三爸和爹说去，成不成最后还是听他们的。"

金绍城继续说出他的全盘设想，说："二哥，我思谋良久了，我们可以先易后难，先把马来星光的那个厂移植过来，叫榕光电源股份有限公司，生产干电池和蓄电池，等我们站稳脚了，再将制糖业搞起来，莆田、仙游，还有我们福清乡下的老家，有的是大片的甘蔗田。"

金绍城见金绍檀仍不说话，继续说："二哥，我初步拟了个公司董事会的名单，你说给爷爷、爹和三爸他们听，当然你得要说得委婉些，千万别说成是定了的事，你就说是在征求他们的意见。我的意思是让爷爷当名誉董事长，新珠当董事长，我当总经理，二哥你来当业务总监，咱爹当财务总监，三爸当销售部主任，三爸在咱们家原先的金氏木材行里就是这个职位，想必不会有异议的。让新珠她二叔当采购部主任，你看如何？"

金绍檀见绍城将要说的都说了，没有什么可再议的了，说："五弟，我是听懂了，也想通了，行不行得让爷爷、爹和三爸他们说了算，你们就休息吧，明天等我的消息好了。"

第二天吃过早后，金绍檀就将金绍城的话传给了老爷子。金达澎听了沉不住气了，说："老五真是犯糊涂了，怎么能让自己的媳妇当董事长、干抛头露面的事？"

金达莩听了，冷冷地说："二哥，你们家老五两口子精明着呢，这几年南洋的日子没白混。你没听刚才老二传的话？'谁占的股份多谁当董事长'，咱们金家还有多少家底二哥你心中跟明镜似的，这董事长一职爷爷只好拱手相让，当太上皇老佛爷去了。人强命不强，你没听人说过'人穷志短'

这句话吗？"

金老太爷倒是个明白人，他知道盘活金家才是当今的要务，豁达地道："我也老了，米寿都过了，退就退了吧，少操点心也好。要是老五能成事的话，就让他折腾去吧。"

金老太爷对绍檀说："但是大房说什么也得有个位子呀，就这一条，你告诉老五，让他好歹给排上了。"

金绍檀将爷爷的话传给绍城和赖新珠。

金绍城恍然道："还是爷爷想得周全，是得给都都留个位子。只是都都还小，先挂个虚名吧。"

赖新珠拍着脑袋自责说："我真是该打，怎么能将大嫂给忘了呢。现在大哥不在了，大嫂她在家中待着，又没个说话的人，整日无所事事，这样长时间下去非得病不可。大嫂好歹也是从书香门第里走出来的大家闺秀，识文断字的。这样吧，给大嫂和七弟妹在董事会里补个董事长助理的位子好了。这样大嫂有个地方可以走动，有事情做，让自己的心情愉悦起来，就不会去想那些不愉快的事了。做多做少不打紧的，给她配个秘书好了。"

金绍檀听了说好。

金绍城对绍檀说："还有最后一个股份分配的问题。我和你弟妹的意见是，金家以地产投资占股四成八，你五弟妹和赖家人以技术、资金，当然包括设备、安装、人员培训等投入，占股五成二，至于四成八中大房、二房、三房要如何分配，全听爷爷、爹和三爸的。"

见金绍檀没有异议，金绍城又说道："要是二哥回头跟爷爷他们说了，大家都同意的话，我们就开个筹备公司成立的董事会，商量请个律师，签个协议。"

金绍檀质疑道："五弟，你是不是信不过爷爷他们，怕他们食言，自己家里的事，有必要请律师吗？"

金绍城说："是公司的事，不是金家的家事。二哥，看来你的旧观念根深蒂固，得更新了。现在榕光公司是金、赖两家共股，以后发展了，还会有张三李四加盟，加盟的人越多，资金越雄厚，公司才会发展壮大。"

正所谓人穷志短，金绍城通过绍檀沟通的所有意向最终都被金老太爷、他爹和三爸认可了。金老太爷对两个儿子说："死马当作活马医，就放手让老五他们两口子折腾去，他们要是玩不转了，你们再出来收拾也不迟。"

金达莩听了后无话可说，况且现在启动资金用的都是赖家投进来的钱。

一切谈妥就绪后，赖新珠主持了榕光公司的第一次董事会，聘请常大律师楼的唐显宗律师来作为榕光公司的法律顾问，草拟并通过了公司的章程，所有的档案资料都交由蔡纹秀保存。公司成立的副本由金绍檀携去市政府工商局报备。

会后赖新珠找蔡纹秀和关珊珊谈了让她们入公司董事会的事。关珊珊说道："爷爷的意思我明白，大房的位置就让大嫂来坐吧。我已经到协和大学看过榜了，我被录取在了协大的生化系，开学后我就住校去了，再没闲心关顾生意上的事了，再说学校功课的水有多深，我自己心中也没个底，我还真没有一心二用的功力，公司的事我就不掺和了，只好让大嫂代劳了。再说了，协大离这儿有点远，来回也不方便。"

172

赖新珠见状只得说道："要是这样的话，就不为难七弟妹了。看得出来，七弟妹是干大事的，将来一定会成为名流学者的。眼前家里的这些俗事我们就替七弟妹扛着，就不劳七弟妹费心了。但这董事会大嫂是一定得参加的，这也是爷爷的意思。"

蔡纹秀说："要是这样说的话，我只好勉为其难了，在董事会挂个名好了。你们知道，我现在是心如止水，对生意这类俗事一点兴趣也没有。我知道五弟妹让我进公司是让我有点事做，是一番好意，那我就试试吧。"

赖新珠见她答应了，很是高兴说："这样最好，以后开董事会和公司的活动，我都会安排人来通知大嫂的。"

三天后赖新珠在洲边的火烧场地搭起彩棚，举行了榕光公司的奠基仪式，将市府工商局、税务局、警察局、工商联和台江汛的头面人物都请到了场，仪式后在浣花庄宴请来宾，处事的干练、周到、圆滑让金老爷子对她的能力刮目相看。

赖新珠果然不负众望，半年内就将榕光牌干电池投放市场，再半年就将榨糖的一应设备运了回来，榨糖厂开工了，还加开了一间小造纸厂，将甘蔗渣送入化浆池，生产出了纸张。干电池、糖、纸三样产品的销路都很好，供销合同雪片似地飞来，金家的事业不但起死回生，竟出现了欣欣向荣的景象。

金绮霞和金敏蓉也顺利考进了福建高等师范学校，两人高高兴兴地住校去了。都都以金敏哲的大名进了英华中学，敏杰、敏惠、敏中进了复兴小学。复兴小学是胡文虎继在田垱创办《星闽日报》后在台江汛捐资修建的小学校，二十世纪五十年代初更名为台江区第一中心小学，并在白龙庵增设了幼儿班。

金老太爷将金家分得的四成八的股做了分割。老太爷和郭姨太占个零头八股，众人明白，这是老太爷对自己身后事的安排。余下的四成股份分四份，大房、二房、三房、都都各占一份。按祖宗传下的规矩，都都是长房长孙，理应享受这份优待。

金家渐渐恢复了往日的气势，但金达蕚大权旁落，心里总觉得憋屈。

回到叔园，金达蕚对金方氏发牢骚说："说的比唱的还好听，说是什么股份公司，可怎么看都是他们二房的家天下。公司董事长、总经理、业务总监全是他们二房的，二房独大！说什么但凡大事征求老太爷后，董事会票决，他们二房人占了三票，加上他们赖亲家的一票，一共四票，都过了半了，这票还怎么投？还不是他们说了算！还不是想怎么来就怎么来，想干什么就干什么。说白了，我只是绍檀他这个总经理手下的一个销售部经理而已！现在老太爷在，大家凑合着过，要是老太爷走了，还不将我们扫地出门，没咱们三房的什么事了？"

金方氏听了，在旁冷言冷语地说："以我看啦，金家在安乐铺也待了三百多年了，该散伙了，这不正合了说书人讲的三国全归司马懿的老话。但话又得说回来，谁让咱们三房一家子人四分五裂的。在家的不成器，成器的不在家，都走得远远的，一个在浙东，一个在日本。三五个月例行公事似的来那么一封信，三言两语的，一张纸都写不满，跟我们没话说似的。在外娶妻生子，这么大的事，也就只是知会一声，三五行字也就交代过去了，哪还将这个家放在心上。"

金方氏是个强势的女人，继续说道："现在十九路军在上海跟日本人打起来了，你还是趁早将老三招了回来，收收他的心，仗要是打大了，将老三的队伍调上前去当炮灰，到头来，一不小心，弄了个和老大一样的结局，才有你悔的！再说了，老三、老六要是回来了，有老太爷撑着，在董事会里好歹也得给他们安排个位子，三鞭换两铜，也好来个势均力敌，才有你的话语权。"

金达蕚听了后心中越发不是滋味，便走出家门，到田垱街状元弄的杏花天找胭脂消气去。

第二十一章

挂头牌詹瑶娜强颜欢笑　捧花魁金达莘怜香惜玉

一晃三年，胭脂长成了大姑娘，出落得愈发水灵，肌肤丰腴，身材婀娜，面容姣好，仿佛是一颗熟透的苹果。

胭脂站台后最让老鸨不爽的是难得见到她脸上有笑容。狎客们给她取了个外号叫冷美人。为了这事，老鸨背地里和宗玉贵商量过对策，思想着要整治一下胭脂。

老鸨对宗玉贵说："她整天没个笑脸，摆着张臭脸，迟早要坏了老娘的生意。得趁早给她点颜色，打她几个板子，好收收她身上的傲气，让她清醒清醒，知道一下自己的处境，省得到了将来养虎为患，她倒做大了起来，不好收拾。到了老娘我这儿，她就得服软，若是还摆她大小姐的款，就是黄狗坐轿子不识抬举！"

宗玉贵偏袒胭脂，笑道："崔妈妈，再观察些时日好了，现在她正当红着，点她名出台的公子哥儿多到要排队预约，你这是何苦来着？恼了她，耍个性子，撂个挑子，生意受了损，吃亏的是我们。再说了，萝卜咸菜各有所爱，没准来这儿的嫖客正好她这一口，冷脸就冷脸吧，到了没生意时，再整治她也不迟。妈妈没听说过'烽火戏诸侯，千金买一笑'的故事吗？没准真有那么个冤大头，肯花大价钱来买咱们胭脂的一笑，我们何乐而不为？"

老鸨听了宗玉贵的话，隐忍着，没有发作，见点她上台的客人还真是不少，只得认了，心想："你冷就冷吧，只要不误了生意，老娘我就不跟你争这个长短了。"但是见了胭脂面时，少不了还是数落了她几句，说："你整天摆着个苦瓜脸给谁看呀？我们这儿是妓院，是娼馆，是卖笑赚钱的地方！你得明白自己的身份，趁早收起你大小姐的做派。"

胭脂听了也不还嘴，依然是我行我素。

金达莘打从认识胭脂后，没间天地到杏花天来给胭脂捧场，崔妈妈看在眼里，常当着他们的面说："三老爷，你要是中意胭脂姑娘，老身倒是有个主意。"

金达莩急道："崔妈妈请讲。"

崔妈妈说："依老身看，不如让胭脂姑娘与您老认个干亲。这是件一举三得的好事。"

金达莩说："请教崔妈妈如何是一举三得？"

崔妈妈不慌不忙地说："一则，胭脂姑娘认了干亲后，多了个人疼，老身我更省心了；二则，有了名分，三老爷来来去去，进出姑娘的房间便多了方便；三则，老身的生意多了个固定的恩主。岂不皆大欢喜。"

金达莩听了后拿眼瞧胭脂，笑说："我倒是愿意认个干亲，只怕委屈了胭脂姑娘。"

胭脂听了后不卑不亢地说："妈妈说得都对。三老爷疼我，我心中自然明白，认不认干亲并不重要。认干亲的事要是让外人知道了，包不定会多出许多口舌，万一传到了金府，会让三老爷很难堪的。"

在众嫖客中胭脂也敬重三老爷。三老爷来杏花天找她多半是为了找个说话的人，行为并不轻浮。

胭脂来杏花天时间久后，日夜想念家人，但自己又出不去，一日正在房中垂泪，金达莩见了多方劝慰。

金达莩劝说道："姑娘不必过分伤心。姑娘一定是读过《红楼梦》的。我闲来细想，《红楼梦》中晴雯与姑娘还真有一比。一样的聪明伶俐，一样的心比天高，一样的时运不济，只得寄身为奴。但姑娘比晴雯好多了，我问过崔妈妈了，知道姑娘与杏花天签的是十年的契约。十年时间说短不短，说长不长，姑娘只要咬紧牙关，过了这十年就是自由之身了。"

金达莩宽慰胭脂说："从青楼走出的人才有的是，远的有梁红玉、秦淮八艳，今人有潘玉良、董竹君。黄天荡梁红玉击鼓退金兵的事迹，秦淮河畔李香君血溅桃花扇的故事，戏文里有的是，姑娘自然清楚，我就不再多说了。"

金达莩瞧胭脂在听，便继续说："潘玉良、董竹君二人是新近出现的人物。潘玉良出了娼门后去法国留学，成了世界顶级的画家，现在在上海的美专当教授。董竹君十二岁典押入娼门，当了三年的清倌人，离了娼门后去日本留学，听说现在回来了，在上海开了个纱管厂，生意搞得有声有色。她办起事来，很有决断，很有作为。姑娘只要不自暴自弃，将来的成就一定会在她们之上的。"

胭脂含泪谢道:"胭脂不敢妄想。只是近日想母亲、弟弟、奶奶得很。"

金达莩说:"此事不难。状元境近在咫尺,我每周天都会到水部的德天泉泡澡,正好顺道。姑娘可以写封信,在下替姑娘去走一趟,回来时多少给姑娘带回点你家人的信息,好让姑娘听了后放宽了心。"

胭脂言谢之后匆匆写了家信,并托金达莩将自己积攒的一百块大洋带去给母亲。

金达莩果然不负所托,见到了沈瑞芬,并带回了一封沈瑞芬写的回信。信中无非是说托来人捎来的一百块大洋收到,奶奶和弟弟都好,请她安心,好自珍重之类的话。

胭脂含泪读完信后又让金达莩去了趟家,让母亲与弟弟去照张全家福来,金达莩也替她办到了。胭脂将这张全家福摆放在了自己的床头桌面上。

半年后胭脂又央金达莩去詹家传信。

这日金达莩去到詹家时,见到的是金蝉挂壁,以为是詹家人一时外出去了,并不为意。第二天再去时见到依然如此,心生疑惑,走近看门上的锁,竟已沾上厚厚的灰尘,方才明白这门已是锁上些日子了,便去敲隔壁的门,敲了半晌,才见到王婆露出面来。

金达莩赶紧问说:"您是王妈妈吧?"

王婆点头。

金达莩又问说:"您隔壁的詹妈妈一家子这几日去了哪儿?我来了两趟,见这扇门都上着锁。"

王婆回说:"搬走了,回南平老家了。"

金达莩急问说:"上次我来时没听詹妈妈说起搬家的事,怎么就匆匆地走了?"

王婆上下打量了金达莩一会说:"你是她家什么人?人家凭什么要告诉你自己的家事?"

金达莩知道自己刚才说话唐突了,不好意思地解释道:"我认识她家姑娘,来这儿替她家姑娘传信的。"

王婆轻蔑地问:"恩客?"

金达莩连忙摇头辩解:"不,不,是邻居。"

王婆又打听说:"先生贵姓?"

金达薴说："在下免贵姓金。"

王婆恍然道："是了，詹家嫂子临走时交代我了，说是要是有个姓金的先生来家，就告诉他以后别再来了。我也不去理会你是杏花天的恩客，还是邻居，反正这家人是搬走了，你以后就别再来这儿跑冤枉腿了。"

金达薴心想自己来了两次，不能就得这两句给胭脂回话，还是得问个明白，便缠住王婆问说："住得好好的，为什么这么急匆匆地搬了去？"

王婆压低声音说："险些儿出人命了，不搬走，等着坐班房呀？"

金达薴听了心中益发糊涂，急问说："王妈，您老能不能说个究竟，我好回去回姑娘的话。"

王婆说："既然你来了，就不是外人，说给你听听也无妨。前些天詹家的三个儿子闯祸了。在学校里将一个同学打得半死。人家告到了警察局，险些被抓走了。后来詹家嫂子托了人，赔了人家医药费和一些钱，才将这事摆平了，但是这三个孩子还是被学校开除了。詹家嫂子没了法子，思前想后只得搬家走人，回她老家南平去了。这房子托老身寻个买主，这一时半会的，哪儿去寻买家，至今都还没有出手呢。"

金达薴追问："怎么打起来了，还下了狠手？半大不小的孩子是最会惹事的。"

王婆说："还不是因为他们的姐姐。那挨打的小子说她是窑姐，白面哥，千人骑万人压的，三个孩子听了气愤不过，才联手在放学的路上将人打了。"

金达薴听了后长叹一声，谢过王婆后正要转身离去，却被王婆叫住了："你留步。瞧我这没记性的，险些儿误了事。你稍等，詹妈走前交给我一封信，说是给一个姓金的先生，我想是你了。你小等片刻，我取了信来交你带回给瑶娜。"

金达薴转回身来，站住。一会儿工夫，王婆取来沈瑞芬临走时交代的信交到金达薴手中。金达薴接过信，见信封上写着"瑶娜女儿亲启"的字样，小心地放入手袋中，辞了王婆回杏花天向胭脂复命。

金达薴告诉胭脂说，他到她家时见到的是金蝉挂壁，人去房空，心中纳闷，问了隔壁家的王婆婆，说是她妈妈带着她的三个弟弟回南平老家去了。王婆婆告诉他说，她弟弟学校的同学知道他姐姐在杏花天当妓女后都嘲笑他，她奶奶过世后，她妈妈对福州绝望了，思前想后，一走了之。

　　说罢，金达莩取出信来，交到胭脂手中，说："姑娘慢慢看信，我家中还有事，就先走了，改日再来看望姑娘。"

　　金达莩走后，胭脂关上房门，回到桌前，拆了信封，见母亲写道：

　　　瑶娜吾女，如唔：

　　　你看到妈给你留下的这封信时，妈已带着你的三个弟弟回南平老家了，从此天涯远隔，你善自珍重。

　　　妈对不起詹家，尤其对不起你。每想到你，妈夜不能寐，以泪洗面。这些天来，妈每天傍晚都到状元弄口，妈多想在离去前能再看到你一眼。

　　　妈知道你的心中一直在怨恨妈狠心将你送到了这个地方。当年妈但凡有一丁点让你奶奶和你三个弟弟活命的法子，妈断不会出此下策。你可以怪恨妈，是妈亏欠了你。

　　　现在你的三个弟弟长大了，妈不得不给他们换环境，效仿孟母三迁，带着他们离开，回到南平老家，多少有些亲友照应，只得将你一个人留在了这座伤心的城市。你可以怪妈恨妈，但不要怪恨你的弟弟。

　　　你走后，妈每天都扳着手指头数日子。今天是你离家的四年三个月零十四天。你在那种地方要处处小心提防旁人的算计，妈知道这很难很难，但你要坚持。天可怜见，你能咬牙熬过十年，我们母女有团圆的一天。你契约满的那一天，妈一定会去福州接你。你出来后，妈陪你到你要去的地方生活，咱们母女再不分开。

　　　妈带着你的弟弟走了，你多保重！

　　胭脂看完信后伤心欲绝，泪流满面，几天拒不出房门接客。

　　胭脂不接客，等于是断了杏花天的财路，急得老鸨直跳脚，又不知缘由，只得派人将金达莩找来。

　　金达莩来后，劝慰胭脂说："你的三个弟弟年纪还小，不明事理，经不住同学的嘲笑，情有可原。长大后他们自然明白你这个当姐姐的为他们做出的牺牲。你妈妈带他们离开也是不得已之举，你应该理解你妈妈的良苦用心。"

　　没多久，洲边锯木场的一场大火，烧得金家几近破产，几乎断了金达尊去杏花天的脚路。整整半年多金达尊都没到杏花天看胭脂。直到最近金家的生意上又见了起色，手头稍觉宽裕，便才又在杏花天走动了起来。

榕光公司成立后，大事小事似乎都没他什么事，金达尊只是觉得二房独大，自己憋屈，便想找胭脂说话，排解排解。

崔妈妈眼尖，一眼瞧见了才刚走到状元境弄口的金达尊，隔着老远打招呼说："三老爷，可是有些日子没见到您老的面了，又不敢上您的府上去请，愁死我了。"

金达尊连忙快走两步，趋身向前，拱手作揖说："崔妈妈您有什么事这般急着找我？"

崔妈妈说："还不是为了我那小姑奶奶耍小性子，我正发着愁呢。这几日里，不知道她发什么神经，一个人躲在房中，足不出户，也不见客，叫我这生意怎么做？"

崔妈妈唠叨说："再说了，这花国总统的大选日子眼看就到跟前了，她也不振作些精神，多联络些相好的，到时来捧捧人场，壮壮气场。她不为我想，也得为她自己早作打算才是，这分明是她扬名立万的机会，她就忍心这样错过了？"

崔妈妈口角麻利，说："今天一早，有只喜鹊落在了屋角上嘎嘎地直叫，老身我就知道今天必有贵人来，所以一早我就等在了这儿。我扳着指头数来数去，这田坮方圆几里地里，也只有三老爷您还说得动她，正盼着您老来呢。没想到果真等来了您。三老爷您老就是我们杏花天的大贵人，救苦救难的观世音菩萨，这下好了，您老来了，好好地开导开导我的这位姑奶奶吧。"

金达尊慢悠悠地道："我当是出了什么大事，胭脂耍点小性子，不是司空见惯的事吗？有什么好大惊小怪的？过一两天，让她消消气，不就什么事也没有了？耽误不了她选花国总统的。"

崔妈妈急道："这回可不一样，现在她成了大腕，动她不得了，我真拿她没辙。您进去，好歹陪个笑脸，帮我说几句软话，她多少听您的，您就让她高兴高兴，振作起来参选去，那就阿弥陀佛、天下太平了。"

金达尊说："那我就试试。"

杏花天占地足足有半个足球场大。杏花天的大门是一扇并不起眼的方形石拱门，进了石拱门便是大堂，宽敞得很。大堂左边有楼梯上去二楼，楼梯和二楼走马道的木栏杆、美人靠上都雕着花，十分精致。

楼上楼下的路径设计得蜿蜒曲折，移步换景，别有洞天，造型别致的八角形木门将百十间房子分割开来。不愧是当年一等一的妓院。

金达荨上了二楼，经过几道曲折转弯后来到了胭脂的香闺前，轻轻地唤了声："胭脂，开门，是我。"

金达荨门口外站立了好一会儿，不见里头的动静，只得再唤一次，仍不见开门。

金达荨只得提高声调，朝屋内喊话："胭脂，开门呀，你好歹开个门，咱们见个面，再轰我走不迟。"

里边这才传出了声音说："你走就走吧，也不用再来了。"话虽这么说，门闩却是应声拉开了。

金达荨轻轻地推开房门走进屋内，一眼望见正中墙上供着新紫銮名妓婉珠和浣花庄名妓红玉的遗像，靠墙的横案桌上摆着糕点、水果诸多供品，两边点着对白蜡烛，供桌前的火盆子里还留有烧过的纸灰。一屋子的纸烟味。

新紫銮的婉珠和浣花庄的红玉、杏花天的胭脂三人结成书寓三姐妹。三人色艺俱佳，都是各家当红的头牌，琴棋书画样样拿得起，平日里卖艺不卖身，陪笑不陪睡。

金达荨被屋内的烟气呛得咳了两声，不由地说："满屋子乌烟瘴气的，也不开门开窗透透气。不想活了？"

胭脂无精打采地说道："我是不想活了。再说了，我又没请三老爷来，我是在这乌烟瘴气的屋里住惯了的，这屋里乌烟瘴气的，什么都看得模糊不清，倒是更好。"

金达荨叹了口气对胭脂说："我不同你斗嘴，我知道你心里苦，但再苦也不能作践自己。红玉的事我也听说了，在小报上登的文章我也看到了，人死如灯灭，红玉是彻底地解脱了，但你又何苦活受罪来着。"

胭脂回答道："我们这些人命如纸薄，说走就走，原就没有什么好怜惜的。只可恨那些小报记者，连死人也不放过，整日里造谣生事、蛊惑人心。"

金达荨说："虽说是命如纸薄，但只要人在，便有希望，人死如灯灭，就什么希望也不复存在了。十天后就是花国总统大选的日子了，你这个样子，让崔妈妈好是担心。"

胭脂冷笑道："她与其说是担心我误了大选，不如说是怕折了她大把大把的票子。你不也担心我误了大选吗？你是在担心我的身价！你就不担心我选上后会没命？"

婉珠和红玉都是在选上花国总统后死去的。

民国初年民智大开，受欧美文化的影响，选美之风日盛，最吸人眼球、跌破眼镜的莫过于娼界的花国总统选举。

第二十二章

开闹剧民国选花国总统　闭闺门胭脂拒鸨母说客

总统的英文名叫 president。

总统 President 与皇帝 emperor 称谓的最大区别是，皇帝的称谓仅用于称呼孤家寡人的皇上一人，而 President 的称谓则可用于国中大大小小社团的头头脑脑们。政府各部门的首长叫 president，公司的总裁叫 president，学校的校长叫 president，盲人院的院长也叫 president。

上帝面前人人平等，既然你叫得 president，当然我也叫得 president。三百六十行，行行出状元，娼门也是行当。在娼门这一行当里当花魁，艳压群芳的头牌小姐，自然也称得上 president，美其名曰花国总统，确是实至名归。

国会总统可以票选，花国总统当然也可以票选。一人一票，全民公决。胜者出，败者下次还有机会，何其平等。

状元、榜眼、探花之类旧头衔已经用了一两千年，对国人说来，早已不再新鲜，正所谓好看不好吃，当在摒弃之列。花选之胜出者冠以花国大总统、副总统、总理、总长、次长之称谓更为时尚，且饶有风趣。

国人选花国总统这一招依然是上海首发，广州紧跟，大受欢迎，迅速在神州大地全面开花。

花国总统选战期间，果然是赏心悦目。大街小巷张灯结彩，仿若是过大年、做普度、迎财神爷一般的热闹。商人们目光如炬，从中看到了商机。

花国总统选战一开，首先得益的是照相馆的老板。

福州城内的鼓屏照相馆、台江汛的宜华照相馆、仓山的月宫照相馆的生意火到爆棚。各家妓院抢着请照相馆的师傅上门给自家的头牌小姐拍照。就台江汛而言，大小妓院近百家，一家宜华照相馆要为数百佳丽拍照，如何忙得过来？

照相馆将拍到的千姿百态、风情万种的美人照，放大了，放在了自家的橱窗中，让路人鉴赏。这些候选小姐的风头竟压过了上海滩的众多名星。

这也难怪，上海滩的明星数来数去，也就王人美、蝴蝶、阮玲玉、周璇那么几个，至于像蓝苹这般的二三流明星，原本就没有什么姿色，只是因为沾了上海滩的光而已，初看一眼也就罢了，天天看、月月看、年年看，早就看腻味，不再新鲜了，如何比得福州城里这些当红的雏妓？

照相馆的橱窗里换上花国里的群芳，百花争艳，自然能让人有一种耳目一新的感觉。尤其那些妓女们的服饰、发型、体态造型，也就是今人所说的 pose，都让年轻的女性争相仿效，其产生的蝴蝶效应足以让城市震动，前来照相的姑娘多到要排队预约。

西欧自十五世纪文艺复兴时期起，画坛上就推崇裸体艺术，裸体男人、裸体女人画像和雕塑随处可见，人们对此早已麻木、熟视无睹了。但国人却不一样，两千多年来大家闺秀轻易不抛头露脸，养在深闺人未识，穿着更是包裹重重，让人想入非非。二十世纪初上海画院的裸女画刚面世时社会哗然，以为有伤风化，大加鞭笞。福州城地处偏远，情色认知上自然尤为保守。

为了产生轰动效应，各家照相馆奇招迭出。丽春院的头牌姑娘名唤湘玉。丽春院老鸨与宜华照相馆推出了湘玉姑娘的透视罗纱照。湘玉身上的衣服虽然穿得比维纳斯多，但罗纱的穿透力极大，加上湘玉正当妙龄，体形曼妙，凹凸有致，更能唤起观赏者的幻觉与联想。

宜华照相馆在橱窗里摆上湘玉的玉照后，橱窗前便挤满了人，男女老少大开眼界。杏花天的老鸨坐不住了，催着胭脂去宜华照相馆，想着让胭脂的穿着更大胆暴露些，好将丽春院湘玉的风头压了下去。不料胭脂死活不去。

崔妈妈恼了，骂说："你进了我家的门，就别装什么清纯了。老娘我这儿是妓院，是养婊子的地方，你去得去，不去也得去！老娘让你脱光了，你就得脱光。还没让你上床呢，你摆什么谱！你痛痛快快地去了，照老娘我说的做去，省得老娘我上手段，没你的好果子吃！"

胭脂听了后，柳眉倒竖，说："你就上手段吧，大不了一个死！当初字据上写明白了的，卖艺不卖身，你让我脱光了不就是卖身吗？与上床有什么两样？！我是人不是猴子，休想由着你来，不信咱们走着瞧，看看谁硬得过谁！"

崔妈妈急得直跳脚，埋怨宗玉贵说："都是你惯的，她才会这么骄横，现在竟成了气候，倒做大了起来，敢直着脖子和老娘对起话来！她是屁股痒痒，找抽来着。"

宗玉贵说："崔妈妈，你消消气。这些年胭脂在我们这儿，也没少给我们赚钱，你就知足吧。俗话说得好，欲速则不达，且由着她任性些日子，慢慢地调教好了。"

老鸨虽然气急败坏，但一时也拿胭脂没辙。

服装店的老板也在花国总统选战中获益匪浅。

古话说得好：人靠衣裳马靠鞍。三分人样七分装后便能风情绰约。现今候选的花魁哪个不是天仙般的亮丽？经过时装的包裹后，一个个都成了下凡的七仙女。

服装设计师们绞尽脑汁，花样翻新，设计出了曼妙迷人的服装。高领的、低领露胸的、露肩的、高开衩的、水蛇腰的、包腚的、飘逸的、迷你型的……也着实让社会上的年轻女性疯狂着迷。

此外，与之相关的布庄店老板的生意，花店老板的生意，酒楼饭庄老板的生意，乃至黄包车夫的生意，无一不兴隆。社会上舆情鼎沸百业兴旺，政府税收大增，全社会皆大欢喜。无怪乎世界各地选美之风愈演愈烈，经久而不衰。

在花国总统选战期间，媒体也看准了时机，头版黑体大字大做广告，推波助澜。大报、小报的花边新闻日日更新，文人记者妙笔生花，得以大展才华。

在花国总统大选的日子里，政府官员放下身段，体察民情，形象更加亲民；斗筲市民也收获颇多。平日里他们囊中羞涩，别说见女校书的面了，就是书寓的门都进不去。现在好了，花魁们放下身段，扫街拜票，"卖油郎"们不但能一饱眼福，机会来了，保不定还能一触香肤，亲其手背。

事关切身利益，青楼女子更是轻易不会放过鲤鱼跳龙门的机会。她们深知一旦走红，便会如同上海滩女明星一般，不但身价上涨，财源滚滚，一步踏上上流社会，而且更有了嫁入豪门做阔太太的资本与机会。

有荒诞的时代，便有荒诞的逻辑。大抵反对花国总统大选声音最大的莫过于那些养尊处优、高高在上的名门贵妇和一些不谙世事、青春朦胧的青年女学生们了。前者多半是担心选出的花国总统抢了她们的风头，从而引发了她们心灵深处潜藏着的不安和鄙视，后者则多是为了表现她们的高雅与清纯。

福州城自五口通商以来，风化早开，喜弄风月之人自然也不甘落后，每年春秋季两次，定期举行花界的"科举"。不设门槛，全"妓"参与，选票每人一张，售价一元，极其便宜，真真保障到了人人都有参与投票选举的权利。

花国总统选举战前各家妓院发传单，打广告，扫街拜票，各显神通。到了投票日，万人空巷。会场内，参评妓女登台献艺，会场外呐喊助阵，很是热闹。

花会多由各小报主编轮流主持。这些无良文人多是嫖客，此时西装笔挺地正襟危坐在台上，扮作正人君子，主持公道，沐猴而冠，多少有点滑稽。

新紫銮的婉珠是上上届福州城的花国总统。

选上花国总统后婉珠的身价倍增，一个南洋的富商便动了邪念，找到新紫銮的老鸨儿，声言要出重金与她共度良宵。当初婉珠入妓籍时，在契约书上写明了的，只当女校书不接客过夜，现在要她卖身，婉珠坚拒。老鸨儿收了人家的钱怎甘心到手的鸭子飞去，当晚用药酒灌醉婉珠，让富商得逞了。

却不料婉珠性情刚烈，旋即吞金死了。

浣花庄的红玉是上一届的福州花国总统。富商又来了。来的是一位台湾的富商，名唤贾秦，做的是百货的生意。贾秦风流倜傥，年轻帅气，面如再世潘安，信誓旦旦说是要与她双宿双飞，红玉心动了。两人花前月下谈情说爱，感情日深。一日晚，天降滂沱大雨，雷电交加，红玉不忍心让他冒雨离去，就破例让他住了下来，这一住就是半年。两人日日如胶似漆，形影不离。

但天下没有不散的宴席。一日贾秦对红玉说他带来的钱所剩不多了，要回台湾取钱去，与老鸨儿谈定三千两作为红玉脱籍的赎金，信誓旦旦与红玉商定半年之约。半年之内我不负卿，卿不负我。第二天两人洒泪而别。

贾秦走后，红玉可谓是望穿秋水，度日如年，很是无聊，便时时翻读旧时的话本。

当看到《莺莺传》中写的"弃置今何道，当时且自亲。且将旧时意，怜取眼前人"时，将书本搁在了一边，禁不住叹了口气，暗自想到这"且自亲"中的"自"字到底所指何人？是崔莺莺吗？但买通红娘和翻墙进来的分明是张生。但要不是崔莺莺自身想入非非，张生纵有天大的色胆，焉能得逞。

再细想后边的两句，"且将旧时意，怜取眼前人"，免不了伤心感怀。想到崔莺莺毕竟是官宦人家的女儿，虽然没了父亲，但有母亲在，纵然张生抛弃了她，去怜取他的眼前新欢，但崔莺莺最终还是嫁了个好人家。而自己呢？一介烟花女子，如若贾秦抛弃自己而去，又能有谁来为自己安排终身呢？

再翻看《玉堂春落难逢夫》，觉得玉堂春的身世与自己倒是有几分的相像。但玉堂春虽则落难，颠沛流离，屡遭迫害，身陷牢狱，九死一生，结局也还是不错的。三堂会审后，王金龙最终还是认了她。人生一世，草木一秋，玉堂春算是有了个出头的日子吧。而自己的未来呢？会是个什么样的结局？

一晃间，半年的约期到了。贾秦却杳无音讯，红玉虽心存幻想，但知道事情有变，整日里以泪洗面，茶饭不思，再不见人。边上老鸨又恶言相逼，说是既然已经破了身，就不要当节女了，我们这儿是青楼、是妓院、是娼寮、是白面厝、是窑姐待的地方，不是用来养烈女节妇的，让她认清自我，痛痛快快地接客去。

再翻看话本《杜十娘怒沉百宝箱》，红玉彻底大悟，知道自己是上了贾秦的当。这个贾秦分明就是书中的孙富，是个不折不扣的奸商，其用心比李甲险恶多了。李甲对杜十娘不能说是没有感情，只是经不住孙富的鼓惑，窝囊而已，而贾秦如同孙富，从头至尾就是算计好了来的，先是用几个臭钱包养了自己半年，玩腻了后，脚底抹油，一走了之。只恨自己当初有眼无珠，才会上了他的当，才会有今日的进退两难。

红玉联想到《红楼梦》林黛玉《葬花诗》中的"一年三百六十日，风刀霜剑严相逼，明媚鲜艳能几时？""质本洁来还洁去，不教污淖陷渠沟"的诗句和老鸨儿近日来的冷言冷语和指桑骂槐，更觉凄凉，整日里伤心落泪。

再联想到当年的上海滩的花国总理王莲英。选战开时，王莲英男装上场，以一曲荡气回肠的《逍遥津》博得满堂彩，当选上了上海滩的花国总理，哪曾想数日后被人抛尸荒野？想到此，红玉万念俱灰。在五月初五那日，跳大桥追随屈原去了。

从那日起胭脂便在她的香闺里设下了婉珠和红玉的灵前桌，申明自己要为红玉守灵，七七四十九天不出门，不接客，这可急坏了崔妈妈。

金达莩劝她："人死如灯灭，活着的人要向前看才是。你这样瞎折腾自己不是白忙活吗？"

胭脂说："我们三人结拜时说好要同生共死的，现在我一个人活着有什么意思？"

金达莩开导说："'不求同年同日生，但求同年同日死'说的是套话，你怎么这么傻，连这也信了？桃园三结义，关羽死后，不也没见张飞和刘备自杀殉死的啊？你千万别犯傻了。"

胭脂争辩道："张飞和刘备他们是强人，可以兴兵报仇。我只是个弱女子，一个下贱的女人，我能有什么作为？"

说罢拿出红玉写的四首绝命诗给金达莩看："三老爷你看看吧，这是红玉留下的绝命诗。"

其一

滩上黄蒿枝叶干，风霜凛凛秋月寒。

悬悬心思无限恨，踽踽前行路漫漫。

其二

灯红酒绿夜达明，衔悲抚琴心凄惨。

琴声咽呜心鼻酸，声声只道行路难。

其三

愁云惨淡风萧瑟，魂消影孤空断肠。

纵身跳出烟花地，从此不再有悲伤。

其四

万里云山家何处，只在浩渺烟波中。

曲终人寻爹娘去，从此不再各西东。

金达莩看罢无语。

胭脂流着泪说："三老爷，你都看明白了，你要是盼着我死，就和她们一伙，让我竞选花国总统去。你要是体恤我，想让我多活些日子，就帮衬着我，回绝了妈妈的话，让她彻彻底底地死了这条让我选花国总统的心。"

金达莩承诺道："胭脂姑娘，我是不会为难你的。一会儿出门时我就同崔妈妈说去，让她不再逼你，这回成全你罢选，你且放宽了心好了。"

金达莩出门时见到老鸨儿，对她说："崔妈妈，胭脂竞选花国总统的事，我说也说了，劝也劝了，我该做的都做了，她是铁了心地不去参选。依我看，你就不必再去逼她了。逼急了，物极必反这道理你是懂得的，她要是一时想不开，生出变端来再收拾就迟了。婉珠和红玉便是前车之鉴，不可不防。"

老鸨儿抱怨道："三老爷，你说，这么好的机会摆在眼前，她怎能就这么死心眼、看不明白呢？我拍胸脯对你说，这回她参选去，要是选不上，算我走眼，我挖出眼珠子来给你！三老爷，你也是街面上走动的人，你数数看，这周边的几十家院厝里姑娘的才艺品貌，有哪一个比得上我们家的胭脂？不去真的太可惜了，到嘴边的肉就这么丢了，越想越觉得窝心，越想越是心有不甘。"

金达莩说："岂止是田垱。就数福州城里，无论哪处，哪家的姑娘都比不上咱们的胭脂姑娘，这个我是清楚的。但胭脂有胭脂的想法。你设身处地替胭脂她想想，婉珠、红玉不都是在选上了花国总统之后出的事吗？这样的结局能不让她心寒？再看看，新紫銮和浣花庄两家，原来生意好好的，花国总统大选后她们得到了些什么？白白地折损了自己的角。婉珠、红玉走后，新紫銮和浣花庄人走茶凉，到头来也没落下什么好。在下看来，胭脂她呼声最高，能选上而不去参选，才是最给你来钱的招。"

老鸨儿问说："此话怎讲？"

金达莩说："这不是和尚头上的蚤子，明摆着的事吗？崔妈妈你细细想想，现在周边上的人，人人都认为胭脂这次参选花国总统如探囊取物，非她莫属，而她却高高挂起，不屑一顾，最后罢选了，这是多大的新闻？这消息传出后，你杏花天的这道石门框不被记者挤塌了才怪呢！"

一经点破，老鸨儿幡然大悟，说："还是三老爷看得透彻，那我就不逼她了，随着她的性子闹去吧。"

金达莩说："这是上策。崔妈妈你放心，你的生意我一直留着心的。以后但凡有商客来，我只在你的杏花天谈生意，谈完生意，这些客人都归你安排好了。"

老鸨儿感激地说道："既然胳膊拧不过大腿，小姑奶奶死活不乐意，老娘我也只好认栽了。所幸有三老爷你这么一直罩着我们的生意，还真该对三老爷说声谢谢。"

　　金达莩说："今天我还有事，改日再来叨扰。"说罢向崔老鸨拱手作别，出了杏花天的门。

第二十三章

心有余力不足闽变收场　金绍添奉将令回防闽都

自王审知入闽以来，福州城因地处东南海疆，远离了中原的战乱，偏安一隅，莺歌燕舞，竟成了名副其实的有福之州。有诗为证：

秦汉裂疆土，闽越封无诸，开边拓地王审知，宵衣旰食，栉风沐雨，历经褴褛筚路。可怜霸业转头空，江河留不住。大庙山上钓龙台，往事皆荒芜。三坊七巷，王谢堂前燕归何处？只留得安泰河边，荔枝绛桃，如歌如诉。双抛桥下，缺哥望小姐，痴心成玉铭倾慕。田垱双杭，灯红酒绿，如痴如醉。坐看苍霞烟雨，龙潭夕照，帆樯无数。酒逢知己，觥筹交错。闲话古今，醉卧杞庐。

福州城只是在五口通商之后才声名鹊起，细细想来，在过往的两千多年里，发生在福州城里可以载入史册的大事，大抵只有四件。

头一件事发生在南宋德祐二年（1276），元军攻破南宋王朝的临安都城，俘虏了谢太后、恭帝，赵昰、赵昺南逃。当年的五月初一，赵昰入福州城，被陆秀夫众人拥立为帝，称为端宗，改年号为景炎，建立了宋家的流亡小王朝。

然而不及半年，当年十一月元兵直逼福州，端宗从福州城南林浦的绍岐古渡口匆匆登船，亡命天涯，而后是陆秀夫怀抱幼帝跳海自尽。前后也就不过半年的时间。

第二件事发生在明朝。崇祯帝在煤山上吊殉国后，福王朱由崧监国于南京，后即皇帝位，改元弘光。随后清军南下，扬州城破，不久南京陷落，弘光帝被俘。唐王朱聿键在郑芝龙、黄道周等人的拥立下，称帝于福州，改元隆武。历时一年又五十一天，福州城破，隆武帝被俘后绝食而亡。

第三件事发生在清朝。清光绪十年（1884）法国远东舰队司令孤拔率舰六艘入侵福州马尾港。开战前，法军虎视眈眈，清军畏首畏尾，在气势上先失了三分。是年七月初三，法舰首先发难，进攻福建水师各舰，守军仓皇应战，被法舰的炮弹击沉两艘，重创多艘。战斗不到一个小时，福建水师告败，史称马江海战。

第四件事发生在民国。1933年11月20日，十九路军将领联合国民党内李济深、陈铭枢、蒋光鼐、蔡廷锴等人在福州南校场召开誓师大会，成立反蒋政权，定国号为中华共和国人民革命政府。1934年1月15日，蒋介石军队开进福州。人民革命政府和十九路军总部分别迁往漳州和泉州。继而泉州、漳州失守，闽变失败。史称福建事变。头尾不足三个月。

综观这四宗大事，有两个共同的特点，其一是事件的时间短，最短的是一个多小时，最长的也不过是一年又五十一天；其二是在福州起事者有，成功者无。

闽变发生时，金绍添驻军浙东，迅即奉命前往福州平叛。部队到达马尾时，就传出十九路军南撤、事变和平落幕的消息。

闽变发生后南京国民政府派浙江人陈仪来闽省主事，任省长兼绥靖主任。

陈仪在北伐时与金绍添有过一面之缘，记得绍添是福州人。陈仪此番出任闽省省长，自然想有一番作为，决定采用闽人治闽的方略，遂提升金绍添为军部的军需部部长，挂少将军衔，参赞省府军政事务，仍随军留驻马尾。

北伐完成后，金绍添随军在宁波呆了将近六年，娶了宁波人王玉凤为妻。

宁波乃龙兴之地，好生了得。只要是个宁波的土著，远溯几代人，大抵都能和溪口沾上点关系。金绍添的这门亲事是他的老上司给包办下来的。金绍添正当年，不想因此得罪上司而断了自己今后的晋身之阶，便答应了。

大凡是成功的男人，都不喜欢受制于内，因此女强人通常是不被人待见的。舞台上多有状元娶公主的戏码，但查看史迹，却都是子虚乌有，望风捕影的事。何也？盖因状元公当属能力超强，自信心满满的成功人士，犯不着在强势的公主阴影下讨生活。状元娶公主的故事多是文人为满足人们对美好的向往而杜撰的。但攀龙附凤，不啻是升官发财的捷径，利弊权衡之下，政治联姻，不失为明智之举。

王玉凤虽只是宁波富商的女儿，没读过几天的书，但仗着有溪口的亲戚做靠山，平日里娇宠蛮横。金绍添明白其中的厉害，知道如何处置，倒也相安无事。婚后生了二男一女。男的名唤敏文、敏学，女儿叫敏芮。这次因为是南下平叛，不带家属，就将他们留在了宁波。

十九路军在上海和日本人干仗时，顶能打的，旷日持久，歼灭日军过万，和日本人几乎打成了平手，令国人景仰。

十九路军起事后，原以为这支部队是块难啃的骨头，不经过几番较量，不死个成千上万的人，这块硬骨头是啃不下来的。没想到部队刚到福州城外围，十九路军全南撤了，全军上下不免松了口气。

金绍添在马尾随军休整了几日后，见平安无事，又近在家门口，便向军部请了一周的假，回家省亲。

虽是冬日，但风和日丽，是个艳阳天。金绍添一早带上吴海中和两个卫兵，坐着军部的快艇一眨眼的工夫就到了家门口，台江第一码头。上岸后有马车吴接着，一溜烟回到了安乐铺老家。

吴海中跟着三少爷也一路升官，现在是金绍添军需部装备科的少校科长。

得知金绍添衣锦荣归的喜讯，金家上下一片欢腾。

金老太爷吃过早后，就在郭姨太的搀扶下来到了一进的大厅，分派活计，让众人忙乎去。他让依福和阿贵坐马车吴的车到第一码头接人，让吴妈和杏儿在门口候着，见到马车回时立即通报，让绍檀领着众弟妹都聚到厅堂上来。他和郭姨太、达澎夫妇、达莘夫妇安坐在拱座椅上，喝茶候着。

大厅角的自鸣钟刚敲过九下，杏儿来报说见到吴叔的马车回到巷子口了。金老太爷兴奋了起来，放下手中的盖碗茶，招呼绍檀："老二，你带着孩子们到门口接去。"

金老太爷昨晚在点数人口时发现留在他身边的绍字辈的孙子仅有绍檀与绍城两个。这前后没有几年，长房的人接二连三地走了，想到此老人心中不免阵阵悲凉。因此每一个孙儿回家，在老人这儿都是大事。

金绍城和赖新珠吃过早，向老太爷请安后就出去了，说是公司的早上例会是缺席不得的，但吃昼时一定会回家来见三哥。榕光公司草创之初，事无巨细都得他们小心应对，老人理解，让他们去了，但叮嘱他们一定要回家吃昼。

金绍檀听到爷爷招呼，笑道："爷爷，都都、敏惠、敏杰他们上学去了，敏华早让杏儿带到门口候着去了。"

说话间，金绍添和吴海中转过了屏风，进到大厅的回廊上。

金老太爷拄着拐杖要站起身来，被金达荨按住了："爹，您就坐稳当了，等着绍添来给您老叩头好了。"

金绍添和吴海中急步上前，要行大礼。金老爷子拦住："免了，免了，回来就好，坐下说话。"转脸对达荨说："派人去嘉宾楼订了送餐没有？"

金达荨回道："让阿贵去了。"

金老爷子点了点头

金方氏接话说："已经让吴妈和杏儿去叔园整理房间去了。让她们打扫干净后点上香，熏上一阵子，今天的太阳好得很，正好晒一会儿被褥。暖烘烘的，夜里才好睡。"

金老爷子见吴海中还站在边上，说："海中，你也赶紧回家去吧，你要是在这儿待久了，你老爹、老娘该在背后说我扣着你不放，保不定在背后说我是个老昏聩呢。"

吴海中说："老太爷您说笑了，我爹刚才在车上见着了，硬朗着呢。那我回去见老娘去了。"

金老太爷挥挥手，笑逐颜开地说："去吧，去吧。"

吴海中走后，金老爷子问绍添："老三，怎么没见你媳妇和孩子跟着回来呀？"

金绍添回道："爷爷，这次回来是托了十九路军的福了。原以为是来打仗，而且是打硬仗，哪能带家眷？没想到什么事也没有，这不因祸得福了吗？分明是老天爷见我离家久了，他老人家眷顾我，特意给我安排了这么个机会，让我回家来给爷爷、二伯，还有我爹、我娘请安来的。等消停些日子后我就派人接媳妇孩子他们去。"

金老爷子说："这样最好。"

其实金绍添在马尾安营扎寨后就派人拿着他的信去宁波接王玉凤母子来，王玉凤接到信后丢到了一边，对来接她的小兵说："你回去告诉你的长官，马尾那个破地方我们是不会去的。几时他到上海或是杭州驻防了，再来接我们不迟。"

当兵的回去，向金绍添如实汇报。金绍添听了，一脸苦笑说："由她去吧，这世界这么大，谁离不开谁呀。"

一会儿工夫，金达澎、绍檀、绍城、新珠都闻讯回来了。一大家子人挤满了大厅。

金老爷子吩咐吴妈说："这几天仲园和叔园的小灶就不用了。你让依福多做几样福州菜，老三这些年在外闯荡，有上顿没下顿的，一定想吃福州菜了。再让阿贵上嘉宾楼订几样可口的，送了过来。在二进的厅堂摆上二桌，一家子人好容易聚齐了，各房不吃小灶了，昼和暝都到厅上吃好了。"

吴妈说："是的，团圆嘛，吃饭时就得围着老太爷团团坐，圆烙烙的。"

说话间，敏哲、敏杰、敏惠、敏中也都放学回家来了。金绍添让敏中、敏华上前来，摸着他俩的脑袋瓜子对两个小孩说："伯伯这次回来，什么礼物也没给你们带，下次回来，一定补上。"说着还是从口袋里摸出两枚空子弹壳来，放在嘴边吹出声响，说："一人一个，拿去玩吧。"

赖新珠说："三伯，见外了。我们不是也没给侄儿、侄女准备礼物吗？你看，你这突然间就回来了，高兴得爷爷、三爸、三婶他们心里都乐开了花，笑得合不拢嘴了，这不就是最好的礼物？"

金绍添说："我走了这么些年，家中的变故也都听说了，亏得弟妹你能干，咱们金家才又兴旺发达了起来。说你是我们金家的大功臣，当之无愧啊。"

赖新珠说："三哥此言差矣。我能有多大能耐？还不是托了祖宗的福，托了爷爷的福。我们做晚辈的只是尽力而已。三哥你这肩上的将星闪闪发光，才是光宗耀祖呢。"

金绍添正要问绮霞和敏蓉去哪儿了，两人翩然而至。

金绮霞刚拐过屏风就嚷开了："三哥，你回来得正好，省得我们再去跑冤枉路，受小人的气了。"

福建高等师范学校是两年制，金绮霞和金敏蓉在夏天时就毕业了，原说好要当中小学教师的，临到毕业，两人却变卦了，不想当孩子王了，说是要另寻出路。

既然不想当老师，金绍檀的意思是让她俩都到榕光公司来，公司的业务正在扩展，急需用人，与其去社会上招聘，不如用自家的人来得放心。金达萼也是这个意思，心中还盘算着，让绮霞在公司干些日子后提名她进董事会，好从二房手中分一杯羹。但是她们俩的自我感觉挺好，自有主张，对榕光公司不屑一顾，这几日忙着在外找事做，却一直无果。

今天她们俩去了华南女了文理学院。学院人事处出来两个女办事员，年纪都在四十岁上下。两个老女人略翻了一下她们的履历，一番话让她们认清了自我。

老女人说她们俩的文凭太低。福建高等师范学校的文凭，只配当孩子王，应当到中小学去应聘，华南文理学院这儿是做学问的地方，文理学院要的是有海外背景的名牌大学毕业生。一句话，让她们俩识趣走人。

金绮霞从小到大哪受过这种气，反驳道："说我们文凭低，可我们毕竟还有文凭。你不看报纸是吗？华罗庚有文凭吗？初小毕业受聘于清华；沈从文有文凭吗？受聘于武汉大学；钱穆有文凭吗？受聘于燕京大学；齐白石、巴金有文凭吗？不一样是大师！再说了，华南女校的文凭也高不到哪儿去！也不拿镜子照照自己的嘴脸，竟敢这般放肆地说大话。"

说罢话，金绮霞拉着金敏蓉愤愤地往外走去，走到门口边上，金绮霞仍不甘心，又丢下一句话："狗眼看人低！"气得华南女校人事处的办事员两手发抖。

金敏蓉轻轻地牵拉金绮霞的衣襟，小声地说："小姑，我们是来求职的，不是来吵架的，人家不要，咱们走开，两不相欠，犯不着同她们还嘴。"

金敏蓉在金家地位特殊。金家人，尤其是金老太爷、达澎夫妇都认为敏杰、敏惠是金敏蓉招弟招来的，她是敏杰、敏惠的护身，平日里都对她很好。

金敏霞说："就你好脾气。没听人说吗？马善被人骑，人善被人欺。气死我了！"

两人正窝着口气回家，却意外地发现家中回来了个有实力、能办事的贵人，真可谓是踏破铁鞋无觅处，得来全不费功夫，真真的让她们喜出望外。

金绮霞冲着绍添嚷道："三哥，这回你可得帮我，我们俩这几天没少被人欺负！"

金绍添打趣道："谁有这么大的胆，敢欺负咱金家的三小姐，说出来哥替你出气！是骂死他，还是打死他，你说了算！"

金绮霞嚷道："三哥，你别逗我，骂能骂死人吗？"

金绍添笑说："能啊，《三国演义》中不就有诸葛亮军前骂死王朗的故事吗？"

金绍添手舞足蹈，绘声绘色地表演起来："话说孔明与王朗在阵前对骂，孔明指着王朗的鼻子骂说：'汝既为谄谀之臣，只可潜身缩首，苟图衣食；敢在行伍之前，妄称天数耶！皓首匹夫，苍髯老贼！汝即日将归于九泉之下，有何面目见十四帝乎！王朗听罢，气满胸膛，大叫一声，撞死于马下。'"

众人听了大笑。

金绮霞赌气说："三哥，我不跟你说笑了，我和敏蓉毕业了，要找事做，这件事，你得替我们兜着。"

金绍添拍拍胸脯说："一个是我亲妹妹，一个是我亲侄女，不看僧面看佛面，有爷爷、爹妈在，我会不帮？说吧，你要找什么样的活，哥替你想办法。"

金绮霞单刀直入，问说："那你先说说，大学毕业生到你那儿能当什么样的官？"

金绍添说："最多给个中尉吧。"

金绮霞拍手叫好说："那好，我和敏蓉就到你们那儿当中尉！"

金绍添听了倒也干脆，笑着，当即表态说："敏蓉可以，但你不行。"

金绮霞问说："为什么？！"

金绍添一本正经地说道："没为什么，因为你太厉害了，我管不了你呀。你瞧你，爷爷和爹妈都管不了你，我管得了你吗？你要是去了，野马似的在军营中乱闯，不全乱了套吗？敏蓉可跟你不一样。她乖巧，听话，最要紧的是她不会给我惹祸。"

众人听了又大笑了起来。

金绍檀帮着绮霞说话："三弟，说哪儿的话，敏蓉要是能在你身边做事，我们能不放心吗？"

金绮霞赌气说："三哥，你不是担心你管不了我，而是怕我管了你，坏了你的好事！"

金达尊呵斥绮霞说："怎么说话的，越说越离谱，越说越不像话了！一点儿规矩都不懂！"

金达尊对儿子说："你别理她，她这人上半夜肖鸡，下半夜肖鸭，主意多的是，也变得快。前一阵子先是闹着要和吕主编家的萍萍去北平上大学。

临到考试了，她想必是暗自称了一下自己的斤两，清楚自己不行，过不了考试这一关，便说不去了。人家萍萍可是实打实地考上了燕大。萍萍走后，她又掺和上了敏蓉，要上省高师，说是要当老师。好不容易攀上了蔡家大舅这条线，上了省高师。现在毕业了，又不想当老师了。她这人时时花刻刻变，一时韭菜一时葱的，谁也不知道她打的是什么主意。老三，你别理她，权当她是自言自语说胡话好了。"

金绍添见绮霞在众人的笑声中显得有点狼狈，怕她伤了脸面，真的生气了，连忙给她台阶下，笑着脸说："三妹，别生气了，哥是逗你玩的。这样吧，你可以先到省府秘书室当个文秘，正好你二姐夫也在省府当差，彼此间好有个照应。至于敏蓉，只要二哥同意，敏蓉就跟了我吧。我那儿正缺个机要秘书，这位子得是自己人坐，我才放心，敏蓉去了正合适。一个从军，一个从政，以后你们俩军政联手就可以包打天下了。"说罢哈哈大笑。

说话间二进厅堂上的饭菜都摆上桌了，金绍檀招呼大家起身进去入座。

饭桌上，金老爷子问绍檀说："派人去魁岐通知老七媳妇回来了没有？"

金绍檀回说："巧了，吃过早饭后，我原是想去关亲家家，将三弟回家探亲的事知会他一声，让他通知七弟妹回家来彼此见个面。我刚走到关家门口，就遇到关亲家提着菜篮子出门来，说是来给您送海鲜。关亲家说，七弟妹的姐姐和姐夫一大早送来一筐的海鲜，他挑出了几尾肥大的给您送了来，让你尝尝鲜。我将鱼筐接了过来，嘱咐阿贵送到了厨房，顺便将三弟回家的事对关亲家说了，让他传话给七弟妹。"

正说着，吴妈端着盘醋熘黄瓜鱼上桌，金绍檀指着盘子说："这黄瓜鱼就是早上关亲家送来的，又肥又新鲜，爷爷您快尝尝。"

金绍檀接着继续道："关亲家说，既然今天咱们家忙，他就不进去找您唠嗑了，还说他大闺女两口子将货送到鱼铺后还会来家，他会让他们回去时顺道在魁岐靠个岸，上协大去告诉七弟妹一声。正好傍晚还有一班上福州的船，要是能赶上，就让她赶这班船回来，要是赶不上这班船，明天准会回家，请爷爷放心好了。"

金老太爷听了频频点头。吃过昼，郭姨太扶老太爷回房，大家散了，各自回屋休息去。

第二十四章

庆团圆金府唱三天堂会　增福寿盛世奏十番音乐

午后金府回家来了两拨人。一拨是大小姐金绮云和她的姑爷高时良，带着她们五岁大的女儿高崎玉。另一拨是二小姐金绮雯和她的姑爷范国基，带着她们二岁大的儿子范家伟。

金老太爷安排她们两家在东西的客房里住下，并让吴妈通知依福，晚宴要准备三桌的饭菜，在一、二进厅的横梁上都要点上汽灯，让金家里里外外敞亮起来。

金老太爷高兴，对众人和绮云、绮雯，还有两位姑爷说："这回回家，你们就多住上几天，不要急着回去。我们金家许久没有这般的景象了。我想趁这次机会寻点乐子，找个戏班子来，唱三天的堂会。你们看如何？"

几个小孩听了高兴得手舞足蹈，金绍檀提议说："爷爷，三天都唱大戏太闹腾了，那些大戏的剧目，我们大抵也都看过，多看就不新鲜了，不如一天一花样，爷爷看成吗？"

金达尊也说："老二说得是，我看不如这样，头一天就请戏班子来敲锣鼓，图个热闹，喜庆开场嘛。第二天请黄天天来唱评话，不闹腾，乐得耳根清爽。在福州城里黄天天与'曲蹄仔'齐名，以话语幽默、逗笑见长。第三天请上杭的伬唱班和茶亭的鹤鸣皋班的人来。先来个二人伬唱，末了再来个奏十番。开头热闹，收尾也热闹喜庆，您老看如何？"

金老太爷听说要请茶亭的鹤鸣皋班来奏十番，想起他在吸江亭中与甄子建的谈话，连连点头说"好"。

闽剧、伬唱和评话是福州文明史的活化石。

闽剧是明末从江西弋阳腔传入福州后与方言小调逐渐融合形成的。先是由生、旦、丑三个角色构成"三小戏"，后来吸收徽班、京剧的分行，行当越趋细致，有十二角色，即小生、老生、武生、青衣、花旦、老旦、大花、二花、三花、贴、末、杂等，相当齐全。民国时著名的闽剧班有善传奇、赛天然、旧赛乐、三赛乐、新国风。

198

伬唱酷似苏州的评弹和北京城的京韵大鼓。是福州民间卖唱艺人搜集散曲、小令、山歌、小调，在堂会上传唱戏文。民国时期，特别是二十世纪三十年代，平讲伬大盛，著名伬社就有女班游月宫、步蟾宫、胜三乐、筱龙凤、小小龙凤等。

伬唱虽分"独""双""群"和"戏"四种登台形式，但独演极少，多为两人或两人以上的弹唱。

福州评话形成于明末清初，相传是柳敬亭的大弟子居辅臣到福州双门楼授徒传艺而流传下来的。

福州评话艺人用一只铜钹、一枚板指、一块醒木、一把纸扇、一条手帕和一张桌子，便可登台演出。评话艺术讲究唱、说、做、花，唱词与说白交替，曲调优美。说书人时不时以铙钹敲点和醒木击打桌子，渲染气氛，面部表情夸张，形体动作传神。

诉牌是评话艺术中的精粹。评话先生唱诉牌时，手中的箸交替着急速敲打桌沿和钹，口中吐音急速、准确、清晰，钹震动指环发出颤音，极富有情感，多用于含冤女子如《玉堂春》中的苏三、《六月雪》中窦娥在公堂上的诉白。

金老太爷对金绍檀说："这样最好。你去安排吧，再问问老三他喜欢听什么戏，最好把戏目也定了下来。"

金达莩知道老人喜欢热闹的戏，便说："闽剧请旧赛乐班子，点一出《贻顺哥烛蒂》。评话请黄天天，点《火烧红莲寺》。伬唱请上杭的筱龙凤班子来唱《王莲莲与甘国宝盘答》。伬唱完后是奏十番，就请茶亭的鹤鸣皋班来。爹，您看如何？"

金老太爷听了点头表示满意，又吩咐金绍檀道："搭台子的事就交给你去办了，我们不张扬，关起门来，自娱自乐好了。开演前到对门将关亲家也请了来。"

金达莩说："爹，我们即便关了门，锣鼓声还是会传到外边的，到时门口聚来一班吵着要看戏的人，我们是开门，还是不开？开门的话，我们金家的院子也挤不下百十号的街坊邻居，要是不开门的话，岂不坏了咱们金家的名声？"

金绍檀想了想，给出了解决的办法，说："爷爷，我想不如这样。我们请旧赛乐班的人来唱大戏。头两天就放在洲边的戏台上演，第三天才到家里唱堂会，就说是单给爷爷您看的。老人家怕风、怕吵，前两天没法去洲边的三角埂看戏，只好请在家中演，给补上，请乡里厝边的人见谅。大家都是通情达理的人，也白看了两个晚上的戏了，三天后应该就不会再有不明事理、来咱们家门前生事的了。"

金老太爷听了，点头表示赞同，嘱咐绍檀说："老二，你去请十番前，先去一下甄教授家，就说我们家堂会要奏十番，你要上茶亭鹤鸣皋班请师傅，问他想不想同去。"

金达尊笑说："爹，您糊涂了。甄教授是世上高人，请他来听堂会他都未必肯赏脸来。这大白天的，你让他屈尊陪老二去茶亭鹤鸣皋班请人，他会去吗？俗话说物以类聚，人以群分，鹤鸣皋班都是些走江湖的艺人，和甄教授不合群呀。"

金老太爷神秘地笑了笑："会去的。要不咱们打赌。第三天晚上我还要请甄教授两口子来听十番，正好借这个机会让甄教授和鹤鸣皋班的人交个朋友。"

金达澎不解说："爹，哪有父亲与儿子打赌的。爹，您就说说，您为什么认定甄教授会跟老二去茶亭请鹤鸣皋班？"

金达尊也来了兴致说："爹，这回我们是真不懂了。爹，您怎么想到让甄教授和鹤鸣皋班的人交朋友这档事的上头去了。再说了，甄教授为人清高，他会来凑咱们家堂会这个热闹吗？到时还非得您老亲自去请，您要不去，我想咱们偌大的金府没人请得动他的大驾。他要是摇头说不来，咱们丢了面子，岂不难堪？他自上回遭了贾思真的暗算后，晚间是极少出门的，更不会去声色场所凑热闹，正所谓一朝被蛇咬，十年怕井绳。"

金老太爷也不好再吊众人胃口，说："说你们不懂，你们不服。我告诉你们，甄教授最近在写一本《十番音乐与秦腔之比较》的书，正在收集资料，缺的正是与鹤鸣皋班这样艺人直接接触的第一手资料，现在我来给他搭桥，他能不乐意上路吗？甄教授准来听奏十番。你们等着瞧好了。"

众人听了恍然大悟。金绍檀恭维道："爷爷果然是个高人，看人看得准准的。"

金家和甄家虽是邻里，但平素里并无太多的来往，上对方门内聚会的事极为罕见。金绍檀敲开甄家大门时，还着实让甄子建在心里嘀咕了好一阵子。

金绍檀行礼道："甄教授冒昧得很，打扰您了。"

甄子建诧异地问说："二少爷，有事吗？进来坐坐？"

金绍檀说："没什么大事，说了就走，就不进去麻烦了。爷爷让我来知会您老一声，明天上午爷爷差我去茶亭的鹤鸣皋班，请师傅来我们家唱堂会奏十番。爷爷让我来问问甄教授是否有兴趣和我同去鹤鸣皋班，认识些民间奏十番的艺人？"

甄子建听了果然兴奋，而且十分感动，欣然答应说："难得老太爷一直将这事记在心上。好啊，机会难得，你去时来叫上我，明天我们一同前去。"

第二天，甄子建带上了他从美国带回来的相机，跟金绍檀坐着马车吴的马车去了。金绍檀找到了鹤鸣皋班的班主，将邀请鹤鸣皋班到金家唱堂会的事说了。

鹤鸣皋班的班主名叫董耘。董班主见是来生意了，自然热情，请金绍檀与甄教授进屋内喝茶，细谈。

金绍檀对董班主说："我们家老太爷是个上岁数的人，太嘈杂、粗犷、热烈的锣鼓和打击乐就不要上了，多来些清幽的、优雅的、抒情的吹奏乐。"

董班主点头，满口答应说："你们是东家，当然是你们说了算，我们会尽量满足你们的要求。"

二人最后议定了三个节目：《万年欢》《五凤吟》和《湖光柳色》。谈完买卖后金绍檀向董班主介绍甄子建，说："这位是协和大学的甄教授，他正在写一篇介绍你们十番音乐的文章，今天特意和我一同来，就是想和你们交个朋友。"

董班主立即起身向甄子建抱拳致意，说："草野艺人，请甄教授多多指教。"

甄子建也连忙站起身子，还礼说："在下是十番音乐的门外汉，今天登门是来求教的，请不吝赐教。"

董班主高兴地满口应下："我们都是些没文化的乡野粗人，先生想了解些什么，尽管问吧。"

甄子建客气地说道："今天咱们算是认识了，今后我会常来这儿走动的。今天我想拍一些十番乐器的照片可以吗？"

　　董班主爽快地答应了。十番音乐阵容强大，上台演奏的人多达二三十人，董班主让各人报出各人手中的乐器名字，让甄子建一一拍了照。临走时甄子建给董家班拍了一张集体照，对董班主说："你们去金家唱堂会时，我会将洗好的照片给你们的。"

　　金绍檀回到家后将去鹤鸣皋班请十番的事向爷爷作了汇报。老人听了十分满意。祖孙俩正说着话，吴妈进来报说七少奶奶回来了，金老太爷让吴妈到叔园请三少爷出来，彼此会个面。

　　一会儿人都到齐了，金绍添笑着对关珊珊和众人说："这一年多来辛苦弟妹了。我回到家后细想起来，七弟妹和五弟妹在我们金家最困难的时候做出了杰出的贡献，是我们绍字辈兄弟最该感谢和敬重的。今天大家都多敬她们几杯。"

　　关珊珊说："三哥言重了。我们能有什么作为，还不都是仗着金家祖宗的庇佑？今天是个高兴的日子，我正要向爷爷和大家报告个好消息。"

　　金老太爷咧着嘴笑道："是什么好消息，快说吧。绮霞是个急性子，要是惹恼了这位姑奶奶，就是好消息也变成坏消息了。"

　　关珊珊回道："校长办公室通知我了，我公费去美国宾州大学留学的文件已经来了，可以打点行装了。"

　　金绮霞听了多少有点忌妒，忍不住问说："什么好事都让七嫂给摊上了。几时走啊？"

　　关珊珊笑说："说走就走。但正式开学时间是秋季，还有三四个月的准备时间，主要是要与那边的导师与学长沟通些信息，处理些比如买船票、租房子之类的琐事。"

　　金老太爷听了后却高兴不起来，但面上不好多说，对金绍檀挥挥手，让他尽快准备三角埒演出和堂会的事去。

　　金绍檀将洲边演出的事交给阿贵去办，让阿贵一早在长廊上贴出告示，告示中写明金府庆三少爷荣归，合家团圆，在洲边请戏两天，戏目是《打金枝》和《夫人城》，欢迎众乡邻前来助兴。

　　洲边三角埒的会演后，到了第三天就是金家的堂会了。金家人早早地吃了暝，到一进大厅内，各就各位，只等好戏开场。

　　戏台子搭建在一进的天井，背靠着屏风，正对着大厅。第一天的《贻顺哥烛蒂》是文戏，因此不必给演员留下太大的打斗和翻跟斗的空间。第二天评话，第三天筱龙凤的双人伬唱和鹤鸣皋班的奏十番是曲艺，只需几张台桌就足够了。布置妥帖后，金绍檀请爷爷和几位老人来看了，都说好。金老太爷说："老二，只一件事，这台子的四周光秃秃的不好，你搞点彩带来披上，弄得喜庆点才好。"

金绍檀回说："爷爷想得周到，我马上让阿贵上中亭街三多绸布庄剪几丈红绸来披上。还有一件，明晚开演前我们要不要放炮仗？要是放了炮仗，邻里厝边的人还是要来，要不要放进？"

金达澎提醒："爹不是说了要关起门来自娱自乐吗？炮仗在洲边戏台边上放，在家里就不用放了。"

金达蓴也认为要低调稳妥，不用放炮仗。

次日黄昏前，金绍檀就让阿贵和杏儿将大厅两旁摆放着的拱座椅移到了石廊上，相间开摆成两排。第一排九张，居中的自然是老太爷的位子。老太爷左边是郭姨太、金达澎、金卢氏，右边是关秀才、金达蓴、金方氏、高时良、金绮云。第二排的座次依序是蔡纹秀、关珊珊、金绍檀、赖新珠和金绍梁。金绮雯、范国基及其他人各自从自己的房中搬出座椅来，在边上坐下就好。

戏快要开演时，马车吴夫妇和吴海中也来了。金老太爷招呼马车吴在关秀才的边上坐下，让绮云到后排坐去。马车吴死活不肯，但老太爷坚持不让，马车吴谦让了许久，只得在第一排坐下。

当一轮圆月升上墙头时，锣鼓开场了。

闽剧中也有不少本土的剧目，如《王茂生进酒》《荔枝换绛桃》《炼印》等等，唯独《贻顺哥烛蒂》以对话风趣幽默、动作滑稽夸张、剧情跌宕起伏、人情味浓郁大受欢迎，是一台家喻户晓、百演不衰、百看不厌的闽剧经典剧目。当年田汉、曹禺、老舍几位大师为了看这出戏，专程从北京来到福州，看完后老舍欣然赋诗一首：

> 十年尚忆钗头凤，今是欣看贻顺哥。
> 宜喜宜悲情更切，轻悉微笑漾春波。

林务夏演贻顺哥，诙谐幽默，金老太爷从锣鼓开场到演员谢幕都乐得合不拢嘴。演完戏后老太爷吩咐金绍檀给演员们打赏，发红包。旧赛乐班的戏子收过红包后个个笑逐颜开，说了声谢后，收拾起带来的行头，高高兴兴地走了。

下一晚是黄天天讲评话《火烧红莲寺》。为了挑一个老少皆宜的评书，金绍檀确是动过些心思。他知道老人家上了年纪，感情脆弱，容易流眼泪，因此像《玉堂春落难逢夫》《珍珠塔》《桃花扇》这类悲情的评书不能点。像《西厢记》《牡丹亭》之类谈情说爱的评书，虽然太太、小姐们爱听，黄天天的诉排功夫精彩，也很搞笑，但小孩不宜，也不能点。

金绍檀之所以选中《火烧红莲寺》，是因为在《火烧红莲寺》这部评书中既有太太、小姐爱听的琴剑恩仇，也有小孩子们喜欢听的飞檐走壁、奇门遁术。更主要的是《火烧红莲寺》情节热闹，加上黄天天那张没水会游九浦、口吐莲花的嘴，绘声绘色的表演，金绍檀相信爷爷一定喜欢。

果不其然，《火烧红莲寺》大受欢迎。从锣钹响起的那一刻起，大人、小孩都听得津津有味。

第三天一早，范国基和金绮雯带着范家伟来给老太爷和她爸妈辞行，说是要去上班，请假不得，不能因私废公，绮雯说："反正三哥一时半会也不会走，就是走了，人在马尾离家也不远，待他下次上来时我们再聚好了。"

金老太爷见他们确是有正事要办，分不开身，必须得走，便吩咐马车吴备好车在门外候着。

金绍添听说绮雯要回学校去上课，也不好阻拦。叫过绮霞，当面拿出一封信来交给范国基说："你三妹的事我都写在这上头了，你回到省府，拿着这封信，带上绮霞一道去，找见省府的秘书长，你要明明白白地告诉他说，绮霞是我的亲妹子，让他看在我的面子上给绮霞安排个好位子。"

金绮霞见金绍添对她的事果然上心，亲热地搂着金绍添的胳膊撒娇："这才是我的亲哥嘛。"

范家伟正和他的几个表兄弟混得热乎，况且晚上还有戏演出，说什么也舍不得离去。

金达澎对范国基和绮雯说："那你们就先回吧，孩子留下多住几日，周末时再来接他好了。我和你妈，还有爷爷也都舍不得让他这么急匆匆地回去，也想多看他几日呢。"

范国基和金绮雯不再坚持，在交代了范家伟要听话、别淘气之类的话后，登车离去。

第三天是筱龙凤双人伬唱。伬唱完后的压台戏是茶亭鹤鸣皋班的奏十番。

通常奏十番在台上表演的有二三十人，当日少来了几个打击乐的锣鼓手，上台的还有二十来人，可谓是阵容强大。

甄教授夫妇果然也如约来了。金老太爷将他们安排在自己的身旁，坐在了正中的位置。在奏十番的表演中，甄教授用他的相机拍了好些照片。

演出结束后，甄子建将他洗出的三十来张董家班合影照送给董班主，董班主高兴地收下了。

董班主将照片分发给班里的众人后对甄子建说："甄教授日后还有什么要我们帮助做的，任何时候都可以来我们董家班找我。甄教授要是想看演出的话，我们每周都会在祖庙戏园子演出。甄教授可以随时来，不用买票，我直接带了进去。"

甄子建说了谢。金老太爷照例吩咐打赏。让金绍檀送董家班的人出大门口。

第二十五章

展歌喉金嗓子名不虚传　睹芳容三少爷情迷胭脂

送走甄教授夫妇和董家班的人后，老太爷正待起身回屋歇息，坐在身旁的马车吴拦住，开口说道："老太爷，托您老的福，我们家的海中今天算是混出了点人样来了，马车行的生意也不错，一切都顺顺当当的。这些日子见老太爷和府上的人高兴，我们也跟着高兴，说什么明晚得由我和海中做东，请老太爷您，还有府上的姨奶奶和各位老爷、太太、少爷、小姐们看一台戏，表示表示我们的一点心意。"

金老太爷听了后连忙推辞道："使不得，使不得。不好让你破费的。海中跟在老三那儿当差，一个月能挣几个钱？你也就是三辆马车，能有多少进账？就是挣了钱，也得赚着给海波、海平、海中他们三兄弟娶媳妇用，到他们办大事时你再请我们也不迟。"

马车吴急了说："这哪能算是破费呢，老太爷您点个头，就算是看得起我们，不把我们当外人，给了我们天大的面子，我们高兴谢恩都还来不及呢。再说海波他们娶媳妇还早着呢，到了那一天，岂能是一台戏就了了的，必须请老太爷和府上的老爷、太太、少爷、少奶奶都来，乐他十天半个月的。"

金绍添在旁劝道："爷爷，咱们就不要驳他的面子了，明天就让他们破费一回，也好让他们心安。"

金老太爷还是不答应，说："三天三个花样，看的，听的，都齐了，明天你们还能来点什么新鲜玩意儿呢？不如等下回，有机会了再让你破费好了。"

马车吴急红了脸说："等不得下回的。下回是下回，只今这一回，您老要是不让我和海中做东，就是看不起我们了。"

金达尊看不下去了，说："爹，既然他坚持要请，就成全了他的心愿，让他破费一次。明晚不如请杏花天的女校书胭脂小姐来清唱几个小曲，保您老既新鲜，又乐得耳根清净。"

金绍檀说："那明天就请胭脂姑娘来好了，听说她还会唱苏州评弹，会京韵花鼓，琵琶也弹得好，不如让她来弹唱几曲，爷爷也好开开洋荤，跟上时代，摩登一回。"

几个年轻人也都随声附和说好。

金老太爷不再反对了，笑着说："既然你们都说好，明晚就劳动她来好了。"

金绍檀在旁提醒金达蕚说："三爸，听人说这位胭脂姑娘脾气有点古怪，怕是请不动。"

金达蕚胸有成竹地说："不妨事，她们也不是没有出过堂会。再说了，我们家在生意上也没少关照过她们，她们多少会给这个面子的，我与胭脂姑娘也是见过面的，极好相处的，没有外人传得那么邪乎。"

金老太爷没有异议，这事就交给金达蕚去办。

第二天傍晚，天刚擦黑，金达蕚就让马车吴到杏花天接人去。崔妈妈带着胭脂和一个琴师来了。金绍檀接入偏厢房内，叫杏儿上茶，让她们先候着，待他请老太爷和家中的老少就座后再来请她们上台。

这间厢房原是他的账房，现在账房移到了洲边的榕光公司，空置了出来，这两天刚好派上用场。

胭脂这晚身着浅绿色的连衣拖地长裙，怀抱一张琵琶，俊俏清丽，款款上台，刚一亮相就赢得了满堂喝彩，金绮霞鼓掌尤为起劲。

胭脂的第一曲目是弹唱《琵琶行》。她嗓音清亮，指法娴熟，体态优雅。

曲终后胭脂弯腰屈膝向金老太爷施礼。众人鼓掌。接着是单人侃唱《陈若霖斩皇子》。

福州螺洲镇是块风水宝地。螺洲镇陈家曾有父子叔侄同榜进士的佳话，好生了得。陈若霖是帝师陈宝琛的曾祖，清道光年间任刑部尚书，与林则徐同朝为官。陈若霖为官至清至廉，民间才有陈若霖斩皇子的传说。并非史实，仅是传说而已，却有人以此为脚本，写了一台戏，戏名就叫《陈若霖斩皇子》。

胭脂唱到一半时，金绍添见阿贵在廊下伸长脖子，听得起劲，便起身轻手轻脚地走到阿贵身边，将他叫到一旁问道："这姑娘是筱龙凤班的？"

阿贵摇了摇头说："不是，是杏花天书寓前些年新进的女校书，现今是杏花天的头牌。说是她出场弹一曲琵琶大洋十块，清唱一曲大洋三十，陪一桌酒大洋五十，就是这么高的价码，每天都排得满满的。这姑娘平日里很是高傲，一言不合就给人颜色看，一扭身便头也不回地走人。"

阿贵继续绘声绘色地道："说是一富商看上了她，借着酒胆动了粗，亲搂她，想占她便宜，没曾想她起手就是一巴掌，倒竖柳眉，骂开了，说'来时没人告诉你吗？本姑娘卖艺不卖身！'老鸨儿拿她没辙，只得低声下气地给客人赔不是。像她这样挂了头牌的姑娘，脾气都大得很，平日里没人引进，外人想见个面都难。"

阿贵见金绍添听得认真，说得愈加起劲："不过，听说她平日里对杏花天的姐妹们还是顶讲情义的，从不和别人抢生意，除开客人出了大钱，指名道姓要见她，她才出面应酬。有机会她都主动退让，让她的姐妹们都有赚钱的机会。"

阿贵继续说："她平常日是不出门唱堂会的，像我们这等下人，平常日想见她一面都难。这次好在是三老爷亲自去请，她是看在三老爷的面子上才勉强应承下来的。"

阿贵将胭脂罢选花国总统的轶事也说了："这姑娘的心志大了去。选前城里大报小报，头版头条都是她的新闻，都看好她，都说这回花国总统的位置非她莫属，可事到临头了，她就是不参选，急得崔妈妈跟热锅上的蚂蚁似的，央了不少人去求她参选，她就是不点头。"

阿贵说得投入，一连声啧啧不已，为胭脂的罢选不平。"没想到，花国总统选战后她反倒更热乎了，小报上说她是无冕皇后，要约见她的公子哥儿巨商达贾更多了，你说这事不是奇了怪了？都说是真人不露面，露面非真人，这回让大家都见识到了。胭脂姑娘罢选倒是便宜了丽春院的湘玉姑娘，让她白捡了个便宜，当了回花国总统。"

金绍添听了后不动声色地退回到自己的位子上，继续听胭脂吹洞箫《苏武牧羊》《妆台秋思》。

其后是十分钟的休息时间。金绍檀请崔妈妈和胭脂到东偏房用茶。金达荨让杏儿上上好的茉莉花茶，在茶碗里加了块砖冰，喝入口中十分的香甜。

金绍添也前后脚跟进了偏房中。金达荨给崔妈妈和胭脂介绍说："这是犬子绍添，排行老三。这次回来驻防马尾，他爷爷高兴就请了你们来，一家子人乐呵乐呵，去去晦气。"

崔妈妈见金绍添肩上一颗将星，当即恭维道："三少爷年轻有为，今后少不了请三少爷多多关照。"

金绍添没多搭理她，问胭脂说："过会儿上台时，下半场都还有些什么节目？"

胭脂还没答话，崔妈妈抢先回答说："下半场是苏州评弹《女驸马》《玉堂春》，再后是琵琶《黛玉葬花》《雨打芭蕉》，最后是清唱李叔同的《送别》。"

金绍添听了后说："我也喜欢李叔同的《送别》。姑娘唱《送别》时，我来给姑娘拉琴如何？"

金达荨听了后打断他，说："老三，说什么呢？人家是带着琴师来的，你瞎掺和什么！"

金绍添说："爹，我知道她们带了琴师来，我就想上台亮亮相，给爷爷一个惊喜，让大家多点乐趣不是？"

金达荨还想阻止，金绍檀在旁为三弟说话："三爸，不就是在家里乐呵乐呵吗？又没外人，让三弟上台亮亮相，爷爷见了总高兴的。"

金达荨只得小心地问胭脂说："姑娘您看这样成吗？不会坏了您的演出吧？"

胭脂嫣然一笑说："这有什么打紧，既然三少爷肯放下身段拉琴伴奏，三老爷不如成全了他，只要府上老太爷高兴就好。唱堂会嘛，不就图个乐字？"

金达荨不再坚持了。

休息后胭脂素颜登台，穿件孤边的蓝色上衣和黑色的长裙，打扮得十分清纯，跟女中的学生别无二致。

先是苏州评弹《女驸马》《玉堂春》，其后是琵琶《黛玉葬花》《雨打芭蕉》，最后是清唱李叔同的《送别》，金绍添二胡伴奏，众人果然使劲鼓掌，叫好声音最大的当然依旧是金绮霞。

长亭外，古道边，芳草碧连天，晚风拂柳笛声残，夕阳山外山。
天之涯，地之角，知交半零落，一壶浊酒尽余欢，今宵别梦寒。
情千缕，酒一杯，声声歌笛催，问君此去几时还，来时莫徘徊。
……

当唱到"知交半零落"时，胭脂想起红玉和婉珠，禁不住流下泪水，厅上下的人莫不为之感动。

演出完打赏后，金老太爷让金绍檀和金绍添送胭脂三人到大门外，坐马车吴的车回杏花天。

第二天吃过早，金绍添带着两个护兵出门，说是去江边走走，呼吸呼吸新鲜空气，一会儿就会回来。其实金绍添别有居心，他没往江边走，出到田垱后就拐进状元弄的杏花天。状元弄是因其边上住着一位清朝最后一科的武状元黄培松而得名的。

妓院、酒楼的生意大都在晚间，早晨不到日上三竿是不会开门的。金绍添到杏花天时，石拱门还是闭着的，原想要敲门进去，先是轻轻一推，哪知道门的里边并没有闩上，只是虚掩着，便推了进去，直接进到了大堂内。

一个伙计闻声出来，原是要发作的，见来人一身戎装，肩上订着颗将星，身后还带着两个护兵，知道来头不小，不敢怠慢，小心地问说："军爷，您这一大早的来，有什么吩咐吗？现在姑娘们都在歇息，还得再过两三个时辰才开业呢。"

金绍添并不搭理他，径直走进厅堂，在椅子上坐定后说："叫崔妈妈出来说话。"

伙计连忙进到里边叫去。

老鸨儿出来后见来人是金家三少爷，连忙让伙计上茶，满脸堆笑地问说："稀客呀，三少爷这大清早来我们这儿，所为何事？要是因为昨天晚上我们侍候不周的话，三少爷尽管责罚。要是还想听姑娘们唱曲的话，请过了晌午再来，这会儿姑娘们都在卧床休息呢，起床梳洗吃早都得费上点时间。"

金绍添却没有笑脸，也不寒暄，说道："我想查看胭脂姑娘到你杏花天入籍的一应契约文书。"

崔妈妈赔笑道："三少爷明鉴，我们杏花天在田垱的街面上也是一等一的去处，绝对做的是合法的生意。什么花捐、警税、地税、卫生费我们都是按时足额交了的，这里的姑娘一个个都是在警局里注过册，领了执照的，三少爷尽可放心。"

金绍添没心情听她唠叨，没好脸色地说："少啰唆，叫你拿去，你就尽快拿去吧。"

崔妈妈脸上虽赔着笑，心里却犯嘀咕，不知道这位金家三少爷葫芦里卖的是什么药。老鸨子心想，查验身份也是警察的事，你一个当兵的查什么查？但明面上却是不敢得罪，人家是官，咱是民，古语说得好，秀才遇见兵，有理说不清，咱一个开妓院的，要是闹起来，吃亏的一定是自己，还是忍了吧，能少一事是一事，退一步海阔天空，当下最主要的是要将这尊瘟神请走，便让站在一旁的宗玉贵尽快取去，呈到金绍添的面前。

宗玉贵也不敢怠慢，立即取出钥匙，打开橱柜，将胭脂来时的一应档案文书都取了出来，呈给金绍添看。

金绍添将胭脂来时她妈签的那份契约文书翻了出来，仔细地看过了后，问说："胭脂姑娘家在福州城里都还有些什么亲人？文书上说，她有奶奶、她妈和三个弟弟。胭脂入籍后她妈来看过她没有？"

老鸨儿连忙回说："没有，没有。契约上写明白了的，十年内胭脂与她们无任何瓜葛，不容探视，省得姑娘想家散了心。前些日子听人说，她的家人都离开福州了。胭脂来我这儿的第二年她奶奶就病重，走人了。再过两年，她那三个弟弟长大上中学去了。学校的同学有知道他们姐姐在我这儿当女校书的，就取笑他们。胭脂她妈没有办法，就带着她的三个弟弟回南平老家去了，再无音讯。为了这事，胭脂没少跟我置气，也亏得三老爷来开导她些日子，才让她又回过心来。"

老鸨儿一边说，一边察言观色，心中打鼓，后悔让胭脂去金家唱堂会，竟唱出麻烦来了。

金绍添听了后说："这样最好。"

金绍添将翻出的当初杏花天和沈瑞芬签的那一张契约，在老鸨儿的面前晃了晃，直截了当地说："崔妈妈，我是当兵的，不同你绕圈子。当初你同胭脂她妈在这张契约上写明了的，以三百大洋买进胭脂，在你杏花天书寓当女校书，典押期十年。胭脂姑娘在你这儿好几年了吧？没少给你赚钱，你也该可以放手了。我知道你这行当的规矩，这样吧，我现在出一千五百块大洋替胭脂姑娘赎了身。你可以用这一千五百块大洋再去买五个姑娘，你不吃亏吧？"

老鸨儿听到此恍然大悟，心想这金府的老、少爷俩咋都迷上了胭脂？看眼前的这位三少爷要比他爹三老爷凶狠多了，自己实在是惹不起，看来只得使缓兵之计，先哄走这尊瘟神再说，便小心地赔着笑脸说："三少爷，您这话说得突然，怎么也得让我们同胭脂姑娘有个商量的时间是吧？"

不料金绍添口气十分强硬，说："这事没得商量。我只给你一个星期的时间，我下周再来时，付钱领人，省得你事后到处说我强抢民女，有污我们金家的名声。但是我要告诉你，在这一周的时间里，一不许你张扬生事，找些什么阿猫阿狗的去拨弄是非，二不许你为难胭脂。你听好了，下周我再来时，要是胭脂有什么闪失，我派一个连的兵来砸了你的杏花天。摔你个落花流水，抢你个邋遢精光，给你的杏花天彻彻底底地来个底朝天。告辞。"说完话理也不理老鸨儿，径直去了。

老鸨儿听了后呆若木鸡，见金绍添走远了，方才回过神来，急忙让伙计赶快到金家找三老爷去，请三老爷务必来杏花天说话。金绍添早就料定了老鸨儿会有这一招，回家后便等在了门头厅里，正好拦住了来人，说："你回去告诉崔妈妈，今天三老爷没空，明天再派人来请他老人家吧。"

金绍添在门头厅打发走杏花天的伙计后回到一进的大厅上。老太爷正在和他父亲在闲话，大家见他回来了，问他去了哪儿。

金绍添说："没去哪儿，就在周边转了转。离家小十年了，现在到处走走看看，有一种似曾相识的感觉，想起小时跟大哥、二哥和绮云大姐到三捷河边钓螃蟹的往事，亲切感满满的。"

金老太爷也感慨地说："人离故乡久了难免会有思乡情结。没想到我们金家这次倒是沾了闽变的光，让你调防到家门口来了，这样你就可以时不时地回家来看看你的老爹、老娘了。"继而又问说："老三，现在闽变这事算是过去了，你可以将你媳妇和孩子接来了。俗话说了，丑媳妇总得见公婆的。宜早不宜迟。"

金绍添回说道："已经写信去了。她回信说不想来，这事要过些日子看情况再定，主要是担心孩子们不适应，她们讲宁波话，在语言上与我们没法沟通。"

金老太爷说："来了，住段日子就好了，一家人要住在一起才会显得亲密。"

金绍添忙道："让爷爷操心了，我会再给她们去信催促她们早日动身来见爷爷的。"

金绍添继而对他爹金达尊说："要不我们上洲边的公司和厂里去看看。

我是金家的子孙，理当去公司看看咱们家的生意，大家才不会把我当外人。我要是一直不在公司和厂里露面，不闻不问的，只怕五弟和五弟妹要在背后说我了。"

老太爷听了，对金达莩吩咐道："你就带老三去走走看看。金家的事，到头来还是得交到他们这一辈人手中的。兄弟同心，其利断金，我们金家的生意才能发扬光大。"

金达莩巴不得儿子能对榕光公司的业务上心，好分一点二房的光，便带着金绍添去了。

第二十六章

金绍添娶胭脂如愿以偿　赖新珠创辉煌不让须眉

金绍添去时二房一家子人都在榕光上班。董事长室和总经理室在二楼，金达澎的财务总监室在一楼。金达澎和绍檀见达蕚带着老三金绍添来，连忙招呼他们进屋喝茶。金绍添说："二伯，茶就不急着喝了，让二哥带我去工厂看看。茶，回头再喝不迟。"

金绍檀说："三弟说得也是，我和老五、五弟妹就先带老三到车间和各科室转转，爹就陪三爸到五弟妹的房间去聊会儿。这茶待我和三弟回来后再喝，我们还得听听三弟对公司发展的建议，喝了茶后我们一起回家吃昼。"

榨糖和造纸的厂房都在排尾，洲边就留下个干电池的装配间，设在了榕光大楼的地下室。金绍檀、绍城和新珠带着金绍添在厂区转了一圈，介绍了个大概，花了大半个时辰。

大家回到赖新珠的董事长办公室里坐下后，金绍檀开口道："三弟，工厂你也看了，说点感想吧。"

金绍添感慨道："咱们家遭了这么一场大劫，还走了大伯、大姆，才五六年的工夫能恢复到如今这么个规模，真是太不简单了。我还是先听听五弟妹说说今后的规划才是。"

赖新珠也不推辞说："三哥你也看到了，你不觉得我们的厂房小了点吗？巴掌大的地方，凑合着过下去，混日子，图个温饱是可以的了，但如果要进一步有所发展的话，这就好比是瓮里打拳脚，施展不开。我正想着开个董事会，大家商量着将洲边临江的这片地全都买了下来，这样才好扩大我们的生产能力。"

赖新珠见金绍添听得认真，便继续说："咱们金家是做木材生意起家的，我想爷爷和三爸、爹他们这一辈的老人，多多少少都有木材行业的情结。现在我们有能力了，可以让他们圆了这个梦，也算是我们做后辈子孙的孝心。大宗的木材买卖我们可以不搞，但小宗的木材行业的生意还是可以做的。我寻思着我们可以搞个家具厂，现在天下太平，建房置地的人多了，我想家具生意的行情一定是会看涨的。"

赖新珠胸有成竹，侃侃而言："除了开拓新的业务外，我们得盖一间像样点的公司业务大楼。三爸、爹，你们想必从电影和画报、广告上也都看到了，上海的大公司都盖摩天大楼，外滩上的那一排洋楼更是气派得很。公司大楼越气派，才越能彰显公司的实力，才能在无形中增加投资者的信心，才越容易融资，生意才会越做越大。"

金绍添听后不由夸奖道："五弟妹毕竟是见过大世面的人，想的事和办的事就是与众不同，有见地，有魄力。"

赖新珠谦虚地说："三哥，你要是这么说，弟妹我就无地自容了。你们看，现在苍霞洲这一带的房子，也就是青年会、基督教堂、洋人盖的房子还像样点，其他的房屋都是破破烂烂、东倒西歪的。福胜春茶行在这一片地域中算是鹤立鸡群了。我想咱们金家不盖则已，要是盖公司大楼的话，说什么也不能输给福胜春才好。"

金绍添很赞成赖新珠的提议，说："弟妹有魄力。你说吧，三哥我既然回来了，多少得为金家出点力才是，有什么要三哥去办的尽管说。"

赖新珠等的就是这句话，说："也没什么大事。三哥你是知道的，要建房就得有地，现在这片巴掌大的地太小了，起码得扩大两三倍，将洲边的这片地全要了。我们向土地局递上报告后，批地的事只怕还得请三哥上下疏通点关系，才能还个好价钱。"

金绍添拍胸脯说这点小事他一定帮得上忙，他在省府里多少有点关系，到时打个招呼，请人家吃一餐饭，推杯换盏，大家交个朋友，这事就办成了。

大家又闲话了一会儿，便回家吃饭。

吃过昼后，金绍添没事人一般，向金老太爷道别，带着金敏蓉、吴海中和两个护兵坐军部派来接他的小汽艇回马尾去。临走时，金绍添告诉金老太爷说，他只要得空，周末都会回家来给爷爷请安的。金老太爷听了高兴，让马车吴送他们到船码头。

杏花天的老鸨儿上午派了几拨人来请三老爷，都被挡住了，急得像是热锅上的蚂蚁，在屋内不停地打转转。直到金绍添乘船离开了，才将金达荤请到杏花天来。

金达尊刚进入杏花天的大门就被崔妈妈一把拽住，拖到室内压低声音说："三老爷不得了了，出大事了！"

金达尊一头雾水，问说："崔妈妈，别慌神，天塌不下来的，坐下慢慢说，到底出什么事了？"

老鸨儿说："看来三老爷你也是被你家老三蒙在鼓里了，真的不清楚，不知情！你们家的三少爷一大早就来过了。"

金达尊诧异地问说："老三来这儿做什么？"

老鸨儿说："他说，他要带胭脂走，还威胁说，要是不答应，他要派一个连的兵来砸了杏花天，让我们吃不了兜着走，你说这事该如何是好？急死人了。"

金达尊乍听了惊愕不已，不过他很快就恢复了平静，问说："这事胭脂知道吗？"

老鸨儿说："我哪敢声张啊！这事要是让这位姑奶奶知道了，指不知定会闹出个什么乱子来。"

金达尊说："那也得说呀，这事毕竟是因她而起的，怎么处，她得给个说法呀。"

老鸨儿急道："这不是等着你来拿主意吗？我们得先商量出个对策来才好对她说去。"

金达尊沉吟了半晌说："崔妈妈，不是我护犊，这事也不见得是件坏事，妓女从良古来有之。您细想想，胭脂今年也二十出头了吧？长江后浪推前浪，你们的生意吃的是青春饭，再过两年，胭脂她也是会人老珠黄的，就是有再好的才艺，只怕到头来也要落得个'门前冷落车马稀，老大嫁作商人妇'的结局。与其那样，倒不如现在让胭脂跟着绍添去，也算是有了个好的归宿，也算是她的好造化。"

金达尊见崔老鸨听了他说的话，沉吟不语，关切地问说："老三该不会蛮横到来个王老五抢亲吧？"

老鸨儿回说："那倒没有，说是赎身脱籍。"并将金绍添早上开出的一口价说了。

金达尊听了后松了口气，说："老三他倒还是个明白人，出的价位也不算低了。不瞒崔妈妈你说，这么些年下来，我也是打心底里喜欢胭脂姑娘。但是我一大把年纪的人了，就是有这个贼心也没这个贼胆。金府说大不大，说小不小，上上下下十几二十来口人，几十双眼睛盯着呢。我就是有心为胭脂赎身，也怕人家说长道短，最后还不是耽误了她。"

金达夢又说："崔妈妈，绍添这孩子既然看上了胭脂，就随了他的意也好。要是闹僵了，他真的犯了浑，弄出点事来反倒不好。你要是想明白了，我们就一同上去同胭脂说开了。胭脂姑娘是个明事理的人，她会权衡利弊，为她自己的将来做出抉择。"

老鸨儿想了想，没辙，况且三老爷说的是大实话，胭脂确实也当不了几年的摇钱树了，到成了老姑娘时，再有人来赎，只怕也没有这么好的价码了。况且她典押的期限是十年，再过三五年，转眼就到了期限，到时她一撅屁股走人，自己什么便宜也挣不到。便说："三老爷既然这么说了，我就给你这个面子好了。这事成与不成就看胭脂她自己拿的是什么样的主意了。"

金达夢见老鸨儿动心了，便承诺道："还是那句老话，只要我们金家在安乐铺一天，我们生意上的应酬就锁定在了你的杏花天，少不了你以后赚钱的机会，你放心好了。"

金达夢和老鸨儿两人前后脚进入胭脂的香闺，老鸨儿满脸堆笑地对胭脂说："恭喜姑娘，贺喜姑娘。"

胭脂听了纳闷，问说："妈妈说笑了，平白无故的喜从何来？再说了，妈妈是知道的，我这个人是只要平安不要喜的。听妈妈说个喜字，我这心中没底，瘆得慌。"

老鸨儿笑道："自然是喜从天降了，你要不信，问问三老爷自然明白。三老爷平日里最疼你，大事小事总护着你，他是不会诓你的。"

胭脂淡淡地回说："想必妈妈今日是闲得无聊，伙同三老爷找我寻乐，寻开心来了。恰恰我今天心情不好，我不管你们要说些什么，是福是祸我都不想听，只想一个人静静地待着，你们都出去吧。"

金达夢不想惹胭脂生气，就怕事情还没说就弄僵了，赔着小心道："胭胭姑娘，崔妈妈刚才所言不假。但这件事关系到姑娘的终身，不能不说，即便是姑娘心情不好，好歹静下心来，听我把话说完，再来盘诘我，撵我走不迟。"

胭脂无精打采地说："既然这样，就长话短说吧，说完了尽快地走人。"

金达夢赶紧进入正题："我曾给姑娘说过，要为姑娘寻一个好的归宿，现在机会来了。"

胭脂冷笑道："像我这样的烟花女子，哪能有什么好的归宿？三老爷怕是看走眼了。三老爷说过的话多了去，其实我心里明镜似的，三老爷说过的话，我是一句也没当真，一句也没放在心上。三老爷自然也不必耿耿于怀的了。"

老鸨儿也收起了她的调侃，认真地说："这回三老爷没有诓你。实话跟你说吧，他们金家的三少爷看上你了。你在前天的堂会上是见到过三少爷的，他还给你唱的《送别》二胡伴奏来着，现在看来当时三少爷就动了心事，来了个'小妹妹唱歌，郎拉琴'，竟然是一见钟情啊。金家的三少爷年轻英俊，还是个将军，前途无量。你跟了他去，岂不是一桩美事？"

胭脂听罢正色道："崔妈妈你说什么啊，谁跟谁一见钟情了？自说自话！崔妈妈，我们之间可是有契约的，甲方未经乙方许可，不得私自将乙方典让第三方，你要是言而无信，我便闹将起来，咱们对簿公堂。"

老鸨儿赶紧解释道："这不是同姑娘商量着吗？成与不成，主意得姑娘你自己拿。妈妈我只是个传话，姑娘犯不着生我的气，这不，三老爷在一旁等你回话呢。"

胭脂无语，沉吟了。

金达莘说："我们家老三虽说是个当兵的，但也是读了书，从福商学堂毕了业后出来做事的，不是一个三不着二的草莽武夫。当然，要论琴棋书画，吹拉弹唱，他是比不上姑娘，但即兴附庸风雅还是过得去。姑娘不用有顾虑，他只是个军需官，并不用带兵上战场，是没有危险的。"

金达莘尽量拣好的宽慰胭脂说："虽说他有了正室，王氏是宁波人，不在军中，她的三个儿女也都跟在她的身边，远在宁波，不会给你添麻烦的。"

金达莘继续劝说："绍添也曾写信让她们到军中来过日子，她就是不想来，推说是不会说福州话，担心孩子水土不服，一句话，就是嫌我们土，不想跟了来。现在马尾军中，绍添身边没个女人，生活起居没个贴心的人照顾，总不是长远之计。既然他看上了姑娘，既是姑娘的魅力，也是姑娘的造化，姑娘若能下嫁给我们家的老三，也算是给了我们金家天大的面子。"

金达莘见胭脂听得认真，一发说开了："绍添身边不能总是空的，得有个知冷知热的、说得上话的人来照顾他。难得的是他看上了姑娘你的才艺，不忍心让姑娘你继续在杏花天当女校书，受那些酸文假醋人的气，才动了早日为姑娘你赎身的念头。他一大早就来找崔妈妈，说了为你赎身的事。刚才崔妈妈同我说了，我岂有反对之理？只要姑娘你点头，老太爷那边，我去说。你也看到了，前两天的堂会上我们金家上下所有的人都为姑娘你喝彩来着，大家都喜欢姑娘你。"

胭脂听着，并不答话，禁不住泪珠儿刷刷刷地往下流。

老鸨儿见状，说："姑娘不说话就是同意了。"

胭脂能说什么呢？老鸨儿说得没错，她不说话就是同意了。当初她妈跟她商量着要卖她到杏花天时，她不也是低着头哭，没说话，她妈就当她是同意了的吗？但她当时能说什么呢？她要是开口说不去，家中奶奶的病咋找医生看？她要是开口说不去，家中的三个弟弟还能去上学，还能有活路吗？她要是开口说不去，这火柴盒子要糊到几时才算是个了？

现在她依旧没法开口说不，她要是说不，就是说她自愿在杏花天待下去，今后的出路在哪儿？春去秋来日复日，只怕到头来也是逃不过老鸨儿的算计，落得和婉珠、红玉她们一样的下场。

她清楚她自己的将来总是要嫁人的，最终还是要做妾的，董小宛做了冒辟疆的妾，潘玉良做了潘赞化的妾，妓女从良给人做妾古来如此。自己要是嫁了个暴戾的恶徒，岂不落得个比红玉还要悲惨的下场？眼下她要是说不，不啻是说自断退路。

自己的归宿，既然自己已经没得选择，那自己还能说什么呢？眼下自己要嫁的是金家的三少爷，是个将军，细想来这可能是自己最好的归宿了。况且确如崔妈妈所说，金绍添是青年才俊，那晚演出结束后送自己出金家的大门口时，一路上彬彬有礼，谦逊有加。

金绍添毕竟是金家的三少爷，知书达理，确是与一般兵痞的蛮横做派大相径庭。让自己嫁给这样的人，也算是三老爷和崔妈妈的良苦用心了，自己除了哭，还能说什么呢？

金达莩见胭脂不说话，知道她没有断然拒绝的意思，便说："难得姑娘首肯了，下边的事就好办多了。至于姑娘过门的日子，刚才我也和崔妈妈商量过了，咱们就得来个快刀斩乱麻，宜早不宜迟，不露风声地给办了，省得媒体炒作，大报小报画蛇添足，说三道四。时间就定在下周六好了，还有一星期的时间够姑娘准备的了。"

金达尊见胭脂虽不说话，但听得认真，便继续说道："至于过门的方式，我这儿有三种方案，任凭姑娘挑定。第一种方案是我们金家在杏花天大摆宴席，将台江汛上的头面人物都请了来，八抬大轿来迎亲，给足姑娘的面子。第二种方案是周六晚我们派金家的马车来接姑娘家去，在金家内摆三五桌家宴，让姑娘给老太爷和各位长辈叩个头，第二天一早上船，跟绍添去马尾。第三种方案是周六晚上，我们先让我们金家的马车接姑娘去我们金家，给老太爷和各位长辈叩个头后直接去马尾，我和你婆婆也跟了去，在军营里给你们办个合欢酒宴。神不知鬼不觉地将这事给办了。在这三种方案中，要选哪一种姑娘你给一句话，我才好去作安排。"

胭脂低头沉吟了半晌，终于开口了："那就依三老爷的第二种方案办好了。像我们这等烟花女子从良，要是大张大办的话，岂不是再一次让人耻笑，说我们是白面屑挂灯笼，故作光鲜，不知羞耻吗？要是在军营里办，还不知那些兵哥哥们会折腾出什么花样来，也是不妥的。再说了，我既然嫁到了金家，自然是要面对金家的一门老少的，迟见不如早见。第二天一大早上船走人，也同样能做到瞒过众人耳目，神鬼不知的。"

金达尊见胭脂做出了选择，当即拍板说："难得胭脂姑娘想得如此明白透彻，我这就回去同我们家的老太爷说去。"

第二十七章

精诚至三少爷金屋藏娇　开宏业赖新珠拓地建楼

金家还没有子孙辈娶妾的先例，当初金老太爷要给老二金绍檀娶妾也只是动议，金敏杰和金敏惠出世后，这事也就作罢了。金达莩回家后，硬着头皮将老三要娶胭脂的事对金老太爷说了。原以为老太爷听了后会奚落和训斥几句。没料到金老太爷听他说完事后，二话没说，当即表示同意。

金老太爷对金达莩说："我们金家向来不兴娶妾。大户人家三妻四妾并不为怪，只是担心多个人，就多份心眼，多份口舌，妻妾不和，家庭里从此生出许多是非来。"

金老太爷伸手从茶几上取过盖碗茶，啜了口香茗，继续说道："郭姨太也是在你娘去了后我才纳的，之所以至今没给她一个正室的名分，是关顾到你们三兄弟的感受。我若是将她扶为正室，你们就都得管她叫娘。你们也是一大把年纪的人了，只怕你们一时张不开口，心生怨气，反倒不好。其实什么名分不名分的，并不重要。难得的是你郭姨娘，这十几二十年地下来，想得开，并没有非分之想，一直关照我，也没有怨言，真是难的。"

郭姨太在边上听了后说："老太爷，这么些年都过去了，都是些陈芝麻烂谷子的事了，还提说什么。夫人走后，我能留在您的身边照顾您，我就知足了，哪在乎什么名分不名分的。您老的心意，我全都明白。"

金老太爷用怜爱的眼神瞧着郭姨太，说："这些年也着实委屈了你。好了，不说你了，咱们说老三的事吧。"

金老太爷对金达莩说："我也没给你们三兄弟娶二房，省得你们的小家庭不和，生出乱象来，大家脸上都不好看。但是我们金家毕竟是大户人家，现在给老三娶个妾也是情理之中的事。老三媳妇是个娇惯了的女人，想必是在她娘家中当惯了大小姐，不懂得侍候男人。她又不懂咱们的福州话，话语不通，不想来也就罢了，倒是让老三在军中寂寞了。"

老人语气加重说："老大、老七走了，老三是不能再有闪失的了。老三身在军营，要是没个家，和一班兵哥们处在一起，难免酗酒作乐，早晚得坏了身子，是得有个可心的人在边上侍候着，时时提点他，一家子人也好放心。现在既然老三看上了胭脂姑娘，成全了他的心愿也好。"

金达莩又将他拟定的娶胭脂过门的第二方案说了。说："这事能不张扬是最好的。爹，您想想，我们金家在台江汛怎么说也算得上是有头有脸的。老三是个少将，胭脂姑娘又是田垱街的头牌。少将娶田垱的头牌窑姐当小妾，这是多么刺激人眼球的新闻，要是让小报记者采访了去，添油加醋地说一番，在外头弄得沸沸扬扬的，多少有损我们金家的名声。"

金达莩提醒说道："爹眼睛不好，平时少看报，可能不知道。现在事情过去多时，说了也无妨。上回绮云出嫁时，我们家还没怎么操办，就有人在小报上诽谤我们，说三道四的，说什么话的都有。我们这回悄悄地将这事办成了，岂不是好？事后就是让那些小报记者闻到味了，也已经是旧闻了，量他们就是再怎么妙笔生花，再怎么折腾，也捣鼓不出什么花样。"

老太爷听了点头赞许道："胭脂姑娘还算是个明白人，不慕虚荣，不图排场，能这样最好。"

第二天金达莩便派阿贵去马尾，将他与金老太爷商定的结果告诉金绍添，让他放宽心，周末回来接人就是。金绍添听了，自然是高兴得心底痒痒的。

金绍添周末来接亲时穿的是一身米黄色的西服洋装，结一条大红的领带，皮鞋擦得锃光发亮，果然是人逢喜事精神爽，显得意气风发。这次他不坐汽艇，改乘一辆福特牌的黑色小汽车，只带金敏蓉和吴海中两人上福州办喜事。吴海中开车。

到了安乐铺，金绍添让吴海中开空车进城接金绮雯、范国基和金绮霞。回来放下二妹一家人后再到下杭街将大姐金绮云和高时良接了来。金老太爷交代过，胭脂见厅时，金家的大大小小，能来的都得叫了回来。

金绮霞到省府当秘书后原是让她住在她二姐绮雯的家中，可没几天，她便吵着要搬出去独住。

金绮雯无奈地说："三妹，你要是这么搬了出去，传到家里，爷爷和三叔、三婶还以为我们欺负了你，让范家的脸面何存？"

金绮霞耍起了小性子说："二姐，你想多了，我要的是自由，不是锦衣玉食，你放心，我自会跟爷爷他们说清楚的，你和姐夫要做的是帮我找一间深入浅出、安静的房子就好。"

金绮雯知道她三妹的禀性，平日里娇宠任性惯了，喜欢标新立异，听不进旁人的话，只得将她的意思说给范国基，让范国基用心找去。范国基很快就在与范家毗连的郎官巷口找到一间单门独户的小院。小院内有一座两层的楼房，上下各两间屋，前后各有一个小天井，厨房在后天井边上，还有一口井。

郎官巷是三坊七巷之一，颇有名头，宋时刘涛曾居住于此，因子孙数世皆为郎官，故而得名。宋代诗人陈烈，清代名人严复、陈衍的故居也坐落在巷内。郎官巷西头通南后街，巷口立有牌坊，坊柱上镌有对联"译著辉煌，今日犹传严复宅；门庭鼎盛，后人远溯刘涛居"。

金绮霞得此住处，十分满意，便回家来向爷爷撒娇，好说歹说，让老太爷点头给买了下来。

家人都接到家后，金绍添让吴海中接人后将车停在榕光公司内，第二天一早再开车来接他们返回马尾驻地。

天擦黑时，金绍添坐上马车吴的车，带着金敏蓉和吴海中去杏花天接人。崔妈妈已经早早地让胭脂梳妆打扮、穿戴整齐，等在了她的香闺中。

临出房门时，崔妈妈嘱咐说："你出门时用一件宽大的斗篷罩在你的嫁衣外，小心不要让外人看出了端倪，咱们神不知鬼不觉地将这事办妥了才好。"胭脂点头表示领会。

此计甚妙。金绍添和吴海中拥着胭脂离开时果然没引起旁人特别的注意，只当是出去唱堂会。胭脂到了车上有敏蓉陪着，脱去斗篷披风，亮出大红嫁衣。马车吴驾车三五分钟便回到了金府门前。

金绍添、胭脂一行人进了金府后，金绍檀便让阿贵关上六扇门，燃放了一串炮仗。

金绍檀依民俗让阿贵在柴屏门前放一火盆，去邪。金绍添领着胭脂跨过火盆子，进到院内。大厅上灯火通明，金老太爷端坐在正中的拱座椅上。左边上坐着郭姨太、金达澎、金卢氏，右边上坐着金达荸、金方氏。吴妈托着茶盘子站在金达荸边上侍候着。大厅两旁挤满了金家大大小小的人。

金绍添带胭脂上前，在老太爷跟前跪下叩头，然后起身敬茶。郭姨太给了她一条檀香的串珠作为见面礼。金绍添带着胭脂挪左两步，上前在金达澎、金卢氏座前跪下叩头后起身敬茶，达澎夫妇给了她一对金耳环作为见面礼。最后才来到右边上坐着的金达荸、金方氏面前跪下叩头后起身敬茶，金方氏给了她一对玉镯子作为见面礼。

接下来是绍字辈见面，事前都说好了的，大家彼此间的见面礼都免了，胭脂恢复她的本名，詹瑶娜。在平辈中只有蔡纹秀、金绍檀年长，金方氏让新媳妇叫蔡纹秀大嫂，叫金绍檀二伯，称冯玉茹二伯母。蔡纹秀、金绍檀夫妇和金绮云叫詹瑶娜为詹弟妹，让其他年少的弟妹都叫她为詹姐。

最后才是与敏字辈见面。老太爷定下了规矩，让敏字辈的孩子和其他人等统一叫她詹姨。詹瑶娜也将早已准备好的红包发给他们，人手一份。这些红包是金方氏预先准备好了的，放在了吴妈的托盘里。绮云和绮雯的孩子没来，红包就交给她们，让她们带了回去，交给孩子们去。

见过面后是家宴。

家宴后，金绍添让吴海中开车送金绮雯、范国基、金绮霞、金绮云和高时良回家。金绮雯坐在副驾驶的位置上，调侃吴海中："没想到我三哥在外闯荡江湖这么些年，竟闯荡成了一个花花公子。海中，你没跟着学坏吧？"说完，旁若无人，自个儿哈哈大笑了起来。

老太爷离席进伯园内休息后，金绍添和詹瑶娜两人跟在金达荨夫妇的身后回到叔园。

金达荨夫妇进了主屋坐下后，詹瑶娜再次给公公、婆婆敬茶，然后立在边上，准备听婆婆的训诫。

詹瑶娜偷眼瞧她的公公金家三老爷，与往日在杏花天里认识的金家三老爷大相径庭。只见他正人君子一般地坐在了案几旁。

詹瑶娜心想人生世事，果真难料，别说成者王，败者寇了，就看眼下，往日里三老爷到自己的闺房多是躬身站着，小心地巴结自己，哪能想到今天他会反客为主拿款拿捏了起来。再偷眼瞧自己的婆婆，只见她一脸冰冷地坐着，接过詹瑶娜递过来的茶后，小小啜了一口便挥挥手，口中淡淡地说："都累了，回自己的屋里歇息去吧。"

唯一有点喜庆气息的是她和金绍添的婚房了。窗上贴了对戏水鸳鸯，墙上是一大红喜字，供桌上点着对红蜡烛。

回到房中关上门后，金绍添更不说话，立即将詹瑶娜拥上床，宽衣解带，风流快活了起来。詹瑶娜没有说不，也不反抗，泪珠儿再一次唰唰地流下。

第二天一早，金绍添就带着詹瑶娜、金敏蓉、吴海中回马尾驻地去了。

金绍添娶妾这事果然办得漂亮，一切风平浪静，竟瞒过了田垱的两家报社记者和几乎是所有人的眼睛。

做过半夏，关珊珊带着敏惠动身去了美国。当关珊珊提出要带惠惠出国时，金绍檀多少有些不舍，金冯氏数落丈夫说："这下子弄假成真了吧？好端端的一个儿子就这样让人给拐跑走了，真是赔了夫人又折兵。"

金绍檀无奈地道："带去就带去吧。七弟妹是个有心计、有决断的女人，她会看好惠惠的，你放心好了。"

倒是金老太爷豁达，对关珊珊说："带去好，省得你一个人在外头寂寞，带去正好做个伴。"

关珊珊是从马尾坐海轮到香港，再换大船去的。走前关秀才让大女婿开机轮船来接珊珊和敏惠。金绍添带着詹瑶娜、金敏蓉和吴海中到马尾的船码头送行。

现在金家最让金老太爷牵肠挂肚的是老六金绍诗。而在国内的老四金绍理仍然是音讯全无。

过后的两年中华大地平安无事，虽然华北、京津一带与日本人有点小摩擦，但对于千里之遥的福州城而言，却是没有丝毫的影响。赖新珠在洲边将四层高的榕光公司商业大楼盖了起来。红砖外墙正好与福胜春、青年会、基督教堂和谐共处。

大楼建成后，赖新珠的第一大手笔是在第六码头的下游圈了块地，将电源厂和榨糖厂的一应设施都搬了下去，进一步扩大业务，将生意搞得风生水起。

赖新珠的第二大手笔是提议将榕光商业大楼正式命名为"文澜大楼"，剪彩时请来了省府、市府和台江汛上的头面人物，将声势搞得轰轰烈烈。

在公司的董事会上，赖新珠说："清乾隆时皇城里的文渊阁，名声大了去，我们的大楼也得有个响亮的名字，叫'文澜大楼'如何？好托爷爷的福，事业蒸蒸日上，兴隆发达。"众人鼓掌称好。金绍檀请了福州城里的书法大师朱江侠题匾，让工匠造去。

以他的名字命名大楼，金老太爷听了后自然高兴得很。赖新珠请来了宜华照相馆的师傅，在文澜大楼前，让金老太爷端坐在了正中，其他人分列在老太爷的两旁，照了张榕光董事会的集体合影。洗出照片后又让放大得几乎跟真人一般大小，镶入框中，摆放在了公司一楼的正中。

赖新珠的第三大手笔是为公司买进了一部小轿车，出门办事不再坐马车。马车吴也老了，正好改个行当，在金家看门，他自家的两辆马车交给了海波、海平去打理。

二十世纪三十年代，胡文虎在白龙庵的背后圈地，盖了间两层楼的复兴小学，还开出块十多亩地大小的操场。适龄的孩子都送到复兴小学读书。金家门头厅的金氏私塾从此关张。在金氏私塾执教的关秀才也下岗了。

周边百姓感念胡文虎捐资兴学的善举，将小学门口的这条路叫作文虎路。1949 年后，复兴小学更名为台江第一中心小学。文虎路先是更名为正义路，在二十世纪的八十年代苍霞的棚屋区改造时圈进了苍霞新城社区消失了。

二十世纪三十年代，台江汛入夜时，不光是文澜大楼亮灯，田垱街面上的杏花天、浣花庄、新嘉宾、新紫鎏，大桥头的百龄商店、三多布店、福聚酒楼，江滨路上的天华戏院、大罗天、乐新酒楼、南星澡堂，还有中亭街上的多家商铺也都亮起了霓虹灯，恍如上海的南京路、南京的夫子庙。夜如白昼，车水马龙，好一片太平盛世的繁华景象。

有诗为证，曰：

悠悠闽江水，纤纤万寿桥，交通南北岸，串联中洲岛。
桥下堆乱石，江流起波涛。每逢汛期至，涛声干云霄。
仿佛征战地，金鼓齐咆哮。平常风和日，碧水似翠瑶。
缓缓东逝去，倩若女窈窕。东眺鼓山青，浮光映名校。
协大育英才，景润晨日耀。鳌峰江面阔，电厂烟囱高。
万帆樯如林，风动芦花草。西望三县洲，夕照龙潭角。
祈雨遗迹在，千秋供凭吊。北岸苍霞洲，古津复仁道。
全闽第一山，米芾遗墨宝。越王台边树，百代不言老。
造化钟神秀，此地多文豪。精舍讲书堂，庭前绿芭蕉。
传世文章在，名成两译稿。悲情茶花女，掩卷泪绞绡。
天演说世界，国人竞折腰。桥头青年会，寄名基督教。
文化汇中西，风气开先导。漫说三通桥，波涌两头潮。
咸康国师字，参行名声噪。媒体民喉舌，南方闽星报。
桥南仓前山，登临风景好。榕城收眼底，白云日边绕。

烟台火不举，赏心古情调。山下观音井，甘泉涌如潮。
人家皆枕水，炊烟散袅袅。舟泊泛船浦，倦客似归鸟。
货卸六码头，人游南台岛。岛上有闲人，喜作寒江钓。
香饵水中漂，丝纶手上摇。围观三五人，言谈有嬉笑。
收获无所谓，自乐自逍遥。俄顷暮色临，玉人夜吹箫。
箫声动乡情，故乡路迢迢。黑水黑天远，舟火星光渺。
迎面风瑟瑟，举头月皎皎。夜市灯如昼，冠盖江滨道。
乐新有名厨，善烹海鲜肴。南星有金汤，足可消疲劳。
天华丝竹声，客中春意闹。田垯狎妓游，风流夸年少。
才女慕碧云，独领花枝俏。达者桥上走，清风似甘醪。
彩笔绘人生，长虹当此桥。骚客桥上走，愁绪似春潮。
抚遍石栏杆，聊以慰寂寥。匆匆走过客，但听车马嚣。
我来桥上走，把酒醋滔滔。浩浩长空大，天下我独小。
急急奔前途，空余影一条。桥头三岔口，歧路歌离骚。

第二十八章

修学行邀同伴绍诗偕往　祇园祭游京都信子欢心

日本有一都一道二府四十三县。一都即东京都，国都是也。一道即北海道。二府即京都府、大阪府，大抵相当于国人所认知的直辖市。四十三个县不归市管，相当于中国的省。

关原是日本中部一处东西长四千米，南北宽两千米的盆地，是连接日本西北与东南的要道。以关原为界，又分出关东地区和关西地区来。关东地区有东京、埼玉、神奈川、千叶、茨城、栃木、群马等县市。关西地区有京都、大阪、奈良、神户等县市。

对于关东地区的学子来说，关西地区，尤其是京都、奈良当是他们首选的修学目的地。盖因京都、奈良是日本的古都，是日本的文脉、人脉首善之地。

明治维新之后，修学旅行之风在日本日见盛行。小学生多是由学校组织，老师带队，在学校所在地的都市周边作修学游行，相当于国人的春游、秋游。

中学生年龄稍长，不需要，也不喜欢老师在旁约束，多是在寒暑假里，三五个志趣相投的同学结伴在国内作跨县游。大学生中则不乏单枪匹马出去闯天下作跨国旅游者。

日本的中学生和大学生在学期间，多会在课后出去打短工，打工赚来的钱多花在了修学旅游的路上。作出国修学旅者大多会选中国的上海。日本人多对中国充满了爱恨忌妒仇。爱其历史之悠久，文化之博大精深，忌妒其幅员之辽阔，鄙其国人之不争。

甲午之后中日两国结成了世仇，小国打败大国，其中的道理成了众多修学旅行者潜心探究的课题。明治维新中的风云人物高杉晋作到上海游学后，目睹了清王朝的衰败，西方列强的蛮横，回日本后愤起组织攘夷行动。

中日交往始于隋唐。隋时日本派出多得思北孤、小野妹子，唐时派出犬上御锹、阿倍仲麻吕出使中国，将中国文化带回日本后方才有了日后的日本通宝和日本文字。因有唐鉴真和明末清初隐元的东渡，方才有了奈良的东大寺和京都宇治的万福寺。

长谷川信子是学中国文学的，京都、奈良自然是她梦寐向往的修学旅行的首选目的地。

这年暑假，长谷川信子提出要去京都、奈良作修学旅行。长谷川纯一郎举双手赞同，只是当妈的不放心。太太长谷川良子说："虽说不是出国，但京都、奈良毕竟远在数百里之外，一个女孩孤身在外，身边又没个人，要是遇上劫匪或是小流氓，或是什么头疼脑热的，叫你哭叫无门。"

长谷川信子笑道："妈咪，如今是朗朗乾坤，光明世界，怎么被你说得一团漆黑？我去修学旅行，走的是大路，坐的是JR，去的是公共场所，只怕是想见识一下劫匪的头脸都难，妈咪是多虑了。再说了，修学旅行的一个初衷就是鼓励孩子走出家庭，了解社会，学会自理，换言之，修学旅行就是学者们针对妈咪族的家庭妇人设计的。"

金绍诗在旁听了后说："夫人，要不然我陪信子小姐去关西走走。京都、奈良也正是我想要去的地方。我在日本这些年，要是哪一天回国了，跟旁人说我没去过京都、奈良，只怕会遭人嘲笑，被人当作书呆子的。"

长谷川纯一郎见状点头表示赞同说："绍诗君若能陪信子同去，旅途上彼此间有个照应，自然是最好的了。"

长谷川信子也乐意，鼓掌说："成了。事不宜迟，迟则生变。我下午就去买票，买青春十八券七日游，中途可以在名古屋下车，看看名古屋城，下车小玩半天。"

大阪城、熊本城和名古屋城是日本著名的三大幕府古城。在京都的将军府叫二条城。

青春十八券票价优惠，是日本国铁招揽旅游生意出的招数。买了青春十八券后，一天二十四小时内有效，乘客可以随意在行车途中的任一车站多次上下车，不受限制。

金绍诗和长谷川信子起早登车，到名古屋时还十点不到，两人下车后直奔名古屋城。两人在名古屋城内玩得高兴，直到傍晚才又赶到火车站，赶上最后一班开往京都的火车，出了京都站时，看时间已近零点，长长地舒了口气。

因为第二天是京都祇园祭的高潮。祇园祭是八阪神社的祭礼，游行花车会在上午九时从四条乌丸出发。为了赶这一时间，长谷川信子执意要在四条乌丸邻近的河原街找间旅馆过夜，第二天一早好去抢个好的观赏位置。

河原街是京都最热闹的街道，虽然是入夜已深，街面上依然是人流不息，热闹非常，店面前悬挂着一排排大红灯笼和白色的灯笼，垂挂着青布帘，依然营业。街边上还有许多卖零食的小摊。人们身穿和服，脚踩木屐，手持团扇，走着八字步在街头街尾闲游逛荡。

京都是日本古都，有众多的名胜古迹。著名的寺院有平安神宫、二条城、金阁寺、银阁寺、龙安寺、清水寺、三十三间堂，著名的风景区有岚山、哲学之道、琵琶湖等等。每日间有许多世界各地汇聚来的游客，人来人往，车水马龙，是座典型的旅游城市，据说京都城内有上百处寺庙，上百间旅馆，因此在来前，两人从未考虑过住宿的问题。

大阪天神祭、东京神田祭和京都祇园祭是日本的三大祭礼，其中以京都的祇园祭最为热闹，分前祭和晚祭，时间也最长，涵盖了七月份一个月的时间，从日本各地乃至世界各地汇集来的观光客多不胜数。

现在问题来了，再多的旅馆也装不下一时间从四面八方潮水般涌来的游客，就像是再大的银行也架不住潮水般涌来的挤兑风潮一样。各处的旅馆纷纷挂出了客满的牌子。

为了住宿，此刻金绍诗已再无心观赏河原街的夜市了，他拽着信子四下里找店住下。几处碰壁后，他们只得垂头丧气地离开了河原街，到巷子中找去。好不容易在一处小巷子里找到了间不起眼的和式旅馆，店老板说有房，但只有一间了。

金绍诗听到只有一间时，刚刚有的兴奋顿时消失殆尽，说："信子，要不然你先住下，我再上别处找去，找到住店，落脚后我再回头来知会你。"

长谷川信子没有犹豫，迅即对老板说："登记吧，这房间我们住下了。"

店老板问说："你要住几天？"

长谷川信子说："三个晚上。"随即写上两人的姓名，交了押金。店老板遂让伙计带信子去房间，是一间八帖的榻榻米房。

金绍诗见信子住下，心中稍觉宽慰，说："那你先休息吧，我再上邻近的边上找去。"

长谷川信子拦住他说："找什么找，住这儿不是顶好的吗？我刚才登记时已经将你我的名字登记上了，你还找什么找！"

金绍诗说："一间房两人住，到底不方便，我还是出去另找住的好了。"说着抬脚就要往外走。

长谷川信子拦住他说："说什么呢？'一间房两人住'怎么了？我都不在乎，你还在乎什么，不许出去！"

说话间将金绍诗迈出房门的身子拽了回来，正色说道："你要再酸文假醋的，我可真生气了。你现在要是走出去了，今后的行程咱们就各走各的，你也别再来找我了。"

金绍诗见信子生气，只得作罢。

七八月是京都最为炎热的月份。两人稍事休息后，金绍诗开口说："信子，你先洗澡去吧。时间不早了，洗完后早些休息好了，明天还要早起抢位子看花车巡游呢。"

长谷川信子说："还是你先请吧。"

金绍诗笑着说："从来是女士优先，我要是先去洗了，岂不是有失绅士风度。"

长谷川信子狡黠地说道："出了家门，在社会上才讲女士优先，关起门来，是一家人，在日本的家庭中，从来是先生优先，绍诗君理当先请。绍诗君应当清楚，女人的事多，洗起来没个完，在浴室里折腾的时间长，岂不耽误了你的休息时间？"

金绍诗听了后，心中怦怦直跳，只是作声不得，担心越说信子的疯话越多，只好讪笑着先进卫生间洗去。

金绍诗果然迅速，胡乱冲了个凉，十分钟不到就洗好，换好睡衣出来，让信子入内洗去。

长谷川信子进了浴室后，金绍诗从壁橱中取出睡巾，在靠墙的位子上躺下，原想等信子洗后出来再睡，哪知道一合上眼便迷糊了起来，到醒来时天已经大亮，侧过身来，见信子靠在自己的边上，发出微微的鼻息声，睡得正香。

好一幅睡美人图。金绍诗想起元人"美人睡起袒蝉纱，照见臂钗红肉影"的诗句，瞧信子的睡姿，禁不住心旌摇曳。

正胡思乱想间，信子也醒了，睁开了她惺忪的睡眼，见金绍诗正盯着自己瞧，不好意思地问："我是不是睡过头了？"

金绍诗说："没有。我也才醒，正在回味刚才做的一个梦。"

长谷川信子调皮地问说："什么梦？是春梦吗？是《牡丹亭》里的游园惊梦吧？"

金绍诗回答道："不是春梦，但也差不多，我梦见了明代唐寅的一幅画，还配了诗的。"

长谷川信子饶有兴趣地问说："什么诗？还记得吗？"

金绍诗说："这不刚刚梦醒，还新鲜着呢，当然记得。"

长谷川信子兴趣大增说："记得，那就快念念，我帮你记了下来，日后要是应验了，好有个印证。"

金绍诗说："那我就念了，你准备好笔和纸，记好了。"

长谷川信子急不可耐地催他快念！

金绍诗念道：

232

> 窈窕女，色倾国，艳若桃李，芳姿绰绰。
>
> 眉横翠，唇含丹，软玉温香，羞花闭月。
>
> 缃绮裙，芙蓉面，万般风韵，含情脉脉。
>
> 息轻匀，身婀娜，削肩细腰，几多诱惑。
>
> 纱衣薄，温如水，如游太虚，恍恍惚惚。
>
> 意绵绵，思悠悠，劝君勿说，错错错，莫莫莫。

金绍诗念完，眼瞧信子问："都记下来了吧？我的记性可好？这幅春睡美人图的题跋可好？"

长谷川信子双颊飞红，说："你诳我，这哪是梦中的诗，只怕此刻你还在做梦吧。看我掐死你，好让你早些梦醒。"说罢竟将身子扑了过来。

金绍诗躲闪不及，被她压在了身下。金绍诗也不反抗，让她死死地压着不动。二人打闹正酣时，服务生不合时宜地敲响了房门，在门外朝屋内喊话说送餐。

长谷川信子只得停手，回说："就放门口吧。"

两人吃过早餐，急急赶往四条乌丸。这天是七月十七，是花车大游行日。两人到时正好赶上花车巡游开始。只见花车两边装着木轱辘，各有十来个壮汉拉着纤，向前缓缓前行。花车高达二三十米，车上四边都站着身穿日本传统服饰的舞者表演传统的艺能。花车上每个楼层的表演都不一样，有鹭舞、狮子舞和乐器吹奏等等。花车有三十多辆，队伍相当壮观。

道路两边人山人海，人们跟着花车队伍呐喊跳跃，气氛十分热烈。为避免被人挤散，金绍诗一路上紧握住信子的手。

在回旅馆的路上，信子问金绍诗："绍诗君，听说在中国过春节也是这般的热闹，是吗？"

金绍诗说："可不是？中国的春节确实也很热闹，街上也都是人，商铺过了午夜也不打烊。大年三十是合家团圆日，一家人不管走离得多远，这天都会想方设法回家团聚，一家人围在一起吃年夜饭。第二天是大年初一，大人会带着小孩到亲戚家拜年，大人会给小孩红包，叫压岁钱。到了正月十五，是月圆日，人们上街一边观赏花灯，一边抬头看天上的月亮，中国人似乎更在乎情调。十五夜闹元宵时，街上便会有舞龙舞狮和走高跷、打钱鼓的队伍，但是像这样壮观、万人空巷的场景是没有的，只是多了些鞭炮声。像祇园祭这么大的庙会，少了鞭炮声，总觉得不够味。"

长谷川信子又饶有兴味地问说："中国也有像祇园祭这样大花车游街的吗？"

金绍诗说："有啊。我们不但游街还游神呢。"

长谷川信子迫不及待地问说："你快说说，都游哪些神仙，《封神演义》中的神仙都来了吗？"

金绍诗笑说："街道那么窄小，哪容得下那么多神仙。况且，中国的地那么大，东西南北中，各地的风俗习惯不一样，请的神仙自然也不同。我姥姥家在长乐，乡间游神时我去瞧过，热闹极了。"

长谷川信子催道："你别一句话分三段讲，连贯不停地往下说呀。"

金绍诗说："你也太性急了。我歇口气往下说，算不得卖关子吧？我姥姥家在长乐泮湖乡，她们乡供的是仁圣大帝。每年正月二十一到二十四是仁圣大帝出宫四乡巡游的日子。"

长谷川信子插话问说："为什么是四乡巡游啊？"

金绍诗开玩笑道："别插话，不怕我卖关子了？"

长谷川信子急了唾道："真讨厌，找打来着？"

金绍诗求饶说："不敢。其实是我姥姥家迁到泮湖乡时始祖分别为四个儿子置地分居，各房头各自发展开来，才有现在的泮湖、湖湾、湖前、湖西四个乡。虽然是分家了，但亲情犹在，所以到了仁圣大帝出宫巡游保境安民、祈福去灾求平安的日子还得求他老人家一视同仁，不辞辛苦，分四天到四乡走走。他老人家经过的街道两旁的人家都在门口摆上酒宴供他老人家享用。供桌面上有全猪、全羊、全鸡、全鸭、时令水果和各色山珍海味。仁圣大帝他老人家出行的仪式十分隆重。出宫前还要在祠堂前放地龙火炮。"

长谷川信子听得津津有味，问说："什么是地龙火炮？我长这么大了，不要说看了，就是听，也是闻所未闻。"

金绍诗眉飞色舞说："中国人过年过节时舞龙灯你见过吧？"

长谷川信子说："见过，去年春节时我爸、我妈和我一家人特意到横滨的中国城看了舞龙灯。有黄龙和青龙两条，龙身由二十来个人举着，两条龙在抢一颗红球，龙头忽上忽下，忽高忽低，龙身跟着动，有趣极了。"

金绍龙说："是的，龙的特点就是一个长字。地龙就是将数十米长的炮仗在地上平铺开来，点燃时一串地龙可以响三五分钟，数串地龙响过大抵要半个时辰的时间。火炮，就是冲天炮，也就是现在人说的焰火，在晚上放时，尤为好看。"

金绍诗继续说道："仁圣大帝起驾出巡时前呼后拥，先是鼓乐开道，继后是文武大臣，太监手举黄盖伞，仁圣大帝端坐在巡游车上，后边是娘娘，随后是舞狮耍杂队，逶连近百米，十分壮观。道路两旁五色彩旗迎风招展，在每个街口都扎了彩门，一路上鼓乐齐鸣，鞭炮声不绝于耳。晚上在祠堂内摆上上百桌酒宴，全村人尽兴喝酒吃肉，酒宴后是演戏，从福州城里请来名角，连演三晚。"

长谷川信子听得入神，说："听绍诗君这么一说，确是另外一番景象。寻个机会，我是一定要去领略的。"

有了早晨的亲密接触，回到旅馆时，金绍诗也不再提找房的事，两人已经累得不行，进屋洗漱后还没来得及多说几句话，便倒头沉沉地睡去了。

第二天长谷川信子提议说找个清静的去处散心。金绍诗说："听说京都大学边上有条哲学之道，哲学之道边上有条河叫北白川，通往琵琶湖，甚是清幽，是一些智者散步、思索人生哲理的好去处，我们就上那儿吧，也学着当一回智者哲人。"

长谷川信子对这提议也很感兴趣说："好的。哲学之道在大文字山边。我们可以先去银阁寺，出来后沿哲学之道散步到平安神宫。清水寺和三十三间堂也在那附近，正好是一天的时间。"

按照原先规划的线路，京都之后是奈良。临出发前金绍诗对信子说："去奈良要经过宇治。在宇治有过一个从我老家来的高僧，你听说过吗？"

长谷川信子茫茫然，问道："是哪位高僧？"

金绍诗说："隐元和尚。我们家祖上是从福清迁居到省城的。小时候听大人说，福清渔溪黄檗山上有座寺庙叫万福寺，由隐元和尚住持。隐元和尚出家后在普陀山、天台山、金粟山等许多名山古刹游学，回黄檗后成为费隐通容大和尚的法嗣。明末清初时应长崎兴福寺住持逸然性融的邀请东渡日本讲经传道，轰动一时，日本天皇将宇治醍醐山麓的一万坪地给了他，由他建寺。隐元将他建的寺庙也叫作黄檗山万福寺，开辟了日本的黄檗宗。据说在日本，黄檗宗寺庙多达一千多所，僧俗信众百万人，日本天皇赐予隐元'大光普照国师'的尊号，隐元成了继鉴真之后，东渡日本最有影响的大和尚。"

长谷川信子听了后说："既然这么有名气，我们当然要去，去亲自体验一下黄檗宗的魅力。"

第二天两人早早出发，寻到万福寺时也才十一点多钟。一块"不许荤酒入山门"的碑巍巍然立在山门口。

金绍诗对信子介绍道："这就到了。为了区别，人们将福清的万福寺称作唐黄檗或是古黄檗。"

长谷川信子迅即反应过来说："那这儿就是新黄檗了。"

金绍诗点头称是，夸她聪明。

两人进了寺庙，迎面是弥勒佛。金绍诗介绍说："万福寺是典型的中国明清时期的寺庙布局。第一殿是天王殿，供着四大天王，正中间端坐的是弥勒佛，背后护法韦驮。第二殿是大雄宝殿，中间是如来佛祖，左右两边是他的弟子阿难、伽叶。殿两边是十八罗汉。最后边是观音殿。这里边有个小故事，你想不想听？"

长谷川信子兴致盎然说："既然是故事，你就说来听听。"

金绍诗说："有人调侃说，弥勒佛、如来佛、观世音三人都法力大得很，分不出伯仲来。一天，他们三人在天界上看见人间在造寺庙，如来佛祖说，我们三人不如比法力来定座位好了。弥勒佛和观世音听了都表示同意，问如来佛祖要如何比法。如来佛祖指着前方正在盖的寺庙说，我们三人赛跑如何？二人表示同意，结果弥勒佛最先跑到，一屁股坐在了门口，观世音第二个到，在后边的高处坐下了，最后跑到的是如来佛祖，他坐在了中间。就成了现在寺庙的格局。"

长谷川信子听了，笑道："你胆敢如此大胆地亵渎神灵，不怕肚子疼？"

金绍诗当即面朝弥勒佛双手合掌谢罪："菩萨保佑，刚才弟子信口胡说，只是想逗信子小姐开心，别无他意，若无意间冒犯了您老人家，请多多原谅，得罪了，得罪了。"

金绍诗拜了弥勒佛后对信子说："你看弥勒佛笑口迎客，是不是很亲切？说一两句玩笑话，他老人家不会与我们这些凡夫俗子一般见识的。我见过一副对联写得真好。"

信子饶有兴致地让他说来听听。

金绍诗说："上联是'大肚能容容天下难容之事'，下联是'开口常笑笑天下可笑之人'。"

长谷川信子听了说："与大殿上的佛像一比较，果真是既传神，又贴切，而且富有哲理。"

两人走过庭院进到大殿，金绍诗指着大殿边上的大木鱼说："据说这诵经时敲的大木鱼是隐元和尚带了来的，隐元之前，日本寺庙中诵经是不敲木鱼的。还有你看，大殿两边的罗汉要比日本其他寺庙中的多两尊，不是十六尊，而是十八罗汉。你再看这罗汉的雕工多精致、传神。据说隐元和尚建寺时特意从他老家福清请来了许多能工巧匠，完全按唐黄檗的式样建造的，因此现今的宇治万福寺完全是中国明清时的建造格局。"

长谷川信子听了夸奖道："与君一席话，胜读十年书，我这次是选对人了，回去后，我要让我爸好好地奖赏你。"

长谷川信子见佛祖台前有一对跪拜的蒲团，就牵着金绍诗的手跪下身去，说："我们拜拜佛祖，求个平安吧。"

金绍诗跪下身后说道："那我们就许个愿吧。"

长谷川信子说："好的。我说上句，你说下句，看看我们是不是心有灵犀。"金绍诗点头同意。

长谷川信子说："在天愿作比翼鸟。"

金绍诗接上："在地愿为连理枝。"

长谷川信子说："天长地久有时尽。"

金绍诗连上说："此情绵绵无绝期。"

长谷川信子满意地笑了。

两人将万福寺的前前后后都逛了一遍后才依依不舍地离开，在天黑前赶到了奈良。

第二十九章

求职路长谷川指点迷津 娶信子金绍诗改换门庭

日本的知名大学首推日本帝大。

在日本的本土上共有七所帝大：东京大学、京都大学、大阪大学、东北大学、九州大学、北海道大学和名古屋大学。

私立大学中的佼佼者当属东京的庆应义塾大学、早稻田大学、明治大学、立教大学、青山学院、御茶水女大、京都的同志社大学和立命馆。现今日本一万元钞票上印着的人物福泽谕吉是庆应大学的始祖，旧版五千元钞票上印着的人物新渡户稻造是私立东京女子大学的始祖，足见私立大学在日本的人气与地位。庆应义塾大学和早稻田大学在日本并称私立双雄。

日本学生的毕业季在四月。关西修学旅行回来后，金绍诗便开始关注各大公司公布的用人招聘信息，用心编写自己的履历，为找工作做准备。在学毕业生年轻，履历相对简单，主要是籍贯、出生地、家庭人员状况和个人的学习成绩和获奖纪录。

金绍诗的学习成绩无疑是骄人的，几乎门门功课都是 A，是一等奖学金的获得者。金绍诗的毕业设计也是 A，获得了早稻田大学校长颁发的毕业设计金徽奖。

金绍诗将自己编写好的履历给长谷川信子看，长谷川信子看了后，信心满满地说："凭借你的这份履历，一定可以打遍天下无敌手，日本的大公司由你挑着去。"

金绍诗学的是机械制造，最理想的就业单位当然是三菱重工、三井、日产、日铁、松下这几家大公司。

日本企业重视人才，为了招到优秀的人才，各大公司都早早地派出了人事部的人，尤其是名大学的校友，以学长的身份在各大学的毕业生中游说，给出了种种诱人的工作条件，如年薪、年带薪休假日、住房补贴、交通补贴、社会安全保险等等优厚的许诺，提前与优秀毕业生签订就业意向。

递交求职报告时还应附有两名推荐人的推荐书。金绍诗很快就找到了

238

两个推荐人。两人都是他的授业恩师，都是重量级的人物。一个是他毕业论文的指导教授村井隆二。村井隆二教授给他的评语是："人才难得。"另一个是工学部的主任高桥春树教授。高桥春树教授给他的评语是："百里挑一的才俊。"两位老先生对金绍诗的人品、学问都十分的赞赏，在推荐信中对金绍诗不乏溢美褒勉的言辞。

高桥春树将推荐信交到金绍诗的手中时，另给了他一封私人的信函，是写给三菱重工的人事部谷木次郎的。高桥春树嘱咐金绍诗说："金君，你可以直接到三菱公司人事部找到谷木次郎君，将这封信交给他，他是你的学长，现在在三菱重工的人事部供职，你去找他，谷木君一定会帮你的。"

日本的公司用人也注意人脉关系，有了高桥春树和村井隆二的推荐，金绍诗信心满满。

这日金绍诗西装领带，擦亮了皮鞋，照了镜子打扮整齐后，信心满满地到三菱重工公司求职。

金绍诗到三菱重工的人事部找到了谷木次郎，将高桥春树的私函、高桥春树和村井隆二的推荐信，以及自己的简历、学业成绩一并交到谷木次郎的手中。

谷木次郎看了高桥春树的推荐信后十分地客气，极其热情地接待了他的师弟金绍诗。

在人才部的办公室里，谷木次郎十分认真地翻看了金绍诗递过来的材料后说："金君，这些材料足以证明您的优秀，您先回去安心等着，下周这个时间您再来听答复好了，我想不会有什么问题的，您就准备着来签约就职吧。"

金绍诗回到长谷川寮后，将面见谷木次郎时，谷木次郎说的话一五一十地对长谷川信子说了，信子听了后说："像绍诗君你这样一等一的人才，三菱是绝对不会漏过的，你就着手筹备你的就职聚会好了。"金绍诗听了心中好是受用。

好不容易挨过了一周，金绍诗一早就去三菱听回话，出来接待的是一位女士，她礼貌地将金绍诗先前送来的材料送还到他的手中，十分抱歉地说："金先生，这些是您先前送来的材料，您收好了。谷木先生让我代表他对您表示歉意。公司董事会没有通过您的申请。"

打击无疑是巨大的，而且是猝不及防。金绍诗十分沮丧地接过材料，仍不死心，小心地问说："对不起，能给个退收的理由吗？我会继续努力的。"

人事部的小姐说："十分抱歉，金先生，这是公司董事会的决定，我不太清楚，也不便发表任何个人的意见。您不用灰心，您还可以去其他公司应聘，祝您好运。"

长谷川信子见金绍诗像是遭霜打了的茄子似的，阴沉着脸回到寮里，知道事情有变，待问明了情况后也大骂三菱公司有眼无珠。长谷川信子说："东京也不是只有他三菱一家公司，你不必为一次的失利而烦恼，你一定能找到一个满意的工作。"

第二天长谷川信子陪同金绍诗去了日铁商社。

日铁商社人才招聘处一个名叫田间边上的中年男子出来接谈。

田间边上收了金绍诗递过来的简历，翻看了几面后便装回到文件袋中，让一个名叫玲子的女秘书送到人事部，田间边上对玲子交代说："金先生的档案我刚才约略看了一下，他是个优秀的人才，你将他的材料送给小林课长，让他提交到下周的例会上讨论，尽快做出决定。"

玲子走后，田间边上十分有礼貌地对金绍诗和信子说："初次见面，没有什么好招待的，公司边上有个很不错的咖啡茶座，我想请二位上那儿坐坐，我们再细细谈谈。"

田间边上的热情燃起了金绍诗心中无限的希望。三人在咖啡间闲聊了一阵。田间边上向二人详细介绍了日铁商社的业务和商社给员工的福利，并祝福金绍诗："金先生真有福气，红粉知己天仙般的漂亮，我们商社诚心地欢迎二位的加盟。你们下周五来听准信。"

当他知道信子是长谷川纯一郎的女儿后，表现得更为谦恭，对信子说："令尊大人的文章我拜读过，敬佩得很。"让他们回去，安心等待，做好来日铁上班准备。

出了日铁商社，长谷川信子信心满满地对金绍诗说："这回你放心了吧？我就说了，在日本人才第一。像你这样优秀的人才是不会被埋没的。"

金绍诗细细回想刚才田间边上的每一句话、每个眼神、每个动作，还有破例请他们喝咖啡的场景也觉得比起三菱重工来，日铁似乎更看重自己，也觉得自己这次是胜算满满。

满怀的希望突然落空的心理打击无疑是巨大而且残酷的。第二周的周

240

五，金绍诗和长谷川信子去日铁会社听回信时的情景竟然同三菱重工时的如出一辙。

女秘书玲子将金绍诗的求职申请资料全数退还给他，十分抱歉地说："金先生，田间边上部长让我对您表达他十二万分的歉意。田间边上部长说，上周他失言了，给您带来了不必要的苦恼，他对不起您。祝您好运。"

金绍诗才知道原来请他喝咖啡的田间边上是个大人物。能使大人物言而无信的力量自然是不可小觑。他再一次清楚地认识到自我，明白在日本就业之路必是十分艰难。

回到长谷川寮后，长谷川信子愤愤不平，说："绍诗君，不要气馁，我们明日动身上大阪去，上关西重工！东方不亮西方亮。东京这些商社的政客味太浓了。咱们上关西，一定可以闯出一片属于你的天地来。"

关西地区是日本明治维新前的政治与商贸中心，当然会有些机遇。现在也没有更好的选择了，金绍诗决定听信子的话，到大阪去寻个出路。

长谷川信子坚持要陪着金绍诗同去。

长谷川太太对丈夫说："你在东京有这么多的人脉，绍诗君就职的事，你出面帮他一回吧，省得孩子们瞎折腾。"

长谷川纯一郎听了，胸有成竹地对太太道："就当作是再一次的修学旅行吧，让他们去散散心。等到碰得一鼻子灰，回来后就能面对现实了，到时候我再找他谈不迟。"

这趟去大阪，金绍诗心情沉重，兴致全无。他和信子住店后，问明白了去关西重工商社的地址就各自上床睡去，再不闲聊。第二天一早就找上门去。

关西重工门卫森严。门卫让人将金绍诗递出的材料送进人才招聘部，让他们在门口等回话。一会儿工夫，出来一位年近六十的长者。他将二人让到会客室，让秘书倒了茶水后说："很抱歉，让二位久等了。"说着从卷宗中抽出金绍诗的履历说："金先生的简历我们都看明白了。您确实是百里挑一的人才，就是我们日本的学生也没几个能有您这样耀人的学业成绩。"

老头夸了金绍诗几句后，话锋一转说："可惜金先生生不逢时啊。我们这儿，我想不只是我们这儿，像三菱重工、三井、日产、日铁、松下这些大企业应该都收到了陆军部的通知，我们都将转向军工生产，在用人上也加了限制，非日籍员工不用。因此对金先生的求职申请我们爱莫能助，只能说抱歉了。"

老头见金绍诗听了后神情沮丧，宽慰道："其实日本大得很。大公司不行，我想小公司暂时不会有这些战时的用人限制，金君不妨去小公司试试。"

金绍诗终于明白了，回到长谷川寮后，金绍诗喝下了一瓶的清酒，再不出门，倒头大睡。信子来回几次敲他的门，都没能叫醒他。

长谷川太太自然明白女儿的心事。关西修学旅行回家后信子有事没事，一天要去寮里看金绍诗好几回。两人泡在一起，无话不谈，一谈谈到深夜。

太太将她自己对女儿的动态观察对丈夫说了。

长谷川却乐观其成，含笑回说："绍诗君可是个难得一遇的俊才，连我都喜欢他，信子岂能放过？难道你有什么异议？不满意？让他走容易得很，一句话而已，可是走了后你或许会后悔，打了灯笼也难再找回来。"

长谷川太太担忧道："好虽然好，但他毕竟是个中国人，信子要是嫁给他，日后保不定会有麻烦的。"

长谷川胸有成竹地说："这不是问题，我们将他变成日本人，这个问题不就迎刃而解了吗？现在机会不来了吗？"

长谷川太太听了丈夫的话，满心的狐疑，不知道丈夫葫芦里卖的什么药。

长谷川纯一郎唤女儿过来说："听说绍诗这几日情绪低迷，你告诉他，自暴自弃是解决不了问题的。你将他叫了来，说我有话对他说，他听了后自然明白其中的道理，明白了后才好想对策，有了对策，人自然会振作起来的。"

长谷川信子听了父亲的话，知道老爸出招了，高兴得飞一般地到寮里叫人去了。

长谷川信子从寮里连拖带拉地将金绍诗拽到她父母亲面前。长谷川纯一郎让信子倒了茶水来，让金绍诗坐下后，边喝茶边问说："听说你遇到了点麻烦？"

金绍诗不好意思地回说："让你们二位老人费心了，一点小挫折，算不得大事，我想我调整一两天心情就会没事的。真是对不起，让你们操心了。"

长谷川纯一郎劝慰道："人的一生不可能都是顺境，遇到些困难和挫折是再正常不过的。也可以这么说，困难和挫折是人生的历练和考验。孟子不是有过'天将降大任于斯人也，必先苦其心志，劳其筋骨，饿其体肤，空乏其身'的话吗？可见人在逆境中的磨砺是人生的必修课，你不必过分灰心。"

长谷川纯一郎说着打开抽屉取出一本旧相册，翻到发黄的一页，指着上边的照片得意地说道："这张照片是我年轻时，也差不多是你这么大，东京大学毕业时与同学们去箱根郊游时照的。当时我们要跳过一个小溪涧到小溪的对面去，这是我在跃过小溪涧时一位学长抓拍的，我十分喜欢这张照片，洗出来后我在照片边上题了首小诗以自勉，你读读看，可以作为共勉吗？"

长谷川信子一把将相册抢在手中好奇地问："我怎么没注意到这小诗有什么道道呢？"

长谷川信子看了后递给金绍诗："这小诗今天读了，还真有些小道道。"

金绍诗看递过来的相册上的题诗写着：

密林深处云雾浓，放眼但见万山重。

前途纵有千千坎，都在轻轻一跃中。

金绍诗读完小诗，惭愧地说："多谢您老指教。"

长谷川纯一郎意味深长地道："我相信你一定会把握好自我的。但是你知不知道问题出在哪儿？只有分析出你求职失败的原因，才能对症下药，才会有个正确的努力方向。"

金绍诗听出长谷川纯一郎话中有话，谦逊地问："我实在是想不出我错在哪儿了，请您指点。"

长谷川纯一郎指点道："你没有错，错在你求职的时间上。你是个聪明的孩子，但书卷气太重。你埋头读书的同时不懂得要眼观六路、耳听八方。中国话中有一句名言叫'知己知彼，百战不殆'。你这几日外出求职，连连告败，败就败在两眼一抹黑上。"

长谷川纯一郎继续说："在历史的大潮流面前我们都是小人物。我们只能遵从适者生存的丛林法则，要做到适者生存，就得顺应潮流。现今的天下大势是什么？你不是天天在看报纸、听广播吗？心中应该清楚明白才是。

日中之间的大战一触即发，这是明眼人都看得出来的，你不会不清楚吧？日中双方都在擦枪磨刀，军方的人防蒋干都防成神经质了。《三国演义》中的蒋干，你不会不清楚吧？蒋干就是当今流行语中的间谍，两国交战，最要防的是间谍。现在日本像三菱重工、三井、日产、日铁、松下这些大企业，都接了军方的军需订单，你一个中国人，想进这些企业能成吗？你纵然再优秀，也没哪家商社敢聘用你，给自己添麻烦惹火上身的，你说是吗？"

金绍诗颔首受教。

长谷川纯一郎的一席话说得金绍诗茅塞顿开。金绍诗说："诚如所言，我在日本是无路可走，只有回国一条道了。"

长谷川纯一郎摇头道："未必。中国不是有句俗语叫作'路是自己走出来的'吗？还有一句话是'车到山前必有路'，大路走不了，戒严了，我们可以走边道绕过去呀，只要不一根筋、一条道走到黑，就一定会有出路的。之所谓谋事在人，成事在天，说的就是主观努力，不轻易放弃，不轻言失败。"

金绍诗表示虚心受教。

长谷川纯一郎说："以我之见，你不妨放开实业这条道，先到大学里教书搞科研。你们工学部的主任高桥春树教授我是认识的，关系也好，我同他聊过你的事，他现在做的是机械动力学的理论研究，正缺个助手，你如果不嫌弃的话，我替你说去，想必他是会同意将你留在身边当助手的，你意下如何？"

果然是山重水复疑无路，柳暗花明又一村，金绍诗迅即点头称谢："那就太感谢您的关心、关爱和帮忙了。"

第二天长谷川纯一郎就给金绍诗带回了高桥春树教授的话，长谷川纯一郎说："高桥春树教授对你能留在他的身边工作表示欢迎。余下的话，你可以直接找他说去。"

金绍诗留校当助教的事几乎没费什么周折就定了下来。未来总算有了着落，金绍诗松了口气，回到长谷川家后金绍诗将他与高桥春树的谈话内容向长谷川纯一郎做了汇报。

长谷川纯一郎听了后问说："这对你来说只是暂时落了脚，你有过长远的打算没有？"

金绍诗摇头。

长谷川纯一郎分析道："日中战事的发生是早晚的事，你想过没有，战争爆发后，日本一定会大面积、大力度地排华。交战双方对侨民的排斥古来如此。到那时你将何去何从？"

金绍诗依然沉默不语。

长谷川纯一郎继续说："我听信子她妈说了你和信子的事，你有什么打算？"

金绍诗此刻不能不开口说话表态了，说："我现在心中真没了主意，一切听您的安排。"

长谷川纯一郎说："那好，现在是多事之秋，我的意见是：你们如果是真心相爱就尽快结婚，信子明年大学也毕业了，你们都到了成家立业的时候了。"

金绍诗嗫嚅着说道："我只是担心，以我现在的身份会给信子的将来带来麻烦。"

长谷川纯一郎承诺说："只要你们结婚了，你的身份我来解决。我会到外务省给你办入籍手续。"

金绍诗没有异议。

长谷川纯一郎说："信子她妈跟我说了，你们两个在宇治万福寺的佛祖面前许过愿了，既然你们都信佛，你们的婚礼就按佛前式的办好了。"

日本是个多信仰的国家。佛教、神教、基督教和平共处。同是一个人，他出生时在教堂内受洗，长大后到神社中祈福，死后在寺庙里超度。日本人的传统婚礼有在神社举行的神前式、在寺庙中举行的佛前式和在亲属面前举行的人前式三种，明治维新后洋人多了，建了教堂，年轻人就又兴起了教会式的婚礼。

浅草寺是东京都最古老的具有江户风格的寺庙。金绍诗和长谷川信子的婚礼就选在浅草寺举行。

金绍诗和长谷川信子结婚这日天气晴好。

日本各大家族的和服上都有各自的标识图案，日本有十多万姓氏，和服上的家纹图识多达一万多种。最尊贵的家纹莫过于皇室的十六瓣菊花。金绍诗穿了件饰有长谷川家梅花纹印记的黑色和服，这件和服在两边袖子的正反面和身背面上各有一枚白色的五角梅图案，十分抢眼。

长谷川信子身穿华丽鲜艳织锦拖尾和服，两人在佛祖面前宣读了誓约。信子的两个哥哥长谷川正雄和长谷川正义，还有长谷川家的亲属都来为他们作了见证。长谷川正雄和长谷川正义还请来了陆军部的许多朋友，场面十分热烈。

金绍诗同长谷川信子结婚后改名长谷川绍诗。长谷川纯一郎动用了他在外务省的关系，很快就以义子的名分，为长谷川绍诗办好了一应的入籍手续。

为了给女儿一个温馨的家，长谷川纯一郎对长谷川寮进行了大规模的整修。将原先分给寮生居住的单间房的隔板都拆除掉，扩大了起居室，装修了书房、厨房和卫生间，地上所有的榻榻米都拆掉换新，墙体也重新粉刷过，非常敞亮。

房前院子里的花草也请了花匠来剪修齐整，增加了新的盆景，石板路也重新铺过，最后将门口写着长谷川寮的牌子取下，换上写有"叔园，长谷川绍诗"的牌子。

婚房的修缮工程从头到尾都是由长谷川信子监工，直做到她满意为止。

金绍诗和长谷川信子婚后度过了两年幸福的时光，他们有了一个男孩，金绍诗为儿子取名长谷川敏夫。长谷川敏夫的哭闹嬉戏声给小院带来了生气，给长谷川夫妇带来了极大的快乐。

然而该发生的终究是要发生的。卢沟桥打起来了，不久又在上海开战，中日战争全面爆发。

不久，高桥春树被征调到军部主办的机械动力研究所去主持工作。机械动力研究所的主要研究项目是飞机、坦克、军舰的动力装备，是一级绝密的军工项目，虽然金绍诗已经更名为长谷川绍诗，但是还是被拒绝在高桥春树的科研团队之外。

日本大学的研究团队是宝塔型的结构。一个教授、一个副教授、两名助手，也就是美国大学中的助教授。

通常的做法是，教授退休后由副教授顶上教授的位子。两个助手中资深的那一位顶上副教授的位子后，年长的助手递补上助教授的位子，研究室会适时补充进一名新的助手。四人相互间的年龄差在十岁左右。也就是说，如果教授是六十五岁退休的话，则新进的副教授的年龄在五十五岁左右，资深的助手的年龄约四十五岁，两名助手中，一名年龄在三十五岁上下，一名则在二十五岁左右，传承有序，布局极其合理。

现在高桥春树突然带走了副教授和另一个助手，独独留下金绍诗一人。金绍诗被留在了没有研究团队的研究室里，他在工学部的处境可想而知。

金绍诗沮丧到了极点。

第三十章

评战事局中人纵论历史　权宜计长谷川安排退路

卢沟桥开战后，中日战争逐步升级，仗越打越大，日方的战线越拉越长。每一场胜利的消息传到日本国内后，日本人便会像打了鸡血似的，兴奋起来，成群结队，争先恐后地上街游行，脚踩木屐，跳着舞，又喊又叫，狂欢庆祝。

这时金绍诗便会躲在自己的房中，偷偷地打开收音机，收听日本 NHK 电台和南京中央台的战况广播。他，仿佛是个局外人，任何一方胜了，都无法激起他的兴奋。但若是传来中国败了、死伤惨重的消息时，他明显地感觉到了失败和沮丧。

虽然现在周围的人叫他的名字为长谷川绍诗，但他知道，他所认识的任何一个日本人都一如既往地视他为中国人，他的名字叫作金绍诗。他觉得自己现在像是一只可怜的、渺小的蝙蝠，在这场禽与兽的大战中，两边的人都不认可他，最后他只能躲在黑夜的角落，或是林涧山洞的阴湿幽暗里，在窥测方向中，苟且偷生。

长谷川纯一郎是一个文人，从骨子里瞧不起陆军部那些舞枪弄棒、目空无人的武夫，和两个儿子话不投机。长谷川纯一郎和女儿信子亲近，有共同的话语。现在又有了外孙长谷川敏夫在身边，整日在家里含饴弄孙，倒也自得其乐。

这日长谷川正雄带着老婆长谷川茵子和儿子长谷川建树回家来看父母亲。长谷川建树九岁，在小学读三年级，穿着一身学校订制的童子军军服。长谷川纯一郎夫妇见大儿子一家人来家，自然是十分的高兴。

长谷川太太拿出糕点来给孙子吃。两老在一旁开心地看着孙子吃过点心后说："建树，你到对面楼的院子找你弟弟敏夫玩去，顺便将你姑姑和姑父叫了来，跟他们说你爸爸、妈妈来家，让他们过来坐坐，一起聊聊天、喝喝茶。"

长谷川建树全当耳边风，在一旁拨弄这拨弄那，就是不去。长谷川纯一郎也催促道："乖，找弟弟玩去。"

长谷川建树突然大声说："我不去！他不是我弟弟，我不同他一起玩，我要打他！"

长谷川纯一郎听了一脸的愕然说："是谁这么教你的？是你爸爸吗？"

长谷川建树吼道："他们是低等人，是懒人，是懦夫，只会抽鸦片，点头哈腰，是亡国奴！"

长谷川纯一郎教训他说："说什么哩，乱七八糟的，满嘴的胡说八道，这些话是你学校的老师教你的吗？"

长谷川建树直着脖子，理直气壮地回答爷爷说："老师教的！爸爸也这么说。"

长谷川纯一郎转脸责问儿子说："你在家中就是这么教育孩子的？太没教养了！"

长谷川纯一郎和颜悦色地对孙子说："你爸爸和老师说的都不对，中华民族是个了不起的民族，五千年传承，文化灿烂，历史悠久，幅员广阔。咱们日本的文字都是从中国学来的，你怎么能数典忘祖、看不起中国呢？就说现在咱们用的明治、大正、昭和年号，都是从中国的古籍中撷取出来的。"

长谷川建树狡辩道："爷爷说的不对，明治、大正、昭和是咱们天皇用的年号，怎么可能会是从中国人的书中找来的！"

长谷川纯一郎说："爷爷是大学教授，能骗你吗？明治、大正和昭和的年号都取自中国的典籍。明治天皇取《易经》中'圣人南面而听天下，向明而治'中的'明治'作为他的年号。'昭和'二字取自《尚书尧典》'百姓昭明，协和万邦'中的'昭和'二字。天皇都这么敬仰中国文化，你小小年纪怎么会有中国人是低等人的想法呢？快去找你弟弟玩去，我们大人间有正事要说呢，你也想听？可你又听不懂，听得一知半解，断章取义，传了出去，就会闹出笑话来的。"

长谷川建树口中嘟嚷着，不情愿地挪动脚步走出房间，向对门的院子走去。

长谷川建树走后，长谷川正雄向父亲说明来意，原来他是辞行来的。淞沪会战打了三个多月才攻下上海。现在战线长了，需要人手，陆军部派他作为作战参谋到前线去参战。

长谷川正雄说："爸，您刚才给建树讲的话都对，但都是老皇历、过去的事了。当今世界讲的是丛林法则，弱肉强食，适者生存。支那就是块弱肉，当取不取，悔之晚矣。"

长谷川纯一郎教训道："千万别以为孔孟之乡人人都温文尔雅，中华民族有着与生俱来的与天斗其乐无穷、与地斗其乐无穷、与人斗其乐无穷的精神。在中国的民间传说中，古时的天地是盘古用斧头劈开的；天柱是共工用脑袋瓜子撞塌的；泛滥的洪水是大禹给治住的；九日并出炙烤大地时，是后羿弯弓射下的；两座大山挡路时，是愚公用锄头挖开，将山移走的。慈禧老佛爷一介女流，敢以一己之力对八国联军开战，虽败犹荣。还用我多说吗？一个民族坚韧不拔的意志和牺牲精神岂是外人能轻易征服的？"

长谷川正雄说："爸，您的这些想法和言论未免迂腐过时了。现实是甲午海战，北洋海军全军覆没；东三省我们几乎是兵不血刃就拿下了；卢沟桥一仗，我们也是轻而易举地占了华北三省；淞沪会战虽然打得有些胶着，但是最后还是拿下来了。拿下上海后，我们不是也没费多少周折就占领了南京城吗？南京城可是他们的国都啊，我们日本的皇军攻无不克、战无不胜是现实，不容怀疑。"

长谷川纯一郎听了儿子的话后一脸冷峻，气愤地说道："你们研究过中国的历史吗？懂得知己知彼，方能百战不殆的古训吗？一点点小胜便沾沾自喜，真以为自己强大到天下无敌了。井底之蛙，可悲啊！中国的国土大着呢，你们翻开中国的地图仔细看看，翻开中国的史书认真读读，从西域到东部边陲，有记载的战事多了去，中国哪一次是真正的败了？"

长谷川纯一郎又说："汉唐时，匈奴人、鞑靼人也打进过中原，结果怎么样？新疆、河西走廊最后归了东土长安。到了宋朝，蒙古人灭了宋，但最终的结果怎样？只过了不到一百年的时间，蒙古人的土地纳入了中国的版图。清人灭了明，其结果是东北三省归了国民政府。现在似乎你们打赢了，占了许多地方，弹冠相庆，别到头来连本土都输给了人家！"

长谷川纯一郎教训儿子道："战争打的不仅仅是枪炮，更重要的是文化。中国有五千年的文化传承，是精神传承，这些东西，你看不见摸不着，但是确确实实地流传在了中国人的血脉中，是你们的枪炮能打败的吗？"

长谷川正雄不服，说："爸，您的这些反战言论是很危险的。东京大学的矢内原忠雄教授，还有吉野作造先生、新渡户稻造先生，开头时不也像您现在这样，一个个不都是慷慨疾言，救世主一般的？最后在刺刀下不都收了口，选择了沉默。您的这些高见在家里对我说说也就罢了，可千万不能到外头去说，别去发表演讲，更不要写文章上报纸，省得引火烧身。”

长谷川纯一郎听了，嗤之以鼻说：“你们陆军部的人还要搞独裁，控制言论自由，打压名流学者，日本最终要败在你们的手中，国将不国了！”

爷儿俩正话不投机，只见门外信子怒气冲冲地拎着侄儿的后衣领进来，怒道：“见过熊孩子，没见过像你这样没教养的！看我今天怎么当着你爷爷奶奶和你爸妈的面狠狠地揍你！”

金绍诗牵着敏夫的手跟在信子的身后，小声地说：“信子，大哥、大嫂难得来家一趟，你不能给大家留个面子吗？小孩子家打闹，用得着这么大动肝火的吗？”

长谷川信子不听，说：“不行，今天非得好好教训他，让他长点记性。在外头，学校纵容他，在家里哥嫂纵容他，将他惯成了小霸王，今天落在我手里，决不轻饶！”

长谷川太太见了，赶忙走到门口，从信子手中接过长谷川建树问说：“怎么惹你姑姑生气了？”

信子依然余怒未消：“哥、嫂子，你们得管管他，也是个半大不小的孩子了，竟然如此的粗野。将弟弟按在了身下当马骑！这还不算完，竟然拿着鸡毛掸当鞭子，左手按着弟弟的头，右手用鸡毛掸打弟弟的屁股，口中还吐着脏话，骂弟弟是支那猪。你们说说，有这样当哥哥的吗？你九岁，他三岁，以大欺小是吗？你爸妈今天要是不管你，别怪姑姑打得你屁股开花。”

长谷川良子算是听明白了，数落女儿说：“你还好意思说‘你九岁，他三岁’，你多大了？二十多了吧，你拎着他的衣领不放，不也一样是以大欺小吗？”

长谷川正雄说：“妈，妹妹心疼儿子被建树欺负，说些气话您还真当真了。”一面赔着笑脸对长谷川信子说：“妹妹，打也打了，骂也骂了，气该消了吧，快坐下，咱们兄妹喝茶聊会儿。哥就要去中国，上前线了，你有什么话对哥说的？”

长谷川信子没好气地回了一句：“有！一句话，少杀人，多积德！”

长谷川正雄听了，一脸的尴尬，话不投机半句多，随便敷衍了几句，便带着媳妇和儿子，饭也不吃就走了。长谷川纯一郎也不挽留。

长谷川正雄走后，金绍诗带着敏夫回到叔园自己的房中，他瘫倒在沙发椅上，望着天花板，心灰意冷。

金绍诗想起了自己小时和绍城、绍龙、绮霞、绮雯到爷爷的房中，听爷爷讲童话故事的往事。那天爷爷说："有一天狮子大王宣布要举行一次森林百鸟的选美大会。小乌鸦为了装扮自己，挖空心思想出了一个办法。它千辛万苦地从孔雀、凤凰、百灵鸟、布谷鸟身上借来了美丽的羽毛，把自己装扮得花枝招展，但最后还是被认了出来，百鸟上前来拔光了它身上的伪装，还原了它本来的面目。"

爷爷讲完故事，慈祥地望着大家说："你们都说说今后乌鸦要怎么办？"

绮霞抢着说道："乌鸦要多吃东西，快快长大，长得跟老鹰一样大，让凤凰、孔雀都吓得远远地躲开，不敢来参加选美大会。"

爷爷笑着说："可是乌鸦就是乌鸦呀，再怎么吃，也长大不了多少，也是变不成老鹰的。"

绮雯思考了下说道："乌鸦成群结队地到凤凰、孔雀巢边上去，对着它们的巢，整天呱呱呱地叫，吵得它们不得安宁，让她们飞出森林，远远地躲了开去。"

老七绍龙有诗人气质，他淡定地说："我要是乌鸦，才不跟它们争什么选美，我只要属于我自己的一片自由的天空和一处安乐窝，我过我的日子，让它们臭美去吧。"

金绍诗现在算是彻底明白了，自己已经沦落成了百鸟选美大会上的那只可怜的小乌鸦。虽然自己有早稻田大学优秀毕业生的光环，又有了长谷川家乘龙快婿的招牌，还有日本外务省颁发的入籍文书，但最后还是让人将这些伪装剥得一干二净，而拔光了他身上羽毛，识破他伪装的人不过是个九岁大的孩子。

金绍诗算是彻底地明白了，在这场鸟兽大战中，自己是只蝙蝠，无论自己如何讨好双方，说自己是哺乳动物，还是说自己是会飞的鸟，都不会得到鸟兽双方的认可。公司的老板不接受他，学院的科研团队排斥他，现在连九岁大的孩子都敢在他面前大声直喊中国猪！皇帝的新衣是被童言戳破的，自己身上那一点可怜的伪装，今天也终于被一个不满十岁的小男孩撕下了。

金绍诗陷入了迷惘中，他开始质疑自己，这样千方百计地想留在日本究竟意欲何为？为自己？为家人？为信子？还是另有所图？自己这般死乞白赖地待在日本到底图的是什么？金绍诗想到了"梁园虽好，终非故乡"的老话，他清楚自己是到了该回家的时候了。

想到此金绍诗觉得整个人清爽了许多，从沙发上站起身子，自己倒了杯清酒，又从书架中取出李白的诗集，翻出《梁园吟》这一首，在屋内大声吟诵了起来：

我浮黄河去京阙，挂席欲去波连山。
天长水阔厌远涉，访古始及平台间。
平台为客忧思多，对酒遂作梁园歌。
却忆蓬池阮公咏，因吟渌水扬洪波。
洪波浩荡迷旧国，路远西归安可得！
人生达命岂暇愁，且饮美酒登高楼。
平头奴子摇大扇，五月不热疑清秋。
玉盘杨梅为君设，吴盐如花皎白雪。
持盐把酒但饮之，莫学夷齐事高洁。
昔人豪贵信陵君，今人耕种信陵坟。
荒城虚照碧山月，古木尽入苍梧云。
梁王宫阙今安在？枚马先归不相待。
舞影歌声散绿池，空余汴水东流海。
沉吟此事泪满衣，黄金买醉未能归。
连呼五白行六博，分曹赌酒酣驰晖。
歌且谣，意方远。
东山高卧时起来，欲济苍生未应晚。

诵罢仍觉不解气，又大呼三声："归去来兮，田园将芜，胡不归！胡不归?!"

信子进屋听到了，问："你都想好了？"

金绍诗愤然答说："有选择吗？没得想。实迷途其未远，觉今是而昨非!"

信子默然。

长谷川正雄走后，长谷川纯一郎不无担心地对太太长谷川良子说："良子，你的这两个儿子怕是在劫难逃了。"

长谷川良子不解道："你瞧街上隔三岔五的就有上街游行，欢呼捷报的，战事不是打得很顺利吗？你多虑了。"

长谷川纯一郎说："顺利？要是真的顺利的话，怎么打了三个月上海才攻了下来？战争是要死人的，人家有四万万人，咱们才多少人？这不，又增兵了，这么打下去，还不知道要死多少人，正雄这一去难保平安，我真替这两个儿子担心啊。"

听了丈夫的一席话，长谷川良子如梦初醒，紧张了起来，焦急地说道："那你得想个法子，别让他们两个愣头青去当炮灰呀。依他们的性格，处处要出风头，难免是要吃亏的。"

长谷川良子见丈夫没了主意，急得坐立不安。

长谷川纯一郎无奈地说道："他们想去当英雄我能拦得住吗？老大是拦不住了，得想法子让老二脱了军籍才好。"

长谷川纯一郎沉思了一会儿，说："现成的办法倒是有一个，只是要委屈了信子。"

长谷川良子催促道："你说吧，是什么办法？能让她哥哥躲过这一劫，她能有多大的委屈？"

长谷川纯一郎说："现在我们长谷川家有三个儿子，一个女儿。老大走了后还有两个儿子和一女儿，因此还得再走两个，这样我们两个老人的身边就只剩下一个儿子，不能再走了。再走，我们就不成了空巢老人？于情于理都说不通了。这样我就有理由向军部提出申请，让老二脱了军籍，回家来。"

长谷川良子听懂了："你说的办法我明白了。你是想让信子他们三口离开。"

长谷川纯一郎说："这是没有办法的办法。但凡有计可施，我不可能出此下策。"

长谷川纯一郎出此下策实出无奈。

他是个汉学家，在日本学界也算是有点名声的人。两个儿子打打杀杀的，对学问不感兴趣，早就让他心灰意冷了，所幸女儿与自己志趣相投，他满心打算着让女儿接了他的班。

日本人与中国人不同，中国人讲究血统，因此找嗣子只在自己血统内的旁支中找，绝不会找到外姓人去。日本人则不同，日本人更看重的是姓氏的牌子，只要是人才，只要是愿意更姓到他名下当义子的，他便可以收入门下，将自己的金字招牌让给这位与自己没有血亲关系的义子接了。

金绍诗更姓为长谷川后便是他长谷川家名副其实的一员了。金绍诗入赘后，长谷川纯一郎曾私下得意自己慧眼识珠。正在他庆幸自己一世的努力终于有了传承时，现在又不得不让他们离开，真可以说是万不得已。

长谷川纯一郎对妻子说："我想让绍诗带着信子他们回到福建绍诗的老家去住一阵子。绍诗和信子走后，我就可以以我们年老多病、身边得留个子女照顾为名，通过上层关系，名正言顺地让正义脱了军籍，回到家中来。"

长谷川良子担忧道："办法是不错，只是中国在打仗，让绍诗、良子他们三人回到中国去，不是将他们往火坑里推吗？"

长谷川纯一郎宽慰她说："你放心，福建不是火坑，是世外桃源。我研究过目前的日中双方态势，仗都集中在华北、华东、华中地区打，福建是个边远的地方，没仗可打，相对安全。"

长谷川纯一郎指着桌上地图中福建的位置，让良子看个明白，说："福建省在中国的东南方，一面面海，三面环山，交通十分不方便，远离中国的政治文化中心，没有什么战略意义，这地方一时半会是不会有战事的。"

长谷川纯一郎这番对福州战事的评说既对也错。福州城在抗战中没有大的战事，但也沦陷两次。两次沦陷的时间加起来不足一年，日方只是一种威慑性的占领，目的是阻断国民政府海上的物资补给线。

长谷川良子似乎看明白了，说："办法好是好，只是如何开口跟信子她们说呢？"

长谷川纯一郎说："现在这事情变得简单了。我知道高桥春树被军部调走后，绍诗在工学部的日子过得很不开心，他是巴不得早早地离开了那儿，我们这么一说，不正中他的下怀？至于信子，她不是也想去中国看看？再说了，正雄不是去了上海？正好照应得着。"

长谷川良子想了想，觉得当今的形势下，丈夫想出的釜底抽薪之计应该是最好的办法了。

晚上吃饭时，长谷川纯一郎在饭桌上先是询问了金绍诗的工作，说："绍诗，最近实验室的工作还好吧？"

金绍诗无奈地说道："我是个边缘化的人物，像是得了瘟疫似的，大家无论干什么事、说什么话都避着我。不过面上，大家对我都挺客气的。现在我除了一周上几次课外再无事可干，倒落得清闲，有的是时间，可以多回家来陪陪敏夫和二老。"

长谷川纯一郎表示理解，说："这是暂时的，因为现在是战时。你要是觉得憋屈，有没有想过要改变一下环境？"

信子接口说："依绍诗目前的状况，有现在这样的境遇是好的了。关键是自己要想得开，随遇而安。"

金绍诗叹道："我是想着随遇而安来着，可是树欲静而风不止，身不由己啊。"

256

长谷川纯一郎觉得是时候将自己的方案摆上桌面了，便说："就我们长谷川家目前的状况看，信子妈最担心的是正义。现在正雄去了前线，下一个就是正义了。枪炮不长眼，凶险得很。"

长谷川良子见说到了正题，就挑明了说："我和你爸爸几夜没合眼，倒是商量出了个办法。"

信子问说："妈咪，爸爸想出什么法子了？妈咪你就别磨磨唧唧的，快说呀。"

长谷川良子不再吞吞吐吐，一口气将长谷川纯一郎与她商定的方案说了，原以为信子会说"不"，但是没有，绍诗和信子听了后都不反对，信子赞同道："这办法好，可谓是一箭三雕，既保全了哥哥，也圆了绍诗回国探亲的梦，第三，最主要的是我这个丑媳妇终于可以面对公婆了。我的汉学知识一定会有一个从量变到质变的提升。"

信子说："爸爸、妈咪，你们放心好了。我也正想去中国，去绍诗的家乡看看，到唐黄檗去考察一番。考察过后我想写一篇《新旧黄檗的对比：传承与创新》的论文寄给您，好让您替我去文学部申请博士学位。"

长谷川纯一郎听了女儿的话，松了口气，对绍诗说："日中这一战，注定是一场旷日持久的没有赢家的战争。绍诗，你这些日子的痛苦与无奈，我们都心知肚明。你与其这样畏畏缩缩地在日本度日如年，不如堂堂正正地回中国去。我听人说福州城是东南邹鲁，一座福州城，半部近代史。绍诗你说，是这样吗？"

金绍诗谦逊地回答道："是有人这么说过。不过说这话的，我想他必是个福州人。乡党说的话嘛，难免有些夸大，但在近代史上福州确是出过不少名人。"

长谷川纯一郎说："刚听到这一说辞时，觉得有点儿邪乎。福州城在中国近代史上果真有那么玄乎吗？现在你正好有空，就同我们说说，也让我和信子多长长知识。小地方常出大人物，在我们日本也是如此。山口县远离东京，但松下村塾就出了个吉田松阴，是名副其实的明治维新的教父。"

信子也催促道："绍诗你快说说，福州城究竟出众在什么地方？"

长谷川太太在旁听了，训诫女儿说："信子，对绍诗讲话还是要客气，要有礼貌！"

金绍诗笑道："不打紧，我喜欢信子直来直去的性格。我不是学历史的，但我知道中国的近代史应该是从鸦片战争开始算起的。道光皇帝的禁烟大臣林则徐可以算作是中国近代史的第一人。林氏家族显赫得很，素称'九牧林'。辛亥年的黄花岗之役中死去的林觉民、林尹民都是林家的族人。黄花岗七十二烈士中有三分之一是闽籍的。现在国民政府中的要员林森、林长民也都是福州人。"

说起福州掌故，金绍诗如数家珍："戊戌变法是中国近代史上一次很重要的事件。戊戌六君子中最年轻的章京林旭是福州人。

"再有是沈家。林则徐的女婿沈葆桢是光绪年间创办马尾船政学堂的船政大臣，从船政学堂出来的闽籍管带林永升、刘步蟾、方伯谦都在中日甲午海战中牺牲，他们都是中国近代史上响当当的人物。在甲午海战中萨镇冰，现在是民国的海军部部长。

"此外还有螺洲陈氏家族。陈若霖官至刑部尚书，是林则徐的恩师，陈宝琛是宣统帝的老师，都是晚清到民国时期重要的历史人物。陈林两家也是姻亲。林觉民的妻子陈意映是陈家的后人，是陈宝琛的侄孙女。

"再一个是阳岐的严复，他翻译的《天演论》，将西学中的丛林法则解说得透彻明白，是思想界的启蒙大师。严复是第一任的北大校长。再有是电光刘家，是开创民族工业的先驱。你们日本人家喻户晓的围棋大师吴清源也是福州人。在文化界还有林琴南诸多名人。

"鸦片战争、戊戌变法、甲午战争、黄花岗起义这四件都算得上是中国近代史上重要的大事，都有福州人在里边唱主角，因此说'一座福州城，半部近代史'，并不为过。"

长谷川纯一郎听了，笑着对太太说："绍诗说得明白，这次信子有机会到福州去作一番深入的调研，可以说是天赐良机。回来时写出的论文一定能让人耳目一新、刮目相看的。"

金绍诗感激道："这些年长谷川家对我的爱护与关照，绍诗感激在心。我知道您做出这样的决定是经过深思熟虑的，是最好的办法。您既然将信子托付给了我，我一定会让她和敏夫在中国活得开心幸福。"

长谷川太太说："那就拜托绍诗君了。"

长谷川纯一郎见一切谈妥，当即拍板道："那好，咱们就各自准备去吧，绍诗你明天得去电信局拍个电报回去，将这一安排通知你福州的家人，让他们好提前有个准备。信子是第一次回去见公婆，多少得准备些礼品，买车船票和办护照的事我来办，你们用心打点好行李就行了。"

第三十一章

起狼烟金绍诗携眷归国　离沪甬王玉凤回居夫家

金达尊接到金绍诗回国的电报后，立即将此喜讯报告给了金老太爷。老太爷当即做出了个英明的决定。

金老太爷对两个儿子安排道："老六这次回来，他带着的日本婆娘和孩子与我们不但言语不通，生活习惯也不一样，这往后过日子就得有个讲究了。我昨日想了一晚，细细想来我们金家也不会有太多远地来的客人，来家里过夜的无非是绮云、绮雯和她们的姑爷、孩子。她们刚出嫁那会儿回家来，多少还住上几晚才走。现在她们孩子大了，她们回家来看看我这糟老头子和她们的爹娘，都成了应景，说几句话，屁股都还没坐热，就起身走人了。这样看来，客房就不需要预备了。现在伯园正缺人气，她们来时，要是过夜，就让她们还像出嫁前一样，到伯园和我楼上楼下住好了。你们兄弟俩也从仲园和叔园挪出来，住到大厅边上的左右客房去。叔园让给老六和他的日本婆娘住。达澎挪出来后，仲园就给敏杰、敏中、敏华住好了。孩子们都大了，上了学的敏杰、敏中、敏华都得有个他们自己独立的房间了。"

金敏哲英华毕业后去了燕京大学，读建筑，立志要建广厦千万间，安庇天下穷人皆欢颜。华北开战后学校南迁。金敏哲来信说他们已经到达昆明。华北南迁的几所高校合并成了西南联大，已经开学了，他师从梁思成、林徽因，请爷爷和家人放心。

金达澎和金达尊听了，都说爹如此安排十分恰当，让金绍檀速速照此办去。金绍檀传话让吴妈、阿贵和杏儿照着老太爷的安排去整理房间。将一进两边厅房与仲园、叔园间的隔扇门都拆开了去，连通了起来。

一家人正说着话，阿贵来报说，吴海中回来了，说有事要禀告府上的几位老爷。

金老太爷听说是吴海中回来，知道是一定有事，让阿贵叫海中立刻来见。

吴海中进来给大家请过安后说："也没什么大事。三少爷叫我回来知会老太爷和三老爷、三太太一声，说是眼看着江浙全境都守不住了，守军又开始撤退了。三少奶这一两天就要带三个孩子回家来住些日子，让三老爷安排一下。"

金老太爷听了也说："要他们来时，千呼万唤、九头牛都拉不回来，现在好了，都挤到一起来了。这仗才开打，竟打出了我们金家大团圆的局面来了。海中，你回去告诉老三，让他放心，家中空房子有的是，他们母子回来，亏待不了他们的。福州嘛，这名字就是吉利，有福之州，太平着呢。"

其实王玉凤和敏文、敏学、敏芮回来后，金家除了三进的伯园外，一、二进的房间都住满了人，再没空房。

老太爷问说："要不要派人去马尾接他们？"

260

吴海中回说："军部有车。三少爷说了，人接到后会让敏蓉送他们上福州家来的。"

金老太爷说："正好，你回去给老三传个话，说老六近期也会带他的家眷从日本回来，让他安排个时间回家来聚聚。"

两天后金敏蓉和吴海中分坐两辆军用吉普，送王玉凤母子四人回到金家。金绍添在马尾港码头上接到他们母子四人后，说是军务繁忙，须臾离开不得，没有跟了上福州来。

王玉凤当面呛他说："你一个军需官，狗屁的军情紧急，你是被狐狸精迷住了心智，把膀尿急也当成军情急了。"

金绍添纳妾的事早就传到了她的耳朵里。她远在宁波，眼不见，心不烦。哪想到今天终于见面了，得以有机会当面向他发泄一下心中的怨气。金绍添只当没听见，将他们母子送上吉普车，打发走了了事。

金达尊让吴妈将王玉凤母子四人送到一进大厅的厢房。厢房与叔园间的隔扇门已打开。吴妈对王玉凤说："三少奶，这厢房连着里边的小院子，外边连着大厅，起居进出方便得很。三太太说了，三少奶带着敏芮小姐可以在里边的两间住，让两位小少爷住厅厢房。三老爷、三太太住在廊下的厢房里，两个小少爷要是叫唤，两头都有人照应，方便得很。"

王玉凤进到叔园瞧了眼出来后，满脸不高兴地说："这叔园里边大着呢，我们一家子四口人都住在叔园里边不是顶好的吗？何必让孩子住厢房。

这地方是要留给谁住的呀，这么大的面子。"

吴妈连忙小心地回说："这叔园的大半边是给六少爷留着的。六少爷一家三口没几日也就要到家了。"

金王玉凤听了后嚷道："凭什么呀？他是老六，我是老三。我回来了四口，他才三口，凭什么他要住大的，我住小的？再说了，凡事有个先来后到，怎么老六住得，我们就住不得了？"

吴妈早就听说这三少奶奶难侍候，所以三少爷才会在外头娶小，自己得小心地应付，解释说："三少奶奶有所不知，这位六少奶奶是个日本人，咱们的话她不会说，也不会听。三老爷担心她住在厅厢房里，难免抛头露面的，外人见了，会说闲话，现在是非常时期，多一事不如少一事。想来只有这样安排，才能让她少露面惹事，也是为了大家好，三少奶奶您就多体谅一下老太爷和三老爷的良苦用心吧。"

王玉凤听了依然愤恨地说："真是林子大了什么鸟都有。连贼人都窝藏到家里来了。"

吴妈听了，小声地说道："三少奶奶，这话您可不敢乱说，要是传到六少奶奶的耳朵里就不好了。"

王玉凤说："看你小心的，这人不是还没到家吗？我只是随口说说，看你认真的。再说了，她一个日本人，初来乍到的，也听不懂我们的话，就是站在面前，不也就是个聋子，也没啥要紧的。"

吴妈她们都错了，长谷川信子的官话说得比王玉凤他们满口宁波腔的官话不知要标准多少。

为了避嫌，金绍添、金敏蓉、吴海中三人都没有去码头接金绍诗三人。老太爷让金绍檀坐榕光公司的小车到马尾去接人。因为担心行李多，一部车子装不下，金达蓉让吴海波驾着马车，也辛苦走一趟。

马车吴现已今非昔比。除了有三辆马车外，还另添了三辆黄包车，包租给了别人，当起了车行的小老板，日子过得有滋有味。可但凡金府有事用车时，他都会小心地侍候着，出车前都会将车擦洗得干干净净。

回到安乐铺金家时，已是掌灯的时间。金老太爷让吴妈传出话来说，今天迟了，让三老爷他们一家在叔园用餐，洗漱后都早点歇息，明天吃过早后再见面不迟。

现在叔园的正屋归了绍诗和信子。餐桌就摆放在正屋外的厅里。金达尊夫妇正中坐下。金达尊的下手是绍诗、信子和敏夫，金方氏的下手是王玉凤、敏文、敏学、敏芮，九个人围成一桌，就差金绍添和金詹氏，算是小团圆。信子穿了件绮霞留下的高领斜襟宽袖的旧袄衫，下着黑色长裙出来，端庄素雅，根本看不出她是个日本的女人。

王玉凤见了，对金绍诗和信子说："哎哟，六弟妹怎么这身打扮？让我都认不出来了。我可是听人说了，日本女人爱穿和服，六弟妹这番入乡随俗的打扮，可是委屈了你了。"又转脸对金绍诗说："六弟，你和弟妹这无声无息地突然回来了，吓得你三哥都不敢来见你了。"

稍停，王玉凤又加了一句："就怕人家说闲话，怕被一些不明事理、爱嚼舌头的人说三道四，没由来戴上汉奸的帽子。"

信子听了，笑说道："嫂子放心好了，我爸爸是个教书先生，绍诗他也当不了间谍，再说了，他那老鼠胆，哪是块当间谍的料。"信子汉语一出口，惊得王玉凤目瞪口呆。

金绍诗也说："对不起嫂子，我们回来得真不是时候。生逢乱世，身不由己，请嫂子见谅。我这么回来，吓得三哥不敢回家，是我们当初没有想到的。"

王玉凤又连忙解释道："六弟，你三哥不回家来住，倒不是因为你，你三哥呀是被狐狸精给迷住了，正神魂颠倒着呢。还当心我吃她的醋，小看人了不是？"

金达尊似乎闻到了火药味，忙岔开话题，说："回来就好。绍添过了这一阵子自然会回来看你和老六的。他们兄弟也小十年没见面了。好在咱们这儿是福地，倒还平静，咱们就不谈这些分分合合的国家大事了。倒是敏文、敏学的学业不能废了。明天让你二哥领着他们俩到复兴小学去插个班，与敏中、敏华一道上学去。这才是紧紧要去办的正事。"

金绍檀很快就为绍添的三个孩子在复兴小学办好了插班入学的手续，孩子们上学和放学都由杏儿按点接送。老六绍诗的孩子还小，就留在了家中，由信子自己照料。

当晚回到房中，信子问绍诗："刚才在饭桌上，三嫂说三哥给狐狸精迷住了是怎么回事？还说她不吃醋，我听了后着实想不明的，好生糊涂。"

金绍诗笑道："所以说你得来中国住上些日子才会成为一个名副其实的汉学家。家常俚语中的典故多着呢。"

她缠住说："那你就先将狐狸精和吃醋的典故说了，学习的事是不能过夜的。"

金绍诗笑说："狐狸成精是民间传说，最早源于《吴越春秋》，说大禹娶了涂山氏之女九尾狐为妻。到了明清之后狐狸精才逐渐衍化成了专门迷惑人的妖艳女子的代名词。你读过《西游记》吧，《西游记》中就有许多妖怪变美女迷惑唐僧的故事，孙悟空三打白骨精就是《西游记》中精彩的片段。"

金绍诗接着说道："至于吃醋一说可是有案可查的，就不是传说了。说是唐太宗李世民要为他的大臣房玄龄纳妾，房妻是个妒妇，哭闹着不让。唐太宗听了后，假装生气，派人给房妻送去一坛醋，谎称是毒酒，说要是再闹着不让房玄龄纳妾的话，就让她将这坛毒酒喝了，自我了断。房妻刚烈，开了坛子仰头便喝，喝了后才知道不是毒酒，是香醋，这样'吃醋'便成了女人忌妒丈夫纳妾的专门用语。三嫂刚才在饭桌上说她不吃醋，是说她不反对我三哥纳妾的事。"

信子听了后恍然大悟："真是长见识了，看来这次我还真没白跟了来。"

金绍诗也来了兴致，便继续给她说道："中国有句话叫'民以食为天'，因此在俗语中与吃相关的俗语多了去，你以后听了，千万不要望文生义，不然就要闹出大笑话来的。你知道'老牛吃嫩草'是什么意思吗？"

信子说："这不明摆着的吗？牛和人一样，到老了牙口自然不好，硬的啃不动，只能啃嫩草了。"

金绍诗哈哈大笑："还好是在家里讲，没人笑话你，要是在外头对外人讲，真真是要被笑掉大牙的。"

信子惘然，问："不对吗？"

金绍诗耐心为她解释道："'老牛吃嫩草'是'老头子娶了漂亮的小媳妇'的意思，和你的解释差十万八千里呢，岂不被人笑掉大牙！"

信子说："真是的，那你就快多说说，让我也垫垫底，好有个印象，省得出丑，丢人现眼。"

金绍诗见她好奇心大增，也不免起了好为人师之心，说："比如'糊口'是'谋生'的意思，'吃豆腐'是'占女人便宜'的意思，'囫囵吞枣'是'读书不求甚解'的意思，'吃闭门羹'是'不受待见'的意思，'吃软饭'是指'靠女人吃饭的人'，上海的男妓，就是吃软饭的人。还有'吃干饭'的，指的是专吃饭不干活的人，凡此等等，你以后日子长了，自然就明白了。"

信子说："也是。"

孩子们上学后留下王玉凤在家中无事可干，与信子又没话讲，一个人独处，东看看，西瞧瞧，委实郁闷无聊得很。这日吃过早后，见吴妈和杏儿提着菜篮子出门，便拦住她们："吴妈买菜去呢。菜市场离这儿远不？"

吴妈见三少奶奶问话，连忙停住脚步，回话说："近着呢，出门左转，出了安乐铺就是安乐桥，早市都在那儿摆着哩。我们这儿离码头近，一大早长乐、马尾的海鲜船在码头驳岸后，便会挑到安乐铺来摆摊，周边四乡的菜农，也会挑了清晨摘下的时令菜蔬来，还沾着露水，绿油油的，新鲜着呢。"

264

王玉凤来了兴趣，说："那我同你去见识见识，整日里待在这老房子里，也没个说话的人，闷得慌，正好散散心去。"说着抬腿跟着吴妈去了安乐桥菜市场。

金家是大户人家，菜市场的卖家多认得吴妈，大多都为她预留好了，见她一到只管向菜篮子里放。

吴妈领着王玉凤走过一家肉铺，一胖屠夫往菜篮子里扔进一大块肉，一边满脸堆笑地说："吴妈，清晨刚杀的，新鲜着呢，这块上排您老拿回去交给依福，煎炒炖炸做什么都好。"

吴妈笑着回话说："胖猪仔，你这么手快，我就当作没看见，不给钱的。这块肉肥得流油，太肥了，换一块！"

胖猪仔笑嘻嘻地又往菜篮筐里扔了一块五花肉，说："不给钱没关系，就当我孝敬府上老爷、太太们了。"

吴妈笑道："油嘴滑舌的。"示意杏儿将早先扔进筐子的那块肉扔还到屠桌上，给了钱后挪步向前走去。

到了鱼摊前，吴妈指着刚上市的黄瓜鱼问说："老鱼头，多少钱一斤？"

老鱼头伸出三个手指头，吴妈啐他说："三角？现在是黄裳倒街，你竟敢跟老娘我报这个价！你是死蛇要卖淡鳗价，诳老娘我啊。"黄瓜鱼外表呈金黄色，福州人称其为黄裳。

老鱼头缩回一个手指，腆颜笑道："您老消消气，只要这个数可以了吧？"

吴妈笑着捡了两条大的，往杏儿的筐子里装。

吴妈带着王玉凤继续向前走去，菜摊、卤味桌前依旧如此，吴妈一边笑着和买卖人调侃答话，一边挑拣食材，遇到不满意的，吴妈会让杏儿拣出来朝那人的面前扔去，一面发话说："下次要是再敢拿这些不着调的货色来糊弄你老娘我，就别想跟我们金家做生意了。"

看着眼前被扔回来的食材，不论是莽夫还是刁妇虽然尴尬，但都赔着笑脸说："您老是火眼金睛，我们哪敢糊弄您老人家，既然您老人家看不上，咱们重新换过。"立马给换上新的，吴妈大多会给他们台阶下，笑说："这还差不多，不能有下次了。"示意杏儿给钱，继续向前走去。只一会儿工夫，杏儿的菜篮子就满了，吴妈便往回走。

吴妈一边走一边与熟人应酬，不觉间走到了三通桥头，是一家家禽店。吴妈让杏儿将菜篮子放进店内的柜台下边，指着笼子里的一只大母鸡对店家说："老黄头，今天就这只了，你宰杀好了，连同这筐菜一同送到府上来。"

老黄头其实不老，也才四十上下，笑着对吴妈说道："您老走好，我这就给您做去，误不了事的。"说话间老黄头伸手进鸡笼子，熟练地将吴妈指认的母鸡抓出笼子，将母鸡翻转了过来，用一捆草绳子将两只鸡腿绑定，挂在了一旁的秤钩上，一边笑着冲吴妈说："四斤二，高高的，肥着呢。"

吴妈笑道："你要是再用力拽一下，这秤尾巴准翘到天上去。老黄头你有这功夫咋不上杂耍班耍猴戏去？猴精猴精的。"说罢，吴妈笑着让杏儿付账了事后便走出店门，指着河对面的楼房对王玉凤说："对面那幢四层楼高的红砖楼，就是我们金家的榕光公司了，二老爷、三老爷、二少爷、五少爷他们都在这儿上班，你要去看看吗？过了桥转弯就到了。"

王玉凤正要开口说去，只见边上走来一个衣着光鲜的女人，年纪在四十上下，跟吴妈打招呼。吴妈笑着问说："贾太太买菜呢？"向王玉凤介绍说："这位是我们街头的贾太太。"

贾太太打量一番王玉凤，问说："想必这位是您府上新回来的三少奶奶吧？"

吴妈说："正是，贾太太真是好眼力。我们三少奶奶刚带着孩子回来没几天。宁波不是丢给日本人了吗？"

贾太太听说后愈发热情，用宁波话冲王玉凤说："三少奶奶是宁波人？

巧了，咱们是老乡呢。"

王玉凤听贾太太说她是宁波老乡，顿时眼睛放光亮，倍感亲切，也用宁波话回说道："没想到在这儿还能遇到宁波老乡，咱们真是太有缘了。"

贾太太说："我家在安乐铺街头，离这儿近，不如上我家坐坐，喝杯咖啡，咱们姐妹俩聊个痛快。"

王玉凤想都没想就爽快地答应了，让吴妈和杏儿回家，自己跟着贾太太去了。

贾思真家前后两个天井，上下两层，楼上住人。贾思真夫妇住一间，女儿贾娅玲住一间。贾娅玲华南文理学院落榜后进了福州高师，出来后在中学当国文教员。楼下厅堂是会客室，左厢房是贾思真的书房，右厢房是贾太太约人打麻将的地方。贾家不雇女佣。三口人家，家务活不多，大小事都由贾太太自己打理。

福州的老木房的隔板用的是木板。贾家是砖砌的。砖墙用白灰粉刷后，映着阳光，因此厅堂显得格外明亮。

王玉凤进到厅堂审视了一番后，赞说："贾太太，你这儿厅明几净，果然是与众不同。"

贾太太说："一间小民房而已，与你们金府的深宅大院相比，是天壤之别。"

王玉凤摇了摇头，说："金家老屋的土财主气息太浓，相比之下，你这宅子更显得洋派时尚。"

贾太太说："三少奶奶是见过大世面的人，说笑了。您随便坐，我给您沏咖啡去。咖啡您还喝得习惯吧？"

王玉凤回说："我们宁波、上海人常喝咖啡的。他们金家人只喝茶，家里是没有咖啡的，土鳖佬。"

贾太太笑道："你们金家人都是传统的国民，守着祖宗留下的产业、房屋、规矩和人脉关系，守旧是他们自然的本能。"

只一会儿工夫，贾太太就端咖啡出来，送到王玉凤的面前。王玉凤啜了一小口感叹道："好几天都没闻到这味道了，我原以为从此以后我就只能喝茶了呢。"

贾太太说："三少奶奶要是不嫌弃我咖啡煮得不地道，想喝时随时都可以来。你们家三少爷可是个了不得的人物，平日里我们想巴结都找不着门。”

王玉凤听了，嗤之以鼻："他能有什么能耐，要不是我们家人出力，他就再会混，休说是三年五载，任他熬到猴年马月也未必能将肩上的黄豆豆换成金豆豆，也休想能混到今天的模样。"

贾太太恭维道："是的，是的。我听说了，你们王家在宁波水深得很，以后少不了有请三少奶奶关照的地方。"又神秘地说："说起你的三少爷确实是个人物，你瞧他娶走杏花天胭脂这么大的事，事前一点风声也不露，就把人带到马尾金屋藏娇去了。胭脂失踪一个多星期了，消息才渐渐透露了出来，让听到消息的人，伸长的舌头一时半会都缩不回去。"

王玉凤听了后气打胸中来，说："这个忘恩负义的贼，就是个活脱脱的陈世美。岂止是瞒了你们，连我也被瞒得死死的，要不是我在他身边有眼线，还不知道他要瞒我到什么时候！"

贾太太说："说破天了，她也就是个妾，况且还是从烟花柳巷那种地方出来的，怎么能跟您比哩。"

王玉凤咬牙切齿地说道："至今我都还没见到这小妖精的面，她躲着我，看她躲得过初一，还能躲得过十五？"

贾太太附和道："是的，是的，丑媳妇总得见公婆。她哪能就这么躲着不见？礼数上也说不过去。"

贾太太觉得应适时转换话题了，说："您消消气，什么头牌不头牌的，事情都过去这么些年了，不说也罢。听说您的小叔子六少爷也回来了，还带着个日本女人。你这小叔子，这个时候回来，还带个东洋婆子，真不怕人说闲话。"

王玉凤说："我也是这么说的，立马给他们镇住了，老太爷和我公公都没给我好脸色，好像是我在挑拨离间似的。"

贾太太说："也好些天了，也没见她在街上露个面。"

王玉凤不屑道："可不是吗？给了她们一家三口一间独立的小院，搞得跟金屋藏娇似的。"

贾太太问道："可能是话语不通吧，初来乍到的，适应些日子就好。她叫什么名字？"

金王氏说："长谷川信子。她中文说得好着呢，说是早稻田大学文学院毕业的，专攻中国史，她父亲是早稻田大学文学院的教授，是个中国通。

老六去日本后就一直住在他们家里，日久生情，两人就这么好上了。"

贾太太恍然道："这不应了千里姻缘一线牵这句老话吗。"继而关心地问："三少奶奶在家都做些什么事情消遣呢？得空时可以上我这儿凑个脚，打打麻将。他们福州麻将的玩法太简单了，我这儿有几个咱们宁波的老乡，可以约了来凑一桌的。"

除开京剧，麻将应是当之无愧的国粹。在当今的九州大地上，麻将馆的数量要远远多于京剧院。据说风靡国人的麻将是由一个名叫陈鱼门的宁波人在同治年间发明的，历经两百多年的岁月磨砺，各地又派生出了独具风格的玩法，于是便有了四川麻将、广东麻将、台湾麻将、东北麻将、上海麻将等诸多流派。

福州麻将的最大特点是将宁波麻将中的翻牌演变为"金"牌，金牌可用于替代一百〇八张牌中的任何一张，因此和牌的机会大大地增加了。从金牌又延伸出了抢金、三金和牌和双金当对子的金雀和牌等有趣的玩法，当然宁波人在麻将这一领域，因为享有发明权，因此是不会轻易跟风，改变自己的玩法的。

贾太太说："中亭街开绸缎庄的何太太和棉布庄的汪太太都是咱们宁波人，我们四人正好凑一桌。"

王玉凤欣然同意，正待离去，门口的车铃声响了。贾太太说："我先生回来了，你看，我们投缘，不觉间竟聊了一个上午。"说着去开门。

贾太太开门后对贾思真介绍道："这位是金府的三少奶奶，是咱们宁波老乡哩。"

贾思真热情地请王玉凤再进屋坐坐，说："欢迎，欢迎，再坐会儿吧，别是我回来的不是时候，扫了你们的兴。"

王玉凤客气道："哪能呢，今天是认个门，咱们是乡里乡亲的，有的是串门子讨扰的机会。我那三个孩子也该放学了，我也得回去看看去，省得他们撒野惹祸。"

第三十二章

避战乱赖新珠返回南洋　明气节薛镜溪火中涅槃

每日一报，传来的消息让人揪心不已。日军攻陷上海后，节节推进。太原、济南、南京、宁波相继陷落。尤其是日军在南京屠城的暴行，听了令人毛骨悚然。东南沿海也不太平，日军出动台海舰队，几乎是不费吹灰之力便占去了厦门岛。

这日一早，金绮霞匆匆回家来对金老太爷和她的父母亲达夐夫妇说："省府没几日就要迁往永安去，陈主席已经离开福州了，我和二姐、二姐夫过些天也要跟了去。日本人占领福州是早晚的事，家里人也要早作打算，到闽北山区去避避风头。"

金老太爷听了后挥挥手，说："你们都走吧，我和郭姨娘留下来看家。我是过了米寿，她也是七老八十的人了，受不了车船的颠簸，就是想走也走不动了，也就不想走了，与其死在半道上，不如在自己的家中寿终正寝。达澎、达夐你们带了家人先走。到南平的西芹去住些时日，等到福州太平时再回来。"

前些年做木材生意时，金达澎要经常上南平谈生意，为了来去住宿上的方便，在西芹的贮木场边上置办了些房产。是几间农家木屋。金家木材生意破产，金达澎来南平处理善后时，因为这几间木房值不了多少钱，便没在意，一直空放着，没想到十年后竟成了一家人避难的去处。

金达澎说："哪有当儿子的先走，把老爹留给日本人的，这要传出去，叫我们今后在安乐铺如何做人？"

信子也说："给大家添麻烦了。二伯一家可以先走，打个前站，等到一切都安排妥当后再回来接爷爷不迟。我们三房的人，可以留守。好歹我是个日本人，就是日本兵来了，也不会把我们怎么样的，大家尽可放心。"

金老太爷听了后斩钉截铁地说："不行，都走！正是因为老六和你是从日本回来的，所以你们得走。上海的杜月笙就是个明白人，他去了香港，名节保住了，留在上海的张啸林当了汉奸，咱们金家丢不起这个人。"因为说话急了，竟咳嗽了起来。

金绍诗和信子默然。

金老太爷咳过几声后，啜了口郭姨太递过来的茶水，缓过神来后对信子说："你不是研究汉学的吗？这次上去闽北，你可以到武夷山周边走走。在九曲东边有个紫阳书院，是朱子早年讲学的地方，你可以去走走看看。咱们福建的发祥地原是在闽北，建欧、建阳、浦城这一带在宋朝时是十分繁荣的。宋朝的大词家柳永就是浦城人，还有李纲是邵武人。闽北是个人文荟萃的地方，你借这次上去的机会，到这些地方去走走看看，一定会有所收获，是不会走空的。"

见老太爷对去闽北避难的事做了安排后，赖新珠回禀道："我和绍城商量过了，正想找个机会跟爷爷、三爸你们说去。南平西芹我们就不去了，我们准备近日内回南洋去。我爸也来信了，他老人家说：一则大陆打仗，不太平，生意不好做了，不做也罢，命是第一重要的，只要有命在，丢去的钱可以慢慢赚回来；二则马来的生意确是需要人手帮忙，鱼和熊掌二者不可得兼，得舍下一头才好；三则我爸爸也上了年纪，最近身体不好，精气神也差了许多，让我回去帮他处理些棘手的事。现在六弟回来，正好可以接手榕光公司的业务，我们可以放心地走开了。"

金老太爷听了后沉吟了半晌说："天下没有不散的筵席，这样也好。"对绮霞说："你回去同绮雯和你二姐夫说去，明日晚出来吃个团圆饭，吃过团圆饭后再散不迟。"

回头交代达荨说："你让阿贵坐公司的车到马尾去走一趟，就说是我说的，务必让老三明天带上瑶娜、敏蓉回家来吃这顿分手前的团圆饭。"说罢和郭姨太在吴妈的搀扶下回伯园去了。

翌日，金家的人都聚齐了。金老太爷吩咐将这顿团圆饭摆在一进大厅。下午三时许，金绍檀叫阿贵到田垱，请了宜华照相馆的曾师傅来，在一进大厅的回廊上照了张四世同堂的全家福。

曾师傅让大家都到大厅前的台阶上分三层站列。

第一排人都有座椅，当然是老太爷、郭姨太居中，达字辈的分列两边。蔡纹秀作为长房的代表在老太爷右手边上坐下。第二排台阶上站的是绍字辈的，金绍檀与金绍添居中，其他人分列两边。敏字辈的孩子们都蹲在一排大人们的脚跟前。这张合家欢中少了金敏哲、关珊珊、金敏惠，在老太爷眼中算是个遗憾。

照完合家欢后，金老太爷领着众人到伯园后院的公婆龛前鞠躬、行礼，上香后回到一进大厅。

这顿团圆饭摆了三桌。金老太爷和郭姨太、金达澎夫妇、金达莩夫妇、大房的蔡纹秀，还有金绮云夫妇、金绮雯夫妇坐了主桌，二房和三房绍字辈和敏字辈各坐一桌。

这是詹瑶娜跟金绍添去马尾后第一次回到金家，也是第一次近距离见到金绍添的正房太太王玉凤。饭桌上詹瑶娜和王玉凤分坐在金绍添的左右两边。

王玉凤瞧詹瑶娜显然比自己年轻，有姿色，心中燃起了妒火，但今天吃的既是团圆饭，也是散伙饭，气氛甚是沉闷，她即便是醋意满满，但要发作便显得不合时宜，只得隐忍不发。

詹瑶娜倒是落落大方，对她十分恭敬，事事都让她走在前头。刚才照相时，她执意站到了边上，为人十分低调。詹瑶娜极少开口说话，见了人都只是有问才答，多是含笑点头回礼而已。

众人坐齐整了后，金老太爷伤感地说："悲欢离合一杯羹，东西南北万里程。今天这餐饭散了后，你们就要各奔东西了。当下国难当头，国土沦丧，我想拦也拦不住。但仗总有打完的一天，回来时一定不要忘了陆放翁说的'王师北定中原日，家祭无忘告乃翁'的话。"

众人听了都沉默不语，没人多说一句话。

饭间金老太爷问金绍檀说："老二，你前些天去了趟南平，可都安排妥了？"

金绍檀回答说："爷爷放心。西芹的房子已经收拾出来了，宽敞着呢，就是这一家子人全都去了，也是住得下的。我在南平的延平路上还盘下了间店铺，到时可以做点日用杂货的买卖，好有点进账，就不会坐吃山空了。"

原先还商量着工厂搬迁的事，金绍檀在董事会上说了："我们的工厂就是搬去了也没法开工。电光粉在湖南，那儿在打仗，没了原料怎么生产？蓄电池生产用的硫酸原是从上海运来的，日本人封了海路，也进不来了，都得停产。"

金老太爷听了后点头说道："这样最好。到时到南平逃难的人一定会很多，可以多备些日用杂货，做些小买卖，能维持生计就好。你们都走，我和郭姨娘留在这里给你们看着这间老宅院。"

大家知道多说无益，没人再去多说些不合时宜的话。

席间金达莩问詹瑶娜说："不是说你的母亲带着你的三个弟弟回了南平？不如你也跟了你二伯的一家人去西芹，寻个机会，托人找了去，你们母女也好见面。"

詹瑶娜摇了摇头，说："不用了，大家不见面，各过各的日子未尝不好。见了面又能怎么样？大家相对流泪，勾起的都是些痛苦的往事，何苦来着？南平我就不去了。再说了，绍添身边要是缺了人照顾，总归不好。待到战事再紧张些，上峰让家眷也相期撤退时，我再去西芹投奔二伯他们也不迟。"

饭后金绍添带上詹瑶娜、金敏蓉坐车回马尾驻地。金绮云夫妇和金绮雯夫妇也不在伯园留宿，带着她们的孩子各自回家去了。

两天后金绍城、赖新珠带着敏中、敏华动身回南洋马来西亚去。金绮霞与金绮雯夫妇跟着省府到永安城办公去。

赖新珠离开后，榕光公司的董事长位置让金绍檀代理。

省府撤出福州后不久，日本人加紧了对福州城的狂轰滥炸，死伤了好几百号人，可谓是哀鸿遍野，惨不忍睹。

这日日本人的飞机又来轰炸，一颗炸弹正正地击中了文澜大楼，大楼轰然倒塌。所幸防空警报响时，大家都躲进防空洞中去了，没有死人。

日本人的飞机飞走后，金绍檀在文澜大楼的废墟边上站立了许久，离开时嘱咐大家，不可以让金老太爷知道文澜大楼被炸塌的事。大家心知肚明，知道福州沦陷就是一两天的事了，连夜收拾行装，第二天一早坐上去上游的船，去了南平。

1941 年 4 月 21 日，福州城第一次沦陷。日本兵以第四十八师团为主体，配合有台海第一舰队之海军陆战队作战，轻而易举占领了福州城。

日本兵进城后将宪兵司令部设在了中洲岛，在万寿桥的两头都设了哨卡，卫兵持枪站岗。

万寿桥是福州城南北交通的唯一通道，每日间人来人往的。日军为了震慑中国人，规定凡是经过岗哨的行人都必须脱帽鞠躬，向哨兵致敬。动作稍慢者便一枪托打在屁股上。

这日一早，薛镜溪醒来时侧耳听了好一会儿，没听到外边有什么异样的动静，知道是没事了，便穿衣下床，简单地洗漱后，开门到安乐铺街头的早点摊要了碗锅边糊和两根油炸桧。福州人忌恨秦桧夫妇，将油条叫作油炸桧。

吃过早，回到家中后，薛镜溪老人依旧戴上瓜子帽，挂了拐杖，去他在中洲的卦摊等生意去。经过在桥头时见来往行人向两边的日本兵脱帽鞠躬，老人不敢怠慢，有样学样，依样画葫芦，朝日本兵鞠了躬后走进桥头，踱步来到中洲岛。

薛镜溪来到他的摊点前的路口傻眼了，依然有两个日本兵端枪守着，不让通过。路人对他耳语说："老神仙你过不去了，你的摊位被日本人征用了，打道回府吧。"

老人知道秀才遇见兵，有理说不清，无奈地转身回去。一路上越想心中越不是滋味，到了桥头时竟忘了向日本兵脱帽行礼，冷不防屁股上挨了重重的一枪托。老人上了岁数，向前踉跄几步，终是没能站住，在离哨兵十来步远的地方扑倒在地。周边的人见了纷纷向两旁避让开去。老人在地上挣扎了好一阵子，方才拾起拐杖，艰难地站起身子，慢慢地挪着步子往家里走去。

薛镜溪回到家中后再没出门。约莫过了两个小时，看看日头快到正中了，薛镜溪老人方才开门出来。只见他一身的素服，连瓜子帽也捆上白边。

老人一手提着他占卦时用的鸟笼子，一手拄着拐杖，身上挎着一听点煤油灯用的煤油，走在一路上也不跟人打招呼，也不在乎人们见他时异样的眼神，慢步走过安乐桥来到十字路口，这儿离桥头日本兵站岗的地方约百米远。

薛镜溪老人不走了，在街心的正中，面对着日本兵，缓缓地盘腿坐下身来。

老人不慌不忙地去掉了鸟笼子的罩子，打开鸟笼子门，将笼子里的鸟儿放飞了。再不急不慢地打开身上挎的煤油听的盖子，将煤油从头顶往身上倒下，当日本兵叽里呱啦地喊叫着冲上前来时，老人从容不迫地点燃了身上的煤油，只听见"嘭"的一声，老人身上燃起了火团。老人入了定似的，端坐在地上，在熊熊的烈火中升天去了。

薛镜溪老人在大桥头自焚的事立即传到了安乐铺。关家是近邻，关老爷子和众乡邻一起推开薛老人家虚掩的柴屏门，见到内室的门也是敞开着的，床幔已经拆了，屋子正中的桌面上摆放着一张薛老爷子的遗像，遗像前点着两根白蜡烛。

薛老爷子的遗像下边压着一张纸条，纸条上写着老爷子的遗言：

敬禀众乡邻，老夫生于同治年间，历经同治、光绪、宣统、民国四朝，年届七十有五，今去也，不谓短寿。

老夫生于忧患，今日寇犯境生灵涂炭，不堪凌辱，唯死而已。老夫乃风中残烛，生于斯，死于斯，适得其所。

老夫无儿无女，无牵无挂。老夫去后，后事有劳关老爷子料理。无以为报，唯此破屋一间相赠，房契和印鉴在八仙桌的抽屉中，任凭处治，拜托了。

民国三十年三月廿六日辰时薛镜溪绝笔。

关老爷子将薛镜溪的遗书传示给众人后，从院子里寻来了一个筐子，铺上白布，自己腰间也扎上白布条，分开众人向外走去，嘱咐众人说："各位请留步，日本兵凶狠，替薛老爷子收骨，我一人去足够了，大家都在家里候着等消息吧。"

关老爷子刚到门口便被金老太爷给拦住了。金老太爷是听了吴妈说事后，挽着郭姨太赶来薛家的。

金老太爷让吴妈也扯条白布条在自己的腰间缠上，对关老爷子说："亲家翁我同你一起去。"

正说着甄老夫子也来了，见关老爷子和金老太爷要去收薛镜溪的遗骨，便上前道："我也与你们同去，我会日语，与鬼子沟通起来方便。"

关老爷子说："这样最好。"

关老爷子让甄老夫子走在了前头，他自己搀扶着金老太爷，三个老人义无反顾地去了。

此时大桥头已被日本兵给围住了，三个老人分开众人径直向一军曹走去。

立即有日本兵上前来拦住。甄老夫子用日语表明身份后，让当兵的去叫管事的军曹来。

甄老夫子告诉军曹说，死者名叫薛镜溪，薛老先生只是个算命先生，他算命的摊点被你们占了，断了生路，又遭到了守桥士兵的无礼殴打，一时激愤，才有自焚一事发生，实是遗憾。我们三位是死者的邻居，算是街坊长者吧。薛老先生是个孤老头，无儿无女，我们是受众乡邻的委托，来给死者收遗骨的。军曹听了后也没有为难他们，挥挥手让他们进来收拾去了。

关老爷子和甄老夫子见准了，便俯下身子，用手将薛镜溪的骨头都捡到了筐里，盖上块红绸布。金老太爷站在一旁，扶着拐杖，颤巍巍地仰天长呼："作孽啊，作孽啊！"

两位老人回到薛家后，重新布置了灵堂。

在大门口贴上讣告：

薛府镜溪老先生之丧事

在内室的两边门框上贴上一幅关老爷子手书的挽联：

凌风雨傲霜雪山巅松柏
真国士明气节火中凤凰

在薛镜溪的遗像两边挂的是甄老夫子写的挽联：

占吉凶祸福，哀山河破碎，肝肠为之痛断
演阴阳八卦，吊凤凰涅槃，邻人感其壮举

金老爷子让吴妈回家取来一个上好的檀香盒子，将薛镜溪的遗骨装了进去，放在灵桌的正中间，让大家依次行礼，上供。七天里来薛家吊唁的人络绎不绝。

薛镜溪没有后人，纵使入土，其后也没人祭祀，不如海葬，回归于自然。金老太爷与关老爷子、甄老夫子等乡邻商定，满头七后，关老爷子让女婿开了汽轮船来，送薛镜溪的遗骨入海。

出殡这天，安乐铺的各家各户都出了人，送到了第一码头，目送薛镜溪遗骨登船离去。

关老爷子、甄老夫子、吕品茗等十来个乡邻直送到海上。金老太爷原也吵着要去，毕竟年事已高，关老爷子说："老太爷，您心意到了就好。船是要出到外海的，海面上风浪大，到时您要是有个好歹，不是为难大家吗？"方才将他劝住。金老太爷送薛镜溪出门后。就被郭姨太和吴妈搀回到家中。

众乡邻原也提请贾思真跟去，可是他觉得自己堂堂一个大律师去给一个算命的人送葬有失身份，便以有事不便为由推托开去，众人也不勉强他。

关老爷子押船出海。薛镜溪的遗骨入海前，在船头摆了供桌，大家行礼毕，关老爷子动情地读了一篇由甄老夫子执笔，经他和金老太爷润色过的祭文：

公生于同治年间，历经同治、光绪、宣统、民国四朝。

公生于忧患，历经京津辛丑之乱、黄海甲午之殇。军阀混战，颠沛流离，坎坷一生。今日寇犯境，生灵涂炭，公不堪凌辱，以死抗争，公胆魄不让荆轲，让今燕赵之士汗颜。

公广闻博学，精于奇门星算，隐身于市井之中，演八卦卜吉凶，为乡邻排忧解惑。

公生于斯，死于斯，今以古稀之年，火中涅槃，再现陆秀夫蹈海、文天祥弃市之壮举。只此一举，百姓动容，足以惊天地而泣鬼神，实闽都百年未见之壮举，当载入史册，流芳千古！

敬陈祭祀，伏惟尚飨！

日本人进城后少不了要成立伪政权，以王之纲领头的福州市政委员会和以尤柳门为首的福州总商会相继成立。

福州总商会虽是挂牌了，但总得有人才是。尤柳门想到了榕光公司，便派一个名叫锡曾荣的人上金家礼聘。

金老太爷让二儿子绍澎、三儿子达萼领众人去南平后，家中只留下吴妈。

吴妈将锡曾荣引到一进的大厅坐下奉茶后，便转身去三进的伯园禀告金老太爷。老太爷得知来意后，想起了《三国演义》中司马懿诈病赚曹爽的故事，让郭姨太和吴妈搀扶着，艰难地挪动步子，蹒跚着来到大厅见客。

双方见面寒暄过后，老太爷喘着气说："老了，不中用了，连大门都迈不出去了。"

锡曾荣见状道："老太爷是个有福的人，儿孙满堂的。二老爷、三老爷他们可不能走远了去，古人云'父母在，不远行'，他们得在跟前伺候您老才是。"

老太爷摆着手说："不怪他们，他们胆子小，我们家文澜楼被炸了后，他们就四散奔逃去，老五一家子人去了南洋，老二他们都躲到闽北去了。"

锡曾荣关心道："那怎成，现在太平了，好歹得叫个把人回家来看顾您老人家才是。"

老太爷仍是摆手说："现在我们金家在福州城没生意了，在南平还开着间铺子，离不开的。"

锡曾荣仍不死心，说："听说府上的六少爷是早稻田大学的高才生，六少奶奶是东京城里的名门闺秀。现在正是他们大展宏图的好时期，市政委员会的王主任让敝人来传个话，政委会教育局长的位子，虚位以待六少爷。"

金老太爷摇了摇头，说："他们两个还是小孩子，能干什么大事？此刻他们大半是在武夷山游山玩水哩。"

所谓话不投机半句多，锡曾荣见事不可为，便怏怏告退。金老太爷拱手道："得罪了，小老儿实在是迈不动腿，就不远送了。"

台江汛毕竟是商业地段，投机者大有人在，有看准日本人能成事者不惜以身犯险加入伪商会。

纵观福州城一没有战略资源。二地处东南一隅，陆上交通极为不便，连一条铁路也没有，走公路要翻山越岭，十分的凶险。三不是战略要地，环山面海，是兵书上的死地。南宋、南明王朝败退到福州城都没能坚守几日就被追兵赶到海上，败亡了。四民风强悍，长乐、福清都以械斗凶狠而闻名于世。日本人单兵是断不敢上街行走的。

此时日本人已占领了华北、华东、华中大片土地，损兵折将在所难免，虽说从各处征兵补充，但从战力和忠勇上和日本本土来的兵是没法相比的，此时在占领区分兵把守，自然是捉襟见肘。

正像长谷川纯一郎分析的那样，日军实现了对宁波、温州、厦门的占领后已经完成了海上封锁，福州城对日军说来是一块食之无味弃之可惜的鸡肋。想当年汉末三国时，曹操在汉中与刘备的对峙中也遭遇到这种局面，最后在几连败之后，才醒悟面子是最要不得的，最终还是撤军回了洛阳。

头尾不过三个月，日本人最终还是下了狠心，将福州城这块鸡肋给扔了，移兵南下去了。

日本人走后，金达澎带着一大家子人重回安乐铺，当老太爷说起自己学演司马懿诈病赚曹爽这段戏时得意极了。众人听了后，无不伸出大拇指称赞老太爷有勇有谋，果然姜是老的辣。反观那些逞一时之快，当了汉奸的，听说光复了，一个个吓得尿了裤子，带上家眷溜之大吉，留在福州城里的，悉数被抓，没有一个有好下场。

第三十三章

结善缘金敏蓉风光出嫁　庆华诞老太爷乐极生悲

日本人走后，金老太爷托人上去南平，知会二老爷和三老爷：福州城太平了，让他们早早回来。

得到消息后金达澎和金达蓼叫来老二金绍檀，商量安排家人返城的事宜。金绍檀说："爹、三爸，虽说眼下日本人撤出了福州城，南下太平洋去了，但势头还不明朗。倘若日本人在太平洋和美国人开打后得了手，腾出手来，保不准会杀个回马枪，又来占福州城。我们回城可以，但我们在南平开的这间小百货店关不得，还得开下去，以备不时之需。"

金达蓼也说道："还是老二想得久远，正合了古语中'狡兔三窟'的意思，我们人可以回去，这间杂货店是轻易不可以出手盘给人家的。"

金达澎听了后说："这么说我们中间就得有人留下，总得有个看店的人呀。"

金绍檀说："这个容易，就让阿贵留下来看店好了。阿贵是我们金家的老人了，留他下来，大家尽可放心。我们再给他请个帮工，这店就不用关门了。这样咱们都可以放心地回去，三五个月来一趟，查看个账目就可以了。"

金达澎和金达蓼听了后都说这样安排最好。三人商定后将这决定告诉了阿贵。阿贵难得有个机会独当一面，便十分爽快地将这差事答应了下来。

一切都安排停当后，金绍檀买了船票，第二天一早领着一家十来口人坐汽轮船顺流东下，当天傍晚就到了苍霞洲的平水码头，回到了安乐铺时尚未掌灯。

金老太爷见一大家子人在大劫之后都还能安然无恙，双手合十，感谢祖宗的庇佑，少不得在晚宴前又领着一家老少到后进的公婆龛前焚香礼拜了一番。

其时金绍添的部队也回防福州城，师部设在马尾的闽安镇。

闽安镇三面环山，水深江阔，古称闽安门天险，是天然的避风良港，唐宋以来就是福州城的第一入海口，是进出福州城的水路总汇和关防要地。闽王王审知主事后辟海通津，引舶入市，定名邢港。闽安镇商贾云集，来往的番船在这儿点验、上税。

唐武则天时在邢港上建一桥，名曰回龙桥。

据说修桥时因潮水湍急，桥墩屡屡被潮水冲垮。正在众人一筹莫展之际，来了一高人。经他指点在桥头盖了座齐天大圣庙，请来了孙悟空，镇住了海龙王，方才将桥墩立住了。

哪曾想，桥墩立起不久后又被海水冲垮了。乡人再次请来高人，说是孙猴子贪玩成性，时不时会擅离值守出外玩去，才让海龙王有了可乘之机。便又在齐天大圣庙后的山上盖了座观音寺，将孙猴子牢牢地镇住，这才让回龙桥顶住了风雨的巨浪，历时千年而不垮。

回龙桥下便是当年丝绸之路的古航道。

明时回龙桥垮塌，清康熙年间一个姓沈的富商出资重修回龙桥，所以回龙桥也叫沈公桥，至今古迹尚在。

金绍添在闽安镇安顿好后对詹瑶娜说："日本人此番退去，大抵得消停些日子了。敏蓉和你最亲，每日间嘀嘀咕咕的，话说个没完。敏蓉她也老大不小，到了该出阁成家的年纪了。我瞧海中平日里看她的眼神，心里明白得很。海中他是有贼心没贼胆，倒不如你出面当个红娘，成全了他们，也是桩美事。"

这些年吴海中跟在金绍添身边处处小心谨慎，办事也得体，深得金绍添欢心。

詹瑶娜揶揄道："世上哪能人人都像你一样，土匪活阎王似的，看上的物件非抢到手不罢休。"

金绍添得意地说："这么多年了，你还耿耿于怀呢。你是熟读唐诗的，该记得有句话叫'花开堪折直须折，莫待无花空折枝'，我是顺时而为，顺天命而已。再说了，我当年要是不抢，你迟早也得被旁人抢去的。你扪心自问，这些年我待你如何？要是当年你当上了别人家的压寨夫人，不见得有如今的风光。在这儿谁也不敢怠慢您老不是？"

詹瑶娜明白金绍添说的是实话。自从自己跟了金绍添，不说扬眉吐气，日子过得安逸自是没说的。詹瑶娜说："你是她的三爸，又是她的长官，她自然得听你的安排，这事你用得着同我商量，让我去学当红娘吗？"

金绍添说："男婚女嫁的事，得讲个你情我愿。当初你嫁给我的时候不也是点了头的？"

詹瑶娜嗔道："你还有脸再提当初。当初你就是个土匪，将崔妈妈吓得差点尿了裤子。不过，海中为人实在，厚道，知根知底的，这确是桩好姻缘，我替你说去。"

在金绍添周边的小圈子里，詹瑶娜与金敏蓉最亲，无话不说。她们都是在十四五岁上下离开亲生父母，也都是因为家贫被典押了出去的，可以说是同病相怜。不同的是詹瑶娜入杏花天为妓，金敏蓉被金家收为义女，殊途同归，都到了金家。虽然在辈分上她们是两代人，但年龄相仿，在情感上亲密得如同姐妹。

金敏蓉清楚，在金家虽然人人都尊称她小小姐，但她有自知之明，知道自己几斤几两，平时为人十分低调，从不惹事，也不搬弄是非。高师毕业后，自立是她的第一诉求，能在金绍添身边谋个中尉机要秘书的职位，是她当初进入金家时做梦也想不到的。她清楚，论出身，论学识，论品貌，她高不到詹瑶娜哪儿去，因此平日里对詹瑶娜是十二分的尊重。她从不叫詹瑶娜姨娘，而是叫三妈，叫得詹瑶娜心里暖暖的。

詹瑶娜见到金敏蓉后将金绍添的意思说了，征求她的意见，没想到金敏蓉听了后十分爽快地应下了这门亲事。吴海中这头自然也是金绍添一说就点头了的。

周末金绍添安排了家宴，单请吴海中和金敏蓉。

饭桌上，金绍添对吴海中说："从今天开始，我们就是一家人了，你也别再一口一个部长、夫人的叫，在家里，只要是没有外人在，你就和敏蓉一样，改口叫三爸、三妈好了，显得大家亲近。"吴海中点头，傻乐。

说到婚事，吴海中不假思索地应道："自然是一切听从三爸、三妈的安排。"

金绍添也征求金敏蓉的意见，问说："都说结婚是女人一生中最风光的大事，一辈子就风光这一回，马虎不得的，敏蓉你说呢？需要大操大办吗？"

金敏蓉狡黠地笑道："有三爸、三妈在操持着，即便是小办也是大办。"

金绍添道："我毕竟不是你们的父母，所以这件事在我这儿就算是过了媒妁之言这一环节，但父母之命我就不好越俎代庖了。我准你们三天的假，明天你们就回安乐铺禀明你们的父母。他们点过头后，你们告诉他们，现在是战时，这事要低调办。我的意思是你们的婚事就在军中办。正日那天我会在军官俱乐部布置个婚礼会场，到时派人将你们父母都接了来，第二天不是新娘子要回门吗？我们一同回安乐铺，在广裕楼办几桌会亲酒，将台江汛的头面人物都请到，至于邻里厝边的人，分个喜糖就对付过去了，你们说呢？"

两人听了都表示三爸、三妈的安排极为妥当，一切照办。

第二天金敏蓉和吴海中回到安乐铺后分别找家人说去。

金绍檀听明白金敏蓉的意思后，当即领了敏蓉到他父亲的房中将绍添做主将敏蓉许配给吴海中的事禀告了二老。

金绍澎听后说："老三的眼光还行，这事办得不错。让敏蓉跟了海中，还算般配。"

金卢氏听了也说好，不无感触地对绍檀说道："这么大的喜事，只可惜你五弟一家子人不在。原以为南洋太平，就放他们走了，哪知道这日本人天杀的，鬼追魂似的后脚跟了去，现在我们这儿太平了，听说南洋闹得凶，真让人揪心。真是一动不如一静，当初要是能拦住，不让他们走就好了。"

金敏蓉劝慰说："奶奶不要过分担心他们，我五婶家在南洋根基深着呢，五爸他们吉人自有天相，不会有事的。再说了，有南海观音菩萨保佑他们，五爸一家子人都会是平平安安的。"

金卢氏叹道："现在也只能指望菩萨保佑他们了。"说罢打开抽屉，取出一对玉镯子套在敏蓉的手腕上，说："这是你爷爷和奶奶我的一点心意，你就留个念想吧。"

金敏蓉谢过爷爷、奶奶后跟绍檀夫妇回到自己的屋中。

金绍檀打开屉子，递给她一只扁方形的红木盒子，让她打开。金敏蓉打开木盒子，见里边有一用红绸包裹的小包袱，她小心地打开小包袱，里边包着的是一张写了字的红纸。

金绍檀说："招娣，这是你来我们家时你亲生父母给出的你出生时的定时纸。你现在长大，要出嫁了，我们就不再替你保存，你自己收好了。"

金绍檀将定时纸放在一边，继续说："这包袱下还有一张是我们金家和你亲生父母签的契约，你也收好了。不要怪他们，当年他们送你到我们家来也是无奈之举。这上边有他们的姓名、地址，你方便时应该去看看他们。

你原名叫汤翠瑛，是吴妈带了来的，你也可以让吴妈带你回你老家去看看。"

金敏蓉翻看自己的定时纸时泪如雨下，说："爸、妈，蓉儿今生今世决不会忘了你们的大恩大德。"说着跪下身子，伏在二老的双膝间放声大哭。

吃过昼，午休后，金绍檀夫妇带着金敏蓉到伯园来面见金老太爷。金老太爷听了后对金敏蓉说："太爷爷真为你高兴。你到我们家时才多大？面黄肌瘦的，一转眼就成大姑娘，要出嫁了。"

说罢笑呵呵地转脸对边上的郭姨太说："去将那对压箱底的翠玉耳坠子取了来送给敏蓉当嫁妆。"

金敏蓉接过翠玉耳坠子后含着泪水，跪下给金老太爷叩头，说："敏蓉谢谢太爷爷再造之恩。"

金老太爷笑着说道："傻孩子，用得着下跪行大礼吗？要说谢，太爷爷还要谢你呢，要不是你招娣来家，也不会有敏杰、敏惠出世。好了，你去忙你的吧，我们几个大人再说说话。"

金敏蓉退出后，金老太爷对绍檀说："马车吴是我们金家的老人了，咱们先将门第高低按下不问，就说这辈分，按常理说，你应该叫他吴叔，这样你和海中是平辈。海中要是娶了敏蓉就得管你叫爹，你不是白赚了一辈，这还得问问人家老吴是否愿意。"

金达尊打趣道："爹想得细了，马车吴攀上咱们家的亲，正偷着乐呢，哪顾得上什么辈分高低的。"

金绍檀说："这件事咱们心知肚明，就等着他们吴家来提亲好了。"

一家人正说着，只见马车吴急匆匆地进来，口中嚷道："使不得，使不得。给他根针，他以为拿上了棒槌。海中是个混孩子，他能有今天，有点出息，都是老太爷、三少爷和府上各位老爷的照应、提携，没想到他竟然得意忘形到如此地步，竟到了不知天高地厚、不知道伦理纲常的田地。"

金老太爷听了笑说："老吴头，海中不就是想娶个媳妇吗？何至于你说得那么严重。刚才我们也正说着这事，是好事啊，莫非你瞧不上我们金家，你不愿意？"

马车吴急忙回道："老太爷说笑了，不是不愿意，是高攀不上。金府在天，我们吴家在地，门第差大了去。"

金老太爷摆摆手，说："老吴头此话差矣。想当初卫青不过是长公主家的马夫，薛仁贵不过是王宝钏家的一个苦力，后来不都登台拜将了吗？到头来是谁高攀谁哪说得清？"

金达澎也在一旁劝说道："吴哥，刚才爹还在说，海中娶了敏蓉是要委屈你的，绍檀原是要叫你吴叔的，这下子辈分就乱了。"

吴天亮说："小子是个下人，哪有什么辈分？是府上的少爷、小姐看得起，尊叫一声叔而已，我可是从来没真当回事。"

金老太爷拍板道："那就好，这亲事咱们就这样说定了，眼下是多事之秋，就按老三说的，一切从简好了。上两回海波和海平结婚，你们不是也没大张罗，这回就依样画葫芦好了。在三角埕请街坊们看场戏，请几桌酒就过去了。"

马车吴哪敢一切从简，急忙说道："从简是好，但这回和上两回大不一样。这回海中娶的是金家的小小姐，是万万马虎不得的。我们吴家能娶到金家的小小姐当儿媳妇，怎么也得风光一回，十箱的红杠彩礼，一箱也不能少。我会让人抬着在台江汛吹吹打打转一大圈子后送到金家。至于婚礼就按三少爷说的办去好了，只是这回广裕楼会亲的喜宴得我去打理。这些年下来，得了不少老太爷的赏赐，这些积蓄还是有的。府上只要将宾客的名单列好了，送彩束的事都交给我来办好了。"

金老太爷说："既然如此，就依了你，让你高兴一回。"接着，便嘱咐金绍檀拟好客人名单后交给马车吴办去。

金绍檀说："这回请的人少，安乐铺的乡里，除了关亲家外谁都不请，省得有这个没那个，招人怨。"

金老太爷说好。

甄老夫子、吕先生没收到上广裕楼的请柬都处之泰然，收了马车吴送来的喜糖依旧拱着手道贺。

贾思真没收到上广裕楼的请柬，脸上挂不住了，冷笑着对旁人说："想当年文成公主嫁给松赞干布，王昭君下嫁单于，有哪个是真公主？说什么金大户家的千金小姐下嫁给马车夫的儿子？沽名钓誉罢了。安乐铺街面上的人，哪个不知，谁人不晓，那个金敏蓉哪是个小姐？明里叫她是小小姐，说白了还不就是当年金家买回来的一个丫鬟。只是她走运，丫鬟身，小姐命而已。与其说金敏蓉嫁吴海中是下嫁，不如说是金家在作秀。猪鼻子插葱，想博个开明绅士的好名声。"

这些天金府好事连连，刚嫁出了小小姐敏蓉，又迎来了老太爷的九十寿辰。这日吃过早饭，一家人在大厅闲话时，金达澎进来说道："下月十八是爹整九十的寿辰，得大办。咱们还像上回那样，唱三天堂会，但这次不关门，敞开了六扇门，再请些吹鼓手来，吹吹打打，热闹它三五天。"

金达尊也说："古人言'人生七十古来稀'。在安乐铺的街面上，能健健康康地迈过九十这道坎的老人，屈指算来爹是第一人了，是得庆贺一番。"

金绍檀说："爷爷的八十大寿原是筹备着的，只是当时恰逢大伯出事，就搁下了，这回得好好补上。"

金老太爷听了儿孙们一番恭维的话，自是十分高兴，说："我也不拂你们的心意，你们张罗去好了。只是刚才达澎说要开门大办，太张扬了。现在毕竟是抗战期间，张扬不得。只这一条，还和上回的一样，咱们关起门来自娱自乐。"

金绍檀说："爷爷说得极是，咱们关起门来自娱自乐。一不放帖子，二不在门面上铺张，三不请亲戚朋友，到时将几个姑爷请了来，大家给爷爷行个礼就是。"

金老爷子口中说这个最好，但心里暗暗激动得几天睡不了觉，在床上辗转反侧，回忆着自己一生走过的路，遇到过的酸甜苦辣，好容易等到了拜寿的这一天。

大姑爷高时良送来的是一柄花梨木龙头拐杖，说是当年王爷府中用过的物件，金老太爷当即用上，说是十分称手。

二姑爷范国基送来的寿礼是一大屏的刺绣寿字，范国基说："这幅绣品是当年省督军府给慈禧老佛爷的七十大寿准备的寿礼，是请福州城里最有名的绣娘绣的。当时慈禧老佛爷躲八国联军，正在西行的路上，尚未回銮，寿礼没有送出就搁起来了。前些天有人送到水墨轩来让我爹掌眼后，说是要出让，我想巧了，正好赶上了爷爷的寿诞，就收下了。"

金老太爷听了十分高兴，让绍檀挂在了大厅的正中。

金绮霞送的是一箱子的纸鹤，别致的是在纸鹤的脖子上都挂上了小铃铛，一共九十只，金绮霞得意地说："爷爷，我知道您一不缺钱，二不少衣，就缺新鲜玩意儿。折这些纸鹤可花了我不少的时间，用的是上等的油光彩色纸，爷爷，您快让人给挂起来，好听听风吹铃铛响的声音，可好听了，听了后爷爷您才知道我是有多孝顺爷爷。折这些纸鹤可没少花费我的时间与精力。"

金老太爷乐呵呵地叫了依福来，将纸鹤垂挂在大厅的房梁上，风吹来小铃铛发出清亮的声音，果然美妙，笑着说道："就你人小鬼大，主意多。"

黄昏时人都到齐了，金绍檀依旧请来宜华照相馆的曾师傅，一大家子人在大厅前的石廊上照了张全家福。

照完全家福，金达澎和金达莩扶老太爷在拱座椅上坐下休息，金老太爷不无遗憾地说："前年照全家福时老五一家人都在。原以为南洋太平，放他们去了，哪知道他们前脚走，日本人后脚就跟了去了，把马来给占了。也不知道他们现在怎样？早知道日本人在福州占不长，当初也让他们去南平就好了。"

286　　金达莩宽慰道："爹，他们会没事的，赖亲家是多精明的一个人，不会有事的。"

金绍添也说道："近来有战报说，日本人在南洋连连吃了败战，成了秋后的蚂蚱蹦跶不了几天了。"

金老太爷说："你们不懂，败兵才是最可怕的，败兵手中有枪，什么坏事都敢干。"

金老太爷见蔡纹秀在边上站着，问说："都都有信来不？"

蔡纹秀连忙回答说："来过信了，说是西南联大虽然是战时学校，校舍简陋些，但大家都很珍惜，都为能在大后方有这么个学习的地方感到庆幸。说他的导师名叫林徽因，可有名气了。难得的是林老师是个福州老乡，对他可好了。"

金老太爷说："我知道，林长民的女儿，家在可园，和赖亲家是邻居，能这样最好，都都有人照应，我就彻底放心了。"

晚上的饭菜都是金绍檀同广裕楼老板商订好了的。只在福聚楼的伙计鱼贯似地排着队往金家送餐时，厝边的人才知道金家又在办喜事了。三天晚上演的都是喜庆的戏。头晚演的是《王茂生进酒》，第二晚演的是《五女拜寿》，第三晚演的是《百岁挂帅》。

金老爷坐在正中，三天都坚持看到谢幕，大家都称赞他是龙马精神，老太爷听了高兴极了。

这些天金敏蓉出嫁，老太爷庆生，好生折腾了一番，让老太爷每天都处在了兴奋中。正所谓乐极生悲，风云突变。第四天老太爷早起时，突然晕倒在地，慌得郭姨太尖声大叫，唤来了吴妈，两人费了好大的劲，才将老太爷扶上床。一会儿金达澎、金达尊兄弟和金绍檀都赶到老太爷的房中。金达澎一面嘱咐儿子火速去请程祖应大夫来，一面让吴妈到厨房煮参汤去。

金达澎、金达尊都是上了岁数的人，瞧着老太爷的病症心里都清楚，老太爷中风了。

一会儿工夫程大夫来了，量了血压，测过心跳又翻了翻眼皮，用手指掐了掐老太爷的左右胳膊和左右腿，退到门外对金达澎、金达尊兄弟说："二位放心，小中风而已。"

金达澎、金达尊两人听说只是小中风，都松了口气。程祖应大夫继续说："虽说是小中风，但却要落下半身不遂的后遗症，今后得坐轮椅了。"

金达澎、金达尊问说："说和听都不会有问题吧？"

程祖应说："听力肯定是会受到影响的，近些日子老人家话语也会比较含糊，这是肯定的，但恢复些日子想必是会慢慢好起来的。静养是最主要的，千万不能有刺激，不能让老人家激动，不管是好，是坏，外头的事最好都要瞒着老人，我这儿给你们开些降压安神的药，你让人跟我回去取去。"说罢告辞，金达澎、金达尊让杏儿送程大夫回去，取了药回来。

金老太爷吃过程祖应给的药后，小睡了半个多时辰，睁开眼见站了一屋子的人，说："没事了，都回吧。"

金达澎上前说："爹，程医生来过了，刚才给您吃了他开的药，您就回过神来了，这样大家都放心了。您好生养着，我们都不会出门，您有事就叫我们来好了。"

金老太爷挥挥手，让他们都退了出去。

然而时逢多事之秋，树欲静而不止，哪容得下天下有片刻的安宁。金绍添听说爷爷中风后派金敏蓉回来探视。金敏蓉到老太爷床前问安后，请她爷爷、三叔公和爹到一进大厅说话。金敏蓉说："我三爸让我回来一则给太爷爷请安，二则是告诉家里的大人，早做准备，日本人又要来了。"

金达澎紧张地问："日本人刚消停没多久又要来？这仗怎么就没完没了呢。"

金绍檀问女儿："你三爸没说个准时间？"

金敏蓉说："爹，这打仗的事，只能预测，三爸又不是日本参谋部的人，哪能有准时间，未雨绸缪而已。日本人在南洋打不过美国人，退回来就得巩固后方，福州是他们必经之地，说来就来的，家里还是早做准备，省得到时慌乱。"

金达荨嘱咐敏蓉说："你回去告诉你三爸，家里的事我们会安排妥当的，当兵打仗，他自己多留点神。"

第三十四章

抗日寇金绍添以身殉国　送灵柩詹瑶娜扬幡招魂

　　金达澎、金达荨和金绍檀知道敏蓉带回来的消息至关重要，安排家人再次撤退去南平的事刻不容缓。

　　金达荨叫来了金绍诗和长谷川信子，商讨去留的对策。眼下最棘手的是老太爷卧床，一日三餐、大小便、起居走动都得有人不离左右地侍候着。郭姨太也年近八十，步履蹒跚，不光照顾不了老太爷，她自身也是个被照看的对象。现在说什么都不能再像上次一样，一家子人坚壁清野，一走了之，让老太爷一个人在家待着。要是这样的话，即便将来没事，传出去也不好听。

　　信子说："还是我和绍诗留下吧，我是日本人，绍诗也有日本国的护照，只要躲过炸弹，就是日本人来了，也不会有事的，我们留下来陪爷爷好了，你们都放心地走吧，将公司的业务交给我们，能维持多久就维持多久，我们尽心尽力就是了。"

　　金达荨也表示不走，说："既然这样，我也留下来陪爹好了。我一个六七十岁的老人了，平时只要少出门，不去招惹他们，我想不会出什么大事的。"

　　金达澎见弟弟一家子人都表态了，自己不能无动于衷，也表示愿意留下来照看老人。

　　金达荨说："哥，南平的事和人头，你和绍檀比我们熟悉，你们二房的一家子人带着大家先走。我们暂时留下来观察些时日，要是日本人进城后闹得凶，我们后脚也跟了上去。只是老三在军中，是现役军人，日本人来了，要是有个汉奸或是仇家前去举报，只怕老三媳妇和三个孩子会有麻烦，就让她们先跟了你们去南平躲一阵子好了。"

　　大家商定好，这事一定要瞒住老太爷，省得他操心。金绍檀说："我明日就禀明爷爷，只说南平的小百货店出了点事，我和我爸要上去处理些日子，去去便回，请他老人家放心，这样才不会引起他的怀疑。"

大家听了说好，不如此，若是长时间不见人，老太爷问起来时，再临时编话搪塞他老人家，被看出了破绽，反倒不好。

金达澎父子率众人二上南平还没几天，福州城就又被日本人给占了。时间是民国三十三年（1944）十月四日。这次日军在福州待了七个半月。

此时日军在各个战场上颓势已现，实为强弩之末，展开的所谓"大陆交通线战役"也只是垂死挣扎，不过是秋后蚱蜢，蹦跶蹦跶而已。

日军先是派多架飞机连续对闽江口两岸轰炸了数日后，于拂晓时分抢滩登陆。

驻军原计划要在马尾挡一阵子，最好是能御敌于国门之外。没想到日本人的攻势依然猛烈，守军终是挡不住日军海、陆、空三方面飞来的炮火，两天后战局发展越发不利，不得已下了撤退的命令，马尾失陷。

大部队临撤退前金绍添接到命令，军需处要将藏在马限山山洞内的弹药枪械搬空，不能留下一颗子弹资敌。金绍添接到命令后亲率了一个汽车连前去执行任务。

金绍添从早到晚忙了一整天，清了山洞，正准备离去时，一颗炮弹飞来，正中了他的座车，当即亡命。金绍添死得壮烈，为金家挣了个抗战英雄的名号。

因为战事紧急，部队没法大张旗鼓地处理他的后事，也没法让吴海中和金敏蓉留下来协理后事。仓促中，军部派人给詹瑶娜送来了五百大洋的丧葬抚恤金，让她酌情置办棺木，先将金绍添的遗体运回金家，待抗战胜利后再行公祭。

从马尾到福州有二三十千米的路程。原是可以走水路，雇只小船，驶过万寿桥，直抵与安乐铺毗邻的平水码头。现在不行了，日本人封江，闽江上下游断航。詹瑶娜没得选择，只有陆路可走，经魁岐、鼓山廨院进入福州城。

詹瑶娜带上女佣鞠妈，做了四面幡，雇了八个抬棺木的农夫和几个吹鼓手上路。农夫四人一组轮换抬棺。歇下肩的四人负责打幡。四幅幡两两一对，分别写着：

出师未捷身先死，长使英雄泪满巾。

另外两幅写着：

抗日无惭君先死，同情有泪我何言。

詹瑶娜身穿麻衣，手持两根哭丧棒紧跟在棺木的后边，一行人沿着闽江边，迎着萧瑟的秋风，向福州城进发。

过了鼓山廨院，路边围观的人开始多了起来，人们多在远处指指点点，没敢靠近。走了两个多小时的时间，棺木到了大桥头，安乐铺近在眼前，棺木却被日本兵拦下了。

两个日本士兵端着枪，叽里呱啦地吼了一通，意思是戒严了，不让通过。眼见得金家近在咫尺，却不让过，詹瑶娜只得让鞠妈绕道三通桥，先回到金家报信。

金老太爷在卧榻上听说老三战死，现在棺木被挡在了大桥头，进不得家门，硬是颤巍巍地拄着拐杖站起身来往外走。口中一迭声地喃喃着："又走了一个！又走了一个！"

金达尊拦住说："爹，您这是要去哪儿？您站都站不稳当，去了能顶啥用？"

信子在一旁也劝道："爷爷，您别着急，待我和绍诗前去理论，我们一定将三哥接回家来！"

信子和绍诗到了大桥头，见有四个日军士兵把守着，不让人通行，便径直走了过去。一个日本兵端枪拦住她，信子一抬手给了他一个大耳光，用日语说："叫你们的长官来说话！"

这个日本兵是个新兵蛋子，瞧他那稚嫩的脸，就知道是从学校中新招来的中学生。仗打到现在，日本人的青壮年都上战场了，只能从中学生中招少年兵。忽然来了个横的，新兵蛋子有点晕菜，自是气短了三分，问说："你是什么人？"

信子厉声说："没听见吗？叫你们长官来！"

日本兵进城后仍将临时指挥所设在了中洲岛。新兵蛋子不知信子的来头，不敢造次，连忙叫人回去通报，一会儿来了个名叫小林的军曹。信子见了说："我要见长谷川正雄。"

小林军曹问道："你是谁？"

信子指着金绍诗说："我是长谷川信子，他是我的丈夫长谷川绍诗。我们要见你们的长官长谷川正雄。"

其实信子并不清楚她哥哥此时身在何处，但是她相信以长谷川正雄的军阶，在日军司令部的人应该会有人知道他，或是听说过他的名字，再没有，只要来个级别高一点的军官，她就可以说明事情的原委，让棺木放行应该不是难事。

哪曾想小林军曹听了长谷川正雄的名字后立即向她敬礼，恭敬地回说："信子小姐，长谷川联队长现在外出，您有什么事情，您请吩咐，有什么话我们一定转达。"信子原是诈他，没想到这支占领军的联队长竟然是她哥哥。

信子指着封路对面的棺木，对军曹说："你让送棺的队伍过来，那里躺着的是我的家人！"

小林爽快地答应了，棺木放行。

金老太爷坐在一张太师椅上，让众人将他抬到门头厅外坐定后，让人打开六扇门，在门楣上披上白色的布幔。灵堂布置停当后，他让达荨、金方氏等一应金家的人都到门头厅外站立，迎候金绍添的棺木进家门。

金绍添的棺木进了金家后。金老太爷吩咐将灵堂设在门头厅，六扇门自今日起至出殡止日夜都要开着不关。棺木就停在门头厅里，接受乡邻的吊唁。他自己在门头厅的灵堂前整整坐了一上午。老人两眼盯着孙子的棺木，口中喃喃自语："老三属马，马限山，大限啊，老三咋就这么掉以轻心呢。"

正中的布幔上挂着一张二十寸的金绍添身着将军服的戎装照。两边是一副挽联。

杀倭寇身殉国生为人杰，入宗祠昭忠烈死做鬼雄。

遗像前是灵前桌。正中是金绍添的牌位，写着"故民国陆军少将金公绍添之灵位"十四个字。两边是一对白蜡烛，前边放数碟水果糕点。灵桌前是一火盆，燃着冥纸。

金达荨当晚就差人去了南平，告诉王玉凤金绍添的死讯，并告诉她说，爷爷说了，绍添的后事，家里人会打理好的，她尽可放心。现在福州城日本人占着，为了安全起见，她和三个孩子都不要回来，可以在南平设灵堂遥祭。

长谷川正雄回到中洲的宪兵司令部，小林军曹就来向他汇报了信子小姐来找他的事。长谷川正雄第二天一早就带上一队宪兵去了安乐铺，将整条街都戒了严。

信子和绍诗接他进入大厅，坐下后说："哥哥，你这么兴师动众的，扰民了！"

长谷川正雄说："妹妹，现在是战争时期，不得不如此。"又问说："门厅里祭奠的是什么人？"

信子说："是被你们炸死的中国军人，绍诗的哥哥。"

长谷川正雄向绍诗欠身说："绍诗君节哀。希望你能理解战争的残酷。对于令兄的不幸去世，我只能说声遗憾。我和令兄都是军人，并无个人恩怨，彼此都在为各自的国家效力，一会儿出去时，我会向令兄致敬的。"

信子质问道："哥哥，仗打到现在，也七个多年头了，你认为这场仗再打下去有意义吗？你现在该明白爸爸说的话是对的吧？要征服一个民族谈何容易！"

长谷川正雄说："信子，我们兄妹在异国他乡好不容易见个面，就不要谈政治、战争，只说些家长里短吧。"转而关切地问金绍诗："绍诗君回国后都做些什么营生？"

金绍诗回说："一事无成啊。"

信子说："能做得了什么营生？我们金家原是经营一家公司，生产干电池和蓄电池。开战以后，你们封锁了海路和陆路的交通，上海的原料进不来了，工人也都散了，工厂只得关门大吉，一家人等着喝西北风。"

长谷川正雄说："妹妹放心，只要妹妹列出原料的清单，十天内一定到货，榕光公司照样可以开工生产。"

兄妹闲话了一会儿，信子问到了父母亲和她的二哥长谷川正义，长谷川正雄说："还是爸爸老谋深算，你们走后不久，爸爸就让你二哥退役了，现在你二哥一家搬回了家，和爸妈一起住，老人家时常提起妹妹你和绍诗君。"

临走时长谷川正雄向金绍诗要了榕光公司生产所需原料的清单，起身告辞走过门头厅时，转身进了灵堂，恭恭敬敬地在金绍添的灵前上了三炷香，鞠躬致敬。

十天后长谷川正雄派人到金府告诉信子说，已获准派船从上海运回了生产原料，榕光公司可以准备开工生产。

金绍添的棺木在金家停满七七四十九天，詹瑶娜在棺前跪祭了七七四十九天。出殡前詹瑶娜对金老太爷说："老太爷、老爷、太太，绍添走时军部的来人说了，抗战胜利后要为绍添举行公祭的，因此棺木不能入土。就让绍添的棺木先停在浦里的厝里。明天出殡，我跟了去后，人就留在灵厝陪他，不再回来了。再说了，绍添的棺木也还是要等到王姐姐和三个孩子来跟绍添告个别后，才好入土。"

金老太爷听了后着实感动，说："这样也好。只是难为你了，一个人在乡下度日，会十分清冷、艰难。"

詹瑶娜说："有鞠妈陪着，不碍事的，我能对付。"

金达蓴也说道："也好，浦里厝的房前不是有十亩田吗？原是让荣贵代租给人种的，你住下后也可以顺便打理一下，生活的一应用品，我会让马车吴在月初和月中给你送了去。"

金绍添的死讯传到南平后，金达澎让依福在西芹布置了间灵堂，供上金绍添的遗像。为了提振士气，在永安的省府派民政处的处长范国基、科长金绮霞到南平，携同南平的地方官员前往西芹的金家祭奠。

金绮霞在三哥的灵位前悲戚万分，泪如雨下。范国基传达了省府慰勉的话，说如今战事紧张，一切从简，待光复日，自然要在省城开个隆重的追悼大会来告慰死难的将士。

南平是山城。五月的山城，虽是入夏，但早晚温差大，西芹在南平南的闽江边上，早晚更是凉风习习。

办完金绍添的丧事，金达澎便觉得自己精神越发不济，白日间昏沉沉地在椅子上打瞌睡，晚间早早躺下，却是左右翻身，怎么也睡不着，盼着天亮，好早早起身。

金达澎是个上了年纪的老人，睡眠不太好，这日早起后一个人踱到江边散步，一边观赏江景，慢慢地向当年的贮木场走去，抚今追昔，感慨万千。回忆当年自己受父亲的嘱托在西芹经营贮木场，其中多少的艰辛与寂寞，谁能料到水火无情，竟断送了金家三代传承下的祖业。现在榕光公司刚有点起色，又来了该千刀万剐的日本兵，真是创业艰难。

金达澎一路走一路想，不尽伤感。想自己一生的努力，也如同这一江闽水向东流去，到头来自己也年过古稀了还得背井离乡，到这山高水冷的地方来避难，所为何来？正合了古语说的人强不如命强。不禁低声叹了口气。

江面上不时有冷风袭来，他禁不住打了个寒战，才发现自己走得有点远了，急忙回头，走得急了，背上冒出虚汗，冷风一吹，冷冰冰地搁在身上。回到家中便觉得乏，在躺椅上迷糊了一会，竟咳嗽了起来，鼻水流个不停。

金绍檀连忙去镇上请了个郎中来，把了脉，开了副金线吊葫芦，说是染了风寒，喝几服药，睡一觉，发发汗就没事了。家中所有人都觉得只是感冒，不必大惊小怪。

金达澎喝了药后没见好转，咳嗽越发厉害，还发起了烧。金绍檀才觉得问题严重，觉得父亲毕竟是过了古稀之年的老人，要担心感冒并发症，得找个西医，吃几副西药，病才好得快。但西芹是个小镇哪有西医？又挨了一天，第二天一早雇了辆车，送他去南平的大医院。

南平的西医大夫让金达澎照了 X 光，确诊为急性肺炎，让金达澎住院，挂瓶，打针输液。金达澎在医院又挨了一天，依然高烧不退，血压飙升，医生束手无策。

金达澎知道自己大限已至，对守在身边的绍檀交代后事说："我走后不要给福州家中发讣告，别让你爷爷他们知道，能瞒多久就瞒多久，先寻觅一间灵厝停放着，待仗打完后再移回福州祖坟。"交代完话又昏迷了过去。拖到了下半夜，金达澎口吐鲜血，撒手归西去了。

金绍檀遵照父亲的遗嘱，没有向福州报丧，在西芹办了后事，择地入土，待抗战胜利后再移回祖茔。

守军撤退到永安后经过整训，从南平东下，在白沙、大湖重创了日军。日本人意识到福州这块没有任何军事价值的鸡肋终归是啃不动，要丢弃的。在离开前，长谷川正雄让小林军曹将货款送到金府后，派人将榕光公司生产库藏的干电池、蓄电池和糖都装车运走。

日本人走后，金绍檀带着家人回安乐铺，他母亲金卢氏却不想回去，说是要留在南平看杂货铺，金绍檀说服不了她，只得让杏儿留下与她做伴。

金绍檀回家后自然得先来给爷爷请安，金老太爷问说："怎么不见你老子和老娘？"

金绍檀含糊回答说："他老人家担心日本人还要再来，不想来回跑动折腾，坚持要留下看顾杂货店的买卖，待到局势彻底明朗后再回来。"

金老太爷听了，长叹一声，转身进入屋内去了。

金绍檀回来后第二天，便带着王玉凤和她的三个儿女去洪山浦里吊唁金绍添。拜祭完后，金绍檀对詹瑶娜说："詹家弟妹，你跟我们回去住吧，一个人在乡下清冷得很，大家都不放心。你既然进了我们金家的门，三弟在与不在，我们都得关照你。你回城里住，彼此间有个照应，大家都放心。"

詹瑶娜摇头说："二哥，我不再回到安乐铺去了。这儿顶好的，老太爷和府上太太、老爷们要是可怜瑶娜，就让瑶娜在这儿住一辈子好了。洪山浦里山清水秀的，好地方啊。"

金绍檀知道安乐铺离杏花天太近，是詹瑶娜的伤心地，她是不会再跟他回去的了，也不再勉强。

回到安乐铺后，金绍檀对金达莩说道："三叔，过些天我还得回南平去，要不然我爹的事就瞒不住爷爷了。爷爷上了年纪，再受不了半点刺激。我答应过我爹，能瞒多久瞒多久。再说了，我娘还在南平，我也放心不下。公司的事只好交给三爸和六弟，你们就多费心打理去好了。"

想当初二房独大时，金达莩确实觊觎董事长的位子，有说不清的忌妒和不平。现在不经意间自己坐了这位子反倒觉得快乐不起来，淡淡地说："老二你就放心吧，你爷爷人虽老了，可是脑子还不糊涂。大小事还是得他老人家点头了，我们才去办的。出不了大岔子。"

金绍檀提醒他："三爸，现在日本人一脑门子心事都在南洋，没准还得回来。物极必反，水满则溢，凡事都要未雨绸缪。虽说六弟妹是日本人，但下回来的就不一定会是她娘家的舅老爷了，不见得回回都能得到关照，还是多加小心些好。听说日本人在中途岛吃了大败仗，军舰都打没了，看来是兔子尾巴长不了，下次即便是来了她娘家的舅老爷，咱们也是要多避点嫌疑才好，省得将来日本人走后，说不清道不明的。"

金达莩说："我有分寸的，你放心好了。"

金绍檀依然不放心说："三爸，我想和你、六弟、六弟妹商量个稳妥的办法。我看还是忍痛割爱，赔些本，低价将工厂盘了出去，待局势安定后再重新开张。"

金达莩也做不了主："这是大事，也不急在一时，等到哪天老太爷精神气好些时，我同他说去。"

两天后金绍檀又回到了南平，他不得不上去关照老娘，还有杂货铺的生意。

年关转眼又到，金达莩想到有些日子没见到詹瑶娜了，便让吴天亮套好车，到德馀、明天食品店买了些京果、腊肉、卤货，又到美且有买了糕点后，到洪山浦里看儿子金绍添去。

到了浦里后，金达莩让马车吴拴好马后，帮鞠妈将些供品摆到侧屋金绍添的灵厝的供桌上，余下的年货让鞠妈送到厨房收藏好了，自己回到正厅坐下。

詹瑶娜恭敬地递过茶水。

詹瑶娜到金家后这是第一次近距离地单独与她的公公、金家三老爷相对而坐。

金达莩接过杯子说："要不接你回安乐铺过年，这儿毕竟是乡下，太冷清了。"

詹瑶娜拒绝道："谢谢爹记挂，但是我是再也不会回到田垱街安乐铺去了的。"

金达莩说："你这样子长此下去也不是办法。我还是让绍檀在南平找找，找到你妈后，让她来这儿跟你做个伴。你的三个弟弟也都长大了，也应该懂事明理了，断不会嫌弃你的。"

詹瑶娜想了想说："问个消息也好，只是不要刻意去找。告诉二哥，找到我妈，问了她们的境况后，捎信来告诉我一声，要是找不到人，也就罢了，不要太折腾了。"

金达莩点了点头："这个自然。还有一事我想了许久还是说给你思量一下。你也才三十出头，往后的日子还长着呢。要嘛，再嫁也还来得及，我让人给你寻个好人家去。"

詹瑶娜说："再嫁？爹说得轻巧。再嫁回杏花天？我可不想出了虎穴又进狼窝，让人戳脊梁骨。这儿顶好的，山清水秀。您回去跟老太爷说，要是他可怜我这几年侍候三少爷的份上，将这房前屋后的赏了我，我天天给他老人家烧高香，让佛祖保佑他长命百岁。"

金达莘见她坚持，也不再劝，只得说："这儿你就放心地住吧，没人会赶你走的。不然，我替你抱个孩子来，你得养儿防老啊。"

詹瑶娜并不反对。

没过多长时间，金达莘再来时，给詹瑶娜带来个两岁大的男孩，对詹瑶娜说："我禀告过老太爷了，将这小孩寄名在绍添的名下，取名敏贤。他的亲生父母家人在十二桥边上住，四一八日本人大轰炸时，一颗炸弹落在了他们家，一家人除了他，都死了，他被美国人的慈爱医院收养。我见他眉清目秀的，身体也健康，人也聪明伶俐，便要了来。"

詹瑶娜将小男孩搂到怀中，抚着他的头和小脸蛋，说："我替敏贤谢谢爷爷了。"

金达莘见詹瑶娜收下了敏贤，松了口气说："我让绍檀托人上你南平的老家，找到了你的家人。绍檀来信说，人是找到了，但是你听了别太难过。去的人回来说，你母亲在前年得病过世了，你的三个弟弟现在都好。你的大弟、二弟都已经成家，搬出去住了，只有你的三弟现在还住在老家，在一家茶铺当伙计。绍檀说了，见他们生活都还安定，就没说是你寻亲，只说是你爸的老朋友来看看，见他们没事就放心了。绍檀说他托人临走时给你的三弟留了些钱，只说是一点心意而已。回来后就给家里写信，给你带个信息，好让你放心。"

詹瑶娜抹着眼泪说："这样也好。代我谢谢二哥，让他费心了。"

詹瑶娜带敏贤到金绍添的灵前叩头，上香后让鞠妈带他进屋洗澡，换了身干净的衣裳。

第三十五章

大限至老太爷撒手人寰　辩冤情詹瑶娜挺身而出

日本投降，抗战胜利，举国欢腾。国民政府从重庆返都南京，福建省政府也从永安迁回到了省城福州。

但凡是胜利者，惩恶扬善这两件事是非做不可的。这两件事异曲同工，拨乱反正，实则是一件事，其目的都是为了提振国人的正气。

福州城虽说是沦陷了两次，但是沦陷的时间都很短。有了第一次光复后查办汉奸的前车之鉴，况且第二次沦陷时，太平洋战场上胜负的态势已是十分明朗，再敢贸然出头当汉奸的人显然少了。汉奸少，并不意味着没有。省府仍旧下文：铁腕抓汉奸、查敌产的工作与国内各沦陷城市同步展开。

汉奸稽查组收到密报，安乐铺的金家在第二次沦陷期间与日本军方过从甚密，为日方军队提供蔗糖、电池、蓄电池等产品，属资敌行为。

稽查组迅即签发了抓捕金达葶与金绍诗的逮捕令。

早前稽查队已得到密报说金达葶现身排尾的榕光厂内，便出动警车，将金达葶堵在厂内，抓个正着。

稽查警察不容金达葶分说，将金达葶铐了手铐，塞进警车后，将榕光厂的人都赶了出来，在大门上贴了封条。吓得榕光厂的职工四散奔逃。

稽查警察抓了金达葶后，人不下鞍，马不停蹄，即刻驱车到安乐铺，捉捕金绍诗。

四个荷枪实弹的稽查警察在金宅的叔园遭到了两只母老虎的拦截。金方氏和王玉凤婆媳俩堵在了叔园的门口。

甲警察一脸的霸气，凶巴巴地推搡金方氏，大声呵斥道："让开，不许妨碍公务。"

金方氏听了，嗤之以鼻："滚你一边去！哪来的小兔崽子，敢到老娘的家里撒野来了！"

甲警察想动粗，举起枪托，被吴妈拦住了说："小子你看清楚了，你知道她是谁吗？你这一枪托过去，饭碗丢了是小事，只怕你下半辈子连小命也保不住！”

乙警察亮出逮捕令，吼道：“奉命逮捕汉奸金绍诗，你闪开，否则不客气了。”

王玉凤叉着腰，挡住道说：“小子，你别拉大旗作虎皮，包着自己吓唬别人！我告诉你小子，就是你们的陈主席来，见了我也都是客客气气的，你敢不客气个试试?!”

金方氏冷笑说道：“抓汉奸抓到我家来了，你们瞧瞧这墙上的挂像。昨天省政府才来人给我们家下了请帖，让我们上抗战英烈追悼会的主席台上就座，今天你们就敢来我们家抓汉奸，耍我是吗？告诉你小子，就是蒋委员长见了我们方家的人都毕恭毕敬的，你敢在这儿做大、撒野，小心老娘我收拾你！”

稽查警察偷眼瞧了瞧墙上金绍添的戎装遗照，明白了这户人家不好惹，还是放下身段，客气点办差才好，露怯说：“两位太太，我们不知二位奶奶是哪路神仙，我们是奉命办差，请你们高抬贵手，给予配合。”

这时丙、丁两警察将金达萼押了进来。金达萼对老婆说：“他们是办差的人，你们就不要为难他们了，让绍诗跟了走，到了公堂自会说明白的。咱们没做亏心事，不怕鬼敲门。”

信子亮出她和绍诗的日本国护照，说：“现在中日双方休战了，绍诗君是日本国公民，你们要抓他，得通过日本领事馆。”

稽查警察挖苦道：“少奶奶，你要放明白点，日本是战败国，至于你们是侨民，还是间谍，或是汉奸，你们向法官说去，我们是办差的，按图索骥，带人走就是。”

金达萼对信子说：“他们只是下人，说多了也是白说，让绍诗跟了去好了，是非自有公断。”

稽查警察带走金达萼和金绍诗后，金宅乱作一团。消息传到伯园，金老太爷当场背过气去一命呜呼。这时金家一个主事的男人也不在，金方氏正在气头上，在叔园内闷声发脾气，哪有心思管伯园里的事。

老太爷的丧事，只得由大少奶奶蔡纹秀出面主事。

蔡纹秀让吴妈帮着依福给老太爷擦洗身子，穿戴整齐，让郭姨太在屋里守灵，她自己和王玉凤出到大厅上视事。

蔡纹秀让敏杰给在南平的金绍檀打电报，催他尽快回家。此时在金家的男丁敏杰、敏文、敏学都是中学生，一脸懵懂，派不上什么大用场。

敏杰去了电报所后，蔡纹秀让敏文去上杭的高家给姑姑金绮云报丧，让敏学去城里给两位姑妈金绮雯、金绮霞报丧。接着让依福去寿材铺要一口上好的棺木，回来后布置灵堂。

正忙得不可开交，吴妈慌慌张张地来报说："大少奶奶不好了，郭姨太吊死在老太爷的灵床前了。"

蔡纹秀得报，惊得手脚冰冷，瘫坐在了大厅的拱座椅上，半天说不出话。

蔡纹秀一筹莫展，只得让吴妈到叔园叫来金方氏、王玉凤和信子。大家赶到老太爷的房中，七手八脚将郭姨太从床架子上放下，平躺了身子。

蔡纹秀吩咐吴妈说："你赶快去到寿材店，找到依福，再要一口和老太爷一模一样的棺木。"

吴妈走后，三个女人壮着胆，给郭姨太擦洗好身子，换了衣裳，摆放在金老太爷的边上。

金绍檀在南平接到敏杰从福州家中打来的电报，得知爷爷的死讯后，知道金家的天塌了。

他的母亲金卢氏打从父亲走后就卧床了，金绍檀清楚，他母亲的大限也在这几日间就要到了，得做长远的安排了。

金绍檀当机立断，给了墓佃刘忠庆些钱，让他将父亲的棺木起出，重新上了漆后，一周内运回金家。将南平的生意托付给阿贵后，他带上病快快的母亲和敏杰、杏儿乘坐汽轮先回福州去。

汽轮船在平水码头靠岸后，金绍檀让人回安乐铺的家中报讯，让马车吴拉来车子，将他母亲抬上了车去。此时金卢氏已是奄奄一息，挨到仲园时，没过半个时辰便断气了。

一周后四口棺木端端正正地摆放在了金家的一进大厅中央。一家人哭声震天动地。

现在摆在金绍檀面前的最大挑战是如何在七七四十九天内将金达萼和金绍诗从狱中捞出来。金绍檀与金方氏、王玉凤思谋良久，觉得要多管齐下，方能达成目的。

金绍檀到一进的大厅上与蔡纹秀、金方氏、王玉凤商讨请律师的事。

王玉凤想到她的宁波老乡贾思真，说："街头的贾律师与我是老乡，请他吧。"

金绍檀问说："三弟妹，你这次回家来见过贾律师没有？"

王玉凤说："贾律师我没见过，他太太倒是见了的。前些天我们还在巷子口聊了好一阵子。"

金绍檀问说："你们都聊了些什么？"

王玉凤说："也没说什么，贾太太只是问了问六弟妹与那位日本军官的关系，说：'那日，日本人来你们家，气势汹汹的，带着一队兵，将安乐铺的街头街尾全都封堵上了，各家各户见那阵势吓得紧关了大门，不敢吱声，以为是你们家瑶娜送三哥棺木回家的事惹恼了日本人，兴师问罪来了，都为你们金家捏一把汗哩。哪曾想，过了约莫两个时辰，从门缝里瞧见到你们家的六少奶奶送那日本军官出来了，一点事情也没有。后来听人说那位日本军官还到你们家门头厅你三哥的灵堂里，给三哥鞠了躬，走后还关照了你们家的生意。'我当时不经意间说了，那位日本军官是我们家六弟妹的哥哥。还说我要是事前知道了她跟那日本人的这层关系，我才不上南平躲去，西芹那鬼地方，山高水冷的，这不？这回上去逃难，要了咱们家二老爷的命。"

金绍檀听了后，心中明白却发作不得说："三弟妹，你刚来家不久，你不知道我们家与贾律师间的纠葛。你是言者无意，她是听者有心，我打听过了，三爸和六弟这次通敌罪的由来，说是被人举报的，我怀疑这个举报人就是贾思真。三爸和六弟的律师决不能请他，我去请常大律师。常大律师的名气远在贾思真之上，与我们家几代人都有交情，我们请他来给三爸辩冤，一定能将三爸与老六捞出来。"

王玉凤听了惊得目瞪口呆。

常大律师十分爽快地接了金绍檀送来的《金达荸父子通敌案的辩诉状》。

常大律师给金绍檀支招儿，让金绍檀找社会关系去。常大律师知道金家的两代太太金方氏和王玉凤在上层多少可以找到个把说项的人。常大律师说状纸由他写，他递送法院，但最好还得请个把有分量的大佬出面说明情况。

王玉凤说："我们王家的社会关系都在外头，怕远水解不了近渴，现在是火烧眉毛了，一句半句也说不清楚。记得绍添说过他与省府的秘书长交情不浅，所以我想还得进趟城，让绮霞妹子去找那位省府的秘书长说项，让他出面与警局的人沟通，想是可以摆平的。"

金方氏也说："我找娘家的几位老爷子出面说说。虽说他们都只是在省参事室挂些个有名无实的虚职，但看在是民国元老的份上，多少能有些作用。"

第二条是让詹瑶娜出面，充分利用金绍添为国捐躯这件事，在社会上哭诉冤情，赢得舆论上的同情。

王玉凤说："这事得烦二哥你去浦里走一趟。现在在金家能跟瑶娜说上话的只有敏蓉和二哥您了。"

金绍檀说："一家人不说客套话，我去好了。瑶娜妹子是个识大体的人，她一定会挺身而出的。"

第三条是说服商会同僚出面担保。

金绍檀说："商会这头没问题，会长和几个襄理都是爹和三爸的故交好友，与高亲家也是挚友，现在我们家有难了，他们是不会见死不救的。"

金绍檀对金方氏说道："三婶，现在也只能是走一步看一步了，成事在天，谋事在人，三爸和六弟也没做过什么特别出格的事，您老放宽了心，几天工夫应该就可以放了回来。"

谋定后，金方氏和王玉凤按金绍檀说的各自到省府找人去。金绍檀到浦里见到詹瑶娜将金达莩父子的事说了，并与她商定行动方案，媒体造势由金绍檀运作。临走时，金绍檀将写好的诉状交给詹瑶娜，让她直接呈递给省政府官员。

第二天一早，詹瑶娜带着金敏贤，雇人拉着金绍添的棺木到省府路口。棺木前挂着金绍添的二十寸的将军照，下边写着"抗战英烈故陆军少将金公绍添将军之遗照"。

众人只见一妇人带着个四岁大小的孩子，两人头顶上各有一面白底黑字的牌子。小男孩手中的牌子上写着"亲人身陷囹圄"，妇人手中的牌子写着"烈士如何瞑目"，妇人胸前缀一白布片，写着"金绍添烈士遗孀"，小男孩胸前也缀有一白布片，写着"先父金绍添烈士"。两人的背上各缀一大书的"冤"字。妇人大声喊冤。

在省府路门口打探消息的各大小报记者见状，迅速聚拢了过来，争先拍照,将一个偌大的省府路挤得个水泄不通。

有认出詹瑶娜是当年杏花天头牌的,说:"胭脂,这不是当年杏花天的胭脂吗?"

人群中有人说:"沦陷第三天,我在大桥头见过她,也是这身打扮,押着棺材和日本人理论,说是要过街去安乐铺,日本兵不让,拉着枪栓,口里叽里呱啦地乱吼乱叫,好吓人的。倒是她不怕,不断和日本人纠缠着,后来来了金家的六少奶奶,也是一通叽里呱啦的日本话才将事情摆平了。要不是来了六少奶奶,只怕她当时十有八九得让日本人的刺刀捅几个透明窟窿,真悬。"

记者们忙碌着拍照和速记这些街边的传奇,甚至连第二天报上标题都有了:稽查队无凭无据抓人,安乐铺金家内一日三尸。大小报纸都准备将这新闻作为头条,登在头版头条的位置。

门口的吵闹声自然惊动了大楼里的政府官员,便派了人下到街面上查问情况。派下楼的人正是民政处的范国基处长。

范国基见肇事者是詹瑶娜,心中有数,装模作样地接了詹瑶娜手中的诉状,说:"长官让我出来请您进去说话。"一面让门卫警察驱散了围观的人群。

进到接待室后,范国基将詹瑶娜的诉状给民政厅长官看了。

诉状上写着:

……

兹有台江安乐铺商人金达荨父子被诬汉奸一案辩状。

辩冤一,所云金氏父子通敌一罪不实。金绍诗确系金家绍字辈孙,序六。金绍诗于民国十七年赴日本留学,于民国二十一年娶妻长谷川信子,并加入日本国籍,取名长谷川绍诗。九一八,即民国二十年后日本国内加紧排华,金绍诗不堪其扰,携妻长谷川信子与儿子长谷川敏夫于民国二十七年回国,定居于安乐铺金家,并无任何危害国家之行为。恰第二次福州沦陷时日军长官系长谷川家长子长谷川正雄,曾到安乐铺探视其妹长谷川信子,此乃亲属见面与军情无关。况且长谷川兄妹政见素来不和,长谷川信子与其父长谷川纯一郎教授均为日本国内反战人士,其反战文章曾见诸《朝日新闻报》和《读卖新闻报》。

故此若以此定金绍诗通敌罪或是汉奸罪不成立。

辩冤二，所云金氏父子资敌罪不实。日军撤退前确从榕光电池厂掳走大量库藏的蔗糖、电池、蓄电池产品。但覆巢之下安有完卵？仓库库藏被劫何止榕光厂一家？几家大商号如火柴厂、造船厂乃至食品厂的库藏无一不被洗劫一空，何以独诬榕光厂以资敌之罪？

辩冤三，金氏一门忠烈。达荨夫人金方氏。方家举家赴义，功在民国。长媳金王氏族人多追随蒋总统，或浴血沙场，或辗转西南，多有功劳。长子绍添战死马尾，三女敏霞随着省府西迁永安，不辞辛苦。抗战以来金氏一门多有捐赠，为抗战出钱、出人、出力，如何便成汉奸？事实不详，实难服众。

……

辩冤状洋洋洒洒上万字。民政厅长官看了不敢怠慢，立即转呈省府最高长官，并责令稽查专员速速来见。

民政厅长官劈头盖脸臭骂了稽查专员一阵后，发话道："要快速结案。若查无实据，马上放人，赔礼道歉。若证据确凿，立即提交法院，公堂了断，以正视听。"

稽查专员灰头土脸地退了出来，找来办案人员，办案人员说是一封匿名信，语焉不详，怕他畏罪潜逃，所以先行抓捕。

听到这些子虚乌有的话，气得稽查专员五孔生烟。但他也不是个轻易认输的人，凭借着他聪明的脑袋，思忖良久后，终于想出了一个两全的方法。嘱咐手下人请来金方氏老太太，恭敬地说："三老爷的案子省里十分关注，责令在下尽快结案。我认真地审阅了三老爷和令公子的卷宗，可以说是事出有因。榕光厂资敌一事，或许并非三老爷本意，但客观事实存在，以在下的愚见，与其复杂不如简单了事。我们放了三老爷和令公子，让令公子和令媳妇回日本。查封榕光厂，待日后处理，您看如何？"

金方氏虽则跋扈，但到底是个没主见的人，只要能放人，她便觉得可以私了，当下同意了。

法院择日开庭，常大律师出庭为金达荨与金绍诗辩护。

常大律师在法庭上侃侃而言："公诉人指证金达荨通敌之证据有两款。其一是榕光厂产品资敌，其二是金家父子与日寇暗通款曲。经本律师走访当事人，并多方查证，均为不实之词。

"查榕光厂乃股份制公司，董事长是赖新珠，总经理是金绍檀，我的当事人金达尊虽持有股份，但只是公司的销售部经理。金家三代文字辈、达字辈、绍字辈人中，文字辈的金文澜老人年届九十，早不视事。达字辈中也多是古稀老人，榕光公司的业务主要由绍字辈的人在打理。在福州沦陷期间，董事长赖新珠和总经理金绍檀二人均避寇在外，公司交由金绍诗和金信子代理。

"本律师要特别声明的是，金绍诗和金信子二人在榕光公司中所占的股份均出记在其父金达尊名下，也就是说他们没有独立的股份，换言之，只可视为榕光公司的雇员。

"本律师还要声明的是，金绍诗和金信子均是持有日本国护照的日本侨民，他们的日本名字是长谷川绍诗和长谷川信子。

"在厘清我当事人的身份后本律师先回答公诉人的第二款'金家父子与日寇暗通款曲'的指控。查日军驻军联队长长谷川正雄是长谷川信子的长兄。因此他们间的关系并不是公诉人说的暗通款曲，而是亲如家人，因为他们本来就是一母同胞。

"这样我们就可以回到公诉人指控的第一条罪状——榕光厂产品资敌。

"查榕光厂确有产品资敌，但与我的当事金达尊无关。在这儿我想我有必要提醒一下法官大人，台江汛的乡亲有目共睹，在第一次福州沦陷时，薛镜溪义士自焚明志后，是金文澜老太爷领头去收回义士遗骨，出资布置了义士的灵堂，安排出殡的。在第二次福州沦陷时我当事人的儿子金绍添将军是在抗击日寇中殉国的，因此说我的当事人是汉奸之词完全不实。

"再说'榕光厂产品资敌'一说也有待商榷。比如，日本人在福州沦陷期间也用电，也点电灯，电是电厂的产品，不能因此就说电厂资敌吧？

"法官大人，我的话完了，请法庭裁决。"

法院二审开庭后宣布处理决定：查封榕光电池厂。金达尊当庭释放。长谷川绍诗和长谷川信子既已认定为日本侨民，着其二十天内离境，返回日本。

多事之秋，可谓是一波未平，一波又起。金绍檀刚从牢中接回金达尊和金绍诗，屁股还没坐热，杏儿就进门来递给他一封从南洋马来西亚寄来的快信。

自从金绍城和赖新珠带着他们的儿女回南洋后就断了音信，只知道马来西亚也让日本人给占了。

金绍檀拿到信，心中窃喜。现在日本人投降了，一家人终于又联系上了。他急不可待地拆开信封，将信摊在手中，戴上老花镜开始看信。见信封上的字是赖新珠的笔迹，顿感不祥。

但见赖新珠写道：

> 二哥、二嫂，并转达爷爷与父母亲大人：
>
> 绍城已在我们回南洋的第二年故去。请二哥、二嫂，并家中诸位大人节哀。
>
> 我们回到马来半年后马来就也被日本人给占了。日本人强行征占了我们家的橡胶园，将马来年轻力壮的男子都圈进集中营中做苦工。绍城与我的两个兄弟也都进了集中营，从此断了消息。
>
> 日本人投降后，我二弟新明生还，告诉我们这才知道，绍城和我的大哥、三弟都早已不在人世了。他们进入日本人集中营的第二年就被日本人给害死了。
>
> 我从我二弟口中知道后就赶忙写这封信将这噩耗告诉你们。
>
> 我二弟说，日本人这次下南洋就是冲着橡胶园去的，马来的几个大橡胶园主的遭遇与我们家的如同一辙。
>
> 因为是凶讯，因此不敢贸然直写给爷爷和父母亲大人，在适当的时间，请二哥代为转禀。
>
> 顺告，敏文、敏学与敏芮都进了吉隆坡高中。
>
> 问爷爷、父母亲和家中诸位大人的安。
>
> 弟媳赖新珠匆此，敬上。

金绍檀读完信，瘫坐在椅上，冯玉茹将他摊在胸前的信拿过一看，也惊愕不已。

冯玉茹将信还给丈夫，长叹一声说："覆巢之下安有完卵。也是老五命中的定数，在劫难逃啊！"

金绍檀叫来依福，让他给绍城做面牌位，写上"故金府绍城公之灵位"，放在灵堂他父母亲的灵位旁。

接下去就是安排给金老太爷、郭姨太和金达澎夫妇出殡的事。金达莩对金绍檀说："得去信让都都回来主持丧事。他毕竟是你爷爷在世时最疼爱的曾孙儿，按祖宗传下来的规矩，丧事也得由嫡长房的人出来主持。"

金绍檀回说："三爸，已经给都都去了电报了，催他回来给爷爷举丧。"

正说着，吴妈就拿着电报纸进来了，说是邮差刚送来的。金绍檀拆封看后对金达莩说："三爸，是都都的电报。"

金绍檀见封面上写的收报人是蔡纹秀，就将电报纸交到在一旁的蔡纹秀手中："大嫂，你打开看看都都是怎么说的。"

蔡纹秀打开电报纸，扫了一眼后，读电报文："即日动身回榕，同悲。"

抗战胜利后西南联大自行解散，金敏哲随校回到北京，在清华大学当助教。

金达莩说："这样就好，我们这边加紧准备妥当了，都都回来后第二天咱们就出殡。"并嘱咐金绍檀："浦里荣贵那头也得让他准备妥当了，整一台大墓，五个圹。"

金绍檀回答道："前些天交代过了，明天我会和阿贵再去查看核实一下，三爸放心好了。"

金达莩听了后说："这样最好。"

第三十六章

劫数尽六扇门风光不再　闽水流三捷河桨声依旧

金敏哲从北京坐火车南下至上海后改走海路，从十六浦码头乘汽轮船回到马尾，再转乘小汽轮到第一码头，在路上头尾走了五天，终是赶在金绍添公祭日的前一天回到了家中。

金老太爷、郭姨太、金达澎夫妇的棺木定在公祭日后的第三天出殡。

为英烈招魂的公祭大会在南校场举行。金绍添的棺木已在前一天晚上运到了主席台下的正中摆放。左右两边各有两名士兵持枪守卫。主席台两边是一副对联。

死重泰山义勇精忠同气节　魂招汉朔星辰日月共光辉

主席台布置得庄严肃穆。

上午十时整，地方党政军首脑依次在主席台上的第一排坐定，第二排是烈士家属：金达尊、金方氏、王玉凤和四个孩子金敏文、金敏学、金敏芮、金敏贤。金达尊让詹瑶娜也上去就座，但她死活不参加公祭会。

主持人范国基宣布公祭正式开始，军乐队奏黄埔军歌后鸣枪八响。其后由省府主祭官登台宣读悼词。公祭会后由八名士兵护送金绍添的棺木回安乐铺金家。

金绍添的棺木依旧摆放在门头厅，由四名士兵护卫。

一进大厅摆放四具棺木。前排两具是金老太爷和郭姨太，第二排是金达澎夫妇。

金家六扇门大开，白布幔壁，挽联、花圈从六扇门边排起，一直排到二进的厅廊前，前来吊唁的人络绎不绝。

第三天出殡时，八名士兵和洋鼓洋号开道。金绍添棺木先行，后边是四排八幡紧随，其后是两排棺木。

第一排是老太爷和郭姨太棺木，第二排是金达澎夫妇棺木，孝子是金绍檀。让敏贤当金绍城的孝子，举一块金绍城的牌位跟随在棺木的后边。

棺木后也有三排。

第一排是孝子，金达荸夫妇身着麻衣麻裤；第二排是孝孙，蔡纹秀、金绍檀和金绍诗夫妇、金绮雯、詹瑶娜，身着黄衣丧服；第三排是重孙辈的金敏哲、金敏杰、金敏文、金敏学、金敏夫、金敏蓉、金敏芮，身着红衣。

出殡队伍浩浩荡荡，看热闹的人多不胜数，竟将整条田垱街都挤得水泄不通。出殡的队伍离了安乐铺后，穿城出祭酒岭、洪山桥到浦里金家祖茔足足走了两个多时辰。一路上吹吹打打，金家挣回颜面，死者风光无限。

出殡后一切归于平静。金绍诗夫妇带着金敏夫回日本。行前三天，信子提出要到福清渔溪的旧黄檗万福寺上香，作实地考察，回去后好完成她的博士论文《日中新旧黄檗之比较》，这是她离开日本时对她父亲的许诺。

金绍檀陪着他们夫妇一家三口人坐马车吴的车去了。马车吴让大儿子吴海波驾车。

从福清旧黄檗万福寺回家后的第二天，金绍诗和长谷川信子就从马尾动身去台北，再换船到横滨，回到东京。

偌大的金家，现在只剩下寥寥数人。伯园住着蔡纹秀和金敏哲，仲园住着金绍檀夫妇和金敏杰，叔园住着金达荸夫妇和王玉凤、金敏文、金敏学、金敏芮。詹瑶娜不改初衷，和金敏贤仍回洪山浦里乡下住。

三天后金敏哲带着母亲蔡纹秀回北京清华园去了。临行的前一天，金达荸和金绍檀在一进大厅的回廊上摆了桌饯行酒，和蔡纹秀、金敏哲母子话别。

金达荸说："从来没有不散的宴席，现在老太爷走了，我们金家也到了合久必分的时候，今天趁着人都在，做一个分割，省得日后闹口舌。"

金绍檀也说道："三爸说得很对。爷爷是个极明白的人。其实金家祖宅的房产爷爷早已经分划清楚，今天只是确认一下。三进的伯园归长房，二进的叔园归三房，仲园归我们二房，我想这三处的房产归属应当不会有异议。大嫂、敏哲你们同意吗？"想来事前二房和三房的人做过沟通的，因此金绍檀便不必再问询他三爸金达荸的意见了。

蔡纹秀听了后说："二弟，你就一口气往下说，有异议时我自会打断，你再做解释就是了。"

金绍檀便继续说道："也好，大嫂你别介意，这些都只是我和三爸的一些初步意见，有不妥的地方是可以商榷的。一进房屋的归属爷爷也是做过安排的，连着仲园的一侧原先老五一家人住着，现在就划给二房，连叔园的一侧原先是老三的一家人住着，现在划给三房。只有老七住的西厢房一处，当时因为老七得的是肺痨，怕过人，才临时腾出来给他养病住的，现在老七不在了，七弟妹带着敏惠去了美国，这处的房产是划给三房还是仍分给长房，请大嫂和都都说句话。"

蔡纹秀说："这就犯难了。老七这间房的钥匙一直是在关亲家的手中。关亲家时不时地会到西厢房去打扫屋子，抹抹桌面上的灰尘，因此这事我是做不了主的。要不问问关亲家，或是让关亲家写信去问问珊珊，待有了准信后再定？"

金敏哲听了不以为然，说："妈，您糊涂了。美国那么远，来回一封信得半年的时间，何苦来着。我想七婶对这间屋子会有特别的情感，不见得会放手不要。我倒是想了一个今天就能摆平的折中方案。"

金达尊听他能解决，便催促道："都都这些年走南闯北，一定是长见识了，说说你的想法。"

金敏哲说："现在金家外头的房产还有南平西芹的一处，洪山浦里的一处。洪山浦里的房产是太爷爷指名给我的，我就留作个念想好了，但詹姨可以跟往日一样，长期住下去，我只是要个名义上的产权。南平一处的房产，多年来都是二房的人在打理，我看这处的房子就归二房好了。剩下门头厅的一处和柴屏门前的两间杂物间，我提议归了三房如何？这样正好可以抵了七爸占用的西厢房。至于长房、长孙分双份的权益，我和我妈都放弃了，这样可好？要是有一天，四爸回来了的话，就让他依旧住伯园。伯园楼上楼下房子多的是，任由四爸他自己挑出房间来住好了。我和我妈在北平的西四牌楼买了间四合院，一时半会儿是不会回家来的。我想我们以后回福州的日子也是不会太多的。至于叶落归根，告老返乡，那是几十年后的事，现在根本不用去想。"

金敏哲继续说道："还有柴屏门外的四间房原是给吴妈、杏儿、依福、阿贵住的。我听说吴妈和杏儿要走，不如这样，吴妈、杏儿走后，那两间房就分给阿贵住。让阿贵将他那间腾出来给依福。这样他们一人两间，应该是宽畅的了。阿贵虽说是在南平帮二叔打理生意，福州的房子还是要给他留着的。一进、二进的厅堂就当作公产留着，就不用分割得那么细了。"

众人听了都说好。

金达莩说："都都的方案倒是公平。只是南平的百货店是金家的最后生意，是金家人当下仅有的收入，要是全归了二房，今后长房和三房的人靠什么生活？"

金绍檀建议道："房产归房产，生意归生意。生意上的分红还是按照榕光的方案可好？"

金达莩想了想说："老二的方案好是好，但只能是权宜的方案。都都在大学教书，有固定的收入。都都和老大媳妇去北平后未必在乎生意上的事。依现在的情形，我们三房就只有指望着它过日子了。我想不如清仓后彻底地分割清楚了。今后南平百货的生意全归了二房，大房和三房不再过问。我们三房不是有门头厅和两间杂物间吗？我们三房也可以将门头厅改装成小百货。就用南平小百货分割后的货款，做个启动资金。"

蔡纹秀和金敏哲都是小事糊涂透顶的人，听了后都表示没异议。金绍檀将三房商定的结果写成条文，交常大律师楼做了个正式的契约，各房收好，以作日后的凭证。

蔡纹秀和金敏哲走时将进出伯园的门给锁上了，钥匙交给了他三爸金达莩代管。洪山浦里的房子依然让詹瑶娜母子住着。

金达莩接手后，果然将门头厅改装成了日用杂货铺，专卖米、面、油盐、酱、醋，以求温饱。

两个下人的使用也做了分割。阿贵跟了二房，依福跟了三房。金绍檀让阿贵依旧回到南平打理小百货店。金达莩留下依福帮助打理门头厅杂货铺的生意。

金达莩和金绍檀商议后给了吴妈一笔钱，让她回到古田老家养老去。

不久，杏儿嫁了人，也离开了金家。

斗转星移，三年后青天白日旗落下，五星红旗冉冉升起。江山易主，重新洗牌。

金敏蓉与吴海中结婚后，大溃退时跟部队去了台湾，依旧在军中任职。

范国基、金绮雯、金绮霞去了香港。范国基、金绮雯在香港开了间古玩装裱店。

金绮霞终身未嫁，在香港国中当教员。

金家敏字辈的金敏惠、金敏杰、金敏文、金敏学、金敏芮、金敏贤都大学毕业，各奔前程。最让人跌破眼镜的是当年的浪子金绍理也回来了，而且当上了省城的高官。

这日一早，安乐铺的巷口来了一辆小车，车上走下一位身穿中山装的男子，年龄在五十岁左右。身后跟着一个当兵的，一眼就可以看出是一名保镖，按现时的说法叫警卫员。

男子一直走到金家的门头厅前立住了脚。

金达莩从天光亮时就开了门前厅的大橱窗，坐了半个多时辰还不见有人来光顾生意，顿生困意，抽了一袋水烟筒后，歪靠在竹椅子上，闭目养神。岁月的折腾，让他全白了头。

男子走到柜台前，将货架上的商品都细细地看了一遍，不外乎是油盐酱醋、毛巾、牙膏、肥皂、香烟之类的日用杂货，再看看眼前的老头佝偻的身躯，一头白发，全无当年风流倜傥的模样，不由得心头涌上了一阵悲凉，小声地唤了声"三爸"。

老人微微睁开眼睛，见是来了客人，稍稍长点精神，习惯性地问："同志，你想要点什么？"

男子依旧轻轻地唤了一声"三爸"。

金达莩怔住了，这才完全睁开了惺忪的睡眼，直视对方半响，才吐出"老四"两个字。

金绍理点点头。

金达莩打开横挡的门板，让金绍理进店内坐。金绍理朝连脚跟进的小兵挥挥手说："你回车上等着。"

小兵听话地回身离去，金达莩知道老四当大官了。

金绍理进店后，金达莩便动手去上橱窗的门板。金绍理不解，问说："三爸，不做生意了？"

金达莩的眼角浸出了泪水，说："不做了，进里屋，咱们叔侄俩好好说说话。"

金绍理拦住他，说："三爸，我一会儿还有事，咱们就坐在这儿聊聊，不耽误您做生意。"

金达莩叹道："老四啊，这么二十来年了才回家来一趟，怎么能说走就走呢，怎么说也得在家里吃顿饭才是。"

金绍理说："三爸，以后有的是机会。我离家时多亏您和二哥帮我挡了一阵子，要不然就没命了，我这么些年来一直记得三爸和二哥的好。"

金达莘摆了摆手："一家人不用说这么生分的话。当时救你也是为了救金家，救你爷爷。"

金绍理问说："二哥他今天在家吗？"

金达莘说："你二哥上南平照顾生意去了。你爷爷走后就分了家。你大嫂让都都接到北京享福去了。走后不久来了一封信，说都都在清华评上讲师了，分到了一套房子。"

金绍理听了后点点头，没说什么。

金达莘又说道："你大嫂临走时将伯园的钥匙留在了我这儿。这会儿没有生意，我领你进去看看。"

金绍理说："也好。"帮着金达莘将门头厅橱窗的门板给上了。

金绍理在厅上等金达莘进叔园内取出钥匙，一起去开了伯园的门。进了伯园，金绍理走到曲廊边上，见院子里的杂草长得有一尺多高，扶栏上满是灰尘，就停步不走了，说："这园子怕是有大半年都没进过人了吧？"

金达莘说："你大嫂走后门就一直锁着。现在家里只有我和你三婶，都是七老八十的人了，不喜欢走动。再说，进来看了，出去后要伤心好一阵子，老年人受不了刺激，老流眼泪，就许久不曾进去了。"

金绍理问说："我三嫂呢？"

金达莘说："你三哥走后没多久，她就带着敏文、敏学、敏芮三个孩子回她宁波老家了，这么些年了，一点音信也没有。"老人说到这儿哽咽了。

金绍理问说："三哥后来不是娶了小吗？"

金达莘说："你说瑶娜呀，她带着一个孩子住在浦里乡下，在浦里小学教国文，就是不回来住。难得年节时回家来了，也就是应个景说些虚套话就起身走人了。"

金绍理不再问了，说："三爸，今天只能聊到这儿了，就不进叔园内看三婶了，请您老帮我给三婶传个话，就说老四回来过，向她请安，改日得空时再回家来看她老人家。"

金达莘将伯园的钥匙交还绍理，绍理推辞说："三爸，钥匙还是先放在您这儿，我下次回来时再找您要。"

金达莘知道他官身不自由，送出六扇门后目送他离去。金绍理终究也没能逃过"文革"这一劫，被红卫兵批斗了几场后，心梗发作，死在了牛棚中，留下一双儿女，男孩取名敏海，在厦大历史系当助教，女儿取名敏卉，福建医学院毕业后在省立医院心血管科当大夫。

社会秩序初定之后，街道工作组的第一件事是评阶级成分。标准是三年内的经济状况。其依据是《中国社会之阶级分析》，经济地位决定政治立场。

金绍檀在南平经营小百货店，被评为小商。

金达莩在门头厅开的杂货铺规模小，评为小贩。

蔡纹秀无业，人在北京，街道工作组将她的成分评为城市贫民。

詹瑶娜是小学国文教师，评成分为职员，其地契所有者金敏哲评成分为地主。本应将金敏哲揪回斗争，但因为他西南联大毕业后一直留在大学任教，并未回过福州，便将成分评定结果报送清华大学留档。学校档案处的人并未将这一结果通知金敏哲本人，只是在他的档案袋上盖了个蓝色长方形的"控制使用"章。

抗战胜利后，高家加盟了银行业的罗氏集团，是股东中的一员，评成分时，高时良的成分被定为工商业资本家，金绮云为家庭妇女。

关怀岭无业，评为城市贫民。因为他有文化，街道派出所任命他为第一任安乐铺居民委员会主任。

程祖应和贾思真评为自由职业者。

抗战后《南方日报》和《闽星日报》都停刊了，嘉宾楼洋菜馆也歇业，改名为中平旅社。

吕品著作死，《南方日报》停刊后，为了生计，在区政府内谋了份差事，被评定为伪职员，分派在了中平旅社看门。

贾思真老辣，政治嗅觉灵敏，将他的黄包车低价卖给了吴天亮。1949年后人民当家做主，人民法院为人民，被人民警察抓进局子的人自然有罪，无须辩护，律师这一行当取消。贾思真失业在家，后来街道办事处成立了调解委员会，主要是调解如夫妻吵架、闹离婚、邻里不和之类的居民内部矛盾，让贾思真当了名调解员，给了点工资，也算是人尽其才。

马车吴是公认的苦力出身，虽说有两辆马车和四辆黄包车。此时海波、海平已经成家单过，每人分得一辆马车和两辆黄包车。马车的车夫是自家，黄包车虽说是租出去的，但生意时好时坏，够不上雇工的标准，离资本家的线远着，给评了个小业主。就其自食其力、略有雇工剥削之嫌这一点，给他这档子的成分还算合适。最要命的是，他的小儿子吴海中跟着蒋介石去了台湾，因此马车吴一家属内控对象。

马车吴也已是个古稀的老人了，大字不识一个，对评什么成分，他没多大在意。他压根不知道小业主要有些什么样的产业，一句抗辩的话也没有，认了。

甄子建教授是个教书匠，评个职员成分，属小资产阶级，也在这一范畴内。

田垱街上的大小妓院统统关门。妓女们集中学习，治病后分配了工作。对妓院的老鸨儿的处治，无须讨论研究，一刀切，统统被定成分为坏分子，监督劳动改造。

崔妈妈由安乐铺居委会负责监管。关怀岭给她的活是扫大街。

入夜后田垱街的灯红酒绿不再有了，有的是街两边电线杆上高高地闪烁着昏黄亮光的路灯。三捷河面上每日清晨，依然可听到摇进内河的粪船咿咿呀呀的橹桨声。

没多久金达尊夫妇也归西了。金家六扇门的钥匙由关怀岭掌管，竟然奇迹般地躲过了"文革"和"破四旧"。

三十年后金家有一次大聚会，各人身份各异。金绍诗、信子是日本著名学者，汉学家；赖新珠是海外富商；范国基、金绮雯、金绮霞、金敏蓉与吴海中是港台同胞。金敏海和金敏卉，一个是教授，一个是主任医生。

关珊珊也带着金敏惠回来了。他们的身份是旅美学者。

大家劫后余生，感慨唏嘘。

正是：

> 三四十年风雨路，海内海外各西东。
> 忙忙碌碌奔前程，转眼竟成白头翁。
> 一方圆桌团团坐，呼兄唤嫂泪重重。
> 执手诉说相思苦，道尽心中离别痛。
> 忆经风雨同甘苦，几番沉浮几枯荣。
> 殷殷切切叙亲情，骨肉团聚乐融融。
> 公婆龛前香一炷，万千话语烟霭中。

后　记

不觉间来到了"七十三、八十四，阎王不叫自己去"的年纪，该可以盘点此生了。

苏轼写过"明日黄花蝶也愁"的佳句，遂有了"明日黄花"的典故。苏老夫子期盼未来，想到重阳过后无花可看，心中怅然，生出伤感。但我不期盼未来，一个七十老翁，来日自然无多。但我眷恋过去。过去，在我家的后花园里，黄花也曾绽放过。

我将发表过的论文都找了出来，从两百多篇论文中，挑拣出一百篇经中科院认定为一、二、三、四区的 EI、SCI 论文，汇集后装订起来，定名《昨日黄花》。如果说苏老夫子的"明日黄花"充满着哀怨和伤感的话，而我的"昨日黄花"，更多的则是孤芳自赏和自我安慰。

发表这百篇论文的期刊，除了没有 *Sience* 和 *Nature* 外，本专业国内外权威的期刊基本上都齐全了。其中 *Chemistry Review* 的影响因子一十好几，对此多少有点沾沾自喜，毕竟昨日也曾灿烂过，抚看《昨日黄花》，颇有对此如何不心安的感觉。

整理完论著后，从电脑中又翻拣出昔日写成的百十万字的文字：《安乐铺》《苍霞烟雨》《烟雨惊鸿》《天风吹梦》。这四部小说大抵涵盖了十九世纪中下层国民的酸甜苦辣。

《安乐铺》中的金家（1930—1950），二十世纪三四十年代一户再也平凡不过的木材商人之家，在天灾人祸面前，跌倒了站起来，虽经几番挣扎，在历史车轮的辗轧下，终究还是逃不出家破人亡、分崩离析的宿命。

《苍霞烟雨》中的郑家（1950—1970），在政治风雨的夹缝中惶恐惊悚，求得了自保。

《烟雨惊鸿》中的汪鸿（1970—1980），一个裁缝家的女儿，终是躲不过世俗的迫害，在凄风苦雨的黎明跳了大桥。

《天风吹梦》中的郑雨时（1980—1990），即便是躲到了美利坚，也是左右碰壁，濒临绝境。

但愿这些不带任何粉彩的白描文字，掩卷之后能赢得读者一声长长的叹息。

《苍霞烟雨》《烟雨惊鸿》《天风吹梦》总共一百〇八回，曾以《左海遗梦》发表在"红袖添香"文学网站，迅即被盗版，并有纸版面世。我托人购得数本，见纸质低劣，错漏百出，甚是失望。遂压缩成八十回，交由海峡文艺出版社，以《双贤街》为书名发表。林正让先生评介《双贤街》为"闽都古城风物志、坊巷百姓断代史"，房向东先生评介"《双贤街》为一代人的集体记忆"。该书获得福建省第七届百花文艺奖二等奖，算是对作者十年辛苦的些许褒奖与鼓励。

在过往的日子里，我还翻译过《电池》《电化学测定方法》，编著过《水环境科学》，在日本的京都大学得到过工学博士的学位，图了个虚名。

《电化学测定方法》一书自从在北京大学出版社出版后，在近三十年的时间内盗版不断。有盗版就说明有需求，从这一侧面想去，似可视作是莘莘学子对作者和译者的认可，虽则一文稿费都没赚到，但殊堪自慰。

还有呢？再有就是得过两次福建省的科学技术进步奖二等奖。哎，再也没有了，再也牛不起来了。

若问此生还有过什么得意的事没有，有啊。我常自豪地对我的学生说，想当年老师在你们这般年纪，高考时，选考的是俄文试卷，考研时，选考的是英文试卷，出国考试时，选考的是日文试卷。俄、英、日文都上了线，至今想起，仍是成就感满满。

遗憾的是，在二十世纪八十年代之前，我的前半生竟是一事无成。那三四十年正当青春年少，都所为何事去了？说来还真不怪敝人偷闲躲懒。在当时的大背景下，国人除了跟风外，谁还能干点别的什么？想来虽则苦涩，却是庆幸，我当时尚能与几个挚友泡古三座的温泉，隔三岔五，搓几圈麻将，日子倒也过得自在快乐。

垂暮之年，感慨人生苦短，叹曰：

常自叹今时两鬓白发闲度日，回首过去是非荣辱随风散。
终不悔当年一中红楼苦读书，痴心未来喜怒悲欢入梦遥。

趁现在脑子还清楚明白，未雨绸缪，自撰一副挽联以备不时之需。曰：

头枕三卷书稿，仰面向天，无怨无悔，低唤三声再见。

足蹬一双布鞋，乘风化羽，有得有失，散作一缕轻烟。

杞庐于戊戌年重阳日

鸣　　谢

林正让、林熙、陈础、董生雄诸先生对《安乐铺》书稿提出了许多建设性的修改意见；在书稿的撰写和整理的过程中，作者还得到陈日耀、郑曦、陈晓、施毅君诸君的诸多帮助。作者谨在此表示深深的谢意。